오디세이아

호메로스 지음 | 박용철 옮김

소담출판사

박용철

서강대학교 영어영문학과 졸업.
공저로 『한국 사회문화 현상의 기호론적 분석』과 『비전2000』,
역서로 『광고인이 되는 법』 외 다수가 있다.

 sodampublishingcompany

BESTSELLERWORLDBOOK 73

오디세이아

펴낸날 | 2002년 7월 20일 초판 1쇄

지은이 | 호메로스
옮긴이 | 박용철
펴낸이 | 이태권
펴낸곳 | 소담출판사
　　　　서울시 성북구 성북동 178-2 (우)136-020
　　　　전화 | 745-8566~7　팩스 | 747-3238
　　　　e-mail | sodam@dreamsodam.co.kr
　　　　등록번호 | 제2-42호(1979년 11월 14일)

ISBN 89-7381-477-x　03890
● 책 가격은 뒤표지에 있습니다

www.dreamsodam.co.kr

Odysseia

Homeros

오, 이제 신들이 나를 버리셨구나.
트로이의 너른 땅에서 쓰러진 다나아 사람들이야말로
나보다 세 배나 행복한 사람들 아닌가.
아니, 네 배나 더 영광스런 사람들이지.
트로이 대군이 펠레우스의 아들의 시체를 빼앗으려고
내게 청동 창을 던졌을 때 죽었다면, 차라리 좋았을 텐데!

Odysseia

차례

아테나, 오디세우스의 아들을 만나다

포세이돈이 불참한 제신(諸神) 회의에서 아테나가 오디세우스의 구출 작전을 맡는다. 인간으로 변신한 아테나, 오디세우스의 아들 텔레마코스를 만나 부친의 소식을 알아보라고 권고한다.

뮤즈여, 말해다오. 트로이 성을 함락시킨 후 정처없이 헤매는 그 용맹한 사내의 얘기를. 그는 많은 도시와 많은 사람들을 보았다네. 그리고 세상의 인심을 배웠지. 거친 파도와 수많은 가시밭길을 통과하면서 그가 자신의 목숨을 위해, 그리고 부하들의 안전한 귀국을 위해 얼마나 애를 썼던가. 그러나 그토록 애쓴 보람도 없이 모든 일행을 잃고 말았으니. 지혜롭지 못해 저 태양신의 성을 범한 죄로 귀국의 행운을 빼앗기고 만 것이로다. 제우스의 따님이시여, 원컨대 무엇이든 아는 바를 전해 주소서.

전쟁에서 살아남은 군사들은 바다를 벗어나 모두 귀환했건만, 오디세우스(율리시즈)만은 아내와 고국을 꿈속에서나 만나고 있으니, 이는 아름다운 님프 칼립소가 그를 동굴에 가둬 두고 동거를 강요하기 때문이다. 하지만 이제 해가 바뀌어 때가 되매, 신들은 그에게 고국 이타카로 돌아갈 운을 열어 주었지만 포세이돈(바다의 신)만은 노여움을 풀지 않고 아직도 비범한 그를 괴롭히고 있었다.

그러던 포세이돈이 마침 멀고 먼 에티오피아로 떠나게 되었다. 에티오피아는 세상의 맨 끝에 위치해 있었는데, 그곳 사람들은 두 패로 나뉘어, 한 패는 해가 뜨는 동쪽 땅 끝에, 다른 한 패는 해가 지는 서쪽 땅 끝에서 살고 있었다. 포세이돈은 이들에게서 소와 양들을 제물로 받기 위해 그곳으로 간 것이다.

한편, 제신들은 올림포스 신전에 모여, 인간과 신들의 아버지인 제우스의 선언을 듣고 있었다. 그는 아가멤논의 아들 오레스테스가 살해한 아이기스토스에 대한 사건으로 말미암아 모든 신들의 주의를 환기코자 모이게 한 것이다.

「보라, 세상의 인간들은 얼마나 신을 원망하는가! 그들이 불평하기를, 모든 재앙이 우리들로부터 온다고 한다. 그러나 비극을 부르는 건 자신들의 어리석음 때문인 것! 바로 지난번 아이기스토스만 보아도 그렇다. 신의 명령을 거역하고 아가멤논의 아내를 취하고는, 결국 귀국하는 그녀의 남편까지 죽이지 않았는가. 이런 참담한 소행의 결과가 어떨지를 알면서도 말이다. 일찍이 우리 신들은 백 개의 눈을 가진 무시무시한 감시자 아르고스를 처단한 헤르메스를 통해, 그에게 잘못을 범하지 말라고 경고한 바 있다. 오래지 않아 오레스테스가 성장하면 반드시 복수를 할 것이라고 간곡히 일렀건만……. 결국 비참한 최후를 맞고 만 것이다.」

아테나(미네르바, 지혜와 장인의 여신)가 지혜로운 눈빛을 발하며 입을 열었다. 「오, 아버지! 천상의 신이시여, 그는 자기 죄에 합당한 징벌을 받았습니다. 그 누군들 그와 같은 죄를 짓고 천벌을 비껴 갈 수 있겠습니까! 다만 제 마음은 오로지 저 불운아 오디세우스로 인해 어지러울 따름입니다. 그는 가족들과 오랜 세월 동떨어져 바다 한가운데 외딴섬에 갇혀 지내고 있습니다. 그곳은 지상에서 뚝 떨어져 망망 대해에 떠 있는 섬으로 하늘과 땅을 가르는 거대한 기둥을 짊어진 심보 고약한 아틀라스의 딸이 사는 곳입니다. 그녀는 불운한 오디세우스를 감언이설로 꾀어 귀국을 단념케 하고 있습니다. 그러나 슬픔에 잠긴 오디세우스는 차라리 귀신이 되어서라도 고국 하늘에 피어오르는 연기를 보고 싶어합니다. 오, 올림포스의 주인이시며 내 아버지시여, 어찌 그에게 관심을 두지 않습니까? 그는 저 너른 트로이 평야에서 제물을 바치고, 아르지브의 뱃전에서 당신께 정성을 다해 기원하지 않았습니까? 그런데도 어찌 당신은 그를 냉대하십니까? 오, 제우스 아버지시여!」

구름을 다스리는 제우스가 말했다. 「나의 딸아, 무슨 말을 그리 함부로 하느냐? 내 어찌 천하에 그 슬기를 당할 자 없고, 하늘을 다스리는 불사의 신들에게 제물을 바침에도 앞설 자 없는, 신에 못지 않게 존엄한 오디세우스를 잊겠느냐? 다만 대지의 지배자 포세이돈만이 화를 풀지 못하고 있는 터, 오디세우스가 키플로프스족(식인종이며 거인족)

가운데 최고의 장사인 폴리페모스를 장님으로 만들었기 때문이다. 포세이돈과 살고 있는 무변대해의 영주 포르키스의 딸 토오사 님프가 바로 그의 어머니가 아니냐? 따라서 포세이돈은 오디세우스를 차마 죽이지는 못하고, 귀국을 방해코자 방랑의 길로 내몰아 온 것이다. 그러나 우리 모든 신들이 오디세우스에게 귀국의 길을 열어 준다면, 포세이돈 역시 마침내는 그 고집을 꺾고야 말 것이다. 설마 불멸의 신들에게 홀로 맞설 수는 없지 않을 것 아니냐?」

그러자 아테나가 말을 받았다. 「오, 천상에 계신 크로노스의 아들이시며 우리의 아버지시여. 만일 여러 신들께서 오디세우스의 귀국에 동의하신다면, 아르고스를 죽인 전령의 신 헤르메스로 하여금 어서 오기기아 섬으로 가서 우리들의 결의를 전하고, 오디세우스에게도 귀국의 희소식을 전하게 하십시오. 나는 이타카로 달려가 그의 아들에게 용기를 주어, 아카이아 사람들에게 알리게 하리다. 그런 다음 그를 스파르타와 모래의 고장 필로스로 보내어 사랑하는 부친의 소식을 알아보도록 하지요. 그러면 이웃간에도 좋은 평판을 얻게 될 테니까요.」

말을 마친 아테나는 하늘 땅 어디든 바람처럼 가벼이 날 수 있는 어여쁜 황금 신으로 갈아 신었다. 그리고 손에는 자신의 뜻을 거스르는 어리석은 목숨들을 단번에 거둘 수 있는 청동 창을 쥐고 올림포스 꼭대기에서 훌쩍 뛰어내려와, 이타카 땅에 있는 오디세우스의 궁 앞에 섰다. 과연 그곳에서는 눈꼴사나운 건달들이 모여 함부로 도살한 쇠가죽을 깔고 앉아 한창 음주 시합에 재미를 붙이고 있었다. 아테나는 한 손에 청동 창을 쥔 나그네인 타피아의 영주 멘테스로 변신했다.

이때 신통하게도 텔레마코스가 가장 먼저 아테나를 알아보았다. 그는 건달들 틈에 끼여 앉아 시무룩하게 앉아 있었다. 혹시나 아버지가 나타나, 이 건달들을 궁에서 쫓아내고 명예를 회복해 이 영토를 다스리게 해 주었으면 하고, 바라고 있었던 것이다. 이런 와중에 아테나를 발견하고는 쏜살같이 문으로 달려나왔다.

그는 청동 창을 받아 들고 반색하면서 나는 듯한 목소리로 인사를 했다. 「어서 오십시오, 어르신. 어르신을 환영합니다. 편히 쉬시면서 식사도 하시고 좋은 말씀도 들려주십시오.」

멘테스로 변신한 아테나는 그를 따라 으리으리한 궁 안으로 들어갔다. 그는 잘 닦은 창꽂이에다 아테나의 창을 세워 놓았다. 옆에는 오디세우스의 창들이 가지런히 세워져 있었다. 그는 정교하게 조각한 안락의자에 아테나를 앉게 한 다음 발판을 놓아주었다. 그리고 긴 의자를 놓아 사람들이 가까이 접근하지 못하도록 하였다. 교만한 무리들과 자리를 같이하면 손님이 제대로 음식을 먹지 못할 뿐만 아니라, 혹 얻어 듣게 될지도 모를 아버지에 관한 소식을 흘려듣게 될까 봐 염려했기 때문이다.

시녀가 아름다운 황금 항아리에 물을 떠다가 은 대야에 부어 손을 씻게 했다. 그리고 곧 산해진미를 차려 융숭하게 내왔다. 이때 거만한 구혼자들이 몰려들었다. 그들이 자리를 차지하고 앉자마자 시종은 물을 떠다 바치며 손을 씻게 했다. 시녀는 다시 빵을 날라 오고, 시종은 술을 부어 잔을 채웠다. 이윽고 그들은 맛있는 음식을 배불리 먹고 난 뒤 노래와 춤에 빠져들었다. 시종이 멋진 하프를 음유시인인 페미오스에게 건네주자, 그는 아름다운 선율에 맞춰 노래를 부르기 시작했다.

　텔레마코스는 다른 사람이 알아듣지 못하도록 아테나에게 속삭였다. 「어르신, 설마 제 말이 실례가 되는 건 아니겠지요? 저들은 춤과 노래에 미쳐, 보시는 것처럼 재산을 보태기는커녕 축만 내는데, 그 주인 되는 분은 어디에선가 백골이 되어 썩고 있나 봅니다. 만일 그분이 이타카 땅을 밟기만 한다면, 저 건달들은 모두 혼비백산하여 도망칠 텐데……. 하지만 돌아오시지 않는 걸 보니 이미 명이 다했나 봅니다. 사람들은 종종 그분이 돌아오시리라는 말을 흘리지만, 모두 다 헛소문일 뿐이지요. 그분은 영원히 돌아오시지 않을 모양입니다. 자, 어르신, 말씀이나 좀 들려주시지요. 어르신은 어디서 오셨으며 누구의 자손이신가요? 여긴 어떻게 오셨나요? 걸어서 오시지는 않았으리라고 봅니다만, 어서 속 시원히 말씀해 주시지요. 혹시 제 아버님의 친구분은 아니신가요? 한때는 저의 집을 일부러 찾아오시는 분들이 많았답니다.」

　그러자 아테나가 눈빛을 반짝이며 말했다. 「자, 내 모든 것을 숨김없이 말하리다. 나는 안키알로스의 아들 멘테스라는 사람으로, 노를 잘 젓는 타피아 사람들을 다스리는 영주올시다. 보시다시피 사공들을 데리고 이곳에 상륙하였소. 난 청동을 구하고자 테메세까지 거친 바다를 항해하였는데, 청동을 가득 실은 배는 지금 네이온 숲 아래 레이트론 항구에 정박해 있소. 그대의 부친과 나는 전부터 친교가 두터웠소. 당신의 조부이신 라에르테스께 가서 여쭤 보면 알 것이오. 내가 지금 여기 온 것은 그대의 부친께서 이미 귀국하셨다는 소리를 들었기 때문이오. 그런데 아, 신들은 아직도 그의 발목을 붙잡고 있는 모양이구려.

내 감히 예언을 한 마디 하리다. 내 비록 예언자도 아니고 새를 보고 점을 치는 술법도 익히진 못했으나, 이것은 신께서 내게 계시해 준 바이니, 반드시 성취되리라 믿소. 비록 족쇄가 채워져 있을망정 앞으로 그분께서 귀향할 날이 그리 멀지는 않았소이다. 지략이 뛰어난 분이니까 반드시 귀국할 방도를 찾아내실 거외다. 자, 이젠 그쪽에서 흉금을 터놓고 말해 보시오. 그대가 진정 오디세우스의 아들이오? 머리며 영롱한 눈빛이며 부친을 많이 닮은 듯하오만.」

「그렇다면 저도 솔직히 말씀드리겠습니다. 어머니께서는 제가 그분의 아들이라고 하지만 저로서는 모르는 일이지요. 아무도 자기 자신의 내력을 정확히 알 수 없는 거니까요. 어르신께서 물으시기에 하는 말이지만, 사람들은 저야말로 가장 불운한 사람의 아들이라고 하더군요.」

이에 아테나가 그를 위로했다. 「진실로 신께서 그대를 장차 이름 없는 가문에 속하게 하시지는 않을 거요. 페넬로페 부인께서 그대처럼 훌륭한 대장부를 낳으셨으니. 그건 그렇고, 도대체 무슨 잔치가 벌어진 거요? 이게 웬 소동이오? 그냥 단순한 술자리요, 아니면 결혼 잔치요? 게다가 객들이 이다지도 버릇없이 온 집안을 휘저으며 술들을 마시고 있다니! 손톱만큼이라도 상식이 있다면, 저런 염치없는 꼴들에 분개하지 않을 수 없을 거요.」

사려 깊은 텔레마코스가 대답했다. 「그렇지요. 아버님께서 계셨을 때에야 저희 집안은 참으로 풍요로웠고, 또한 남들도 우러러보았지요. 하지만 이제 신들께서는 제 아버님을 형편없는 존재로 만들어 놓으셨습니다. 차라리 아버님께서 트로이의 싸움에서 전사하셨다든지, 또는 심한 부상을 입고 동지의 품에서 운명하셨다면 이처럼 원통하지는 않겠습니다. 그렇다면 모든 아카이아의 군인들이 그분의 묘지를 만들었을 것이고, 또한 그 자손들에게까지도 위대한 이름을 남겼겠지요. 그러나 거센 파도는 아무런 영광의 자취도 없이 그분을 쓸어가 버렸습니다. 어디서도 아버님의 흔적은 볼 수도 없고, 들을 수도 없습니다. 단지 우리에게는 슬픔과 한탄만이 남았습니다. 사정이 이러한데도 신들께서는 또 다른 비극을 제 어깨 위에 지워 주셨습니다. 보십시오. 둘리키온과 사메, 정글의 땅 자킨토스, 그리고 암석지대인 이타카 등에 사는 영주들이 몰려와 어머께 구혼을 강요하면서 재산을 축내고 있지요. 어머니께선 이 치욕스런 요구를 뿌리칠 힘도 없기에, 그들은 더욱더 기세 등등하게 저의 집 재산을 탕진하고 있어서 머잖아 저는 알거지가 될 판입니다.」

처녀신 아테나는 이 말을 듣자 몹시 불쾌해져서 소리쳤다. 「오, 저런! 진실로 부친에 대한 그리움이 뼛속까지 사무치겠구려. 그분이 돌아오시기만 하면 저 철면피 같은 건달들은 살아남지 못할 것이오. 만일 그분이 투구를 쓰고 방패와 양날의 창을 들고서 저 문 앞에만 서신다면, 일찍이 메르메로스의 아들 일로스의 영토 에피레로부터 처음 내 집으로 오셨을 때처럼 웅대한 자태로 나타나신다면…… 오디세우스께서는 일로스에게서 독약을 구해 청동 화살촉에 바르고자 하였으나, 일로스는 불사의 신들이 노할까 두려워 약을 내주지 않았소. 그런데 그분을 유달리 사랑하시던 내 아버님께서는 그것을 얻어 드렸소. 물론 신들의 뜻에 달려 있겠지만, 오디세우스께서 그때의 용맹을 발휘한다면, 저들은 삽시간에 혼비백산하여 흩어질 거요. 하지만 지금 저 무례한 구혼자들을 몰아내는 일은 바로 그대의 손에 달려 있소. 자, 이리 가까이 와서 내 말을 명심해 들으시오. 내일 아카이아 영주들을 모두 회의장으로 불러들여, 신을 증인으로 삼아 그대가 하고 싶은 말을 남김없이 하시오. 모두들 흩어져 집으로 돌아가라고 말하고, 모친께는 개가의 의사를 물어 뜻이 있으시다면 친정으로 가 계시게 하시오. 그러면 친정 어른들이 혼례 준비도 해 주고, 지참금도 넉넉하게 마련해 주실 테니까. 그리고 사공 스무 명이 탈 만한 크기의 아주 빠른 배 한 척을 준비하여 부친의 소식을 수소문해 보시오. 혹시 누군가 부친에 관한 얘기를 들려줄지도 모르는 일 아니겠소? 어쩌면 신의 소리라도 듣게 될지 누가 아오? 우선 필로스로 가서 고매한 네스토르를 만나본 다음, 스파르타로 가서 금발의 메넬라오스 왕을 찾으시오. 그는 아카이아의 군인 중에서 맨 마지막으로 귀국한 분이니까. 혹시 부친께서 살아 계시다는 소식을 듣게 되거든, 1년만 더 참고 기다리시오. 만약 돌아가셨다거든, 즉시 고국으로 돌아와 분묘를 만들고 장사답게 훌륭한 장례식을 치른 뒤, 모친을 개가시키도록 하시오. 그리고 나서 심사숙고하여 공개적으로든 혹은 비밀스럽게든 저 건달들을 처리할 대책을 강구하시오. 언제까지나 어린애 노릇만 할 수는 없지 않겠소? 그대는 들어보지 못했소, 저 오레스테스의 드높은 명성을? 그는 자기 아비를 살해한 아이기스토스를 베어 세상에 이름을 떨쳤소. 보아하니, 그대는 참으로 곧고 장대하구려. 자, 용맹을 떨쳐 후세에 이름을 기리도록 하시오. 이제 나는 일행을 찾아 배로 돌아가야겠소. 너무 오래 지체해서 화를 낼지도 모르니. 부디 내 말을 명심하시오.」

텔레마코스는 자리를 털고 일어서는 아테나를 만류했다. 「아버님처럼 이렇게 자상하게 말씀해 주시는데, 어찌 새겨듣지 않겠습니까? 다만 청컨대, 아무리 갈 길이 바쁘시더라도 목욕이나 하시고 기분을 좀 돌리신 다음에, 저의 정성이 담긴 선물을 받아 가시지요. 이렇게 오셨다가 그냥 가신다는 것은 도저히 말이 되지 않습니다.」

눈의 여신 아테나가 말했다. 「말은 고맙지만 갈 길이 바쁘다오. 그대가 진심으로 선물을 주고 싶다면, 내 다음에 올 때 받아 가리다.」

작별 인사를 마친 아테나는 날렵한 독수리처럼 시야에서 사라졌다. 한편, 텔레마코스의 가슴속에는 힘과 용기가 치솟아, 과거 어느 때보다도 더 아버지에 대한 그리움이 커졌다. 그는 이것이 모두 신의 뜻임을 눈치채고는 두렵고도 기쁜 마음으로 들떠 있었다. 그리고 마치 자신이 신이라도 된 듯 쏜살같이 구혼자들한테로 달려갔다.

그때 건달들은 음유시인의 노래에 조용히 귀를 기울이고 있었다. 그것은 아카이아 군이 트로이에서 귀국할 때 아테나 여신이 지어 주었던 구슬픈 귀향의 노래였다. 위층 내실에서 이카리오스의 딸 페넬로페가 이 곡을 듣고는 두 시녀를 거느린 채 층계를 천천히 내려와 구혼자들의 무리 앞에 나섰다. 얼굴은 반짝이는 면사포로 가린 채였다.

그녀는 촉촉이 젖은 눈망울을 들어 음유시인에게 말했다. 「페미오스여, 당신은 사람들을 즐겁게 해줄 수많은 노래와, 영웅과 신들의 행적들을 노래한 곡들을 잘 알고 있을 거요. 제발 부탁컨대, 그 구슬픈 노래만은 그만두고 그러한 노래들을 불러주시오. 가뜩이나 슬픔과 고통으로 가슴이 미어지는데 그 노래를 들으니 억장이 무너진다오.」

영특한 텔레마코스가 어머니를 조용히 타일렀다. 「어머니, 왜 음유시인의 노래를 막으십니까? 자기 마음 가는 대로 부를 수 있도록 가만히 놔두시지요. 허물은 음유시인에게 있는 것이 아니라, 제우스 신께 있습니다. 신께서는 사람들에게 생각나는 대로 각기 운명을 던져 주시는 겁니다. 따라서 저 음유시인이 사람들의 불운을 노래할지라도, 그것을 책망할 수 없는 노릇이지요. 더구나 이 노래는 사람들이 애창하는 명곡이랍니다. 들을수록 새로운 맛이 우러나는 곡이지요. 어머니, 제 말 좀 들어보시지요. 트로이에서 불귀의 객이 된 것은 아버지뿐만이 아닙니다. 기분이 영 그러시다면, 어서 방으로 돌아가셔서 집안 일을 살피도록 하시지요. 시비는 사나이들에게 맡겨 두시고요. 제가 알아서 처리하겠습니다.」

그녀는 기꺼이 자기 방으로 돌아갔다. 아들의 말이 전적으로 옳다고 생각했기 때문이다. 시녀들을 거느리고 방으로 올라간 그녀가 남편을 그리면서 흐느껴 울자 자비로운 아테나 여신이 그녀의 눈 위로 달디단 잠을 퍼부어 주었다.

한편, 건달들은 사위가 어두워지는 가운데에서도 왁자하게 떠들어대면서 그녀와 동침을 원하는 기도를 올렸다.

영리한 텔레마코스가 좌중을 둘러보며 입을 열었다. 「내 어머니의 구혼자들이여, 우리가 모여서 즐길지언정 시끄럽게 굴지는 맙시다. 저 신의 음성과도 같은 음유시인의 하프 소리에 조용히 귀를 기울였다가 아침이 오거든 다시 한자리에 모이도록 합시다. 내 뜻한 바를 숨김없이 밝히겠소. 오늘은 일단 각자 흩어져서 배들을 채우기 바라오. 내일이면 이 집에서 떠나야 할 테니까. 만일 이 집안의 것을 계속해서 탕진할 생각이라면, 어디 마음대로 해보시오. 나도 불멸의 신들에게 호소하리다. 다행히 제우스께서 복수의 길을 허락하신다면, 그대들은 결단코 이 집에서 온전히 살아나가지 못할 것이오.」

이 말을 듣자 좌중은 입술을 깨물며 놀란 표정을 지었다. 이때 에우페이테스의 아들 안티노오스가 말했다. 「텔레마코스, 진실로 신께서 그대에게 능력을 주셨단 말이오? 비록 그대가 그대 부친의 상속자인 것은 분명하나, 바다로 둘러싸인 이곳 이타카 성의 주인이 되는 걸 크로노스의 아드님께서 용인하실지는 알 수 없는 일 아니오.」

그러자 지혜로운 텔레마코스가 대답했다. 「안티노오스여, 내 말이 비위에 거슬리겠지만, 난 제우스께서 내게 왕좌를 허락만 하신다면, 기꺼이 받아들일 생각이오. 그대는 왕의 신분이 하찮은 것이라고 생각하오? 아니오. 진실로 왕이 되는 것은 좋은 것이오. 왕의 가문은 부와 명예와 영광이 따르는 법이오. 바다로 둘러싸인 이타카에서는 남녀노소 모두 나를 존경하게 될 거요. 오디세우스께서 돌아가셨으니 누군가가 그의 자리를 계승해야 할 거 아니오? 따라서 나는 신처럼 위대하신 오디세우스께서 자식인 내게 남겨 주신 이 궁과 종들의 주인이 될 것이외다.」

그러자 폴리보스의 아들 에우리마코스가 나섰다. 「텔레마코스여, 바다로 둘러싸인 이타카 땅에서 누가 아카이아의 왕이 되느냐 하는 것은 진실로 신들의 손에 달린 것, 그대가 가산을 물려받고 집주인이 됨은 지당한 일이오. 천지가 개벽하지 않는 한, 아무도 그대 뜻을 거슬러 가산을 무모하게 빼앗지는 못하리다. 다만 그대에게 묻노니, 아까 그 손님은 무슨 연유로 이곳에 왔으며, 어디에서 왔는가? 친척은 어디 있고, 고국은 어디인가? 그대 부친의 소식을 가져온 것이오? 그처럼 서둘러 돌아간 연유가 뭔지 알고 싶구려. 천민 같지는 않아 보였소만.」

지혜로운 텔레마코스가 이에 대답했다. 「에우리마코스여, 진실로 내 부친께서 돌아오실 날은 영원히 사라지고 말았소이다. 이제 그분에 관한 소식은 일절 믿지 않을 생각이오. 어디서 무슨 소리가 들리든, 어머니가 예언자를 불러 무슨 말을 듣게 되든 말이오. 그리고 그 손님은 아버님의 친구분으로, 타피아에서 왔으며 현명한 안키알로스의 아들 멘테스라고 합디다. 노를 잘 젓는 타피아 땅의 영주라고 했소.」

텔레마코스는 말은 이렇게 했지만, 마음속으로는 그가 불멸의 신이라는 것을 믿고 있었다. 건달들은 어둠이 깃들일 때까지 춤과 노래에 파묻혀 여흥을 즐기다가 뿔뿔이 흩어졌다.

텔레마코스도 전망 좋게 지어진 방으로 돌아와 자리에 누웠으나, 이런저런 상념으로 인해 잠이 오지 않았다. 그때 에우리클레이아가 관솔불을 들고 그의 곁으로 다가왔다. 그녀는 페이세노르의 아들인 오프스의 딸로, 그녀가 어렸을 때 그의 조부 라에르테스가 소 스무 마리를 주고 사온 시녀였다. 라에르테스는 사랑하는 아내 못지않게 그녀를 위했지만, 아내의 노여움을 꺼려 가까이하지는 않았다. 그녀는 식구들 중에서도 어릴 때부터 키워 왔던 텔레마코스를 매우 아꼈다. 그는 침대에 앉아 감촉이 부드러운 튜닉을 벗어, 어질고 현명한 시녀의 손에 건네주었다. 그녀는 그것을 차곡차곡 개켜서 놓고는 방을 나간 뒤 가죽 끈을 단 빗장을 지른 다음 물러갔다. 텔레마코스는 잠옷을 입고 누워, 아테나가 일러 준 여행에 관한 생각을 하느라 오래도록 몸을 뒤척였다.

텔레마코스, 구혼자들과 논쟁을 벌이다

텔레마코스는 어머니에게 구혼을 강요하는 무리들과 논쟁을 벌인다. 그러나 별 소득은 없고, 아테나의 도움으로 배를 빌려 필로스를 향해 떠난다.

새벽의 신이 장밋빛 손가락을 뻗치기 시작할 무렵, 침대를 빠져나온 텔레마코스는 옷을 갈아입은 뒤 칼을 어깨에 메고 튼튼한 신발을 신었다. 그러고서 방을 나서는데, 그 모습이 마치 신처럼 당당하고 성스러워 보였다. 그는 곧바로 젊은 시종을 불러 장발의 아카이아 사람들을 한데 불러모았다. 사람들이 모여들자, 그는 청동 창을 들고서 그들 앞에 모습을 드러냈다. 날랜 사냥개 두 마리가 그의 뒤를 따랐다. 아테나 여신이 그의 배후에 빛을 뿌려 주자, 사람들은 그의 신비로운 모습에 경탄해 마지않았다. 그가 부친이 늘 앉던 자리에 앉자 노인들은 옆으로 비켜섰다.

좌중에서 만사에 두루 박식한 노인인 아이기프티오스가 먼저 입을 열었다. 그가 먼저 말을 꺼낸 데는 나름대로 이유가 있었다. 그에게는 각별한 사랑을 쏟은 안티포스라는 아들이 있었는데, 오디세우스를 따라 우수한 군마의 고장 일리오스로 배를 타고 갔다가, 저 야만스러운 키클로프스의 동굴 속에서 최후를 맞고 만 것이다. 그 외에도 그에겐 세 명의 아들이 더 있어서, 하나는 에우리노모스로 구혼자의 무리에 끼여 있었고, 둘은 아버지의 일을 돕고 있었다. 그런데도 그는 죽은 자식을 잊지 못해 항상 비탄에 잠겨 살아왔다.

여느 때와 같이 아들 생각에 몹시 울고 난 그는 좌중을 향해 고개를 들었다. 「이타카 동지들이여, 내가 먼저 한 마디 하겠소이다. 신과도 같이 존엄한 오디세우스가 함대를 거느리고 떠난 후, 우리는 회의를 한 번도 열어 본 적이 없었소. 그런데 누가 우리를 이렇게 소집했단 말이오? 무슨 급한 일이라도 생겼소? 외적이 쳐들어온다는 급보라도 날아온 거요? 우리를 소집한 이가 누구든 그분은 진실한 분일 터이니, 그분에게 행운 있으라! 제우스시여, 그분이 뜻한 바를 모두 이루게 하소서.」

텔레마코스는 기쁨에 찬 얼굴로 자리를 박차고 일어섰다. 그러자 사려 깊은 전령 페이세노르가 그의 손에 단장을 쥐어 주었다. 「노인장이여, 여러분을 이렇게 모이게 한 것은 바로 나입니다. 내가 그랬습니다. 외적이 쳐들어온다는 급보를 받았거나, 모두에게 알려야 할 일이 있어서가 아니라, 나의 집안에 불어닥친 일련의 불행을 알릴 목적으로 여러분을 불렀습니다. 모두 알다시피, 나는 고귀한 아버님을 잃었습니다. 한때는 여러분을 다스리던 왕이셨고, 또한 부모와 같이 인자하셨던 분이지요. 그런데 지금은 그분의 집안이 무참히 몰락해 버릴 지경에 몰렸습니다. 현재 내 어머니께서는 여러 곳에서 오신 지체 높은 구혼자들 때문에 심한 고통을 받고 계십니다. 다들 어찌 그리도 비겁하고 모질게 굴 수 있는지요. 내 외조부를 찾아가면 될 게 아닙니까! 그분께서 손수 혼수도 장만해 주실 거고, 또 그분 눈에 잘 보인다면 기꺼이 사위로도 삼으실 텐데요. 그런데도 날마다 내 집으로만 몰려와 소를 잡는다, 양과 살진 염소를 잡는다, 술잔치를 벌인다 해서 야단법석을 떠니, 천금을 쌓아 두어도 버텨낼 재간이 없답니다. 기울어지는 집안을 일으켜 줄 아버님 같은 분은 계시지 않고 말입니다. 이렇게 가다가는 그야말로 불쌍한 신세로 늙어 죽게 될지도 모르는데, 그것을 모면할 길은 없는 것 같습니다. 내게 힘이 있다면야, 이렇게 수수방관하지는 않겠지요. 구혼자들의 작태는 정말 목불인견입니다. 여러분, 신들의 분노가 두렵지 않습니까? 계속해서 추태를 일삼다가는 언제 신들의 노여움을 사서 보복을 당할지 모르는 일입니다. 올림포스의 제우스 신과 집회를 주재하시는 테미스 신의 이름으로 여러분들에게 바라나니, 아비를 잃은 슬픔을 조용히 맛볼 수 있게 내버려두십시오. 내 아버지께서 아카이아인들에게 끼친 해를 복수할 심산으로 나와 내 집안을 해코지하는 게 아니라면, 제발 자제해 주십시오. 여러분들이 내 재산을 축내고 가축을 잡아먹는 것은 사실 겁나지 않소이다. 언젠가는 그 대가를 치르게 될 테니까요.」

　텔레마코스가 말을 마친 뒤 분에 겨워 단장을 땅에 던져 버리고 눈물을 쏟았다. 그러자 좌중이 모두 그를 불쌍히 여겨 감히 항의할 생각마

저 잊은 듯 침묵했다.

그때 안티노오스가 입을 열었다. 「텔레마코스여, 그대는 우리를 모욕하고 비난할 생각이오? 잘못은 우리 구혼자들에게 있는 게 아니라, 교활한 그대 어머니에게 있소이다. 그녀가 우리 구혼자 무리를 속여온 건 이미 3년을 지나 4년째가 되어가고 있소. 마음에도 없는 거짓 약속을 남발해 모두를 들뜨게 만든 게 한두 번이 아니었소. 방안에 큰 베틀을 놓고 길쌈을 하면서 그녀는 이렇게 말하였소. '고귀하신 여러 구혼자들이시여, 이제 영주이신 오디세우스께서도 돌아가셨으니, 아무리 혼사가 급하시더라도 이 길쌈을 마칠 때까지만 참아주소서. 뽑아 놓은 실을 헛되이 버릴 수야 없지 않겠습니까? 제 시아버지이신 라에르테스께서 운명하실 때를 대비해 미리 수의나마 만들어 놓을까 합니다. 많은 재산을 두고도 수의 하나 없이 돌아가신다면, 아카이아 땅의 모든 부인들이 저를 나무라겠지요.' 사정이 이러하기에 우리들로서는 참고 지낼 수밖에 달리 도리가 없었소이다. 그러나 그대의 모친은 낮에는 베를 짜고 밤에는 그것을 다시 풀어 자그마치 3년이란 세월 동안 우리 구혼자들의 인내를 조롱해 왔소. 그러다가 해가 바뀌면서 한 시녀에 의해 비밀이 누설되자, 마침내 그녀는 싫든 좋든 길쌈을 끝맺게 된 것이오. 이쯤이면 그대도 우리들의 입장을 충분히 이해했으리라 믿고, 이제 구혼자들을 대표해 요구하겠소. 그대의 모친을 어서 친정으로 보내시오. 그래서 친정아버지께서 골라주는 사람이나 본인 마음에 드는 사람과 결혼하게 하시오. 만일 그녀가 아테나 여신께 받은 지혜를 함부로 악용하여, 아카이아의 젊은 청혼자들을 계속해서 농락할 생각이라면, 어디 한 번 그렇게 해보라고 하시오. 그런 간계는 일찍이 티로(살모 니뉴의 딸)나 알크메네(헤라클레스의 어머니), 그리고 눈부신 관을 쓴 미케네와 같이 아름다운 머리털을 지닌 아카이아의 부인들에게는 없었던 품성인 줄로 알고 있소. 정말 이 세상에 페넬로페 같은 여인이 있으리라고는 상상조차 못했소. 마치 신의 사주라도 받은 듯이 기만적인 행동을 계속한다면, 우리 구혼자들은 그대의 가산을 탕진할 것이오. 그녀가 결혼식을 올리기 전까지는 아무도 돌아가지 않을 것이오.」

그러자 영리한 텔레마코스가 단호하게 말했다. 「안티노오스여, 나를 낳고 길러 주신 어머니를 강제로 출가하시게 할 생각은 추호도 없소이다. 아버님의 생사조차 모르는 터에, 내가 만일 우격다짐으로 그분을 출가하시게 한다면, 그건 외조부이신 이카리오스께 너무 무거운 짐을 안겨드리는 게 되오. 외조부께서 나를 그냥 놓아두실 리도 만무하며, 더욱이 신께서 내리실 벌을 내 어찌 감당하겠소? 어머니를 집에서 내보내는 것은 곧 복수의 신을 불러들이는 것과 다름없소이다. 게다가 사람들의 비난을 면할 수가 없을 거요. 사정이 이러한데, 내 어찌 망령되이 여러분의 의견을 좇겠습니까. 여러분도 가슴에 한줌의 양심이라도 남아 있다면, 어서 내 집을 떠나 다른 곳에서 여흥을 즐기시오. 그러나 내 집안의 재물을 축내는 데 재미를 붙였다면, 어디 마음대로들 해보시오. 나는 불사의 신들께 호소하리다. 다행히 제우스께서 내 기도를 들어주신다면, 여러분들도 반드시 좋지 못할 것이외다.」

텔레마코스의 말에 호응이라도 하듯 전지전능한 제우스는 올림포스 산정에서 독수리 두 마리를 지상으로 날려보냈다. 독수리들은 잠시 하늘 위를 배회하다가 거센 바람처럼 하강해 떠들썩한 회의장 안으로 날아들었다. 그러고는 발톱으로 사람들의 목과 뺨을 할퀴고 나서 곧장 하늘로 솟구쳐 올랐다. 사람들은 눈이 휘둥그레지고 내심 공포를 느끼며 우왕좌왕했다.

그때 네스토르의 아들인 할리테르세스가 좌중을 향하여 말했다. 그는 새점을 잘 치고, 운명을 읽을 줄 아는 사람이었다. 「여러분들, 내 말을 잘 들으시오. 특히 구혼자들은 귀담아 듣길 바라오. 당신들에게 지금 큰 화가 닥쳐오고 있소. 머지않아 오디세우스가 당신들 앞에 모습을 드러낼 것이오. 아마도 그는 지금 우리 가까이 와서 당신들을 처단할 계획을 세우고 있는지도 모르오. 뿐만 아니라, 이타카에 사는 모든 이들에게도 그 화가 미칠지 모르겠소. 일이 터지기 전에 어서 대책을 세웁시다. 재앙을 막아야 합니다. 나는 결코 헛된 소리나 지껄이고 다니는 사람이 아니오. 아르고스의 군사들이 오디세우스 왕과 더불어 일리움으로 출항할 때도 말한 바 있지만, 이제 만사가 그의 뜻대로 되어가고 있소. 갖은 고난을 겪으며 부하를 다 잃은 그가 아무도 모르게 20년 만에 고국으로 돌아오게 되리라고 내 예언하지 않았소? 자, 보시오. 이제 모든 것이 내 예언대로 될 것이오.」

그러자 폴리보스의 아들 에우리마코스가 할리테르세스의 말에 반박했다. 「영감님은 집으로 돌아가 댁의 자식들한테나 예언하시구려. 혹시 자식들에게 화가 미칠지도 모르니까. 하지만 오디세우스에 관한 일이라면 당신보다는 내가 훨씬 뛰어난 예언자일 거요. 태양을 쬐며 날아다니는 새는 많지만, 아무 새나 전조를 물어다주는 것은 아니오. 저 오디세우스로 말하자면, 이미 머나먼 타국에서 오래 전에 죽었소이다. 당신도 그와 함께 죽었더라면 오죽이나 좋았겠소. 그랬다면, 그 따위 엉터리 같은 예언도 못했을 거고, 가뜩이나 화가 나 있는 텔레마코스의 가슴에 부채질도 하지 않았을 텐데 말이오. 내 영감께 분명히 말해 두지만, 서푼어치 지식에 의지해 예언이랍시고 함부로 입을 놀렸다간, 머잖아 자신에게 크나큰 고통이 돌아갈 거라는 사실을 명심하기 바라오. 그리고 텔레마코스, 그대에게도 충고를 한마디하겠소. 어머니를 친정으로 보내시오. 일가 친척이 혼인잔치를 베풀고 값비싼 예물들을 마련하면, 그 모든 혜택이 인자하신 어머니한테로 돌아갈 터, 그래야만 아카이아의 대장부들도 이 시끄러운 청혼을 그만둘 거요. 앞으로 어떤 일이 벌어지든 우린 결코 겁날 게 없소. 그대가 무슨 소릴 하든, 저 영감이 예언이니 뭐니 하며 함부로 지껄여대도 아무 소용이 없소이다. 괜히 미움만 더 사게 될 뿐이라는 걸 알아두시오. 그대의 어머니가 결혼 문제로 우리 구혼자들의 속을 태우는 한, 이 집안의 재산이 축나는 걸 막을 순 없을 거요. 우리는 날이면 날마다 에서 죽치고 앉아, 그녀의 아름다움을 차지하기 위해 경쟁해 왔소이다. 이제 새삼스럽게 다른 여자를 찾아 나설 수 없는 노릇 아니오.」

이에 영리한 텔레마코스가 말했다. 「에우리마코스여, 그리고 지체 높으신 구혼자 여러분, 나는 이제 이 문제를 가지고 더 이상 다투고 싶지 않소이다. 이미 신께서도, 그리고 아카이아 시민들도 다 알고 있으니까요. 다만 한 가지 청이 있소이다. 빠른 배 한 척과 사공 스무 명만 좀 구해 주시오. 스파르타와 모래의 고장 필로스 등지로 다니면서, 아버님에 관한 소식을 알아보고 싶소이다. 사람들에게서나 아니면 신에 게서라도 어떤 얘기를 듣게 될지 모르니까요. 만약 아버님이 살아서 돌아오신다는 얘길 듣는다면, 1년만 더 가산의 낭비를 참아볼 생각입니다. 그러나 그분이 돌아가셨다고 하면, 곧장 이곳으로 돌아와 무덤을 쌓고 성대하게 장례식을 치른 뒤, 어머니를 개가시키도록 하겠소이다.」

말을 마친 텔레마코스가 자리에 앉자, 좌중에 있던 멘토르가 일어섰다. 그는 오디세우스의 친구로, 출정을 앞둔 오디세우스로부터 가족과 집안 일을 맡아달라는 부탁을 받았었다. 그는 사람들을 향해 열변을 토하였다. 「여러분, 잠시 내 말에 귀를 기울여 주시오. 이제부터는 누가 왕이 되든, 그에게 친절과 인자함을 기대하지 맙시다. 또한 정의의 마음을 구하지도 맙시다. 오로지 불의와 몰인정만을 바랍시다. 왜냐하면 여길 보시오. 단 한 명도 신성한 오디세우스를 생각해 주는 이가 없지 않습니까! 그는 일찍이 우리 모두의 군주로서, 친아버지처럼 인자하게 선정을 베풀었는데도 말이오. 그렇다고 해서, 내 여기 있는 여러 젊은 구혼자들을 꾸짖고자 하는 건 아니오. 다만, 난폭한 행동을 일삼으며 옛 주인의 살림을 망치고 있는 무리들을 보면서도, 꿀 먹은 벙어리처럼 가만히 앉아만 있는 여러분들에게 적잖이 실망했다는 걸 말하는 것이오. 이렇게 많은 사람 중에서, 이까짓 몇몇 구혼자들을 꾸짖어 혼내 줄 사람이 정말 하나도 없단 말이오?」

그러자 에우에노르의 아들 레오크리토스가 이를 공박했다. 「얼빠진 멘토르여, 무슨 당치도 않은 말을 하는가? 사람들을 부추겨 우리를 제

지해 보겠다고? 천만에 말씀! 당신들보다 수적으로도 월등한 우리들을 대적하기는 어려울 거요. 오디세우스가 살아 돌아와, 온통 먹자판을 벌인 구혼자들을 내쫓는다 하더라도, 그 부인께서 그다지 반기지는 않을 것이오. 벌써 수적으로 우세한 우리들과 싸워 봤자, 얻을 것은 죽음밖에 없으니까! 그러니까, 아예 그 따위 말일랑은 입 밖에 내지 마시오. 자, 이제 지루한 회합 따위는 끝났으니, 모두 집으로 돌아들 가시오. 항해 준비는 멘토르와 할리테르세스가 하게 될 거요. 두 사람 다 대대로 이 집안의 하수인들이었으니까! 그러나 결국은 헛물만 켜게 되겠지. 항해라는 게 결코 쉬운 일이 아니거든.」

이렇게 회의가 끝나자, 사람들은 각자 집으로 돌아갔다. 그리고 구혼자들은 신과 같이 존귀한 오디세우스의 궁으로 향했다.

한편, 텔레마코스는 바닷가로 나가 잿빛 바닷물에 손을 씻고 아테나에게 기도를 올렸다. 「아뢰옵니다. 어제 신께서 친히 저의 집에 오시어 분부하시되, 배를 타고 안개 낀 바다를 건너, 오래 전에 실종된 제 부친의 귀국 소식을 알아보라고 하셨지만, 아카이아 사람들이, 특히 오만 방자한 구혼자들이 이 계획을 방해하고 있습니다.」

이렇게 기도를 올리자, 멘테스로 변신한 아테나가 가까이 다가와 말했다. 「텔레마코스여, 앞으로는 그렇게 비겁하거나 어리석게 행동하지 마시오. 그대가 진실로 위대한 오디세우스의 피를 이어받았다면 말이오. 그대의 아비였다면, 이런 일쯤은 채 말이 떨어지기도 전에 실행에 옮겼을 것이오. 정말 그대의 몸 안에 부친의 힘과 용기가 깃들여 있다면, 성공적인 항해가 될 것이외다. 그러나 그대가 진정 그분의 후예가 아니라면, 그대의 소원은 결코 이루어지지 않을 거요. 이 세상에 아비를 닮는 자식은 그리 많지 않소이다. 대부분이 아비보다 못하며, 나은 경우는 아주 극소수에 불과하오. 사정이 그렇다 하더라도, 그대가 앞으로 비겁함이나 어리석음에서 벗어나 부친에게서 받은 지혜를 실수 없이 발휘만 한다면, 이번 일은 무난하게 달성할 수 있을 것이오. 그러므로 지혜도 정의도 지각도 없는 구혼자들의 말에는 결코 귀기울이지 마시오. 그들은 자기들 앞에 닥쳐온 죽음조차 알지 못하는 어리석은 자들이오. 다시 말하지만, 나는 그대의 부친과는 절친한 사이요. 내 그분과의 우정을 생각해서, 빠른 배 한 척을 구해 그대와 함께 동행해 주겠소. 그러니 그대는 서둘러 집으로 돌아가 식량을 준비토록 하시오. 난 거리로 나가 사공들을 모아보리다. 준비가 되는 대로 닻을 올리고 떠나도록 합시다.」

텔레마코스는 아테나의 말을 한마디도 빠뜨리지 않고 새겨듣고는 서둘러 궁으로 향했다. 그곳에서는 구혼자들이 마당에서 염소 가죽을 벗긴다, 돼지를 잡는다 하면서 온통 야단법석을 떨고 있었다.

안티노오스는 텔레마코스를 보자 껄껄 웃은 다음, 그의 손을 잡고 이렇게 말했다. 「텔레마코스여, 그렇게 흥분만 하지 말고, 이리 와서 전처럼 함께 먹고 즐기도록 하세. 배와 사공은 아카이아 사람들이 알아서 마련해 줄 테니까. 필로스로 가서 고귀한 자네 부친의 소식을 들을 수 있게 말이지.」

텔레마코스는 안티노오스의 손을 가볍게 뿌리치며 대답했다. 「안티노오스여, 난 교만한 사람들과는 같이 식사하고 싶은 생각이 없소이다.

당신들은 그 동안 날 어린애로 취급하면서 내 집의 재산을 함부로 낭비해 왔소. 그런데도 아직 직성이 풀리지 않는단 말이오? 나도 이제 성인이 되었소이다. 내 의지대로 판단해, 필로스로 가서 원조를 받든지, 아니면 이 고장에서라도 그대들을 혼내 줄 방도를 찾아낼 것이오. 자, 내가 말한 항해가 당신들한테는 허튼 짓으로 보이겠지만, 난 남의 배를 얻어 타고서라도 항해할 작정이오.」

이러는 동안에도 구혼자들은 여기저기에서 먹고 마시고 떠들어대느라 분주했다. 심하게 욕지거리를 하는 사람이 있는가 하면, 또 어떤 위인은 이렇게 떠들어대는 것이었다. 「정말 텔레마코스는 우리를 전멸시킬 작정인가 보지? 모래의 고장 필로스나 스파르타에 가서 원조를 받아 우리를 몰살할 생각인가? 아니면, 기름진 에피레 땅으로 가서 독약을 얻어다가 술에 타서 우리에게 먹이려는지도 모르지.」

또 다른 건달이 말을 받았다. 「배를 타고 멀리 나갔다가 오디세우스처럼 행방불명이 될지도 모르지. 그렇다면 우리는 더욱 야단법석을 떨어야 될 거요. 왜냐하면 재산을 분배해야 될 테니까. 궁이야 누구든 장가드는 자에게 주어 버리면 그만일 테고!」

그 사이 텔레마코스는 아버지의 보물을 넣어둔, 천장이 높은 방으로 들어갔다. 그곳에는 금과 청동 기구가 수북히 쌓여 있었고, 궤 속에는 갖가지 의류와 향유가 가득 담겨 있었다. 뿐만 아니라, 맛좋은 포도주며 오래된 꽃술들이 벽에 도열해 있었다. 아버지가 귀국하는 날에 쓰고자 마련해 둔 것들이었다. 방은 이중문으로 열쇠가 단단히 채워져 있었는데, 시녀 에우리클레이아가 밤이나 낮이나 온 정성을 다해 파수를 보고 있었다.

텔레마코스는 그녀를 방으로 불러들여 일러두었다. 「여기 항아리에 아버지께서 귀국하실 때를 기다려 애지중지 보관해 놓은 포도주를 담으시오. 열두 병을 채워 마개를 단단히 봉하고, 가죽부대에는 찐보리 스무 말을 채워 두시오. 아무도 모르게 손수 해야 하오. 밤에 어머니께서 잠드실 무렵에 내 가지러 오겠소이다. 난 그걸 들고서 모래의 고장 필로스와 스파르타로 가서 아버님의 소식을 알아볼 거요.」

그러자 착한 에우리클레이아는 눈물을 흘리면서 말했다. 「아, 어쩌다 이런 생각을 다 하시게 되었는지요? 사랑하는 왕자님, 애지중지 귀여움만 받던 몸으로 어찌 그 먼 곳까지 가신다는 말씀입니까? 오디세우스님은 이미 머나먼 객지에서 운명하셨나이다. 왕자님마저 여길 떠나시고 나면, 저 몹쓸 구혼자들이 무슨 짓을 저지를지 뻔합니다. 간계를 부려 이 집안의 재산을 모두 나눠 먹겠지요. 그러니 그냥 여기 계셔요. 고국을 떠나 재난을 자초하지 마세요.」

그녀의 말에 현명한 텔레마코스가 답변했다. 「안심하세요, 유모. 이 것은 신의 뜻으로 행하는 일이랍니다. 그래도 어머니께는 당분간 비밀로 해 주세요. 적어도 열흘이나 열하루가 지나기 전까지는. 아니면, 내가 떠난 것을 아시게 되기 전까지는 말이오. 그 고운 얼굴이 상해서는 안 되니까!」

선량한 에우리클레이아는 신의 이름을 걸고 굳게 맹세했다. 그러고는 곧바로 항아리에 포도주를 채우고, 튼튼한 가죽부대에는 보리를 담기 시작했다. 그 사이 텔레마코스는 방을 빠져 나와 구혼자들 틈에 섞여들었다.

한편, 지혜로운 아테나는 텔레마코스로 변신하여 온 성을 돌아다니면서 사람들을 만나 밤에 뱃전으로 모이도록 조처하였다. 그런 다음, 프로니오스의 아들 노이몬에게 가서 빠른 배 한 척을 부탁하여 쾌히 승낙을 얻어냈다. 해가 지고 사방이 어둑어둑해지자 아테나는 선원들을 모아 놓고 그들의 용기를 북돋워 주었다. 그러고 나서 오디세우스의 집으로 가서 구혼자들의 눈에다 달콤한 잠을 퍼부었다.

아테나는 멘테스로 변신한 뒤, 텔레마코스를 불러내어 말했다. 「텔레마코스여, 채비를 마친 동지들이 지금 뱃전에 앉아 그대가 나타나기만을 기다리고 있소. 자, 어서 갑시다. 갈 길이 늦어지면 곤란하오.」

처녀신 아테나가 바삐 앞장서 가자, 텔레마코스는 그 뒤를 바싹 좇아갔다. 항구에 이르니, 과연 머리가 치렁치렁한 한 무리의 청년들이 서 있는 게 보였다.

텔레마코스는 비로소 입을 열었다. 「동지들이여, 우리 준비해 둔 양식을 배로 나릅시다.」

텔레마코스는 일행을 데리고 궁으로 가서 양식을 가져다 배 위에 실은 뒤 아테나를 따라 배 뒤편으로 가서 앉았다. 이에 일행이 닻을 올리고 뱃전으로 올라서자 아테나가 맑은 서풍을 일으켜 주었다.

텔레마코스는 일행을 독려하여 밧줄을 잡도록 하고, 소나무 돛대를 올려 중방 구멍에다 박고는 밧줄로 단단히 동여맨 다음, 가죽끈으로 흰 돛을 힘껏 당겨 올리게 했다. 그러자 바람이 돛을 부풀리면서, 검푸른 물결이 뱃머리에서 하얗게 부서지기 시작했다. 배는 물살을 가르며 쏜살같이 앞으로 나아갔다. 일행은 술을 가득 따라 영생의 신들께, 특히 제우스의 따님인 아테나 여신께 잔을 올렸다. 기나긴 밤이 지나 새벽이 올 때까지 배는 물위를 부지런히 헤쳐 나아갔다.

네스토르에게서 소식을 듣다

텔레마코스, 필로스에서 만난 네스토르에게서 프리아모스 성을 함락시 킨 뒤에 귀환한 얘기와 오디세우스에 관한 얘기를 듣는다.

어느새 일행은 필로스에 도착했다. 해안에서는 사람들이 각각 500명 씩 아홉 패로 나뉘어 검은 황소를 잡아 검은머리를 늘어뜨린 지진의 신 께 제를 올리고 있었다. 각 패마다 황소를 잡아 제단에 올리려고 할 때, 마침 일행이 도착한 것이다. 먼저 텔레마코스가 배에서 내리자 아테나 가 길을 인도했다.

마침내 아테나가 입을 열었다. 「텔레마코스여, 이제부터는 절대로 수줍어하지 마시오. 그대가 바다를 건너온 까닭은 바로 부친의 소식을 알기 위한 것 아니겠소. 자, 이제 오디세우스께서 어떠한 최후를 맞이 하셨는가를 알아보도록 합시다. 우선 말을 아주 잘 다루는 기사 네스 토르에게 가서 진상을 물어보는 게 좋을 거요. 그는 어진 양반이라 거짓말을 하지는 않을 거요.」

「어르신, 제가 가서 어떻게 말을 꺼내야 하는지요. 저는 말주변도 없고, 특히 어른한테는 더욱 그렇지요.」

영롱한 눈빛의 여신이 다시 일렀다. 「텔레마코스여, 무엇이 그토록 어렵단 말이오. 여태껏 가슴에 품어왔던 대로만 말하면 되지 않겠소? 그대가 태어나고 자라난 것 모두가 신의 뜻이었던 것처럼, 그대의 입술도 신이 주장할 것이오.」

아테나가 앞장서자 텔레마코스가 그 뒤를 바짝 따랐다. 필로스 사람들은 잔치를 준비하느라 한창 바쁘게 움직이고 있었다. 네스토르는 아들들과 함께 앉아 있다가 아테나와 텔레마코스를 보고는 반갑게 맞았다. 먼저 네스토르의 아들 페이시스트라토스가 그들을 인도해 모래 위에 깔아 놓은 털가죽 위에 앉혔다. 그 곁에는 그의 아우인 트라시메데스와 아버지가 앉아 있었다.

페이시스트라토스는 새로 온 손님들에게 살코기와 술을 올린 다음, 처녀신 아테나를 보면서 말했다. 「손님이시여, 마침 잘 오셨습니다. 잔을 들어 포세이돈 신께 축원을 올리시지요. 불사의 신들께 축원을 올리는 것은 좋은 일입니다. 우리 중 신의 은혜를 받지 않은 자가 없지요. 먼저 손님께서 올리시고 다음 분에게 돌리시지요.」

아테나는 양손잡이가 달린 금 술잔을 자기에게 먼저 돌리는 주인의 혜안과 호의에 기분이 좋아졌다. 그래서 즉석에서 포세이돈에게 빌었다. 「땅의 신 포세이돈이시여, 우리의 축원을 들으소서. 먼저 네스토르와 그의 아들들에게 명예를 내리시고, 필로스 시민에게도 이 빛나는 제

전의 노력이 헛되지 않게 하소서. 또한 이곳까지 온 저희들에게도 임무를 끝마친 다음에 무사히 돌아갈 수 있도록 은혜를 내려주소서.」

축원을 마친 여신은 지혜롭게도 자신의 축원이 이루어지도록 했다. 그리고 금잔을 텔레마코스에게 건네주었다. 그러자 그 역시 이와 똑같은 축원을 올렸다. 사람들은 고기를 나누며 성대한 잔치를 벌였다.

잔치가 무르익어 가자 네스토르가 입을 열었다. 「자, 이제 식사도 어느 정도 하셨으니 몇 마디 여쭤 보겠습니다. 손님께서는 어디서 오셨는지, 무슨 일을 하시는지 궁금합니다. 아니면, 약탈을 일삼는 해적들처럼 모험을 즐기시는 분인가요?」

이에 지혜로운 텔레마코스가 용기를 내어 답변했다. 아테나가 그의 가슴속에 용기를 북돋워 주었기 때문이다. 「넬레우스의 아드님이신 네스토르시여, 아카이아 인의 위대한 영광이신 당신께서 물으시니, 몇 마디 아뢰겠습니다. 우리는 네이온 산 밑의 이타카에서 왔습니다. 우리가 이곳에 온 이유는 다름이 아니라 저의 아버님에 대한 소문이라도 듣고자 해서입니다. 듣자 하니, 저의 아버님께서는 당신과 함께 트로이 성을 공략했다고 하더군요. 그런데 트로이 전쟁에 참전한 사람들의 참혹한 최후에 관해서는 익히 들어 알고 있습니다만, 유독 저의 아버님의 최후만은 아직 전해지지 않고 있습니다. 어디에서 최후를 마치셨는지, 육지에서인지 바다에서인지 아무도 말해 주는 사람이 없습니다. 그래서 실례를 무릅쓰고 이렇게 찾아왔습니다. 혹시 보신 바가 있거나, 무슨 소문이라도 들으셨다면 말씀해 주십시오. 아버님께선 태어나실 때부터 매우 박명하셨다고 합니다. 원컨대, 저를 동정하여 위로의 말씀만 하시지는 말고, 사실대로, 그리고 기억나시는 대로 모두 말씀해 주십시오.」

그러자 네스토르가 대답했다. 「젊은 친구여, 그대가 내 마음속에 슬픔의 실타래를 풀어놓는구려. 자, 그럼 거기서 겪은 고난의 이야기를 하리다. 우리 아카이아 군사들은 아킬레우스를 따라 검푸른 바다를 넘어 프리아모스의 성을 공략했소. 그러면서 정예의 용사들을 잃게 되었지. 저 날랜 아이아스와 아킬레우스, 그리고 그 지혜가 신과 같다던 파트로클로스도 잃었소. 그뿐인가, 누구보다 재빨랐던 안틸로코스와 그토록 착하던 내 귀한 자식도. 설상가상으로 재난은 얼마나 많이 일어나는지, 차마 사람의 탈을 쓰고는 도저히 입에 담을 수 없는 일들이 일어났소. 그대가 여기 5년, 아니 6년을 묵으면서 듣는다 해도 우리가 겪은 고난을 다 들을 수는 없을 거요. 아마도 이야기가 끝나기 전에 그대는 끔찍해서 고국으로 돌아가 버릴지도 모르고. 만 9년 동안 우리는 그렇게 보냈소. 모든 지혜와 지략을 모아 전투에 임했건만, 크로노스의 아드님은 승리를 안겨 주시지 않았지. 물론 모든 사람들 중에서 가장 뛰어난 전술가는 단연 그대의 부친이었소. 만일 그대가 진실로 그분의 아들이라면, 형언할 수 없을 정도로 반가운 일이라오. 그리고 보니 목소리가 닮은 듯하군. 젊은이가 이처럼 의젓하게 말하는 것은 나도 생전 처음 보는 일이오. 오, 선하신 그대 아버님과 나는 언제 어디서든 한마음 한뜻이었소. 우리는 어떻게 하면 최고의 승리를 거둘 수 있을까 하고 머리를 맞대었소. 마침내 우리는 프리아모스의 견고한 성을 무너뜨렸소. 그런데 우리가 귀향길에 오르자 신들이 우리들을 해치기 시작한 거요. 제우스까지도 우리가 분수에 넘는 짓을 했다 하여 참혹한 계책을 세우셨소. 우선 제우스의 딸인 여신 아테나가 아트레우스의 두 아들 메넬라오스와 아가멤논을 부추겨 싸움을 일으키도록 한 거요. 두 사람은 사위가 어두워지는 저녁 무렵에 아카이아 군을 소집했소. 설상가상으로 술에 만취한 병사들에게 그들이 모인 까닭을 말해 분란을 일으켰던 거요. 메넬라오스가 어서 빨리 귀향하자고 설득한 반면, 아가멤논은 우선 신성한 제물을 올려 아테나의 분노를 풀자고 고집했소. 어리석도다, 여신이 들어줄 리 만무하다는 것을 모르다니! 불멸의 신들은 가벼이 마음을 돌리는 법이 없다는 걸 모른 거요. 서로 의견이 팽팽했던 만큼 병사들도 두 패로 나뉘어 서로 언쟁만 벌이다 하룻밤을 보내게 되었소. 비로소 아침이 되자, 한 패는 드넓은 바닷가에 정박해 있던 함대에 보물과 트로이 여자들을 싣기 시작했소. 한편, 아가멤논이 이끌던 패는 그곳에 머물러 제를 올릴 준비를 하였소. 결국 그대의 부친과 나는 그곳을 떠나는 배에 몸을 실었소. 그러나 우리가 테네도스에 다다랐을 무렵, 신들에게 제물을 올렸지만 받아들이지 않았소. 오히려 병사들 간에 싸움만 일게 된 거요. 결국 다시 패가 갈려 오디세우스 일행은 아가멤논한테 가기 위해 함대를 돌렸소. 그러나 나는 신의 계략을 짐작하고, 호전적인 티데우스의 아들인 디오메데스 일행과 금발의 메넬라오스 등과 더불어 귀향의 길을 늦추지 않았소. 우리는 몇 번의 갈림길에서 의견이 갈렸지만, 그때마다 신에게 제물을 바치며 가르침을 구했소. 강풍이 일 때마다 황소의 넓적다리 살을 포세이돈께 바치며 풍랑을 헤쳐 나왔던 거요. 나흘째 되던 날, 디오메데스 일행은 아르고스에 정박했지만 나는 필로스를 향해 항해를 늦추지 않았소. 결국 신의 도움으로 나는 돌아왔지만, 과연 누가 죽고 살았는지에 관해서는 알지 못하오. 친구여, 그 밖의 얘기는 내 집에 가서 조용히 얘기해 주리다. 빼어난 창 솜씨를 자랑하는 미르미돈 군은 아킬레우스의 아들을 따라 무사히 귀환하였다고 하오. 그리고 포이아스의 아들 필로크테테스와, 이도메네우스도 마찬가지요. 그리고 아가멤논에 대한 이야기는 그대도 들었을 거요. 그는 돌아오자마자 아이기스토스의 음모로 무참하게 최후를 맞았소. 물론 아이기스토스 역시 아가멤논의 아들 오레스테스한테 무서운 보복을 당했지만 말이오. 보아하니, 그대 또한 수려하고 장대한 체격에 용기도 갖추었구려. 필시 장차 이름을 떨치게 되리다.」

지혜로운 텔레마코스가 대답했다. 「아카이아 시민의 위대한 자랑이신 네스토르시여, 진실로 오레스테스는 복수를 하여 자신의 이름을 떨쳤으니, 후세에도 아카이아 시민들은 그를 길이 기억할 것입니다. 오, 신이시여! 저에게도 그와 같은 용기를 주소서. 저의 집안에서 행악을 일삼는 구혼의 무리에게 복수할 수 있도록 용기를 주소서.」

그러자 게렌의 기사 네스토르가 말했다. 「그대여, 이제야 기억이 나는구려. 그대 어머니한테 많은 구혼자들이 몰려들어 나쁜 짓을 일삼는다고 하던데……. 말해 보시오, 과연 그대 그들에게 즐겨 복종하는가, 아니면 신의 뜻에 따라 그들이 그대를 못살게 구는가를. 누가 알겠소, 오디세우스가 돌아와 그들의 극악무도함을 보복할지? 오, 만일 오디세우스를 유달리 사랑해 주시던 저 빛나는 눈의 여신 아테나만 그대를 사랑하고자 한다면……! 나는 아테나가 그토록 노골적으로 인간에게 사랑을 베푸는 것을 일찍이 보지 못하였소. 만일 여신께서 그대를 도와주시기만 한다면, 그까짓 무리들이야 깨끗이 쓸어낼 텐데…….」

현명한 텔레마코스가 대꾸했다. 「아닙니다. 제가 어찌 감히 그것을 바라겠습니까? 과분하신 말씀입니다. 저의 소원이 그렇게 간단히 이루어질 리가 있겠습니까? 또한 신께서도 응하실 리도 없고요.」

그러자 빛나는 눈의 여신 아테나가 그를 책망했다. 「텔레마코스여, 어찌 그런 말을 함부로 하는 거요? 그분이 원하기만 한다면, 아무리 먼 곳에 있다 해도 신께서 도와주실 일이거늘. 하지만 아가멤논이 아내와 아이기스토스의 간계에 의해 죽듯이, 그 역시 돌아와 집에서 바로 죽을 운명이라면, 차라리 객지에서 고생과 고통을 겪는 편이 오히려 나을 것 아니겠소. 그대가 명심할 것은 인명은 재천이라는 것이오. 아무리 신께서 사랑하는 인간이라 할지라도 죽음의 운명이 닥쳐올 때는 손을 쓸 수가 없는 법이라오.」

지혜로운 텔레마코스가 대답했다. 「멘테스님이시여, 우리 이런 소리는 그만 합시다. 그분이 돌아오신다는 사실은 그 어디에서도 찾을 수 없으니 말입니다. 아마 신들께서는 이미 그분을 거둬 간 것 같습니다. 하지만 네스토르님께 한 가지만 더 묻겠습니다. 지혜와 이성이 출중하셔서 세 번이나 영주가 되셨다고 하니, 불멸의 신처럼 우러러 뵈옵니다. 네스토르시여, 아가멤논 대왕의 최후를 사실대로 말씀해 주십시오. 메넬라오스는 어디에 있었고, 아이기스토스는 어떻게 자기보다 훨씬 용감한 분을 죽일 수 있었습니까?」

게렌의 기사 네스토르가 대답했다. 「자, 그럼 말하리다. 만일 금발의 메넬라오스가 트로이에서 돌아와 아이기스토스가 집안에 있는 걸 보았다면, 어떻게 되었겠소? 어느 누구 하나 아이기스토스의 시신을 묻지 않아, 결국 성 밖에 놓인 채로 새와 짐승 밥이 되었으니 말이오. 여자들조차 눈물을 흘려주지 않은 걸 보면, 그가 얼마나 끔찍한 죄를 저질렀는지 가히 짐작할 수 있을 거요. 그는 평화롭던 시절에도 아가멤논의 아내 클리타임네스트라를 꾀어 가끔씩 밀회를 즐겼소. 물론 지각 있는 그녀도 처음부터 불미스러운 행동을 한 건 아니오. 더욱이 아가멤논 대왕이 트로이로 떠나면서 음유시인에게 아내를 잘 돌봐 달라고 신신당부하였던 터요. 그러나 신의 장난으로 그녀는 멸망의 길로 접어든 거요. 아이기스토스는 음유시인을 무인도로 추방하고, 그녀를 자기 집으로 유혹하여 사랑을 속삭였소. 그러고는 맛있는 고기를 신의 제단에 올린 것은 물론이거니와, 비단·황금 등 많은 제물을 바쳤소. 한편, 트로이에서 돌아올 때 우리는 귀국한다는 생각만으로도 가슴이 벅차 올랐소. 그런데 아테나의 수니온 성지에 다다랐을 때요. 아폴론이 한창 달리는 배의 키를 잡고 있는 메넬라오스의 키잡이를 향해 화살을 날린 거요. 그는 오네토르의 아들 프론티스로, 키를 다루는 데에서는 어느 누구도 당할 자가 없었소. 그러므로 메넬라오스는 마음이 급했지만, 그를 장사 지내지 않을 수가 없었소. 그리고 다시 풍랑을 헤치고 전속력으로 말레이아의 준험한 산기슭에 다다랐지만 제우스의 무서운 고함소리와 함께 집채만한 파도가 넘실거리며 덤비는 것이었소. 여기서 사람들은 다시 둘로 갈리어, 한 패는 아르다노스의 바다 근처 키도니아족이 사는 크레테로 향한 거요. 마침 남서풍이 불어주어, 짙은 안개와 폭풍우 속에서도 고르틴의 변방에 다다를 수 있었소. 겨우 전멸을 면한 것이오. 그리고 메넬라오스가 탄 뱃머리가 검은 다섯 채의 배는 파도에 밀리어 이집트까지 표류해 갔소. 그는 그곳에서 많은 재산과 보화를 모았지만, 언어가 통하지 않는 타국에서는 이방인에 불과할 뿐이었소. 한편, 아이기스토스는 아가멤논을 살해한 뒤, 황금이 많이 나는 미케네를 7년 동안 다스렸소. 그러나 8년째가 되자 아테나가 영리한 오레스테스를 보내 아버지의 원수를 죽이게 한 거요. 오레스테스가 아르고스 사람들을 불러 원망스러운 어머니와 비겁한 아이기스토스의 장례를 지낸 바로 그날, 메넬라오스가 금은 보화를 가득 싣고 돌아온 것이오. 그러므로 친구여, 집에 불량한 사내들이 들끓는다면 이렇게 널리까지 나와 방황하시 마시오. 그들이 재산을 송두리째 없애 버린다면 어찌하겠소? 아니, 차라리 메넬라오스를 찾아가면 어떻겠소? 그곳은 사람들이 고국에 돌아가고 싶은 마음이 들지 않을 정도로 좋다고 하오. 그가 표류하다 머물렀다는 그곳은, 날아가는 새도 1년 열두 달이 걸려도 갈 수 없을 만큼 먼 바다 저쪽이라오. 만일 그대가 뭍으로 가고 싶다면, 내 수레와 말을 내어 드리리다. 뿐만 아니라 내 아들에게 메넬라오스가 사는 라케다이몬까지 안내하게 하리다. 그대가 직접 물어보시오. 아마 틀림없이 쓸모 있는 대답을 해 줄 거요. 그리고 매우 어진 사람이니, 그대를 속이는 일도 없을 거요.」

그의 말이 떨어지기 무섭게 해가 지고 어둠이 밀려왔다. 그러자 처녀신 아테나가 그들에게 말했다. 「노인장이시여, 참으로 지당하신 말씀입니다. 이제 우리 제물의 혀를 자르고 술을 걸러 포세이돈과 그 밖의 신들께 올린 뒤 쉬도록 합시다. 오늘은 이미 늦었으니, 신들 앞에 오래 머무르지 말고 집으로 돌아가는 것이 좋겠습니다.」

이 말에 의전관들이 먼저 신주를 차례로 따른 다음, 제물의 혀를 불에 던지고 잔을 올렸다. 아테나와 텔레마코스도 자리에서 일어났다.

그 모습을 본 네스토르가 만류하며 말했다. 「이럴 수는 없습니다. 내집에 들르지도 않고 배로 돌아가신다니, 신들도 허락지 않을 것입니다. 저희가 아주 구차하여 손님이 쉬실 방조차 없다면 또 모르겠습니다만, 오디세우스 같은 분의 귀한 자제를 배 위에서 쉬게 한다는 것은 경우가 아니지요. 이미 내 자식에게 손님을 접대하도록 일러두었습니다.」

그러자 처녀신 아테나가 말했다. 「옳은 말씀입니다. 친애하는 노인장이시여, 텔레마코스만은 오늘 밤 폐를 끼치도록 하는 것이 좋겠습니다. 그러나 저는 배로 가서 일행들에게 말이나 전해야겠습니다. 일행중에서는 제가 가장 연장자이거든요. 다른 사람들은 모두 텔레마코스와 동갑으로 젊습니다. 저는 오늘 밤 배에서 쉬었다가 내일 아침, 용감한 카우코니아족을 찾아가 얼마 되지는 않지만 빚을 받아야겠습니다. 그러니 이 사람에게 수레를 좀 내주시고 자제분으로 하여금 동반케 해주시면 참으로 고맙겠습니다. 이왕 폐를 끼치게 되었으니, 아주 힘이 세고 날쌘 말로 내주십시오.」

이렇게 말하고 나서, 아테나는 물수리로 변하여 하늘로 세차게 날아올라 갔다. 이를 본 사람들이 모두 놀라 멍하니 바라보았다.

그 중에서도 더욱 놀란 네스토르는 텔레마코스의 손을 반갑게 맞잡았다. 「친구여, 그대는 진정 축복받은 자요. 신들이 이처럼 그대를 인도하다니, 행운아임에 분명하오. 이는 올림포스 신전을 지키고 있는 어떤 신들도 아닌 트리토게네이아, 즉 전리품을 다스리는 제우스의 따님인, 그대 아버지를 가장 아끼시던 아테나가 아니고 누구겠습니까! 오, 여신이시여! 저에게, 저의 자식들에게 훌륭한 명예가 되어 주소서. 이제 당신께 채 1년이 안 된 암송아지, 사람들이 멍에를 씌우지 않은 놈의 뿔을 금으로 싸서 제물로 올리겠나이다.」

팔라스 아테나가 그의 축원을 들었음은 물론이다. 한편, 네스토르는 아들들과 사위들을 거느리고 커다란 궁으로 향했다. 그곳에 이르자, 그는 빚은 지 11년이나 되는 맛 좋은 포도주를 꺼내 먼저 방패를 주관하는 제우스의 딸 아테나에게 축원을 올렸다. 그런 다음, 가볍게 잔치를 벌이고 각자 처소로 돌아갔다. 텔레마코스는 주랑 밑의 짜 맞춘 침상으로 인도되었다. 그의 옆에는 아직 미혼으로, 회색 창의 명수인 페이시스트라토스가 누웠다.

마침내 여명이 밝아오자, 네스토르는 자리에서 일어나 현관 앞에 놓인 윤이 나는 흰 돌에 앉았다. 이 돌은 그 옛날 부왕, 지혜가 신과 같았던 넬레우스가 앉았던 자리였다. 오늘은 그 뒤를 이어 네스토르가 아카이아 시민을 수호하는 왕홀을 손에 들고 이 자리에 앉은 것이다. 아들들이 그를 중심으로 빙 둘러앉았다. 에케프론과 스트라티오스, 페르세우스, 아레토스, 트라시메데스, 그리고 막내아들인 영웅 페이시스트라토스가 앉았다. 그들은 텔레마코스를 그 옆에 앉히는 것도 잊지 않았다.

네스토르가 입을 열었다. 「내 사랑하는 자식들아, 내 소원을 들어다오. 우선 우리 앞에 나타나셨던 아테나 여신께 제사를 올리자꾸나. 너희는 벌판으로 나가 암송아지를 끌고 오너라. 그리고 텔레마코스의 배를 찾아, 두 사람만 남기고 일행을 데려오도록 하여라. 또한 금은 세공장이 라에르케스로 하여금 암송아지의 뿔을 화려하게 꾸미라고 일러라. 그리고 잔칫상과 제단을 차리고 맑은 물을 올리도록 하여라.」

그의 말이 떨어지기 무섭게 아들들은 바삐 움직였다. 스트라티오스와 착한 에케프론이 암송아지를 끌고 왔고, 쾌속선에서는 용맹한 텔레마코스 일행이 왔다. 금은 세공장이는 모루와 망치, 부집게 등 일하는 데 필요한 연장을 들고 왔다. 그리고 금을 손질하여 암송아지의 뿔을 장식했다. 아레토스는 꽃무늬가 아로새겨진 병에 손 씻을 물과 보리를 담은 바구니를 들고 왔다. 그리고 전술에 뛰어난 트라시메데스는 무시무시한 도끼를 들고 왔으며, 페르세우스는 피를 받기 위해 대접을 들고 있었다. 네스토르는 먼저 손을 씻고 보리를 뿌려 즉시 아테나에게 축원을 올렸다. 그리고 송아지의 머리털을 잘라 불에 넣었다.

모든 제의를 마치자, 트라시메데스가 도끼로 암송아지를 힘껏 내리쳤다. 그와 동시에 네스토르의 딸들과 며느리들, 그리고 애처인 에우리디케가 비명을 질렀다. 무사들의 지도자격인 페이시스트라토스가 암송아지의 목을 자르자 검은 피가 분수처럼 솟구쳐 올랐다. 아들들이 달려들어 다리를 자른 다음, 날고기를 장작 위에 올려놓았다. 네스토르가 포도주를 부으며 고기를 굽자 아들들이 그것을 잘게 썰어 꼬챙이에다 꿰어 제각기 구웠다.

한편, 넬레우스의 손녀요, 네스토르의 막내딸인 폴리카스테는 텔레마코스를 목욕시킨 다음 온몸에 향유를 발라 주고, 화려한 망토와 튜닉을 입혀 주었다. 욕조에서 나오는 그의 모습은 불사의 신처럼 당당해 보였다. 그는 네스토르 옆으로 다가와 앉자 잔치를 시작했다.

네스토르가 먼저 사람들을 둘러보며 말했다. 「자, 내 사랑하는 아들들아! 이제 갈기가 탐스러운 말을 골라 멍에를 씌운 다음, 텔레마코스로 하여금 길을 떠나게 하라.」

그의 말에 아들들이 얼른 수레에 날랜 말을 매어 놓자, 여인들이 앞다투어 왕들이나 먹을 법한 맛있는 음식과 술을 내다 실었다. 마침내 텔레마코스가 호화로운 수레에 올라타자, 총지휘자격인 페이시스트라토스가 앞에 올라타 고삐를 잡았다. 쌍두마차는 곧 가파른 필로스의 성을 뒤로 한 채 평원을 향해 내달리기 시작했다. 말들은 하루 종일 쉬지 않고 발맞추어 달리고 또 달렸다.

사방에 어둠이 깔리기 시작했다. 페라이에 도착한 그들은 디오클레스의 집에서 하룻밤을 보냈다. 또다시 새벽의 신이 밤의 장막을 걷자, 그들은 수레에 올라타 주랑을 빠져 나왔다. 페이시스트라토스는 고삐를 늦추지 않은 채 종착지를 향해 내달렸다. 해는 서녘으로 뉘엿뉘엿 지고 있었다.

메넬라오스 왕에게서 소식을 듣다

스파르타의 왕 메넬라오스는 텔레마코스에게 오디세우스에 관한 얘기들을 들려준다. 한편, 구혼자 무리들은 텔레마코스의 귀국에 앞서 그를 살해할 음모를 꾸민다.

비로소 라케다이몬에 다다른 그들은 메넬라오스의 궁으로 향했다. 때마침 그곳에서는 일가 친척들이 모여 메넬라오스의 딸과 절세의 영웅 아킬레우스의 아들의 혼인잔치를 성대하게 벌이고 있는 중이었다. 이미 그들은 트로이 시대에 약혼을 한 터였다. 메넬라오스는 사위가 다스리는 미르미돈으로 딸을 시집보내는 참이었다. 아킬레우스가 끔찍이 사랑하는 아들 메가펜테스와 헬레나의 외동딸 헤르미오네가 결혼하는 것이었다. 이윽고 음유시인이 하프를 뜯으며 노래하기 시작하자, 두 명의 곡예사가 나와 마음껏 재주를 부렸다.

텔레마코스와 페이시스트라토스가 탄 수레가 문 앞에 멈추는 것을 본 메넬라오스의 신하 에테오네우스는 궁으로 종종걸음으로 달려가 아뢰었다. 「제우스께서 사랑하시는 메넬라오스시여, 낯선 사람이 이곳을 찾아왔습니다. 보아하니 위대하신 제우스의 피를 받은 듯합니다. 자리를 마련해 주오리까, 아니면 다른 곳을 찾으라고 하오리까?」

황급히 아뢰는 신하의 말에 금발의 메넬라오스가 깜짝 놀라며 소리쳤다. 「정직한 에테오네우스여, 그대 무슨 어리석은 소리를 하는가. 일찍이 제우스의 은총으로 우리가 이곳으로 올 동안에도 많은 사람들의 은혜를 입은 걸 벌써 잊었는가! 자, 어서 가서 나그네의 고삐를 풀게 하고 술자리를 마련하도록 하오.」

그제야 궁에서 나온 에테오네우스는 급히 그들을 맞이했다. 텔레마코프 일행은 에테오네우스의 안내를 받아 휘황찬란한 궁궐을 보며 찬탄해 마지않았다. 궁궐 구석구석을 둘러본 그들은 반들반들한 욕조에 들어가 시녀들의 시중을 받으며 목욕을 한 뒤 향유로 마무리하고 모직 망토와 튜닉을 입었다. 그러고는 밖으로 나가 메넬라오스 옆 안락의자에 앉자 시녀가 화려한 무늬의 금 항아리에 물을 담아 와 은 대야에 부으며 손을 씻도록 했다. 윤이 나는 테이블 위에는 산해진미가 차려져 있었다.

마침내 금발의 메넬라오스가 입을 열었다. 「나그네여, 마음껏 드신 다음 서로 인사나 하도록 하시지요. 왠지 제우스의 후예 제왕들의 자손처럼 보입니다만, 평범한 조상한테서는 그대들과 같은 자손을 둘 수 없기 때문이지요.」

그는 존경의 표시로 구운 등심을 그들 앞에 놓았다. 두 사람은 마음껏 먹고 마셨다. 비로소 텔레마코스가 페이시스트라토스에게 귀엣말로 속삭였다. 「내 기쁨이 되는 그대여, 아마도 이곳이 올림포스의 제우스 궁전이 아니고 어디겠소. 세상에 없는 것이 없구려. 홀 안은 청동과 황금, 은, 호박, 상아로 눈이 부셔서 홀딱 정신을 빼놓는구려.」

그의 속삭임을 알아들은 메넬라오스가 얼른 소리를 높여 말했다. 「친애하는 나그네여, 누가 감히 제우스와 견주겠습니까? 세상에 그분과 견줄 자는 없습니다. 그분의 궁전과 보배는 세상에 단 하나뿐이오. 물론 인간 세상에서는 나와 견줄 자가 아마 별로 없으리라고 봅니다. 나는 무수한 고난을 헤치고 8년이란 세월을 건너 이곳까지 왔습니다. 키프로스와 포이니키아, 이집트 등을 표류하여 에티오피아, 시도니아, 에렘비, 리비아에까지 갔었습니다. 그곳은 양이 1년에 세 번씩이나 새끼를 낳고 새끼 양도 나면서부터 뿔이 돋아나더이다. 또한 천한 자든 귀한 자든 치즈나 고기, 맛있는 우유를 부족함 없이 먹습니다. 하지만 내가 이처럼 유랑하며 재산을 모으는 동안, 나의 형은 간악한 아내의 꾐에 빠져 죽임을 당했습니다. 그러니 내가 재산을 모은들 무슨 재미가 있겠습니까? 내 소원은 가산 3분의 1만이라도 가지고 트로이의 넓은 평원에서 싸우던 그 옛날 동지들과 내 집에서 사는 것이라오. 이렇게 호화스런 궁에 산다 해도 그들을 생각하면 눈물이 절로 나온다오.」 그는 잠시 비탄에 젖어 눈시울을 적셨다. 「사람은 아무리 쓰라린 일이라도 오래 간직할 수 없는 법인가 보오. 이렇게 사는 걸 보니 말입니다. 그러나 오로지 그분을 생각하면 먹는 것이나 자는 것, 이 모든 것이 다 귀찮기만 합니다. 그 이름도 찬란한 오디세우스처럼 용감하게 싸운 사람은 일찍이 아카이아 군 중에는 없습니다. 더욱이 그분에게 주어진 운명을 생각하면 비탄과 한숨으로 눈물이 저절로 나옵니다. 물론 지금은 너무나 오래 되어 소식은커녕 생사조차 모르지만……. 늙으신 라에르테스와 정숙한 페넬로페, 갓난 어린애 텔레마코스는 또한 얼마나 슬퍼하겠습니까?」

그의 말이 끝나자마자 텔레마코스는 자줏빛 옷깃으로 두 눈을 가리며 눈물을 훔쳐냈다. 그것을 본 메넬라오스는 그에게 자기 아버지에 대한 이야기를 털어놓도록 할 것인가, 아니면 먼저 자세히 물어볼 것인가를 곰곰이 궁리해야 했다.

그러는 동안, 아치형으로 된 천장의 내실로부터 아르테미스를 닮은 헬레나가 걸어 나왔다. 그 뒤를 이어 아드레스테가 그녀를 위해 얼른 잘 꾸며진 소파를 내놓았고, 알키페는 푹신한 양털 담요를, 필로는 은으로 만든 바구니를 가져왔다. 이것들은 전부 이집트 테베에 살던 폴리보스의 아내 알칸드레가 준 것들이었다. 폴리보스는 일찍이 메넬라오스에게 은제 욕조 두 개와 한 쌍의 큰 솥, 10달란트의 황금을 선사하였고, 또한 알칸드레는 금제 실패와 바퀴가 있는 은 바구니를 주었는데, 테두리는 모두 금으로 장식되어 있었다. 시녀 필로는 청자색 털실과 실패가 든 바구니를 들고 헬레나 옆에 서 있었다.

헬레나는 발 받침대가 있는 소파에 앉으며 남편에게 물었다. 「제우스가 총애하시는 메넬라오스시여, 내 집에 오신 손님이 누구십니까? 내 감히 여쭙겠습니다만 일찍이 남자든 여자든 이토록 닮은 사람을 보지 못하였습니다. 그를 처음 본 순간 저는 까무러칠 뻔했습니다. 이분은 분명히 저 위대한 오디세우스의 아들 텔레마코스인 듯합니다. 그분이 갓난아이를 두고 전쟁터를 향해 떠나셨을 때를 생각하면……. 저 때문에 아카이아 군들은 용감하게도 트로이까지 원정을 간 걸 생각하면 지금도 염치가 없을 지경입니다.」

금발의 메넬라오스가 대답했다. 「부인, 나도 그렇게 생각한다오. 저 발과 손, 눈빛과 머리칼 등 어쩌면 그리도 닮았는지. 더구나 무엇보다 오디세우스에 관한 얘기를 꺼내자 그는 옷깃을 들어 눈물을 가리는 걸 보니 말입니다.」

네스토르의 아들 페이시스트라토스가 마침내 입을 열었다. 「아트레우스의 아드님이시며 제우스의 총아, 민중의 지도자이신 메넬라오스시여, 진실로 그렇사옵니다. 매우 탁월한 혜안을 가지신 당신께 초면에 외람된 말씀을 드리기가 몹시 부끄럽습니다만 당신의 말을 듣고 저희들은 신의 계시라도 들은 것처럼 몹시 놀랐습니다. 저는 게렌의 기사 네스토르께서 이분께 길을 안내하라고 해서 왔습니다. 그런데 당신을 뵙고 뜻밖에도 좋은 말씀을 듣게 되었습니다. 아비 없는 자식에게 아무도 방패막이가 되어주지 않는다면 엄청난 고통을 받겠지요. 바로 텔레마코스가 그렇습니다. 아버지는 전쟁터에서 돌아오지 않고, 그의 불행을 막아 줄 사람은 세상 어느 천지에도 없답니다.」

금발의 메넬라오스가 대답했다. 「오, 내 친구의 아들이 나를 찾아와 주었구려. 나로 인해 무서운 고통에 부딪힌 친구에게 제우스신께서 바다를 건너올 수 있도록 은총을 베푸신다면, 모든 아르고스 시민 중 가장 먼저 내가 환영할 것입니다. 뿐만 아니라 그에게 아르고스의 한 도시를 다스리도록 하여 모든 주변 도시로부터 독립시킬 것입니다. 그리고 큰 주택을 마련해 준 다음 이타카에 있는 그의 재산과 자녀, 온 백성을 데려와 죽음의 먹구름이 우리를 내리덮을 그날까지 살도록 하겠습니다. 하지만 신께서 이를 시기하셔서 귀국길을 방해하고 있으니…….」

그는 온몸을 들썩이며 몹시 슬퍼하였다. 그러자 헬레나와 텔레마코스가 슬피 눈물을 흘렸고, 페이시스트라토스도 울었다. 새벽 신의 아들에게 죽은 고명한 안틸로코스가 생각났기 때문이다.

그 틈을 비집고 페이시스트라토스가 얼른 물었다. 「메넬라오스시여, 노령의 네스토르께서는 당신의 지혜가 인간으로서는 감히 견줄 자가 없다고 늘 말씀하셨습니다. 자, 이제 제 말씀을 들어주십시오. 저는 이처럼 즐거운 자리에서 슬퍼하는 것은 바람직하지 못하다고 생각합니다. 곧 희망의 날이 찾아오리라 생각하기 때문입니다. 물론 저는 불운에 빠진 인생을 슬퍼하여 우는 것을 책망하는 것이 아니지만, 머리칼을 베면서 슬피 우는 것은 오로지 실패한 인간들에게나 해당되는 일이라고 생각합니다. 왜냐하면 저 역시 아르고스 사람 중에서 결코 빠지지 않는 형을 잃었습니다. 혹시 아실지도 모르겠습니다만, 사람들은 달리고 싸우는 데 안틸로코스를 당할 자가 없었다고 말하더군요.」

그의 말을 들은 메넬라오스가 말했다. 「오, 친구여! 그대는 현자, 아니 나이 많은 사람이나 할 수 있는 말을 감히 하는구려. 역시 훌륭한 조상의 후손답게 지혜로운 말을 해 우리를 깨우치는구려. 크로노스의 아들께서 네스토르께 일생 동안 영화를 승낙하셨기 때문에 여생을 평온하게 지내시는 것이오. 뿐만 아니라 그 자손 또한 더욱더 지혜롭고 용기 또한 최고에 달하겠지요. 자, 우리 잠시 눈물을 거두고 연석을 마련합시다. 자, 손 씻을 물을 떠오게나.」

메넬라오스의 충실한 시종 아스팔리온이 얼른 나가 손 씻을 물을 가져왔다. 그들은 손을 씻은 다음 앞에 차려 놓은 음식을 먹기 시작했다.

이때 제우스의 딸 헬레나에게 새로운 생각이 언뜻 떠올랐다. 술에다 모든 고통과 분노, 설움을 잊게 하는 약을 타는 것이었다. 이 술만 마시면 누구든지 그날은 부모가 죽거나, 형제나 자식이 눈앞에서 칼로 죽임을 당하다 해도 눈물 하나 흘리지 않을 그런 약이었다. 그녀는 일찍이 이집트의 여인 톤의 아내 폴리담나에게서 이처럼 신기한 약을 얻었다. 이집트의 기름진 땅에서는 약초가 아주 많이 났는데, 그 약효는 좋기도 했지만 때론 나쁘기도 했다.

헬레나는 약을 탄 술을 따르게 하고는 남편에게 이렇게 말했다. 「제우스의 총아이신 메넬라오스시여, 제우스는 때로는 화를 내리시고, 때로는 복을 주시기도 하는 전능하신 분입니다. 자, 이제 식사를 즐기시며 재미있는 시간을 보내시지요. 저도 적당한 때에 한마디 하겠습니다. 저 용감무쌍한 오디세우스의 모험담이야말로 참으로 이루 말할 수도 없을 정도로 많습니다. 아, 그분은 아카이아 용사들이 트로이 땅에서 고난을 감내할 때 몸소 실천에 옮겼던 분이었습니다. 언젠가는 이런 일이 있었지요. 일부러 보기 흉한 상처를 내고 더러운 누더기를 걸쳐 완전히 거지가 된 다음 적진에 들어가게 되었습니다. 그러니 아카이아 함대를 탄 사람들은 어찌 이런 생각을 상상이라도 하였겠습니까?

그분이 트로이 시로 버젓이 들어갔을 때, 저만이 그분의 변장을 알아챘습니다. 그분 또한 저를 피하셨지만 제가 아무 것도 묻지 않고 목욕을 시켜 드리고 의복을 입혀 드리자 가만히 계셨지요. 그리고 저는 트로이 사람들에게 절대로 누설하지 않기로 맹세를 하였습니다. 그제야 비로소 아카이아 군의 모든 계획을 말씀해 주더군요. 마침내 그분은 수많은 정보를 가지고 아르고스로 돌아가셨습니다.」

금발의 메넬라오스가 이에 화답했다. 「부인, 참으로 말씀 잘했소. 나도 여태껏 수많은 영웅호걸들의 지략에 관해 들어보았고 모든 곳을 두루 돌아다녀 보았지만, 오디세우스 같은 장부를 본 적이 없소. 목마까지 써서 아르고스 장수들을 숨겨 트로이 군을 죽음의 구렁으로 몰아넣게 한 전투는 일찍이 보시 못했소. 그때 마침 당신은 트로이 군의 영광을 바라는 신의 인도를 받은 듯, 우리가 숨어 있는 목마를 세 번이나 뱅뱅 돌면서 아르고스 장수들의 이름을 소리 높이 불렀소. 아르고스의 여러 부인들의 음성을 그대로 본떠서 말이오. 그때 나와 티데우스의 아들, 그리고 오디세우스는 맨 가운데에 앉아 당신 목소리를 들었소. 우리 두 사람은 뛰쳐나가고 싶어 미칠 지경이었으나, 오디세우스가 절대로 못하게 하였소. 혀가 입 밖으로 나오는 걸 막으려고 애를 쓰는 안틸로코스마저 오디세우스가 힘센 손으로 입을 막자 용케 견뎌냈소. 그래서 결국 모든 아카이아 군을 구하게 된 것이오.」

그것을 듣고 있던 텔레마코스가 입을 열었다. 「시민의 지도자이신 메넬라오스시여, 들으면 들을수록 슬픈 마음만 더할 뿐이옵니다. 그분이 그만한 용기를 가지고도 당신 몸 하나 멸망의 구렁텅이에서 구할 수 없었던 모양입니다. 그러나 오늘은 저희도 이만 쉴까 하옵니다.」

그의 말이 끝나자 아르고스의 헬레나는 시녀를 시켜 주랑에 침대를 놓게 하고는 자줏빛 고운 담요와 이불을 편 다음 다시 두툼한 모직 덮개로 덮어놓았다. 텔레마코스와 페이시스트라토스는 그곳에서 편안히 쉬었다.

이윽고 아침이 되자, 메넬라오스가 침상에서 일어나 의복을 갖춰 입고 날카로운 칼을 어깨에 멨다. 그리고 텔레마코스에게 와서 앉으며 말했다. 「텔레마코스여, 불원천리 바다를 건너 아름다운 라케다이몬을 찾아오신 목적이 무엇이오? 사심 없이 말해 주시오!」

영리한 텔레마코스가 말했다. 「메넬라오스시여, 제가 이곳에 온 것은 행여나 아버님 소식이라도 들을까 해서입니다. 저의 집안엔 온통 원수들이 들끓고 있습니다. 그들은 다름 아닌 저의 어머니에게 구혼하는 자들로 날마다 가축을 수없이 잡아먹어 뒤뚱거리는 살진 암소마저 남아나지 않을 지경입니다. 정말 분노가 치밀어 말도 나오지 않지요. 그래서 참다못해 당신을 찾아왔습니다. 혹시 아버님의 최후를 보셨다거나, 아니면 다른 사람들로부터 들으신 이야기라도 전해 주신다면 감사하겠습니다. 아! 불운을 가지고 태어난 저의 아버님을 위해 인자하신 동정과 위안의 말씀이 아니라, 보신 바 진상을 숨김없이 말씀해 주소서. 그리고 바라옵건대, 일찍이 아버님과 관련된 일이라면 말이든 행동이든 생각나는 대로 말씀해 주소서.」

그러자 금발의 메넬라오스가 몹시 언짢은 얼굴로 소리쳤다. 「세상에, 그게 무슨 망칙한 소리요? 용감한 영웅의 침상에 감히 눕고자 하는

58

자들이 있다니! 젖도 떼지 않은 새끼를 사자굴에다 재워 놓고 나간 암사슴처럼 미련한 일을 하는구려. 돌아온 사자한테 새끼를 잡아먹힌 것은 당연한 일 아니오. 오디세우스 또한 돌아와서 그 불한당들을 쥐도 새도 모르게 해치워 버릴 것이오. 원컨대 제우스 아버지와 아테나, 아폴론 신이시여, 그 옛날 그가 튼튼히 구축한 레스보스 성에서 필로멜리데스와 씨름 시합을 하여 힘차게 넘어뜨렸을 때처럼 그 불한당들을 일거에 해치워 버리게 하소서. 눈 깜짝할 사이에 그들을 무찔러서 구혼의 쓴잔을 맛보게 하소서. 내 그대가 무엇을 묻든 정직하게 말할 것이외다. 내가 이집트의 나일 강을 표류할 때였소. 이집트 강을 건너면 파도가 거센 물굽이에 파로스라는 섬이 있는데, 그곳에는 훌륭한 항구가 있었소. 사람들은 거기서 먹을 음식을 싣고 바다로 나가는 곳이었소. 신들은 하루면 가는 곳을 우리를 24일 간이나 그곳에 억류하고 있었소. 도무지 바람이 방향을 바꾸지 않아 너른 바다 위에서만 헤맨 것이오. 게다가 가져온 식량도 다 떨어져 우리 모두는 기진맥진한 상태였소. 이때 천만다행으로 프로테우스의 딸 에이도티라고 하는 여신이 나를 가엾게 여겨 구해 주었소. 우리 일행이 그 섬 주위를 표류하며 낚시질을 하고 있을 때 그분을 만난 것이오. 그때 그분은 홀로 떨어진 내 옆으로 오면서 이렇게 말했소. '젊은이여, 어찌 그리 어리석소. 아니 일부러 늑장을 부리는 거요? 이 섬을 빠져나갈 길이 그렇게도 없단 말이오?' 그래서 이렇게 대답했지요. '내 어찌 자청하여 이곳에 머물러 있겠습니까. 저 너른 하늘을 지배하는 불사의 신들께 대항한 죄로 할 수 없이 이렇게 되었습니다. 원컨대 가르쳐 주소서. 어느 신께서 저희를 이곳에 붙들어매셨는지요? 어떻게 하면 이 무서운 파도를 헤쳐 귀국의 길을 찾게 되는지 알려주소서.' 그러자 아름다운 여신이 서슴지 않고 말해 주었소. '자, 젊은이여. 내 모든 것을 말해 주리다. 여기서 늙은 뱃사람 프로테우스를 찾도록 하시오. 그분은 포세이돈의 부하며 나를 낳은 아버지로 거짓말을 하지 않을 거요. 만일 그대가 그분을 만나기만 하면, 틀림없이 그대에게 거친 바다를 건너갈 방도를 일러줄 것이오.' 나는 계속해서 말했소. '원컨대 그분을 만날 수 있는 방법을 알려주소서. 어찌 인간이 신을 쉽게 붙잡을 수 있겠습니까? 이에 아름다운 여신이 대답했소. '자, 그러면 솔직히 말해 주리다. 태양이 중천에 떠오를 때 늙은 선인이 서풍을 안고 나오면 검푸른 파도가 그분을 에워싼다오. 그 다음엔 아름다운 해녀가 낳은 바다표범들이 떼지어 와서 자는데, 이들은 짜디짠 갯물을 토해내기 때문에 그 냄새가 지독하지요. 새벽이 되거든 내 그대를 안내해 드릴 테니, 그대 군대 중에서 가장 나은 사람으로 셋만 골라 오시오. 그러면 내 그분의 마술 내용을 낱낱이 일러주리다. 우선 그분은 바다표범을 다섯 마리씩 센 뒤 마치 양떼 속에 있는 목자처럼 그 가운데에 누울 것이오. 그리하여 잠이 들려고 하거든 재빨리 있는 힘을 다해 그분을 꼭 붙잡고 절대로 놓지 마시오. 그러면 그분은 지상에 기어다니는 온갖 것으로 변하여 나중에는 물도 되고 무섭게 타오르는 불까지도 되리다. 하지만 어떤 행동을 해도 절대로 놓지 않으면 처음 모습으로 되돌아올 거요. 그때 비로소 노인을 놓아준 뒤 왜 그대가 귀국 길에 오를 수 없는지 물어보시오.' 여신은 말을 마친 뒤 깊은 바다 속으로 들어갔소. 나는 우리 함대가 있는 곳으로 향했지만 마음은 갈피를 잡을 수가 없었소. 이윽고 저녁을 먹고 새우잠을 잔 뒤 신들에게 기도를 올리며 세 사람한테 모든 계획을 어김없이 지키도록 다짐을 받았소. 한편 여신은 깊은 바다 속에서 네 마리의 바다표범 가죽을 가지고 나왔소. 이것으로 여신의 아버지를 잡을 올가미를 만들자는 것이었소. 여신은 모래 굴을 판 뒤 그 속에다 우리들을 차례로 뉘고는 그 가죽을 씌워 주었소. 바다표범의 고약한 냄새는 정말 참을 수가 없었지만 여신이 손수 매우 향기로운 음식을 가져다 우리들 코밑에 놓아주어 견뎌낼 수 있었소. 마침내 해가 떠오르기 시작하자 아니나다를까 바다표범들이 떼를 지어 나오더니 바닷가에 열을 지어 눕기 시작했소. 그리고 노인이 물 속에서 나와 살진 바다표범들을 세기 시작했소. 그 노인은 우리부터 먼저 세어 가더니 마침내 자신도 눕는 것이었소. 이때 우리는 소리치며 달려들어 그분을 붙잡았는데, 그분 역시 호락호락하지는 않았소. 그분은 우선 수염이 기다란 사자로 변하더니 용과 표범으로, 다시 산돼지로 변하였소. 그것도 안 되니까 갑자기 흘러내리는 물로, 가지 무성한 나무로 변하는 것이었소. 그래도 우리들이 그분을 놓지 않자 마침내 이렇게 외치는 것이었소. '아트레우스의 아들이여, 어느 신이 이런 지혜를 베풀어주었기에 나를 사로잡을 수 있었단 말이오. 도대체 원하는 게 무엇이오?' 이에 나는 대답했소. '노인이시여, 모든 것을 아시는 당신이 어찌 미천한 이 사람에게 물으십니까? 참으로 오랫동안 저희들은 이 섬에 갇힌 채 모두 절망에 빠져 있습니다. 원컨대 귀국할 수 있는 방도를 알려주소서. 어느 신께서 우리를 이곳에 가두고 가는 길을 막고 있는지요? 어떻게 하면 이 무서운 바다를 건너갈 수 있습니까?' 그분이 지체 없이 대답했소. '만일 그대가 출범에 앞서 제우스와 다른 신들께 제물을 바쳤다면, 벌써 이 검푸른 바다를 건너 귀국했을 거요. 그러나 다시 한 번 나일 강을 지나 불사의 신들에게 제물을 올리기 전에는, 그대 금의환향할 날은 오지 않을 거요. 지성을 드려야 비로소 신들께서 그대가 원하는 항로를 허락할 것이오.' 이 말에 나는 그만 까무러칠 뻔했소. 그분은 나에게 또다시 그토록 험난한 이집트로 다시 가라는 거였소. 하지만 나는 순순히 받아들였소. '노인이시여, 말씀대로 하겠습니다만 솔직히 일러주소서. 우리가 트로이를 떠날 때 헤어졌던 모든 아카이아 군들은 어찌 되었는지요?' 그분은 서슴지 않고 대답했소. '아트레우스의 아들이여, 어찌 그대는 이다지도 괴로운 질문을 하는 것이오. 싸움터에서 생사를 같이 했던 사람들의 이야기를 들어봤자 그대에게 결코 이로울 것이 없소. 왜냐하면 그 소식을 들으면 한동안 눈물 없이 견딜 수 없기 때문이오. 하지만 그대가 듣고 싶어하니 내 말하리다. 아이아스는 바다 가운데 빠졌지만 포세이돈이 그를 구해 기라이 근처 큰 바위에다 옮겨 놓았소. 그러나 그가 바다의 무서운 늪을 빠져 나왔다는 호언을 하여 포세이돈의 노여움을 사게 되었소. 포세이돈은 삼지창으로 기라이 바위를 두 쪽을 갈라놓아 그 위에 앉았던 아이아스가 불귀의 객이 된 것이오. 그러나 그대의 형제 아가멤논만은 액운을 면해 무사할 수 있었소. 이는 헤라가 그를 구해 주었기 때문이오. 하지만 그 또한 말레이아 준령에 거의 다다랐을 때, 성난 파도가 그들을 덮쳐 티에스테스의 아들 아이기스토스가 살고 있는 해변에 다다랐소. 여기서 다시 신들이 바람을 다스려 미풍을 보내어 아가멤논은 고국 땅에 발을 딛게 되는 기쁨을 누리게 되었소. 이때 교활한 아이기스토스가 2달란트의 금을 주기로 약속하고 고용한 파수꾼이 전망탑에서 이러한 모습의 아가멤논을 본 것이오. 그는 1년 동안 보초를 서며 아가멤논을 죽일 기회를 호시탐탐 노리고 있었소. 파수꾼의 소식을 들은 아이기스토스는 성에서 가장 힘센 병사 20명을 골라 요긴한 곳에 숨겨 둔 다음 대규모의 연회를 베풀었소. 그러고는 민중의 지도자 아가멤논을 마중 나오니 그 누가 끔찍한 흉계를 알았겠소. 결국 아가멤논은 연회를 마치자마자 도살장에서 소가 도살당하듯 죽임을 당했소. 그리고 그 일행 또한 모두 홀에서 참살되었소.' 이 말을 들은 나는 하늘이 무너지는 듯한 슬픔을 느껴 더 이상 살고 싶은 생각이 없었소. 내가 땅을 구르며 한없이 울자 바다의 노인이 이렇게 일렀소. '아트레우스의 아들이여, 이제 그 눈물을 거두시오. 운다고 무슨 소용이 있겠소. 어서 빨리 고국에 돌아가는 게 좋지 않겠소. 아직 아이기스토스가 살아 있으니 말이오. 하지만 그대보다 오레스테스가 그를 먼저 벨지도 모르오. 그러면 그대는 그의 장례식을 보게 되겠지.' 그제야 분노가 수그러들어 나는 다시 물었소. '이제 그들의 운명을 내 알았소이다. 그러면 세 번째 장군은 누구이며 어찌 되었습니까? 혹시 망망대해에서 아직도 헤매는지, 아니면 죽었는지요?' 그분은 곧 대답했소. '그 사람은 이타카에 사는 라에르테스의 아들로, 님프 칼립소의 집에 강제로 감금당해 쓰라린 눈물을 흘리고 있소. 그는 배는커녕 바다 먼 길까지 와 줄 벗도 없소. 그러나 제우스의 총아인 메넬라오스여, 그대는 말들이 자라는 목장의 나라 아르고스와 생사를 같이할 운명을 타고난 것이 아니오? 그러나 불사의 신들은 그대를 금발의 라다만티스가 있는 지구의 끝 엘리시아로 보내려고 하오. 그곳은 지상의 낙원으로 1년 내내 눈이 내리는 법이 없고 신선한 미풍이 부는 곳이오. 자, 그곳에서는 그대가 헬레나의 남편이요, 제우스의 사위로 알 것이오.' 그러고는 바다 속으로 뛰어들어가기에 나는 무거운 마음으로 동료들이 있는 함대로 갔소. 마침내 먼동이 트자, 우리는 먼저 함대에 돛을 달고, 사공들은 뱃전에 올라 노를 저어 검푸른 파도를 헤쳐 나아갔소. 이리하여 다시 하늘이 마련한 이집트 강으로 와서는 큼직한 제물을 올렸소. 이렇게 영생의 신들의 노여움을 달랜 뒤에 그 이름이나마 영원히 사라지지 않도록 아가멤논의 묘를 쌓았소. 이렇게 모두 다 마친 다음 귀국 길에 오르니 불사의 신들은 아주 빠른 속도로 고국으로 실어다 주었소. 자, 그러면 며칠이라도 좋으니 내 집에서 편안히 머무르시오. 내 성심성의껏 말 세 필과 훌륭한 수레를 마련해 그대를 보내드리리다. 그리고 내 금잔을 내줄 테니 불멸의 신들께 술을 올리고, 우리가 함께 지낸 날들을 길이 마음에 새겨두기를 바라오.」

이에 총명한 텔레마코스가 대답했다. 「아닙니다. 아트레우스의 아드님이시여, 저를 더 이상 붙잡지 마십시오. 당신 옆에서라면 1년을 머물면 어떻겠습니까. 당신 말씀을 듣고 있으면 집은커녕 부모님도 생각나지 않을 정도로 재미있습니다. 하지만 저희 일행이 필로스에서 기다리고 있습니다. 그리고 이 선물과 말은 여기에 두소서. 당신은 너른 광야의 영주이시니, 연꽃이 수없이 피고 갈대와 밀보리가 흔하지 않습니까? 이타카에는 너른 들은커녕 목장 또한 없습니다. 그곳은 고작 염소

유목지일 뿐 말이 달릴 길조차도 마땅치 않습니다.」

그러자 메넬라오스가 웃으며 그를 어루만지더니 큰 목소리로 말했다. 「친애하는 젊은이여, 피는 속일 수가 없나 보구려. 그렇다면 내 다른 선물을 드리리다. 내 집 창고에 보관해 둔 보물 중에서 가장 좋고 가장 값진 물건인 술잔을 드리리다. 이것은 헤파이스토스가 만든 것으로 주둥이가 금으로 된 은잔이오.」

이렇게 말을 주고받는 동안 그들은 궁에 다다랐다.

한편 오디세우스의 궁에 모여 있던 구혼의 무리들은 여전히 원반이나 창을 던지며 희희낙락했다. 그 중에서도 가장 뛰어난 안티노오스와 에우리마코스가 앉아 있었다.

프로니오스의 아들 노이몬이 가까이 다가오더니 안티노오스에게 물었다. 「안티노오스여, 텔레마코스가 필로스에서 언제 돌아오는지 아십니까? 그들이 내 배를 빌려갔는데, 급히 배가 필요해서 묻는 말입니다. 너른 엘리스 땅에는 열두 마리의 암말과 아직 길들여지지 않은 거센 노새들이 있다는데, 그 중 한 놈을 데려다 길들이고 싶어서 그렇습니다.」

그의 말에 그들은 깜짝 놀랐다. 왜냐하면 텔레마코스가 집안이나 아니면 사람들 틈에 있는 줄로만 알고 있었기 때문이다.

그래서 에우페이테스의 아들 안티노오스가 곧 대답했다. 「뭐라고? 바른 대로 말해 보시오, 그가 언제 떠났으며 누구와 함께 갔는지? 혹시 장정들을 데리고 갔소, 아니면 시종을 데리고 갔소? 자, 빠짐없이 말해 주시오. 그는 그대의 배를 승낙도 없이 강제로 가져갔단 말이오? 아니면 그대가 대접하느라고 쾌히 내주었단 말이오?」

이에 노이몬이 대답했다. 「내가 기꺼이 내주었소. 몹시 간청을 하는데 어찌 내주지 않을 수 있었겠소. 차마 거절할 수 없었소. 그리고 이 고장에서 가장 우수한 젊은이들이 그를 따라갔소. 그런데 배 위에 대장이 있었는데 멘토르 같기도 하고, 아니면 멘토르의 탈을 쓴 신 같기도 했소. 게다가 이상한 점은 이미 필로스로 출범한 멘토르가 어제 새벽 이곳에 있는 것을 보았다는 것이오.」

그가 집으로 돌아가자, 안티노오스가 분노에 찬 목소리로 입을 열었다. 「이런, 텔레마코스가 무례하게도 여행을 떠나다니! 그래선 안 된다고 그토록 만류했는데, 우리를 무시하고 가버리다니! 게다가 남의 배를 빌려 가장 유능한 자들을 골라서 갔다고? 제우스시여, 그가 인간 구실을 하기 전에 그를 멸하소서! 자, 이제 난 쾌속선 한 척과 스무 명의 사공을 뽑아 그의 귀로를 기다리면서 파수를 보아야겠구나. 내 험준한 사모스의 해협에 잠복해 있다가 아비를 찾아 헤매다 돌아오는 그에게 비참한 최후를 안겨 주리라.」

안티노오스의 말에 공감한 그들은 모두 오디세우스의 궁으로 향했다.

한편 메돈이 문 앞에 다다르자 페넬로페가 말을 건넸다. 「메돈아, 어찌하여 이곳에 왔는가? 저 구혼자들이 그대를 보냈는가? 아니면 신성한 오디세우스의 시녀에게 식사 준비를 하라고 하더냐? 이제 그만 시끄럽게 굴지 말고, 오늘 이 식사가 마지막 연회가 되면 얼마나 좋겠는가.」

이에 속이 깊은 메돈이 말했다. 「오, 왕비님이시여. 이 얼마나 몹쓸 죄악입니까! 그들은 더욱더 무서운 짓을 꾸미고 있습니다. 바라옵건대 크로노스의 아드님이신 오디세우스시여, 이 일을 못하게 하옵소서! 그들은 텔레마코스 왕자님이 돌아오는 즉시 살해할 계획을 세우고 있습니다. 아름다운 필로스와 신성한 라케다이몬으로 아버지에 대한 소식을 물으러 갔다는 이유로 말입니다.」

이 말에 왕비는 털썩 주저앉으며 한참 동안 말문을 열지 못했다. 눈에는 어느새 눈물이 괴고 목소리마저 막혔지만 가까스로 정신을 차린 뒤 입을 열었다. 「메돈아, 내 아들은 어이해 갔단 말이냐? 그 빠른 배를 타고 망망대해를 무슨 일로 건너갔단 말이냐? 자신의 이름조차 남기지 않을 작정인가 보구나.」

마음씨 고운 메돈이 말했다. 「제 생각에는 어느 신께서 지시하셨거나, 아니면 스스로 마음이 우러나 가신 것 같습니다. 왕자님은 왕께서 어떻게 최후를 마치셨나 알아보기 위해서 가신 것이지요.」

그는 말을 마친 다음 오디세우스 궁을 빠져나갔다. 그러나 페넬로페는 많은 사람들의 시선에도 아랑곳하지 않고 바닥에 털썩 주저앉아 흐느껴 울었다. 시녀들도 덩달아 그녀를 에워싸고는 소리내어 울었다.

페넬로페가 슬픔에 젖은 소리로 하소연했다. 「그대들이여, 내 말 좀 들어보게나. 올림포스의 제우스께서는 세상의 여자 중에서 유독 나만 미워하는구나. 아카이아 사람 중에서도 가장 탁월하던 그분, 명성이 그리스로부터 중앙 아르고스까지 떨치던, 사자처럼 용맹스럽던 내 남편을 일찍이 잃었더니, 이제 또다시 금이야 옥이야 사랑하던 내 아들마저 빼앗아 가서는 소식마저 듣지 못하게 하는구나. 오, 무정한 여인들이여! 어찌 한 사람도 나에게 알려주지 않았단 말이냐! 그대들은 검은 배가 떠나는 것을 알고 있었을 텐데. 내 만일 그 사실을 알았다면, 나를 죽이고 가라고 했을 텐데. 자, 누구든 가서 친정아버지께서 주신 늙은 시종인 정원사 돌리오스를 불러오너라. 라에르테스님께 자초지종을 고해야겠다. 혹시 그분께서 자기 자손을 멸하려고 꾀하는 자들에게 가서 호통칠지도 모르니까.」

그러자 착한 유모 에우리클레이아가 말했다. 「왕비님이시여, 제 목숨을 거두소서. 저는 그분께서 시키시는 대로 빵이며 맛있는 술을 드렸습니다. 그러나 적어도 왕비님께서 스스로 그분의 떠남을 알게 되시기 전까지는 절대로 누설치 말라 저에게 맹세를 시키셨습니다. 그러니 자, 어서 목욕을 하시고 옷을 갈아입으신 뒤 독수리의 군주이신 제우스의 따님 아테나께 축원을 하옵소서. 그래야만 여신께서 그분을 죽음에서 구해 주실 테니까요.」

이렇게 그녀는 왕비를 위로하여 울음을 그치게 했다. 왕비는 목욕을 하고 새 옷을 갈아입은 뒤 바구니에 보리를 넣고 아테나에게 빌었다. 「방패를 주관하시는 제우스의 따님이시여, 아뢰옵니다! 오디세우스가 일찍이 소와 양의 살진 다리를 여신께 올린 것을 기억하신다면 원컨대 내 자식을 구해 주옵소서. 사악한 철면피, 구혼자들로부터 그를 보호해 주소서.」

그녀가 빌며 흐느껴 울자 여신이 귀를 기울였다. 구혼자들은 어두운 홀에서 시끄럽게 떠들어대는가 하면, 어느 무례한 젊은이는 이런 소리도 했다. 「구혼자를 많이 가진 왕비께선 정말 아드님의 사잣밥이 익어가는 줄도 모르고 결혼 준비에 바쁘신 모양이야.」

그 말을 들은 안티노오스가 한마디 던졌다. 「어리석은 분들이여, 그런 불손한 말들은 삼갑시다. 누가 듣고 입을 잘못 놀리면 어떻게 하겠소. 자, 일어나서 비밀리에 우리의 계획을 달성합시다. 모두 즐겨 합의한 바 아니오.」

그렇게 말한 다음 날래고 용맹스러운 용사 20명을 골랐다. 그는 용사들과 함께 해안으로 달려가 배를 바다에 띄운 다음 돛과 노를 달고 돛을 높이 올렸다. 그리고 거만을 떠는 시종들이 날라온 무기를 실은 뒤 밤이 오기를 기다렸다.

한편 신중한 페넬로페는 장성한 아들의 목숨에 관해 생각하느라 식음조차 거르고 있었다. 사냥꾼이 몰려와 교묘하게 망을 치고 사자를 가두어 놓으면 아무리 동물 중의 왕인 사자라 하더라도 꼼짝 못하듯이 그녀는 깊은 번민에 빠져 울다가 스르르 깊은 잠 속으로 빠져 버렸다.

그러자 빛나는 눈의 아테나가 기발한 생각을 해냈다. 아테나는 아카리오스의 딸인 이프티메, 즉 페라이에 사는 에우멜루스와 결혼한 그녀와 유사한 여자의 형상을 만든 다음 그녀를 오디세우스의 집으로 보내 페넬로페를 위로하게 한 것이다.

그녀는 빗장의 가죽끈을 타고 침실로 들어가 페넬로페에게 말했다. 「가여운 페넬로페여, 울지 마십시오. 태평성대의 여러 신들조차 그대의 아들이 돌아오기를 기다려 그대 근심을 덜어주기를 애쓰고 있답니다. 하물며 신들께서 그의 결백을 인정하시는 데 무엇을 주저하겠습니까?」

그러자 아주 달콤한 꿈속에서 헤매던 페넬로페가 꿈의 문을 열고 대답했다. 「부인이여, 어디서 오셨습니까? 아마도 먼 곳에 사시기에 이제야 뵙는 것이겠지요. 이러한 상황인데도 정녕 슬퍼하지 않아도 된다는 말씀이십니까? 저에게는 사자와 같은 용맹한 정신의 소유자인 남편, 다나아족 중에서도 가장 뛰어난 진실한 남편을 잃었습니다. 게다가 그것도 모자라 이번엔 내 사랑하는 아들, 고생이라곤 전혀 모르는 아들을 멀리 타국에 보냈습니다. 그애를 생각하면 가슴이 찢어질 지경입니다. 혹시 타국에서 무슨 변고를 당하지나 않았을까 떨리고 두렵습니다. 게다가 저 많은 사람들이 갖은 흉계를 꾸며 그가 고국에 돌아오자마자 죽이려 하고 있으니 말입니다.」

그러자 그림자 같은 그녀가 대답했다. 「두려워하지 말고 용기를 내십시오. 자, 그를 인도하시는 분은 바로 아테나이십니다. 뿐만 아니라 그분은 비탄에 빠진 그대를 동정하시어 나를 보냈답니다.」

「그대가 진정 신이시고 신의 목소리를 들으신다면, 원컨대 저 불운한 사람의 소식을 들려주소서. 그가 살아 있는지, 아니면 이미 죽어 저승사자가 되었는지 말입니다.」

「그것에 대해서는 일절 말하지 않겠습니다. 살았느니 죽었느니 하고 경솔하게 입 밖에 낸다는 것은 좋지 않기 때문입니다.」

이렇게 말하고 그녀는 빗장 사이로 돌풍을 타고 빠져나갔다. 이윽고 이카리오스의 딸 페넬로페는 몹시 기뻐하며 잠에서 깨어났다.

그 동안 구혼자들은 배 위에서 텔레마코스를 죽일 무서운 계획을 하고 있었다. 바다 한가운데에는 이타카와 험악한 사모스의 중간에 놓인 아스테리스라는 조그만 섬이 있었다. 아카이아 사람들은 이곳 작은 만에 배를 정박시킨 다음 숨어서 그를 기다리고 있었다.

칼립소를 벗어나 표류하다

신들의 명령으로 여신 칼립소는 오디세우스를 뗏목에 태워 보내지만, 폭풍을 만나 뗏목이 부서지고 거친 파도에 휩쓸린 오디세우스는 기적적으로 한 섬에 당도하게 된다.

남편 티토노스와 함께 잠을 자다가 깨어난 새벽의 여신은 신들과 인간들에게 광명을 비추었다. 신들은 회의 장소로 모여들었다. 신들 가운데에는 뇌성벽력을 자유자재로 다루는 천상의 최고 권력자 제우스가 앉아 있었다.

님프에게 억류되어 있는 오디세우스에 대한 염려가 끊이지 않는 아테나가 먼저 입을 열었다. 「오, 제우스 아버지시여, 그리고 결코 다함이 없을 영광의 신들이시여, 앞으로는 어느 왕을 불문하고 그들을 인자하거나 점잖게 만들려고 하지 마옵소서. 또한 공평무사하게 만들려고도 하지 마옵소서. 그저 항상 무정하고 불의를 일삼게 하옵소서. 둘러

보건대, 민중의 영주이며, 선하기가 그들의 아버지와 같은 오디세우스를 기억하는 신이 한 분도 계시지 않으니 말입니다. 그는 지금 님프 칼립소에게 붙들려 엄청난 고통을 겪고 있습니다. 그에게는 섬을 빠져나갈 배 한 척이 없고, 귀국을 도와줄 친구 하나 없습니다. 설상가상으로 지금은 그의 귀한 아들을 해치고자 하는 무리까지 생겨났습니다.」

구름을 다스리는 제우스가 대답했다. 「나의 딸아, 무슨 말을 그렇게 함부로 하느냐? 네가 이 계책을 꾸민 장본인이 아니더냐? 오디세우스가 집으로 돌아가 일대 복수극을 펴게끔 하는 것 말이다. 그리고 텔레마코스의 경우도 네 재주와 능력으로 안전하게 귀향시키면 되지 않느냐? 구혼자들이 헛물만 켜다가 돌아가게 말이다.」

제우스는 이번에는 사랑스런 아들 헤르메스에게 말했다. 「헤르메스야, 네가 그 문제의 님프를 찾아내, 오디세우스를 귀환시키려 하는 우리 신들의 뜻을 확실하게 전해 주어야겠다. 다만 신이나 사람들의 도움 없이 혼자 힘으로 귀환하게 하거라. 그는 뗏목에 의지한 채 갖은 고초를 겪다가, 스무날이면 비옥한 스케리아 땅에 닿게 될 것이다. 그곳에는 신들의 친족인 파이아키아족이 살고 있는데, 그들은 오디세우스를 마치 신처럼 환대한 뒤, 배에 태워 고국으로 보내 줄 것이다. 트로이에서 얻었던 전리품보다도 더 많은 청동이며 금이며 의복 등을 가득 실어서 말이다. 이렇게 해서, 그는 고국 땅에 돌아갈 운명을 지니고 있느니라.」

일찍이 아르고스를 처단한 바 있는 신들의 전령인 헤르메스는 제우스의 명령에 즉각 복종했다. 그는 즉시 멋진 황금 신발을 신고서 파도치는 바다와 드넓은 대지 위를 바람처럼 달려갔다. 헤르메스는 피에리아 산맥을 넘어 하늘 높이 날다가 수면 위로 곧장 하강했다. 두터운 날개를 적시며 험악한 물굽이를 넘어 고기를 낚아채려는 갈매기와도 같이 바다 위를 빠르게 달리고 있었다. 그의 발은 어느새 검푸른 바다를 벗어나 섬의 모래톱에 닿았다. 마침 칼립소는 삼목과 시트론 향기가 솟아나는 화로에 불을 지피고 금으로 된 북을 놀려 길쌈을 하면서 고운 목소리로 노래를 부르고 있었다. 동굴 주위로는 오리나무·미루나무·삼나무 등이 자라고, 올빼미와 매, 그리고 다양한 물새들이 보금자리를 꾸리고 있었다. 그리고 동굴 가장자리로는 큼직한 포도송이들이 주렁주렁한 포도 덩굴이 뻗어 있었다. 또한 사방에는 맑은 물이 흘러나오는 샘이 있었고, 제비꽃과 미나리꽃들이 만발하여 부드러운 초원을 이루고 있었다. 불사의 신이라 할지라도 감탄할 정도로 매우 아름다운 곳이었다.

헤르메스는 황홀한 마음으로 사방을 둘러본 다음, 넓은 동굴 안으로 들어갔다. 신성한 여신 칼립소는 단번에 그의 정체를 알아보았다. 비록 멀리 떨어져 있더라도 신끼리는 결코 낯이 설지 않았기 때문이다. 그러나 오디세우스의 모습은 어디에도 보이지 않았다. 그는 해변에 앉아 슬픔으로 가슴을 졸이며 망망대해 너머의 아득한 고국을 그리워하고 있었다. 칼립소는 눈부시게 화려한 의자에 헤르메스를 앉히며 물었다.

「오, 존경하는 헤르메스여, 어찌 이곳까지 왕림하셨습니까? 오랫동안 저를 찾지 않았는데, 오늘 찾아오신 걸 보면 긴히 하실 말씀이 있으신 듯합니다만⋯⋯. 제가 할 수 있는 일이고 또한 해야 할 일이라면, 기꺼이 따르겠습니다만 그 전에 먼저 저를 따라오십시오. 부족하나마 손님 접대를 하고 싶습니다.」

여신은 말을 마치자마자 신성한 음식과 붉은 포도주로 식탁을 차렸다. 헤르메스는 흔쾌히 먹고 마신 다음 천천히 입을 열었다. 「여신이여, 내가 여기 온 연유를 물으셨지요? 그럼 사실을 말씀드리겠습니다. 난 위대한 제우스의 명령을 받고 왔습니다. 그렇지 않으면 이처럼 멀고먼 바다를 일부러 건너올 리가 없었겠죠. 게다가 이곳은 신들에게 황소 제물을 골라 바칠 인간들이 사는 곳도 아니잖습니까! 그러나 천상의 제왕 제우스의 뜻을 피하거나 무시하는 것은 신으로서는 엄두도 내지 못할 일이지요. 제우스께서는 그대가 붙들어 둔 가여운 사내에 대해 말씀하셨습니다. 그는 프리암 시를 둘러싸고 9년간을 싸우다가 10년 만에 그곳을 함락하고 귀국하는 길이었다고 하더군요. 그런데 도중에 아테나의 뜻을 거역한 죄로 폭풍을 만나고 격랑에 휩쓸려 결국 동료들을 전부 잃고 바람과 물살에 실려 예까지 표류해 왔고 말이죠. 제우스께서는 그대에게 명하시기를, 오디세우스를 가급적 빠른 시간 안에 귀환시키라고 하셨습니다. 오디세우스는 외지에서 객사할 인물이 아니고, 자신의 고국에서 동포들을 만날 운명을 받았다고 합니다.」

그러자 칼립소가 몸을 부르르 떨며 빠르게 말했다. 「그대 올림포스의 신들은 참으로 완고하고 질투심도 많으시군요. 사랑하는 사내를 남편으로 맞아 잠자리를 하는 여신마저 시기하시다니! 그래 장밋빛 손가락을 지닌 새벽 신이 오리온을 가까이하자, 신들께서는 이를 시기하여 마침내 아르테미스의 화살에 죽게 만들었지요. 뿐만 아니라 데메테르가 야손과 사랑에 빠져 경작지 위에서 세 번이나 함께 자자 제우스께서는 번쩍이는 번갯불을 날려 야손을 죽여 버리시기도 했고요. 그걸로도 모자라 이제 신들께서는 또다시 내가 인간과 함께 지내는 것을 시기하고 계시는군요. 나는 제우스께서 천둥 번개를 던져 그의 배를 바다 한가운데에 난파시켰을 때 그를 구해 주었습니다. 그는 동료들을 모두 잃고 표류하다 이곳까지 떠밀려 왔지요. 그런 그를 나는 사랑하고 돌보았을 뿐만 아니라 평생 죽지도 않고 늙지도 않는 사람으로 만들어 주겠다고 약속했습니다. 그런데 제우스께서 귀환시키라는 명령을 내리셨다고요? 그러면 할 수 없지요. 제우스의 명령을 피할 수는 없으니까요. 그러나 그를 서둘러 망망대해로 팽개쳐 버릴 수는 없습니다. 왜냐하면 내게는 노 저을 배는커녕 길동무할 사람도 없으니까요. 그러니 조금만 시간을 주면 그에게 솔직히 말한 다음 무사히 귀국할 수 있도록 하지요.」

그러자 헤르메스가 말했다. 「자, 속히 그를 귀환시켜 제우스의 노여움을 사지 않도록 하십시오.」

헤르메스가 떠나자마자 칼립소는 오디세우스를 찾았다. 오디세우스는 해변에 앉아 고국에 돌아가기를 애타게 열망하며 눈물을 흘리고 있었다. 이미 칼립소도 그의 마음에서 떠나버린 것이다.

여신이 그의 옆으로 바짝 다가가며 말했다. 「가여운 분이여, 이제 그만 슬퍼하세요. 이 섬에서 더 이상 귀중한 인생을 낭비하지 않아도 된답니다. 내 있는 힘을 다해 이 섬을 떠날 수 있도록 돕겠습니다. 그러니 지금 당장 일어나 청동 도끼로 기다란 나무를 베어 널찍한 뗏목을 만드세요. 그 동안 나는 음식과 물, 그리고 술과 의복을 준비해 놓겠습니다. 만일 이것이 나보다도 뛰어나신 신들의 뜻이라면 말입니다.」

여신의 말이 떨어지기가 무섭게 인내심이 강한 오디세우스가 몸을 떨며 얼른 말했다. 「여신이시여, 설마 무슨 흉계가 있으신 건 아니겠지요. 뗏목 하나로 저토록 험난한 파도를 헤쳐 건너가라뇨? 저 길은 장비를 다 갖춘 빠른 배일지라도, 아니 그 배가 제우스의 미풍을 받으며 간다 해도 감히 건너갈 수 없는 길입니다. 오, 여신이시여, 황송하오나 나를 괴롭힐 계책이 아니라는 확신을 주시지 않는다면 내 그대의 뜻을 거역할지언정 뗏목에는 절대로 오르지 않겠습니다.」

그의 말에 칼립소는 미소를 지으며 그를 어루만졌다. 「당신은 참으로 신중한 분이군요. 당신 생각이 정 그렇다면 아래로는 땅, 위로는 하늘, 그리고 영광의 신들을 증인삼아 맹세하겠습니다. 내 진정으로 그대를 괴롭힐 어떠한 계책도 품지 않았다는 걸 말입니다. 이제 내 진실을 알았으니 혹시 필요한 것이 있으면 말씀하세요. 나도 따뜻한 피가 흐르는 여인이랍니다.」

말을 마치고 여신이 앞장서 걸어가자 오디세우스는 급히 그 뒤를 따랐다. 마침내 널찍한 동굴에 이르자 오디세우스는 헤르메스가 앉았던 의자에 앉았다. 여신이 그의 맞은편에 앉자 하녀들이 고기를 비롯하여 먹고 마실 것을 내왔다. 그들은 한참 동안 마음껏 먹고 마셨다.

마침내 칼립소가 입을 열었다. 「제우스의 후예이며 라에르테스의 지혜로운 아드님이신 오디세우스여, 정녕 나를 버리고 고국으로 돌아가고 싶으십니까? 여기에 남아 나와 함께 영생을 맛보며 이 집을 지키면 안 될까요? 그대 날마다 부인을 그리워하지만, 용모나 태도에 있어 내가 부인보다 못할 게 없잖아요. 인간 세상의 여인이 어찌 나와 같은 신과 견줄 수 있겠어요.」

지혜로운 오디세우스가 얼른 대답했다. 「여신이시여, 노여워하지 마십시오. 페넬로페가 아무리 영리하고 아름답다 해도 어찌 그대와 비교가 되겠습니까? 게다가 유한한 인간이 불멸의 신과 견줄 수는 없지요. 하지만 어찌된 일인지 날이면 날마다 고국이 그립고 귀국할 날만 손꼽아 기다려지니, 나도 어쩔 수가 없습니다. 그러니 비록 검푸른 파도에 휘말려 죽는다 해도 한번 부딪혀 보겠습니다. 이미 나는 파도와 싸운 적이 있고, 이제는 그런 것쯤은 아무 문제도 되지 않습니다.」

이윽고 어둠이 깔리자 그들은 잠자리를 같이하며 사랑의 기쁨을 나누었다. 그리고 아침이 되자 오디세우스는 외투와 튜닉을 차려입었다. 또한 칼립소는 찬란히 빛나는 은빛 겉옷을 입고 황금 허리띠를 두른 다음 머리에는 베일을 썼다. 그리고 그에게 올리브 나무로 손잡이가 되어 있는 청동 두 날 도끼를 준 다음 섬 끝의 해변으로 안내했다. 거기에는 물에 잘 떠서 뗏목을 만들기에 좋은 나무들이 자라는 곳이었다. 오리나무와 미루나무, 소나무들이 하늘에 닿을 듯이 쭉쭉 뻗어 있었다. 그녀는 그곳으로 안내한 뒤 곧장 동굴로 돌아갔다.

오디세우스는 바삐 스무 그루를 벤 다음 청동 도끼로 잘 다듬어 밧줄로 튼튼히 엮었다. 그 동안 칼립소가 가져온 송곳으로 나무에 구멍을 뚫고 서로 맞물린 다음 나무못을 박아 고정시켰다. 마치 목공에 능한 목수가 만드는 것처럼 오디세우스는 널찍한 뗏목을 훌륭하게 만들어 냈다. 또한 서까래를 붙여 뱃전을 만든 다음 돛대도 세우고 돛을 감을 활대도 달았다. 그리고 방향을 마음대로 조정할 수 있는 키를 달고 파도를 막아내도록 버드나무 가지를 빙 둘러쳤다. 그리고 커다란 천으로 돛을 만들어 달았다. 마침내 그는 돛을 활대에 묶고 굴림대를 사용하여 뗏목을 파도 몰아치는 바다에 띄웠다.

불과 4일 만에 모든 준비가 끝난 것이다. 5일째 되던 날, 칼립소는 그를 목욕시킨 다음 화려하고 향기로운 옷을 입혀 미련 없이 떠나 보냈다. 게다가 진한 포도주와 물과 음식이 들어 있는 부대를 가득 실어 주고는 부드러운 바람을 일으켜 주었다. 오디세우스는 기쁨을 감추지 못한 채 아주 능란하고도 침착하게 키를 다루며 거친 바다를 향해 나아갔다. 그는 플레이아데스 성단과 늦게까지 떠 있는, 북두칠성으로 불리는 큰곰자리를 보느라고 밤을 꼬박 새웠다. 오리온을 감시하고 있는 큰곰자리는 조수 속에 지지 않으므로, 칼립소가 항상 이 별을 왼쪽에 두고 항해하라고 일러주었기 때문이다. 그는 무려 17일 동안 항해를 계속했다. 마침내 18일째 되던 날, 파이아키아의 산들이 그의 앞에 어슴푸레하게 나타났다. 마치 안개 자욱한 바다 속에 하나의 곶처럼 보였다.

그러나 지진의 신 포세이돈은 에티오피아에서 돌아오던 중 거친 바다를 항해하는 오디세우스를 보고는 몹시 화를 내며 중얼거렸다. '아니, 신들이 내가 에티오피아에 가 있는 동안 오디세우스에 관한 계획을 변경시켰나 보군. 그가 파이아키아 근처까지 온 걸 보면 재난의 굴레를 벗어날 운명이란 말이지만, 그냥 두고 보지는 않겠어. 기필코 그를

다시 고난의 길로 빠뜨릴 테니.'

지진의 신 포세이돈은 두 손으로 삼지창을 잡아 구름을 모아 육지와 바다를 온통 뒤덮은 다음 폭풍우를 일으켰다. 사방이 어두워지며 회오리바람이 이는가 하면 동남풍과 서풍, 그리고 북풍이 서로 부딪히며 일어 거센 파도를 일으켰다.

오디세우스는 힘이 빠져 무릎이 꺾이고, 절망으로 가슴이 무너져 내렸다. 「오, 지독히도 운이 없구나! 바로 눈앞에 육지를 두고도 가지 못하고 마는가. 과연 여신의 말대로 고국으로 돌아가기 전에 바다에서 슬픔을 당하는 모양이구나. 제우스께서는 어찌하여 구름을 몰아 하늘을 덮고 온갖 광풍을 날리신단 말인가. 오, 이제 신들이 나를 버리셨구나. 트로이의 너른 땅에서 쓰러진 다나아 사람들이야말로 나보다 세 배나 행복한 사람들 아닌가. 아니, 네 배나 더 영광스런 사람들이지. 트로이 대군이 펠레우스의 아들의 시체를 빼앗으려고 내게 청동 창을 던졌을 때 죽었다면, 차라리 좋았을 텐데! 그랬더라면 장대한 장례식을 치렀을 뿐더러 아카이아 사람들은 내 이름을 드높이 칭송했겠지. 그러나 나는 하찮게 객사할 운명인가 보구나.」

그의 넋두리에도 파도는 계속 뗏목 주위로 휘몰아쳤다. 마침내 그는 뗏목에서 떠밀려 그토록 세게 쥐고 있던 키를 놓쳐 버렸다. 그와 동시에 돛대가 뚝하고 부러지더니 눈 깜짝할 사이에 바다 속으로 가라앉아 버렸다. 물 속으로 한없이 휘말려 들어가던 그는 거센 물결을 거슬러 물 위로 떠오를 수가 없었다. 칼립소가 입혀 준 옷들이 젖어 무거웠기 때문이다. 한참을 허우적거리던 그는 안간힘을 써서 겨우 물 위로 떠올랐다. 그는 바닷물을 토해내며 숨을 고르다가 겨우 뗏목을 찾아내 올라앉은 다음 죽음의 운명을 피하고자 했다. 하지만 집채같은 파도는 여전히 뗏목을 이리저리 끌고 다녔고, 사방에서 불어대는 바람은 바짝 마른 엉겅퀴의 둥근 열매를 굴리듯이 뗏목을 가지고 놀았다.

그러나 이때 발목이 예쁜 카드모스의 딸 이노가 이 광경을 목격했다. 그녀는 일찍이 인간의 목소리를 지닌 레우코테아였으나 지금은 신들의 존경을 받는 몸이 되어 바다 속에서 살고 있었다.

거센 파도에 기진맥진해 있는 오디세우스를 가엽게 여긴 그녀는 갈매기처럼 뗏목에 앉았다. 「불행한 자여, 어찌하여 지진의 신 포세이돈의 미움을 받았는가? 그러나 포세이돈은 결코 그대를 죽음에 이르게 하지는 못할 것이오. 자, 지혜가 부족한 이여 내 말을 들으시오. 그 옷들을 벗어버리고 뗏목을 놓고 헤엄을 쳐 파이아키아 기슭으로 올라가도록 힘써 보시오. 그 방법만이 당신이 살 수 있는 길이오. 자, 이 스카프는 불사의 것, 그대 목에 감으면 어떠한 참화도 죽음도 두렵지 않을 것이오. 그리고 뭍에 올라서거든 즉시 이 스카프를 검푸른 바다로 던지시오.」

여신이 그에게 스카프를 준 다음 깊은 물 속으로 들어가자 또다시 검푸른 파도가 일었다. 한편 의지가 굳은 오디세우스는 곰곰이 생각해 보다가 혼잣말로 중얼거렸다. 「오, 내 처량한 신세여! 뗏목을 버리라니, 또 어느 신께서 나에게 새로운 올가미를 씌우려는 것인가? 내 이제 절대로 듣지 않으리라. 저 기슭까지 가려면 한참을 가야 할 텐데……, 못이 빠지지 않는 한 뗏목만이 나를 지켜줄 거야. 그때까지 뗏목을 잡고 굳세게 고난을 견디리라. 파도가 이 뗏목을 뒤엎는다면 헤엄을 쳐야겠지만, 그렇지 않으면 이것보다 더 좋은 비결은 없을 거야.」

그가 이런저런 생각을 하는 동안, 지진의 신 포세이돈이 다시 무섭고도 어마어마한 물결을 휘몰아 그의 머리를 후려갈겼다. 이어 거센 바람이 말라빠진 옥수수 껍질을 흩어놓듯이 뗏목의 들보를 산산이 흩어놓았다. 그제야 오디세우스는 나무통을 잡아 말을 탄 것처럼 걸터앉은 다음 칼립소가 준 옷을 벗었다. 그리고 스카프를 목에 감고는 바다로 뛰어들어 헤엄을 치기 위해 두 팔을 벌렸다.

이 광경을 본 포세이돈이 머리를 흔들며 혼잣말로 중얼거렸다. 「고생 좀 실컷 한 뒤에야 인간 세상에 돌아가게 되리라. 그래야 네 스스로 고난을 얕잡아 보지는 않겠지.」

포세이돈은 갈기가 훌륭한 준마를 채찍질하며 그의 유명한 거처인 아이가이로 돌아갔다. 한편 아테나는 또 다른 계획을 세웠다. 모든 바람을 묶어 잔잔하게 한 뒤 북풍만을 불게 하여 오디세우스로 하여금 노 젓기를 좋아하는 파이아키아 사람들을 찾아가게 했다.

이렇게 이틀 밤낮을 거센 파도와 싸우다 보니 그는 거의 초죽음 상태였다. 하지만 사흘째 되는 날, 머리칼이 아름다운 새벽 신이 광명을 가져오자, 바람은 간 곳 없고 주위는 아주 조용했는데, 언뜻 위를 처다보니 눈앞에 바로 육지가 보였다. 이는 마치 신의 노여움을 받아 병상에 누운 아버지가, 신들의 도움을 받아 고통에서 벗어나 소생하는 것을 보는 자식들의 마음과도 같았다. 오디세우스는 육지를 보고는 죽을힘을 다해 헤엄을 쳤다. 그러나 그가 기슭에 거의 다다랐을 때 요란한 소리가 들려왔다. 거센 파도가 바위에 부딪히며 내는 소리였다. 그곳은 배 한 척 정박할 수 없는 바위와 암초로 이루어진 절벽뿐이었다.

오디세우스는 기진맥진한 나머지 스스로 한탄했다. 「오, 이 무슨 기구한 운명인가. 뜻밖에도 제우스께서 육지를 보게 해 주시는가 하여 죽을힘을 다해 헤엄쳐 왔건만, 사방은 층암절벽이로구나. 깎아지른 듯한 암석은 미끄럽기만 하고, 수심은 더욱 깊으니 오히려 발 디딜 곳이 없구나. 내 무리하게 올라간다면 거센 파도에 채여 톱날 같은 바윗돌에 부서지겠지. 혹시 물결이 나를 잔잔한 곳으로 인도한다면 몰라도 폭풍우가 또다시 몰아친다면 나는 결국 고통을 이겨낼 수 없겠지. 아니 유명한 암피트리테가 기르는 괴물을 보낼지도 모르겠구나. 지진의 신 포세이돈이 얼마나 화가 나 있는지 나도 잘 알고 있으니.」

이렇게 그가 이런저런 생각에 골몰하는 동안 거친 물결은 어느새 그를 험한 바위 기슭에 데려다 주었다. 만일 아테나가 그의 마음속에 잡념을 불어넣지 않았다면 그의 살갗은 찢겨지고 뼈는 부서져 버렸을지도 모른다. 그는 두 팔로 바위를 힘껏 부둥켜안고 끙끙거리며 달라붙었다. 겨우 위험을 모면했는가 했더니 다시 물결이 몰아쳐 그를 바다 저쪽으로 밀어냈다. 마치 낙지를 잡을 때 빨판에 많은 모래가 달라붙듯이, 그의 억센 팔에서 살점이 떨어져 바위에 붙으면 물결이 밀려와 치는 것이었다. 만일 빛나는 눈의 아테나가 그에게 밝은 지혜를 주지 않았다면 그는 제 명에 죽지 못했을 것이다.

그는 기슭에 부딪히는 물결을 피해 혹시 물결이 잔잔한 곳이나 항구가 눈에 띄지 않을까 두리번거렸다. 마침내 그곳을 빠져나온 그는 바람이 잘 닿지 않는 우묵한 곳을 찾아 헤엄을 쳤다. 그곳은 틀림없이 강과 연결된 곳 같았다. 그는 얼른 마음속으로 빌었다. '신이시여, 제발 저를 굽어살피소서. 저는 포세이돈의 노여움을 피하여 이곳까지 왔습니다. 불사의 신들께서도 표류하는 인간은 멀리하지 않는다 하였습니다. 이제 오랜 고난과 역경을 거쳐 이곳까지 왔사오니, 저를 불쌍히 여기시어 제 소원을 들어주소서.'

이 말을 들은 신이 곧바로 물결을 잠재우자 그가 강어귀까지 무사히 갈 수 있도록 하였다. 어귀에 다다른 그는 팔다리가 축 늘어진 채 정신마저 혼곤한 상태였다. 물에 퉁퉁 불은 몸은 물먹은 솜처럼 무거웠고 입과 코에서는 짠물이 쏟아져 나왔다. 그는 숨조차 제대로 쉴 수가 없었다. 드디어 가까스로 한숨을 돌린 그는 여신이 주었던 스카프를 풀어 흐르는 물에 내던졌다. 그것은 파도에 넘실넘실 흘러 떠내려갔다. 오디세우스는 마침내 갈대밭에 누워 곡식을 키우는 대지에 입을 맞추었다.

그러고는 혼잣말로 넋두리했다. 「오, 내 기구한 운명이여! 이제 어떻게 해야 된단 말이냐? 혹시 더 나쁜 일이 생길지도 모르겠구나. 혹시 시냇물을 베개삼아 이곳에서 밤을 새운다면 차디찬 서리와 이슬을 맞아 옴짝달싹하지도 못하고 죽을지도 모르는 일, 그렇다고 숲속으로 들어가 잠을 잔다면 단잠이야 잘 수 있겠지만 산짐승의 밥이 될지도 모르는 일 아닌가.」

그때 가장 좋은 방법이 떠올랐다. 그는 숲속으로 들어가 사방이 확트인 물가를 골랐다. 그곳에는 야생 올리브 나무와 보통 올리브 나무

두 그루가 서 있었다. 그것은 비스듬히 자라나 서로 얽힌 채 바람과 햇볕을 막을 만큼 드리워져 있었다. 오디세우스는 그곳에 널찍한 자리를 만들었다. 낙엽이 듬뿍 쌓여 혹독한 겨울날에도 세 사람은 충분히 덮고 누울 만했다. 그는 기꺼이 그곳에 누워 낙엽으로 전신을 덮었다. 마치 외딴 벌판에서 타다 남은 불씨를 잿속에 잘 묻어두듯이 오디세우스는 낙엽 속에 드러누웠다. 그러자 아테나는 그가 쓰라린 고통에서 벗어나 회복할 수 있도록 그에게 잠을 쏟아부어 주었다.

바람의 계곡 나우시카를 만나다

알키누스 왕의 딸 나우시카가 냇가로 나왔다가, 지쳐 잠들어 있던 오디세우스와 만난다. 오디세우스는 나우시카를 따라 궁을 방문한다.

피로에 지친 오디세우스는 깊이 잠에 빠져들었다. 그 동안 아테나는 파이아키아의 도시를 찾아갔다. 이들은 원래 확 트인 고원에서 살았는데, 이웃에는 몹시 교만하고 거친 키클로프스족이 살고 있었다. 그래서 신과 같은 나우시투스는 백성을 이끌고 그들을 피해 스케리아 땅에 자리를 잡았다. 그리고 그곳에 성을 구축한 다음 집과 신전을 짓고 백성들에게 토지를 골고루 분배했다. 그러던 중 나우시투스가 죽음을 맞이하자 알키누스가 그 보위를 물려받았다. 빛나는 눈의 여신 아테나는 용감한 오디세우스의 귀환을 돕기 위해 그의 집으로 찾아갔다. 아름답게 꾸민 침실에 들어서자 신과 똑같이 생긴, 매우 아름다운 알키누스의 딸 나우시카가 자고 있었다. 그리고 문설주 양편에는 역시 미의 여신으로부터 미를 물려받은 듯한 두 시녀가 자고 있었다.

아테나는 슬며시 나우시카의 머리맡에 다가가 말을 걸었다. 그녀는 이미 유명한 뱃사람 디마스의 딸로 변신한 뒤였다. 왜냐하면 디마스의 딸은 나우시카와 동갑으로 친할 뿐만 아니라 아테나의 마음에 꼭 들었기 때문이다.

이윽고 빛나는 눈의 여신 아테나가 말했다. 「나우시카여, 그대의 어머님께서는 어찌 그리 무심하신가요? 정년기가 되었거늘, 어찌 몸치장은커녕 이처럼 고운 옷들을 손질도 하지 않은 채 내팽개쳐 두시나요? 아름다운 옷을 입고 몸을 단장하는 것은 아주 좋은 평판을 듣게 되는 것이랍니다. 자, 우리 날이 밝는 대로 빨래를 하러 가죠. 아마 그러면 아버님과 어머님께서도 흔쾌히 여기실 거예요. 저도 즐겨 거들겠습니다. 이미 똑똑한 파이아키아 청년 중에서 가장 고귀한 분의 배필이 될 아가씨, 아침 일찍 아버님께 여쭈어 수레에 빨래할 옷들을 실으세요. 빨래터는 여기서 꽤 먼 곳에 있으므로 걷는 것보다는 그 편이 훨씬 편하답니다.」

아테나는 이렇게 말하고 나서 사시사철 청명한 공기에 밝은 태양만이 비추는 올림포스 신전으로 향했다.

곧 새벽 신이 장밋빛 손가락을 내밀어 나우시카를 깨웠다. 그녀는 지난밤 꿈이 너무나 신기해 부모님께 알리기 위해 곧장 내전으로 달려갔다. 어머니는 시종과 함께 진홍색 무늬의 비단을 짜고 있었다. 그리고 아버지는 파이아키아 귀족들의 초청을 받아들여 왕자들과 밖으로 나가는 중이었다.

그녀가 아버지 곁에 바싹 다가서며 말했다. 「아버님, 죄송하지만 튼튼하고 좋은 수레 하나만 내주세요. 냇가로 나가서 빨래를 해야 하니까요. 아버님께서도 회의에 참석하러 가실 때 깨끗한 옷을 입으셔야 하고, 또한 결혼한 두 오라버니를 제외한 아직 미혼인 세 오라버니들도 무도회에 갈 때마다 깨끗한 옷을 찾기 때문이에요.」 그녀는 아버지에게 차마 결혼의 기쁨을 말할 수가 없어 이렇게 둘러댔다.

그러자 모든 것을 새겨들은 아버지가 이렇게 대답했다. 「얘야, 노새든 무엇이든 네가 원하는 대로 내어주마. 그리고 가장 튼튼하고 좋은 수레를 가져가거라.」

그러고는 그가 시종들에게 서둘러 명령하자, 시종들은 잘 달리는 노새와 화려한 수레를 준비했다. 그녀는 침실에서 아름다운 옷들을 가져와 번쩍이는 수레에 실었다. 그러자 그녀의 어머니는 여러 가지 음식과 맛좋은 술을 내오고 촉촉한 올리브 기름을 금 항아리에 담아 주었다. 이윽고 나우시카가 노새 위에 올라 고삐를 잡고 채찍을 가하자 두 마리의 노새가 쏜살같이 내달렸다.

그들은 깨끗한 물이 흐르는 강가에 다다랐다. 물비늘이 반짝이는 그곳은 밑에서 깨끗한 물이 용솟음쳐 나오는 빨래터가 있어서 더러운 옷들을 빨기에는 안성맞춤이었다. 그들은 노새의 고삐를 풀어 꿀맛 같은 풀을 뜯어먹게 했다. 그러고는 물가에서 옷들을 다투어 빨기 시작했다. 그런 다음 깨끗이 빤 옷들은 언덕에 한 줄로 널고 목욕을 한 뒤 바람 부는 언덕에서 점심을 먹으며 빨래가 마르기를 기다렸다. 그 사이에 그녀와 시녀들은 숄을 풀어 던지고 공놀이를 하였다. 하얗고 가느다란 팔의 나우시카도 시녀들과 함께 어울렸다. 이 모습이 너무나 아름다워 마치 활의 명수 아르테미스가 에리만토스 산을 따라 내려가 산돼지와 재빠른 사슴을 사냥하며 님프들과 놀 때의 모습과 똑같았다.

이윽고 빨래가 다 마르자 나우시카는 수레를 노새에 맨 뒤 옷들을 개키고 집으로 돌아갈 준비를 하였다. 이때 빛나는 눈의 여신 아테나는 오디세우스를 깨웠다. 왜냐하면 어여쁜 처녀가 파이아키아의 성까지 그를 데려가도록 하기 위해서였다. 아테나의 계획에 따라 나우시카가 시녀에게 던진 공이 그만 깊이 감도는 물굽이로 들어가 버렸다. 그러자 모두들 날카롭게 소리를 질렀다.

그 소리에 오디세우스가 눈을 번쩍 떴다. '오, 내가 과연 인간 세상에 왔는가? 거칠고 야만스럽고 무례한 자들인가, 아니면 낯선 사람에게 친절하고 신을 두려워하는 자들인가? 설마 험준한 산봉우리나 샘, 혹은 들판에 사는 님프들은 아니겠지! 아무튼 처녀들의 목소리가 요란도 하구나. 자, 일어나서 기필코 알아내야겠다.'

이리하여 오디세우스는 덤불에서 기어나와 널따란 나뭇잎을 따다 벌거벗은 몸을 가렸다. 그러고는 사자처럼 용감하게 밖으로 나갔다. 파도에 시달려 파김치가 되어 있었지만 눈빛만큼은 여전히 살아 있었다. 처녀들은 벌거벗은 그를 보고 놀라 기겁을 하며 강기슭으로 달아났다. 다만 나우시카만이 꼼짝 않고 서 있었다. 이는 아테나가 그녀에게 용기를 불어넣었기 때문이다. 그녀는 오디세우스를 똑바로 바라보았다.

오디세우스는 잠시 망설였다. 그녀의 어여쁜 무릎을 잡고 애원할 것인가, 아니면 그저 공손하게 옷을 달라고 할 것인가. 이런저런 생각을 하다가 마침내 그는 그녀의 무릎에 손을 대면 혹시 화를 낼지도 모르므로 공손하게 애원하는 편이 나을 것 같다는 생각을 하였다.

　그는 곧장 부드러운 어조로 말을 꺼냈다. 「공주님, 그대는 신이십니까, 아니면 저와 같은 인간이십니까? 만일 저 광활한 하늘을 지배하는 신이라면, 능히 제우스의 따님 아르테미스와 견주어도 모자랄 것 같지 않군요. 그러나 지상에 사는 인간이라면 부모님과 형제 자매들은 매우 행복한 분들이겠군요. 꽃처럼 어여쁜 그대가 춤을 출 때마다 가족의 기쁨은 더욱 커지겠지요. 아마 그대를 아내로 맞이하는 인간은 이 세상에서 가장 영광된 인간일 것입니다. 여태껏 저는 그대와 같은 분을 인간 세상에서 본 적이 없습니다. 언젠가 델로스에 있는 아폴론 신전에서 싱싱하게 자라는 야자나무를 본 적이 있습니다. 많은 무사들을 이끌고 가던 중 그토록 신선하고 훌륭한 것을 본 저는 그저 입만 벌린 채 서 있었습니다. 그런데 오늘, 공주님을 뵈오니 그때처럼 놀랍고 두려워 아무 말도 할 수가 없습니다. 저는 어제 바다를 표류한 지 20일 만에 처음으로 상륙했습니다. 그 동안 성난 파도와 거친 바람은 저를 끊임없이 공격했지요. 제가 이곳에 온 것도 어느 신의 인도를 받은 것이지만 아직도 신의 공격이 끝나지 않은 것 같습니다. 아마 신들께서는 저에게 또다시 많은 시련을 주시겠지요. 공주님, 부디 저를 도와주십시오. 수많은 고난과 재앙 끝에 처음으로 그대를 뵙게 되었습니다. 이곳에 관해서는 전혀 모르지만 이제 저에게 몸에 걸칠 헌 옷 한 벌만 주옵소서. 아울러 그대에게 축복이 충만하기를 빌겠습니다. 신이시여, 남편과 한마음 되게 해 주소서. 이보다 더한 축복은 없는 것, 부부가 한마음 한뜻을 지닐 때보다 훌륭하고 고귀한 것은 없나니, 원수에게는 큰 두려움이 될 것이며 이웃에겐 큰 기쁨이요, 자신들로서는 그지없이 좋기 때문입니다.」

하얀 팔의 나우시카가 대답했다. 「나그네여, 보아하니 어리석은 분도 평범한 분도 아닌 것 같군요. 인간들에게 복을 내려주는 것은 올림포스에 계신 제우스께서 하실 일이지요. 그대의 운명도 틀림없이 제우스께서 좌우하셨을 테지요. 다만 그대가 내 땅에 오셨으니 옷 걱정은 시키지 않겠습니다. 그대가 어떠한 분이든 이토록 간절히 청하는 바에야 도와 드리지 않을 수가 없네요. 우리는 파이아키아 사람들이며, 나는 파이아키아 사람들을 다스리는 알키누스 왕의 딸이랍니다.」

그녀는 아름답게 머리를 땋은 시녀들을 소리쳐 불렀다. 「얘들아, 그만 나와 이분께 인사드려라. 너희들은 정말 이분을 나쁜 사람으로 보는 모양이구나. 우리가 사는 이곳에 싸우러 올 사람은 없단다. 우리는 신께 가장 순종하고, 또한 파도치는 바다 멀리 살고 있으므로 아무도 우리를 알지 못한다. 그러나 이분은 표류하다 이곳에 다다른 분이니, 우리가 친절하게 대접하자꾸나. 왜냐하면 나그네는 제우스께서 보내신 것이니 조금만 도와주어도 고맙게 아는 법이다. 자, 얘들아! 이 손님을 강가로 모시고 가서 목욕을 시켜 드려라.」

시녀들은 서로 주저하다가 고결한 알키누스의 딸 나우시카가 이르는 대로 오디세우스 앞에 나타났다. 그리고 그 옆에 망토와 튜닉 등 갖가지 옷을 늘어놓고 투명한 올리브 기름이 담긴 금 항아리를 준 뒤 강가에 가서 목욕을 시키려고 하였다.

그때 오디세우스가 시녀들에게 말했다. 「나 혼자 목욕을 하겠으니 잠깐만 기다려 주시기 바랍니다. 처녀 앞에서 벌거벗은 채로 목욕을 한다는 것은 부끄러운 일이지요! 오, 제 몸에 올리브 기름을 바른 지도 꽤 오래되었군요. 」

시녀들은 그의 말을 나우시카에게 전하였다. 한편 오디세우스는 등이며 단단한 어깻죽지며 머리칼에서 짠물을 남김없이 씻어냈다. 그리고 올리브 기름을 바르고 미혼의 처녀가 준 옷을 입었다. 아테나는 그가 더욱 장대하게 보이도록 굽슬굽슬한 머리칼을 히아신스처럼 늘어지게 하였다. 헤파이스토스와 아테나한테서 온갖 기술을 익힌 명장이 온갖 솜씨를 부려 은그릇에 황금을 덧씌운 것처럼, 아테나는 오디세우스의 머리칼과 어깨로 온갖 매력이 흘러넘치게 만들었다.

마침내 오디세우스가 모습을 드러내자 위용이 더욱 빛났다. 그 모습을 본 나우시카가 아름답게 머리를 땋아내린 시녀들에게 입을 열었다. 「하얀 팔의 시녀들아, 내 말을 들어보거라. 신성한 파이아키아 땅에 저분이 온 것은 신들의 뜻인 것 같구나. 그토록 남루하던 분이 이제 보니 창공을 다스리는 신의 모습이구나. 아, 이런 분이 내 남편이라면! 얘들아, 어서 저분께 식사 대접을 하거라.」

그녀의 말을 들은 시녀들이 그의 옆에 식사를 차려 놓았다. 오디세우스는 체면을 차리지 않고 정신없이 먹었다.

그 모습을 끝까지 지켜 본 팔이 흰 나우시카에게 좋은 생각이 떠올랐다. 그녀는 잘 마른 옷들을 화려한 수레에 싣고, 노새에 멍에를 씌운 다음 수레에 올랐다. 그러고는 오디세우스를 불렀다. 「손님, 이제 우리 성으로 가시지요. 그곳에 가면 아버님뿐만 아니라 파이아키아의 고명한 인사들을 모두 만나게 될 것입니다. 보아하니 손님은 매우 현명하신 분인 것 같아 감히 부탁드립니다. 들과 논밭을 지나가는 동안은 시녀들에게 묻혀 얼른 쫓아오십시오. 그리고 성에 들어가면 높은 탑과 성곽을 통과하게 되고, 양편에 입구는 좁지만 매우 아름다운 항구가 있습니다. 이곳 사람들이 배를 정박해 두는 곳이지요. 그리고 큰돌을 깔아 세운 웅장한 포세이돈의 궁 옆에 회의장이 있고, 조금 더 지나면 사람들이 검은 배의 밧줄이며 닻과 돛 등 장비를 손질하고 있을 것입니다. 파이아키아 사람들은 활이나 화살 등을 모르는 뱃사람들로, 돛과 노, 그리고 배만 있으면 세월 가는 줄 모르고 잿빛 바다를 항해한답니다. 나는 그들의 입에서 좋지 못한 말들이 오르내리는 것을 피하고 싶습니다. 그들 중에는 경망스러운 사람이 있어 이렇게 비난할지도 모르지요. '나우시카를 따라가는 저 사나이답고 잘생긴 남자는 누구지? 어디서 만났을까? 아, 나우시카의 신랑감이겠지. 아마 지나가는 배가 파선했나 보군. 혹시 신이 그녀의 기도를 듣고 온 걸 거야. 아니, 그녀를 아내로 삼으려고 하늘에서 내려왔는지도 모르지. 차라리 그 편이 나을 것 같군. 만일 외지로 나가 신랑을 맞아들인다면, 이 고장의 청혼했던 많은 사람들을 업신여기는 게 아니고 뭐겠어!' 하긴 나 역시도 결혼하기 전에 부모 형제와 친구의 승낙도 없이 남자와 어울리는 여자를 여태껏 비난해 왔지요. 손님, 이제 내 말대로 따른다면 빠른 시일 안에 아버님의 호의를 얻어 무사히 귀국하실지도 모르지요. 가다 보면 샘물이 흐르고 초원이 펼쳐진 아테나의 아름다운 미루나무 숲이 있습니다. 그곳에는 아버님의 영지와 과수원이 있습니다. 우리가 성에 들어가 아버님을 뵐 때까지 잠시 그곳에 머물러 계시지요. 그러다가 우리가 거의 궁전에 다다랐다고 생각되거든 성으로 들어와 고매한 알키누스를 찾으세요. 아마 삼척동자라도 안내해 드릴 겁니다. 성안의 집 중에서 가장 큰 건물이 알키누스의 궁전이지요. 궁으로 들어오는 걸 허락받으면 얼른 뜰을 지나 중앙으로 곧장 들어오세요. 그곳에는 어머님이 화로 옆에 앉아서 커다란 기둥에 몸을 기댄 채 휴식을 취하고 계실 것입니다. 그리고 바로 옆에는 아버님이 옥좌에 앉아서 마치 불사의 신처럼 포도주를 드시고 계시겠지요. 그러면 그대는 어머님의 무릎에 손을 얹고 비록 멀고 먼 타향에서 왔을지언정 귀국의 날을 하루 속히 맞도록 빌어 보십시오. 그대가 어머님의 동정심만 산다면 손쉽게 귀국할 수 있는 길이 열릴 것입니다.」

그녀는 말을 마치고 나서 반짝이는 채찍으로 노새를 쳤다. 그리고 시녀들과 오디세우스가 걸어서 따라올 수 있도록 고삐를 죄었다 풀었다 하며 능란하게 그곳을 빠져 나왔다. 해가 질 무렵에야 그들은 아테나의 미루나무 숲에 다다랐다.

그제야 오디세우스는 꿇어앉아 전능한 여신 아테나에게 기도를 드렸다. 「방패의 신이시며 제우스의 따님이신 아테나여, 저의 기도를 들으소서. 포세이돈께서 저를 망망대해로 내치신 이후 제 소원을 외면하셨지만 이번만은 굽어살피소서. 파이아키아 사람들에게 친절과 동정심이 일어나도록 제발 도와주소서.」

그의 기도를 처녀신 아테나는 들었지만 그의 눈앞에 나타나지는 않았다. 왜냐하면 아버지의 형제들이 아직도 신과 같은 오디세우스에게 분노를 품고 있었기 때문이다.

알키누스 왕에게 도움을 청하다

알키누스 왕의 궁전에서 오디세우스는 왕과 왕비에게 자신의 처지를 하소연하고 도움을 청한다. 왕은 그의 무사 귀환을 도와주겠다고 약속한다.

영웅 오디세우스가 기도를 올리는 동안 나우시카는 노새를 타고 성으로 들어갔다. 그녀가 궁에 이르자 신과 같이 유려한 모습의 오라버니들이 우르르 몰려나와 수레에서 노새를 풀고 깨끗이 말린 빨래를 안으로 들여갔다. 그녀는 곧장 침실로 향했다. 이미 침실은 아페이레 태생의 노부인 에우리메두사가 불을 밝혀 놓은 상태였다. 에우리메두사는 팔이 하얀 나우시카를 키운 사람으로, 그림자처럼 옆에 붙어 불을 켜거나 식사 시중을 들곤 했다.

한편, 오디세우스가 성을 향해 발길을 옮기기 시작하자 아테나는 짙은 안개를 피워 그를 보호했다. 혹시 그가 파이아키아 사람들의 눈에 띄어 놀림을 받거나 곤란한 질문을 당할까 염려되었기 때문이다. 마침내 웅장한 성에 발을 들여놓으려는 순간, 아테나가 물동이를 인 여인으로 변신하여 오디세우스 앞에 멈춰 섰다.

　오디세우스가 그 여인에게 물었다. 「아가씨, 혹시 이 성을 다스리는 알키누스의 궁이 어디 있는지 아십니까? 나는 먼 타국에서 온 나그네로 어쩌다가 이곳까지 오게 되었습니다. 부디 아는 바를 알려주십시오.」

　이윽고 빛나는 눈의 여신 아테나가 대답했다. 「좋습니다. 제가 알려드리지요. 그곳은 저의 집과 바로 이웃하여 있답니다. 절 따라오시면 되니까 굳이 다른 사람들에게 아는 척을 하지 마세요. 이곳 사람들은 낯선 사람들을 대접할 줄도 모르고 또한 좋아하지도 않으니까요. 오로지 배를 만들고 항해하는 것에만 관심을 두는 뱃사람들로, 마치 새가 날거나 생각이 번득이는 것처럼 배를 모는 속도가 빠르답니다.」

　오디세우스는 처녀신 아테나가 재빨리 안내하는 대로 바짝 정신을 차리고 따라갔다. 파이아키아인들이 지나갔지만 여신이 안개로 그를 감싸니 조금도 거리낌이 없었다. 오디세우스는 항구에 정박해 있는 웅장한 배와 사람들이 모이는 회의장, 길고 높은 성벽들을 감탄한 듯한 눈으로 보았다.

　마침내 궁에 다다르자 빛나는 눈의 여신 아테나가 먼저 입을 열었다. 「자, 여기가 바로 손님이 찾으시는 그 궁전입니다. 제우스의 보살핌을 받으시는 왕께서는 아마 식사 중이실 겁니다. 들어가시되 굳이 어려워하실 건 없습니다. 궁에 들어가시거든 우선 왕비 아레테를 만나십시오. 이분 역시 알키누스 왕과 같은 왕족이랍니다. 그 가계를 간략히 말씀드리면 다음과 같지요. 지진의 신 포세이돈과 영웅 에우리메돈의 막내딸인 절세의 미인 페리보이아는 장남 나우시투스를 낳았답니다. 나우시투스는 한동안 파이아키아의 왕으로 재위하면서 렉세노르와 알키누스라는 두 아들을 두었습니다. 그러나 렉세노르는 결혼 직후 아폴론의 화살에 맞아 죽었지요. 그에게는 외동딸 아레테가 있었는데, 알키누스는 훗날 아레테를 왕비로 맞이하여 여태껏 끔찍이 사랑하고 있답니다. 게다가 지금 왕비는 자녀와 남편, 또한 온 백성들부터 존경을 받고 있답니다. 그래서 거리에 나올 때면 모두들 그녀를 여신으로 맞아 경의를 표하고 있지요. 또한 그분께서는 워낙 이해력이 많으셔서 남자든 여자든 친절히 대하시고 외면하시는 법이 없답니다. 그분의 마음만 얻을 수 있다면, 아마 손님도 원하는 곳에 가실 수 있으실 것입니다.」

빛나는 눈의 여신 아테나는 이렇게 말하고 아름다운 스케리아 섬을 떠났다.

한편 오디세우스는 알키누스의 궁으로 들어가 청동으로 된 현관 앞에 섰다. 이 생각 저 생각으로 머리가 터질 것 같았다. 왜냐하면 알키누스 궁의 지붕에서 마치 광채가 나오는 듯했기 때문이다. 청동으로 된 벽은 주위로 거무스름한 장식띠가 둘러쳐져 있었고, 문기둥과 상인방은 은으로, 문과 손잡이는 금으로 만들어져 있었다. 그리고 양쪽 옆에는 은과 금으로 만든 개들이 놓여 있었다. 이 개들은 영웅 알키누스의 궁전을 수호하는 동시에 그가 영생토록 백발을 면하게 하기 위한 것으로 헤파이스토스가 온갖 재주를 기울여 만든 것이었다. 그리고 현관에서 내실에 이르는 곳에는 의자가 죽 나열되어 있었는데, 부인들이 예쁘게 짠 방석이 하나씩 놓여 있었다. 또한 황금으로 만든 청년상의 두 손에는 관솔불이 타올라 밤새도록 궁을 밝혀 주고 있었다. 그리고 50여 명이나 되는 시녀들이 누런 곡식을 절구에 빻아 찧거나 쉴새없이 북을 놀려 천을 짜고 있었다. 바다에서 배를 달리는 데에는 파이아키아인들을 감히 당할 자 없듯이, 부인들도 길쌈 솜씨가 매우 뛰어났다. 이는 아테나가 그들에게 손재주와 고상한 마음씨를 주었기 때문이다. 그리고 정문 앞에는 널따란 과수원이 있어서 배나무, 석류나무, 사과나무, 달콤한 맛의 무화과나무와 무성하게 자라나는 올리브 나무 등 각종 과수가 울창했다. 이 나무들은 1년 내내 잎이 지지 않을 뿐만 아니라 겨울이나 여름에도 열매가 떨어지는 법이 없었다. 뿐만 아니라 포도원도 있어 포도주와 건포도 등을 만들었다. 그리고 가장자리의 화원에는 꽃이 만발해 사시사철 푸르렀다. 게다가 두 개의 샘에서 솟은 물줄기가 하나는 화원을 통해 흘러가고, 또 하나는 대궐 옆으로 흐르고 있으므로 이곳에서 사람들은 식수를 끌어갔다. 이것이 알키누스의 궁전에 내린 신들의 선물이었다.

오디세우스는 걸음을 멈춘 채 감탄한 듯 바라보다가 곧장 내실로 향했다. 마침 파이아키아의 명장들이 모여 아르고스를 죽인 신에게 술을 올리고 있었다. 그들에게는 자기 전에 신한테 술을 올리는 의식을 행했다. 오디세우스는 아테나가 보내 주는 자욱한 안개에 둘러싸여 아레테 왕비와 알키누스 왕이 있는 곳에 다다랐다. 신기하게도 오디세우스가 아레테의 무릎에 손을 얹자 안개가 걷혔다. 그들은 그를 보고 몹시 놀라 아무 말도 하지 못했다.

마침내 오디세우스가 간절한 어조로 말했다. 「신과 같은 렉세노르의 따님 아레테 왕비님, 저는 갖은 고생 끝에 이곳까지 왔습니다. 신이시여, 이분들께 축복을 내려주소서. 또한 자녀들에게도 축복하시고 백성들 또한 살아 있는 동안 많은 영광을 누리도록 해 주소서. 왕비님이시여, 원하옵건대 제가 한시바삐 고국으로 돌아갈 수 있도록 도와주십시오. 참으로 긴 세월 동안 바다에서 헤매고 있는 불쌍한 인간이올시다.」

그가 말을 마치고 화로 옆에 주저앉자 그들은 한동안 아무 말도 하지 않고 바라보았다. 드디어 옛날부터 귀족인 파이아키아의 원로요, 웅변가이며 고사에 조예가 깊고 뛰어난 에케네우스가 입을 열었다. 「왕이시여, 참으로 예의에 어긋나는 일이옵니다. 말씀을 듣는 저희야 상관없지만, 손님을 화로 옆자리에 앉힌다는 것은 도무지 예의가 아니옵니다. 자, 어서 손님을 일으켜 은도금 의자에 앉게 하시고 시종을 불러 술을 거르게 하옵소서. 그리고 우리와 함께 천둥의 신 제우스께 술을 올릴 수 있도록 윤허해 주십시오. 제우스께서는 위엄 있는 애원자를 외면하지 않으십니다. 또한 시녀로 하여금 식사를 가져오도록 하시지요.」

잠시 말을 듣고 있던 알키누스가 마침내 지모가 출중한 오디세우스를 손수 화로 옆에서 일으켰다. 그리고 가장 사랑하는 아들인 용감한 라오다마스를 시켜 빛나는 의자에 앉혔다. 시녀는 화려한 금 항아리에 물을 담아 와서 손을 씻도록 은 대야에 붓고는 그의 옆에 놓인 반짝거리는 테이블 위에 놓았다. 그리고 식탁 위에 빵과 갖가지 성찬을 늘어놓고 마음대로 들 수 있도록 옆에서 시중을 들었다.

이때 알키누스가 시종에게 명령했다. 「폰토누스여, 술을 걸러 좌중에 올리도록 해라. 우리 함께 천둥의 신 제우스에게 잔을 올릴 것이다. 제우스께서는 간절히 원하는 자를 결코 외면하지 않으시는 분이시다.」

그러자 폰토누스가 꿀을 섞은 신주를 걸러 죽 돌아가며 따랐다. 모두들 실컷 마시고 나자 알키누스가 비로소 말문을 열었다. 「파이아키아의 명장과 고관들이시여, 오늘은 집에 돌아가 푹 쉰 다음, 연회는 내일 아침 열 것이오. 내일은 여러분을 모시고 신에게 값진 제물을 올릴 것이오. 그리고 이 손님께서 하루라도 빨리 귀국하실 수 있도록 호송 대책을 함께 강구해 봅시다. 비록 먼길이라 할지라도 무사히 고국 땅에 발을 들여놓을 때까지 우리가 성의를 다해 봅시다. 운명은 어머니 뱃속으로부터 태어난 것, 스스로 극복할 수밖에 없을 것이오. 그러나 그가 하늘에서 내려온 불사의 인간이라면, 신께서는 우리에게 깨달음을 주실 것이오. 우리가 신께 영광스런 제물을 올리면, 항상 서슴지 않고 와 주실 뿐만 아니라 우리와 함께 식사도 하시니 말이오. 그러니 비록 손님이 도중에서 신을 뵈올 때에도 역시 모르는 체하실 리가 없소. 그만큼 우리도 저 키클로프스족과 같이 신의 세계에 친근하기 때문이오.」

이때 지혜로운 오디세우스가 대답했다. 「알키누스 왕이시여, 과분한 말씀이십니다. 저는 그저 미천한 중생으로 저 하늘을 지배하고 계시는 불후의 신의 근처에도 가지 못한답니다. 다만 큰 고난과 슬픔을 겪은 사람과 견주어 볼 만하지요. 아니, 저는 신에게 버림받아 많은 역경과 고난을 겪은 사람이랍니다. 왕이시여, 저에게 한끼 저녁이나 들게 해 주십시오. 정신이 아무리 피곤하고 슬프다 해도 육체의 굶주림만 하겠습니까. 주린 창자를 채움으로써 모든 고통을 다 잊어버리고 싶습니다. 그리고 여러분, 부디 저에게 관용을 베풀어 내일 아침 이 사람이 고국 땅을 밟을 수 있도록 도와주십시오. 오, 그리운 내 가정과 가족들, 내 집을 한 번만이라도 보고 죽을 수 있도록 말입니다.」

그들은 모두 그의 말에 감동을 받았다. 따라서 취할 때까지 마음껏 마신 다음 각기 집으로 돌아갔다. 마침내 시녀들이 접시를 깨끗이 치우자 아레테가 먼저 입을 열었다. 그제야 오디세우스가 입은 옷을 보았기 때문이다. 그 옷은 그녀가 시녀와 함께 만든 것이었다.

「손님이시여, 감히 한마디 여쭙겠습니다. 그대는 누구시며 어디서 오셨습니까? 그리고 이 옷은 누가 주었나요? 바다를 표류하다 이곳까지 오셨다고 말씀하시지 않았던가요?」

그녀의 물음에 오디세우스가 대답했다. 「왕비님이시여, 어찌 저의 괴로움을 일일이 말씀드릴 수가 있겠습니까? 신들께서는 저에게 너무나 큰 고통을 주셨답니다. 그러나 물으시니 말씀드리겠습니다. 바다 멀리 오기기아라는 섬에는 아틀라스의 딸 칼립소가 살고 있습니다. 그녀는 머리를 곱게 딿은 여신으로, 신께서 그 여신에게 저를 보내신 것입니다. 제우스께서 일으키신 천둥 번개에 저는 혼자 간신히 살아남아 난파된 배를 붙잡고 9일 동안이나 표류하였습니다. 그런데 10일째 되는 날, 바로 저를 그 무서운 여신 칼립소가 사는 오기기아 섬 근처로 보내시더군요. 저를 구한 여신은 갖은 정성과 보살핌으로 저에게 부족한 것이 없이 해 주었습니다. 하지만 그곳에 7년 동안이나 붙잡혀 있는데도 제 마음은 전혀 움직이지 않았습니다. 칼립소가 준 옷을 눈물로 적신 적이 한두 번이 아니었지요. 그러던 중 8년째 되던 해였습니다. 제우스께서 분부하셨는지, 아니면 스스로 마음이 변했는지는 모르지만 마침내 가라고 허락했습니다. 그러고는 잘 만든 뗏목에 빵이며 맛있는 술, 넉넉한 곡식을 실어준 다음 의복을 입히고 포근하고 부드러운 바람을 불어 저를 보내 주었습니다. 마침내 저는 18일 만에 당신 나라를 보았습니다. 뛸 듯이 기뻤지요. 그러나 아직도 저에 대한 포세이돈의 미움은 끝나지 않은 모양입니다. 신은 거센 풍랑을 일으켜 저를 다시 고난 속으로 몰아넣었습니다. 결국 뗏목이 산산조각이 나면서 저는 다시 표류하게 되었습니다. 하지만 죽을힘을 다해 풍랑을 견디고 이 나라 기슭에 다다른 것입니다. 저는 숲속으로 들어가 낙엽 속에 몸을 묻고 정신없이 잠을 잤습니다. 그 이튿날까지 잠에 곯아떨어진 것이지요. 그리고 해가 떨어질 무렵, 공주님의 시녀들이 모래 위에서 즐겨 노는 소리에 깨었습니다. 일행과 함께 계시는 공주님은 마치 여신과도 같았습니다. 그래서 저는 공주님께 간절히 매달렸지요. 공주님께서는 이해를 해 주시면서도 한편으론 저를 꺼려하시더군요. 하지만 충분한 음식과 붉은 술을 내주시고 목욕을 시킨 다음 이 옷까지 입도록 내주셨습니다. 이렇게 모든 것을 숨김없이 말씀드릴 수밖에 없어서 죄송하기 그지없습니다.」

이 말을 들은 알키누스가 언짢은 기색을 표했다. 「손님께서 그토록 간청을 하셨는데도 그대로 왔다는 것은 내 딸이 행동을 잘못한 거요.」

왕의 말에 지략가인 오디세우스가 대답했다. 「왕이시여, 부디 죄 없는 따님을 책망하지 마십시오. 사실은 저더러 따라오라고 말씀하셨습니다. 하지만 저를 보시면 폐하의 심중이 어지러우실까봐 제가 망설인 것입니다. 땅 위를 걷는 인간이란 의심이 많은 법이니까요.」

알키누스가 다시 말했다. 「그대여, 내 하찮은 일에 화를 낼 소심한 자는 아니오. 만사엔 중용이 최고의 미덕이지요. 제우스 아버지와 아폴론, 아테나께서도 그대 같은 인간이나 나를 언짢게 여기지는 않을 것이오. 그러니 손님, 내 딸의 남편이 되어 이곳에 머물러 주시오. 손님이 원한다면 집과 재산을 드리리다. 설령 그대 마음이 움직이지 않는다 해도 절대로 그대를 붙잡지는 않으리다. 이는 신들의 아버지이신 제우스를 거스르는 일이니까. 자, 언제든지 원하기만 하면 안내해 드리겠소. 그대는 오늘 편안히 누워 잠이나 청하시오. 사공으로 하여금 그대의 고국까지 안내해 드리도록 할 테니. 그대가 원하는 곳이라면, 비록 금발의 라다만티스와 함께 가이아의 아들 티티오스를 방문할 때 보았던 에우보이아보다 더 먼 곳이라 하더라도 개의치 않겠소. 사공들은 하루 만에 거기까지도 갔다 왔는데도 지치지 않았으니까. 아마 그대는 우리 배의 성능이 얼마나 좋은지 또 이 고장 청년들이 항해를 얼마나 잘하는지를 짐작할 수 있을 것이오.」

오디세우스는 기쁜 마음을 억누를 길 없어 제우스에게 거듭 절을 올렸다. 「제우스시여, 부디 알키누스 왕의 말이 이루어지게 해 주소서. 그리고 그의 명성이 오곡이 풍성한 이 땅에서 영원토록 하게 하시고, 제가 고국으로 무사히 돌아갈 수 있도록 도와주소서!」

한편 아레테는 시녀들에게 주랑에 침대를 놓도록 하였다. 그리고 아름다운 자줏빛 융단 위에 담요를 간 다음 털 이불을 덮어놓았다. 그런

다음 관솔불을 들고 오디세우스에게 말했다. 「손님, 자리를 마련하였
으니 올라가셔서 주무시지요.」

　그제야 오디세우스는 쉰다는 것이 얼마나 행복한 일인가를 새삼 깨
달았다. 그는 소리가 울리는 침대에서 잠을 이루었다.

파이아키아의 장사들과 힘을 겨루다

알키누스 왕의 접대를 받은 오디세우스는 레슬링과 기타 경기를 참관한
뒤 선수들과 힘을 겨뤄 이긴다. 알키누스와 귀족들은 오디세우스에게 큰
관심을 갖고 그간의 무용담을 듣고자 한다.

장밋빛 손가락의 새벽 신이 고개를 들자 여러 도시의 정복자인 오디
세우스가 자리에서 일어났다. 알키누스가 먼저 앞장서서 오디세우스
를 항구 옆 파이아키아의 회의장으로 인도해 윤이 나는 돌 위에 앉혔
다.

한편 아테나는 현명한 알키누스의 사자로 변신하여 이 사람 저 사람
찾아다니며 오디세우스의 귀환을 꾀했다. 「파이아키아의 명장과 고관
들이시여, 회의장으로 가시지요. 어저께 알키누스 궁에 찾아온, 신과
같은 모습의 그에 관해 알고자 한다면 그곳으로 가 보시지요.」

이처럼 여신이 그들의 마음을 일깨우고 흥미를 북돋웠으므로 회의

장은 삽시간에 사람들로 가득 찼다. 그들은 라에르테스의 아들 현명한 오디세우스를 황홀하게 바라보았다. 아테나가 그의 머리와 어깨에 고상하고 늠름한 기운을 불어넣었기 때문이다. 그리하여 온 파이아키아 사람들의 사랑과 존경과 영광을 받도록 하였다.

비로소 알키누스가 사람들을 둘러보며 입을 열었다. 「파이아키아의 명장과 고관들이여, 내 말을 들으시오. 여기 서 계신 손님이 누구신지 나도 잘 모릅니다. 그러나 표류하다가 내 집까지 오신 분이니, 그가 원하는 곳까지 호송해 드립시다. 누구든지 내 집에 오시는 분이라면 길을 몰라 슬퍼하게 하지는 맙시다. 자, 우리 만경창파에 배를 띄우고 가장 우수한 청년 52명을 골라 봅시다. 그리고 내 집으로 가서 빨리 식사를 한 뒤 떠납시다. 내 집에서 손님을 대접할 테니 한 분도 빠지지 말고 참석합시다. 또한 신성한 음유시인 데모도코스도 오게 하시오. 신께서 그에게 뛰어난 재주를 주셨으니 와서 우리의 흥을 돋우게 합시다.」

알키누스가 이렇게 말하고 앞장서 걸어가자 영주들이 그 뒤를 따랐다. 한편 시종은 신성한 음유시인을 부르러 가고 52명의 정예 요원들은 왕의 명령에 따라 바다 기슭으로 향했다. 그들은 배를 바다에 띄운 다음 돛과 돛대를 달고 가죽끈으로 노를 단 뒤 가지런히 매어 놓고는 흰 돛을 활짝 펼쳤다. 이렇게 준비를 마친 다음 알키누스의 궁으로 향했다. 알키누스 궁은 현관과 정원, 그리고 방마다 남녀노소를 불문하고 사람들로 가득 들어차 있었다. 알키누스 왕은 열두 마리의 양과 여덟 마리의 돼지, 뒤뚱거리는 두 필의 소를 잡기로 하였다. 그들은 서둘러 가죽을 벗기고 칼질을 하여 유쾌한 연회를 베풀었다.

이때 음유시인 데모도코스가 도착했다. 그는 뮤즈의 지극한 사랑을 받아 눈을 앗아가는 대신 아름다운 목소리를 주었던 것이다. 데모도코스가 연회장 한가운데에 놓인 은도금을 한 고급 의자에 앉아 소리가 청아한 하프를 켜며 영웅호걸의 노래를 부르기 시작했다. 그는 지구상은 물론이거니와 하늘에까지 널리 알려졌던 펠레우스의 아들 아킬레우스와 오디세우스간의 불화를 읊기 시작했다. 신께 바치는 성대한 축전에서 어떻게 그들은 무서운 언쟁을 벌였던가. 당시 왕이었던 아가멤논은 아카이아의 최고 인사들이 반목하게 되자 내심 기뻐했다. 이는 돌문을 건너갔을 때 아폴론에게 예언을 들었기 때문이다. 즉, 며칠 내에 위대한 제우스의 섭리에 따라 트로이 사람과 다나아 사람에게 재앙이 밀어닥치리라고 했기 때문이다. 이런 구절을 음유시인이 애절하게 읊자, 오디세우스는 훌륭한 자색 망토를 앞으로 당겨 잘생긴 얼굴을 가렸다. 파이아키아인들 앞에서 눈물을 보이는 것은 수치라고 생각했기 때문이다.

음유시인의 노래가 끝나자 오디세우스는 눈물을 닦고 손잡이가 둘 달린 잔을 들고 신들에게 술을 부었다. 그러자 누군가가 음유시인에게 노래를 계속하라고 외쳐댔다. 또다시 오디세우스는 다시 얼굴을 가리고 흐느껴 울었다.

이 모습을 본 왕이 파이아키아 사람들에게 말했다. 「파이아키아의 명장과 고관들이여, 이제 즐길 만큼 즐겼으니, 우리 시합을 하는 게 어떻겠소? 우리들이 권투나 레슬링, 높이뛰기, 달리기에서 얼마나 우수한가를 손님께서 고국에 돌아가셔서 전하게 하십시다.」

먼저 그들은 달리기 경주로 막을 올렸다. 출발하는 순간부터 최고의 속력을 내면서 먼지를 날리며 비호같이 달렸다. 알키누스의 아들 클리토네우스가 가장 빨랐는데, 두 필의 노새가 갈아나가는 쟁기의 거리만큼 앞서서 돌아왔다. 다음에는 레슬링 경기를 했는데, 에우리알로스가 으뜸이었다. 그리고 높이뛰기에는 암피알로스, 역도에는 엘라트레우스, 권투에는 라오다마스가 으뜸이었다.

마침내 경기를 마치자 알키누스의 아들 라오다마스가 입을 열었다. 「자, 우리 손님께서는 어떤 경기에 능하신지 한번 여쭈어 봅시다. 체격이 아주 좋으신데, 넓적다리며 장딴지 등 상당히 강인해 보이십니다. 단지 너무 지쳐 있을 뿐 아직 젊어 보이기도 하고요. 아무리 힘든 고생이라 해도 바다가 인간을 가장 못쓰게 만드나 봅니다.」

이에 대해 에우리알로스가 맞장구를 쳤다. 「자, 라오다마스의 말이 옳습니다. 이제 그대가 그분과 시합을 걸어보는 건 어떻겠소?」

그러자 라오다마스가 광장 한가운데로 나오며 오디세우스에게 말했다. 「좋습니다, 저와 한번 겨뤄 보지 않으시겠습니까? 인간이 살아가면서 몸으로 이기는 것보다 더한 영광은 없지요. 자, 나오셔서 근심을 털어 버리고 나와 겨루시지요. 이제 타고 가실 배와 사공도 대기하고 있으니 말입니다.」

그의 말을 듣고 지략이 뛰어난 오디세우스가 대답했다. 「라오다마스시여, 어째서 이런 요구를 하셔서 나를 농락하십니까? 슬픔으로 가득한 자가 무슨 경기를 하겠습니까?」

이에 에우리알로스가 그를 비난하고 나섰다. 「오, 이제 보니 손님께서는 많은 사람들처럼 경기에 능하신 것 같지는 않군요. 혹시 손님께서는 해상의 두목이라 재화나 많이 고국으로 운송하실 생각만 하시는 건 아닌가요? 일확천금이나 꿈꾸면서 말입니다.」

그러자 오디세우스가 매섭게 그를 노려보며 말했다. 「그대는 너무 심한 말을 하는구려. 물론 신께서는 모든 인간에게 뛰어난 재주를 내려 준 것은 아니지요. 외모와 지혜로움을 두루 갖출 수야 없는 것 아니겠소? 외모가 남보다 부족하다 해도 언변에 월계관을 씌워 주셨다면, 만인들이 우러러보며 그를 신처럼 숭배하지 않겠소? 그러나 불사의 신처럼 용모가 빼어나다 해도 언변은 보잘것없는 사람도 있소. 마치 그대가 신처럼 빼어난 용모를 가지고 있으면서도 지혜가 없는 것처럼 말이오. 하지만 그대도 서투른 말로나마 내 마음을 울려주긴 하였소이다. 그대의 무례한 말처럼 내가 경기에 그리 미숙한 것은 아니오. 나도 한때는 이름을 날렸었지만 지금은 내 처지가 처참하고도 불쌍하구려. 진저리가 날 만큼 많은 전쟁과 고초를 겪어 왔지만 내 경기에 참여하리다.」

오디세우스는 말을 마친 뒤 외투를 걸친 채로 벌떡 일어나 가장 무거운 돌, 파이아키아인들이 던진 것보다도 훨씬 무거운 돌을 집어들었다. 그리고 한번 휘두른 후 냅다 내던졌다. 그러자 노 젓는 데에 명수인 파이아키아인들은 돌에 맞을까 봐 모두 땅에 납작 엎드렸다. 돌은 아주 가볍게 표시한 거리를 훨씬 넘어 날아갔다.

이때 아테나가 인간으로 변신하여 장소를 일러주었다. 「손님이여, 맹인이라도 알 수 있을 것이오. 손님이 던진 돌이 아주 멀리 떨어졌습니다. 아마 파이아키아에는 이만큼 던질 사람은 없을 테니 한동안 안심하셔도 좋을 것이오.」

이 말을 들은 오디세우스는 자기의 참된 벗이 있음을 알고 매우 기뻐했다. 「자, 누구든 원하신다면 나와 겨뤄 봅시다. 내 더 멀리 넘길 테니 말이오. 자, 권투든 레슬링이든 달리기든 어느 것이라도 상관없소. 그대들이 날 부추겼으니 한번 겨뤄 봅시다. 라오다마스만 제외하고 누구든지 나와 보시오. 타향에 와서 자기를 대접해 주는 사람을 상대로 도전한다는 것은 지각없는 일이지요. 하지만 그 외의 분은 사양치 않겠소. 조금도 거리낄 것 없소이다. 즐겨 재주를 부려도 괜찮소. 나는 번쩍거리는 활도 꽤 잘 쏘는 편이오. 언젠가 많은 적이 몰려왔을 때에도 나를 따를 자가 없었소. 트로이 땅에서 겨루어 보니 아카이아 군중에서는 오로지 필로크테테스만이 나보다 뛰어났었소. 하지만 그 밖에 지구상에서 발을 딛고 사는 인간이라면 누구든 이겨낼 수 있다고 내 단언하리다. 물론 에우리토스나 헤라클레스와 같은 분은 제외하고 말이오. 이는 활의 명수와 겨루는 것이 될 테니까. 또한 나는 화살 이상으로 창을 멀리 던질 수 있소. 다만 달리기에서는 여러분에게 지지 않을까 다소 염려되오. 그것은 풍랑과 싸우느라 지나치게 다리를 썼기 때문이오.」

회의장은 침묵으로 뒤덮였다. 잠시 후 알키누스가 입을 열었다. 「손님이시여, 그대의 말씀이 헛되지 않다는 걸 보여주심이 어떻겠소? 지각이 있는 자라면 감히 그대를 모욕하지 못했을 것이오. 모쪼록 그대의 훌륭한 솜씨를 발휘하시어 고국으로 돌아가실 때 오늘의 무용담을 전하시면 어떻겠소? 또한 제우스께서 우리 조상 대대로 물려주신 행적을 말씀해 주시고 말이오. 우리는 완벽한 권투 선수도, 레슬링 선수도 아니오. 다만 빨리 달리기나 하고 배를 타는 데 능숙하다뿐이지요. 그리고 우리가 좋아하는 것은 연회와 노래, 무용, 그리고 다양한 의상과 목욕, 따뜻한 수면이지요. 자, 파이아키아의 최고 무용수들이여, 일어나 흥을 돋울지어다. 그래야 손님께서 우리가 항해술에 얼마나 능하고 달리기와 무용, 음악에 있어 우수한가를 고국으로 돌아가 동포에게 전해 주시리라. 데모도코스여, 어서 아름다운 하프를 켤지어다.」

신과 같은 알키누스의 말이 떨어지자 아홉 명의 건장한 사람들이 일어섰다. 그들은 춤출 수 있도록 둥그런 원을 널찍하게 만들어 놓았다. 데모도코스가 한가운데로 나아가 하프를 켜기 시작했다. 그를 둘러싸고 선남선녀들이 스텝을 밟으며 능숙하게 춤을 추었다. 오디세우스는 그들의 경쾌한 스텝을 보고 황홀한 마음이 되었다.

음유시인이 하프 선율에 맞추어 아레스와 아름다운 왕관을 쓴 아프로디테와의 사랑에 대한 아름다운 노래를 부르기 시작했다.

아레스는 아프로디테에게 많은 선물을 주고 헤파이스토스 왕의 침실을 더럽혔다. 그들의 밀회를 엿본 헬리오스는 이 사실을 헤파이스토스에게 알렸다. 이 불미스러운 소식에 접하게 된 헤파이스토스는 대장간으로 가서 이 두 사람을 꼼짝 못하게 매어 놓을 큰 모루와 족쇄를 만들었다. 그리고 교묘한 그물을 만들어 자신이 아끼는 침대 다리 주위와 서까래에 올가미를 쳐 놓았다. 거미줄처럼 가늘게 쳐 놓아서 신도 속을 만큼 교묘했다. 이렇게 만반의 준비를 마친 그는 자신이 가장 좋아하는 렘노스로 가는 척했다. 금 고삐를 가진 아레스는 유명한 기술의 신 헤파이스토스가 멀리 떠나가는 것을 지켜보았다. 그는 아름다운 왕관을 쓴 아프로디테에게 달려갔다. 그녀는 마침 전능한 아버지인 크로노스의 아드님 궁에서 막 온 참이었다.

아레스가 반갑게 그녀의 손을 잡으며 말했다.「자, 임이여! 우리 사랑을 나누어 봅시다. 이미 헤파이스토스는 렘노스에 다다라 야만인 신티아족을 만났을 것이오.」

그의 말을 기쁘게 받아들인 그녀는 침대로 향했다. 그런데 그들이 침대에 누우려고 하는 순간 그만 헤파이스토스의 교묘한 올가미에 걸려 도무지 꼼짝도 할 수가 없었다. 그때 헤파이스토스가 그들에게로 다가왔다. 망을 보고 있던 헬리오스가 보고를 했기 때문이다.

심란한 마음으로 집으로 돌아온 그는 무섭게 화를 내며 절규했다.「제우스 아버지와 불멸의 신들이시여, 여기 이 가련하고도 황당한 모습을 보시옵소서. 제우스의 따님인 아프로디테가 제 불구를 구실로 저를 모욕한 것도 부족해 이제는 아레스에게 사랑을 바치고 있습니다. 그는 절름발이인 저와는 달리 수족이 멀쩡하고 잘생겼기 때문이지요. 오, 차라리 태어나지 않았으면 좋으련만. 자, 이리 오셔서 내 침대에서 사랑을 속삭이는 이들을 보십시오. 하지만 아무리 뜨거운 사랑일지라도 끝은 있는 법, 곧 싫증이 나겠지요. 그러나 불행히도 올가미는 풀리지 않을 겁니다. 이 철없는 여신의 버릇을 고치기 위해 만들었기 때문이지요.」

그의 말을 들은 여러 신들이 청동 홀로 모여들었다. 지진의 신 포세이돈과 아르고스를 정복한 전령 헤르메스, 궁술의 신 아폴론 등이었다. 그러나 여신들은 부끄러워 각자 집에서 나오지 않았다. 그곳에 모인 영광의 신들 사이에서는 헤파이스토스의 솜씨에 폭소가 그치지 않았다.

한 신이 옆의 신에게 말했다. 「나쁜 짓일수록 빨리 밝혀지는 법, 빠른 사람이 느린 사람에게 잡힌다더니 그 말이 맞는 것 같소. 여기 절름발이로 느려터진 헤파이스토스가 올림포스를 지배하는 신 중에서 가장 빠른 아레스를 잡다니! 이제 아레스는 치정의 대가를 치러야 할 모양이오.」

그러자 아폴론이 헤르메스에게 말했다. 「제우스의 아드님인 헤르메스여, 그대는 이처럼 튼튼한 끈에 묶인다 할지라도 아프로디테와 잠자리를 함께 하고 싶겠는가?」

이에 헤르메스가 대답했다. 「물론이지요. 아무리 긴 끈이 나를 칭칭 옭아맨다 할지라도, 아니 모든 신들이 지켜본다 하더라도 내 황금의 아프로디테와 눕고 싶소이다.」

헤르메스의 말에 또다시 폭소가 일었다. 그러나 포세이돈만은 웃지 않은 채 아레스의 올가미를 풀어 달라고 간청했다. 「내 청하노니 부디 올가미를 풀어 주시오. 그대가 원한다면 내 어떤 약속이든 하겠소. 그는 모든 영생의 신들 앞에서 이에 합당한 처벌을 받을 것이오.」

절름발이 신인 헤파이스토스가 대답했다. 「그토록 간곡하게 말씀하시니, 차마 당신의 청을 거절할 수가 없소이다.」

마침내 헤파이스토스가 올가미를 풀자 그들은 그제야 일어나 앉을 수 있었다. 그리고 아레스는 향기 높은 전당 트라케로 향했고, 아프로디테는 파포스로 향했다. 그곳에 도착하자 그라세스가 그녀를 목욕시키고 올리브 기름을 발라 준 뒤 아름다운 옷을 입혀 주었다.

이것이 데모도코스가 부른 노래의 줄거리였다. 오디세우스와 파이아키아인들은 이를 듣고 매우 즐거워하였다. 잠시 후 알키누스는 할리오스와 라오다마스에게 춤을 추라고 명하였다. 춤에 있어서는 이들보다 잘 출 수 있는 자가 없었기 때문이다. 이에 그들은 재주꾼인 폴리보스가 특별히 만들어 준 자색 공을 들고 놀이를 하며 우아하게 춤을 추었다. 그리고 다른 젊은이들은 박자를 맞추며 소리 높여 장단을 맞추었다

이때 오디세우스가 입을 열었다. 「알키누스 왕이시여, 당신께서 말씀하신 대로 참으로 춤 솜씨가 뛰어나군요. 그저 놀라울 지경입니다.」

그의 말을 들은 알키누스는 매우 흡족해하며 노의 명수인 파이아키아인들에게 말했다. 「파이아키아의 명장과 고관들이여, 이분은 참으로 현명하신 분인 것 같소. 자, 우리 이분께 선물을 드리기로 합시다. 각자 깨끗한 망토와 튜닉, 그리고 순금 한 달란트를 손님께 드린 다음 식사를 하도록 합시다. 또한 에우리알로스가 불경한 언사를 했으니 사과의 말과 선물을 드리게 합시다.」

이때 에우리알로스가 알키누스에게 말했다. 「만인 중에서 명망이 높으신 알키누스 왕이시여, 말씀하신 대로 따르겠나이다. 은자루에 상아를 갈아서 만든 칼집에 든 순 청동제 단검을 그분에게 드리겠습니다. 아마 그분에게 매우 귀한 선물이 될 것입니다.」 그러고는 은자루가 달

린 단검을 오디세우스에게 건네며 말했다. 「손님이시여, 섭섭하게 들으셨다면 부디 용서하십시오. 신이시여, 이분을 부디 고국에 무사히 돌려보내 부인을 만나게 하옵소서.」

그러자 지략이 뛰어난 오디세우스가 대답했다. 「고맙습니다. 신이시여, 이분께 행운을 내려주소서. 겸손하신 사과 말씀뿐만 아니라 이렇게 선물까지 주시니 정말 고맙습니다. 절대로 섭섭해하지 않을 것이오.」

그러고는 은도금을 한 칼을 받아 어깨에 메었다. 해가 질 무렵, 그들이 가져온 선물을 시종들로 하여금 알키누스 궁으로 가져가게 했다. 알키누스의 아들들은 이 값비싼 선물을 존경하는 어머니 앞에 놓았다.

그러자 알키누스 왕이 아레테에게 일렀다. 「부인, 가장 좋은 상자에 깨끗한 망토와 튜닉을 손수 넣으시오. 그리고 큰 솥에 불을 지펴 물을 데우도록 하시오. 손님께서 목욕을 하신 뒤에 파이아키아 귀족들의 선물을 보기로 합시다. 나 또한 내가 쓰던 아름다운 금잔을 선사하리다. 그러면 신들께 제주를 올릴 때마다 내 생각을 하게 될 것이오.」

아레테는 그의 말에 따라 시녀에게 명한 뒤 화려한 상자를 가져와 파이아키아인들이 선사한 훌륭한 물건들, 의복과 금 등을 집어넣었다. 그리고 손수 망토와 화려한 튜닉을 넣으며 옥구슬 굴러가는 듯한 소리로 말했다. 「자, 뚜껑을 닫으시고 단단히 잠그세요. 가시는 도중에 잃어버릴지도 모르니까요.」

그러자 불굴의 오디세우스는 뚜껑을 꼭 닫고 교묘하게 매듭을 지었다. 이 방법은 일찍이 키르케(아이아이아에 사는 요부로 태양신의 딸)에게서 배운 것이었다. 그러자 시녀가 와서 욕조에서 목욕을 하라고 전했다. 그는 뜨거운 물을 보자 기쁨을 감추지 못했다. 이런 대우는 아름다운 머리칼을 지닌 칼립소의 집을 떠난 후로 처음이었다.

시녀들은 그를 목욕시킨 다음 기름을 발라 주고 훌륭한 망토와 튜닉을 입혀 주었다. 마침내 그는 사람들에게로 다가갔다. 신들에게서 아름다움을 부여받은 나우시카가 튼튼하게 만든 기둥에 기대어 있다가 그러한 모습의 오디세우스를 보았다.

그녀는 황홀한 마음이 되어 아름다운 목소리로 말을 꺼냈다. 「손님, 부디 고국에 돌아가시더라도 저를 잊지 마세요. 그래도 손님의 생명을 구해 드리는 데 일조했으니까요.」

지략이 뛰어난 오디세우스가 대답했다. 「위대한 알키누스 왕의 따님이신 나우시카여, 진정 제우스께서 내 고국에 돌아가는 날을 허락해 주신다면, 나는 그대를 신과 같이 영원토록 숭배할 것이오. 그대는 내 생명을 구해 준 은인이니까.」

그는 이렇게 말하고 알키누스 왕 옆에 앉았다. 그들은 이미 식사와 반주를 들고 있었다. 오디세우스는 흰 이빨의 돼지고기 갈비를 잘라 시종에게 말했다. 「자, 이 고기를 데모도코스님께 드리도록 하시오. 초면이기는 하지만 그분을 존경한다오. 음유시인이란 이 지구상의 전 인류로부터 존경과 숭배를 받는 법이라오. 그만큼 뮤즈는 음유시인에게 노래를 가르쳐 주셨고 또 음유시인을 소중히 여기고 계시다오.」

시종이 고기를 받아 데모도코스의 손에 쥐어주자 그가 매우 기뻐했다. 그리고 그들은 차려 놓은 성찬을 먹으며 담소했다.

오디세우스가 데모도코스에게 말했다. 「데모도코스시여, 나는 어느 누구보다도 당신을 존경합니다. 그대가 뮤즈에게서 배웠든 아니면 아폴론에게서 배웠든 간에 아카이아 사람들이 겪은 고난과 행적을 현장에 있었던 것처럼 노래하더군요. 자, 이제는 아테나의 원조를 받아 에페이오스가 만든 목마의 계략에 대해 노래하시는 것은 어떻겠소? 그대가 진실로 이 노래를 제대로 하신다면, 그대의 놀라운 재능에 대해 모든 시민들에게 말하리다.」

그러자 음유시인은 신의 영감을 받아 노래를 부르기 시작했다.

아르지브 사람들이 그들 막사에 불을 놓고 배에 올라 돌아간 뒤 유명한 오디세우스 일행은 목마에 숨어 트로이 회의장에 들어간다. 회의장에 들어간 그들은 말을 세워 놓고 빙 둘러앉아 의견을 개진한다. 그들은 속이 빈 나무를 무자비하게 칼로 갈라 버리느냐, 아니면 절벽으로 끌고 가 굴러 떨어뜨리느냐, 또는 신들을 받드는 큰 선물로 남겨 두느냐 하는 등 세 갈래로 나뉜 것이다. 그러나 이미 그들의 운명은 정해져 있었다. 목마 안에는 아르지브의 정예 용사들이 트로이의 전멸과 몰살을 손에 쥐고 숨어 있었기 때문이다.

그리고 아카이아 사람들이 어떻게 목마에서 쏟아져 나와 이 도시를 함락시켰고, 어디서 어떻게 쳐들어갔으며, 또한 메넬라오스와 오디세우스가 어떻게 데이포보스 궁으로 달려갔는가에 관해 음유시인은 노래했다. 또한 가장 무서운 전투를 감행한 오디세우스가 위대한 아테나의 은총을 입어 최후의 승리자가 되었다는 것으로 마무리했다.

음유시인의 노래를 들은 오디세우스의 얼굴은 눈물로 범벅이 되었다. 마치 조국과 동족을 위해 싸우던 남편의 임종을 보며 구슬피 우는 여인처럼 꺽꺽 피울음을 토해냈다.

그러나 아무도 그가 우는 것을 눈치채지 못했다. 다만 알키누스 왕만이 그의 옆에 앉아 알아채고 바로 노의 명수인 파이아키아인들에게 일장 연설을 하기 시작했다. 「자. 들으시오, 파이아키아의 문무 백관들이여, 데모도코스를 잠시 쉬게 합시다. 모든 사람들이 다 노래를 즐기는 게 아니지 않소. 음유시인이 아무리 아름다운 노래를 할지라도 손님께서는 내내 비탄을 감추지 못했소이다. 자, 오늘 이 자리는 이 귀한 손님을 위해 마련했으니 우리 한번 유쾌하게 놀아 봅시다. 우리가 모든 사랑을 담아 드린 선물도 오직 그분을 위해서가 아니었습니까. 그대여, 내 그대를 형제로 생각하고 한마디만 물으니 숨김없이 말해 주시오. 그대의 고국에서 가족이나 이웃들이 부르는 이름은 무엇이오? 아무리 천하고 높은 사람일지라도 이름 없는 사람은 없는 법이니, 부모님이 지어 준 이름이 있을 것 아니오. 그대가 어느 나라, 어느 곳, 어느 성에서 오셨는지 말해 주셔야 그대를 모시고 갈 배가 방향을 알지 않겠소. 우리 배는 흔히 다른 배와 달리 키잡이가 있는 게 아니라 모두 사공들이 알아서 한다오. 도시와 모든 기름진 땅을 알고 또 안개와 구름에 싸여도 파선이나 침몰되지 않고 참으로 빠르게 바다를 건넌다오. 그러나 일찍이 선친인 나우시투스께서 이런 말을 하신 적이 있소. 우리가 호송하는 것을 포세이돈이 몹시 시기하고 있다고 말이오. 또한 언젠가는 포세이돈이 안개 낀 바다를 건너 호송하고 돌아갈 때 우리 배를 파선시켜 우리를 덮을지도 모른다고 하셨소. 그러니 이젠 그대가 표류한 곳과, 그대가 본 아름다운 도시들과 사람들에 대해 말해 주시오. 혹시 거칠고 못된 사람들이었소? 아니면 상냥하고 친절한 사람들이었소? 그리고 어째서 아르지브 다나아 사람들의 행적과 일리움의 노래를 듣고 그렇게 슬피 우는 거요. 인간이 싸우는 것은 모두가 신의 뜻 아니오. 아마도 내가 보기에는 아주 가까운 사람, 혹시 아들이나 사위가 일리움 땅에서 전사한 건 아니오? 아니면 진실하고 막역한 친구를 잃은 건 아닌지, 이해심이 있는 친구야말로 형제보다 못하지 않는 법이니 말이오.」

오디세우스의 무용담이 시작되다
―식인 거인족 키클로프스

오디세우스는 우선 이스마로스의 키코네스족에게 당한 이야기를 들려준다. 그 다음엔 망우수 열매를 먹는 송족에게 당한 이야기와 식인종 키클로프스족인 폴리페모스에게 당한 이야기를 차례대로 들려준다.

출중한 전략가인 오디세우스가 대답했다. 「사람들 중에서 가장 귀하신 알키누스 왕이시여, 신과 같은 목소리를 가진 음유시인의 노래를 듣는다는 것은 매우 즐거운 일입니다. 이보다 더 호화스럽고 분에 넘치는 사랑을 받은 적이 없습니다. 연회석에 나란히 앉아 모두들 즐겨 담소를 나누고 노래를 들으며, 진수성찬과 술을 마시니 이보다 더 좋은 일이 어디 또 있겠습니까. 그러나 당신은 저의 슬픈 사연을 듣고 싶어 하시니, 무엇부터 말씀드려야 할지 모르겠습니다. 신들은 제게 너무나 가혹한 운명을 주셨지요. 자, 우선 제 이름부터 말씀드리겠습니다. 여러분과 서로 이름이나 알고 있어야 후일 제가 불운에서 벗어나면 여러분을 대접할 수 있을 테니까요. 저는 라에르테스의 아들 오디세우스입니다. 그리고 산림이 울창한 네리토스 산과 많은 섬들, 둘리키온과 사메, 자킨토스 섬들로 둘러싸인 이타카에서 살고 있습니다. 이타카 섬이야말로 서편으로 가장 멀리 나지막하게 누워 있고, 다른 섬들은 해가 뜨는 동쪽에 접해 있지요. 인간은 자기 고국보다 더 좋아하는 곳은 없는 것 같습니다. 사실 아름다운 여신 칼립소는 저를 동굴에 가둔 뒤 저와 함께 살고 싶어했습니다. 간악한 아이아이아의 키르케 역시 저를 남편으로 삼아 자기 집에 잡아 두려고 했지요. 하지만 모두 제 마음을 돌리지는 못했습니다. 아무리 호화스러운 집에서 산다고 해도 고국 산천, 부모 형제만큼 좋지는 못했습니다. 자, 그러면 내가 트로이를 떠나면서부터 제우스께서 나에게 던져 준 온갖 시련을 말씀드리겠습니다.」

오디세우스는 여태껏 자신이 겪었던 이야기를 허심탄회하게 털어놓았다.

저는 일리움으로부터 키코네스의 이스마로스에 이르기까지 함락시킨 뒤 그곳 백성들을 복종시켰습니다. 또한 부녀자와 많은 전리품도 모두들 부족함 없이 나눠 가졌지요. 하지만 앞으로 전진할 것을 명하였건만, 동료들은 괘씸하게도 이를 따르지 않았습니다. 정신없이 술타령과 더불어 수많은 양떼와 뒤뚱거리는 암소들을 마구 포획했습니다. 한편 키코네스족들은 이웃 사람들에게 원정을 부탁했는데 그 수가 엄청나고 말을 타거나 땅에서 싸움을 하는 데 매우 능숙한 종족들이었습니다. 마치 봄날 아침 꽃이 피듯이 그들은 이른 아침부터 몰려들었습니다. 이미 우리는 숫적으로 그들에게 절대 열세였습니다. 그리고 태양이 짐승을 잠재울 무렵, 드디어 우리는 키코네스족의 공격을 피해 구사일생으로 도망쳐 나와야만 했습니다.

죽음을 면한 것만으로도 천만다행이었지만, 사랑하는 동료들을 잃어버린 것을 어이 잊을 수 있겠습니까. 우리가 타고 온 배도 키코네스족의 손에 의해 쓰러진 동료를 세 번이나 부를 때까지 움직이지 않았습니다. 게다가 제우스께서 무서운 태풍을 일으켜 우리 배를 내리치는가 싶더니 온 바다와 육지를 모두 새까만 구름으로 뒤덮어 놓았습니다. 우리는 사정없이 흔들리는 배를 타고 안간힘을 쓰며 항해했지만 돛이 그만 갈기갈기 찢어졌습니다. 우리는 죽음을 무릅쓰고 돛을 내린 뒤 육지를 향해 이틀 동안 계속 노를 저었습니다. 3일째 되던 날, 장밋빛의 새벽 신이 손가락을 내밀자 우리는 다시 돛대를 세운 뒤 흰 돛을 달아 올렸습니다. 그러나 다시 고국을 눈앞에 두고 말레이아를 도는 순간 북풍이 몰아쳐 다시 표류하게 된 것입니다.

그때부터 9일 동안 망망대해에서 풍랑에 시달리다 10일째 되던 날, 연밥(양귀비의 씨를 일컬음)을 먹고사는 종족의 나라에 상륙했습니다. 우리는 기슭에 올라 점심을 먹은 뒤 이곳에 사는 종족의 풍속과 형편을 염탐하기 위해 전령을 포함해 세 명을 뽑았습니다. 그러나 그 종족은 염탐을 하러 간 우리 동료를 죽이지 않고 대신 연밥을 맛보라고 주었습니다. 하지만 꿀맛처럼 단 이 연밥을 먹는다면, 소식을 전할 생각은커녕 아예 그곳에 눌러앉아 연밥만 먹고 싶어한다는 것이었습니다. 어쩔 수 없이 저는 동료들을 질질 끌고 와 배에다 묶어 놓았습니다. 그리고 다른 동료들에게도 빨리 배로 돌아가도록 하였습니다. 멋모르고 연밥을 먹지 않도록 말입니다. 이렇게 우리는 곧바로 그곳을 떠나 다시 물결을 헤치며 노를 저어 갔습니다.

그리하여 우리는 자만심이 강한 키클로프스족이 사는 땅에 상륙했습니다. 그곳에서는 애써 씨를 뿌리거나 땅을 갈지 않아도 온갖 것들이 자라났습니다. 높은 산등성이의 동굴에 가족 단위로 살고 있던 그들은 의회나 법, 일정한 관습도 없이 살았습니다. 아니 다른 사람들에게는 관심조차 두지 않았습니다.

그런데 키클로프스 항구로부터 그리 멀지 않은 곳에 숲이 울창한 섬이 있었습니다. 그곳에는 수많은 산양이 살고 있었으나 사람들이 전혀 살지 않는 무인도였습니다. 그리고 주홍색을 칠한 배 한 척도 정박하지 않았던 곳이었습니다. 검푸른 바다 기슭엔 잔잔한 물이 흐르는 목장이 있고 잎이 지지 않는 포도나무들이 있으며 땅은 경작하기 좋게 기름졌습니다. 그래서 늘 적기에 많은 수확을 거둘 수 있는 곳이었습니다. 또한 이곳에는 훌륭한 항구가 있었는데, 닻을 내릴 필요도 닻줄을 잡아맬 필요도 없는 곳이었습니다. 게다가 항구 위쪽으로는 키 큰 미루나무가 주위에 둘러 서 있는 맑은 우물이 있었습니다. 우리는 어느 신인가의 인도에 따라 칠흑 같은 밤에 그곳에 도착했습니다. 달빛도 없는 안개가 가득 내린 밤이었습니다. 우리는 배가 기슭에 닿자 돛을 모두 내리고 있는 곳에서 곯아떨어진 채 새벽이 밝기를 기다렸습니다.

장밋빛 새벽 신이 손가락을 뻗치자, 우리는 모두 일어나 섬 안을 샅샅이 살펴보았습니다. 이때 제우스의 따님인 님프의 도움으로 우리는 활과 긴 창을 들고 세 패로 나뉘어 산양을 잡기 시작했습니다. 그리고 게임을 하였습니다. 따라서 우리가 타고 온 배가 모두 열두 척이었는데, 아홉 마리씩 나눠 가지고 내 배에는 열 마리가 돌아왔습니다.

그리하여 해가 질 때까지 우리는 고기와 술을 마음껏 먹었습니다. 우리가 성스러운 키코네스 성을 공격했을 때 술을 병마다 가득 채웠기 때문에 배에는 아직도 술이 남아 있었던 것입니다. 우리는 키클로프스 섬을 건너다보았습니다. 그곳에서는 연기도 나고 사람의 소리도 들리고 양과 염소의 소리도 들렸습니다.

다시 아침이 밝아 올 때 저는 동료들을 모아 놓고 말했습니다. 「친애하는 동료들이여, 나는 일행들과 함께 저 섬사람들에 대하여 알아보고 오겠소. 과연 그들은 어떠한 사람들인지, 거만하고 사나운지, 아니면 친절하고 신을 공경하는 마음이 있는지를 말이오.」

저와 동료들이 키클로프스 섬에 가까이 다가가자 월계수로 지붕을 얹은 동굴이 보였습니다. 그곳에는 많은 산양떼가 있었는데, 주위로는 키 큰 소나무와 잎이 무성한 느티나무가 높게 둘러쳐져 있었고, 커다란 돌들이 깊이 박여 경계를 이루었습니다. 그리고 아주 몸집이 큰 사나이가 누워 자고 있었습니다. 보아하니 양치기로 다른 사람들과 교제 없이 혼자 사는 것처럼 보였습니다. 참으로 그는 우리 인간이 아닌 불가사의한 괴물로 보였는데, 마치 뚝 떨어져 있는 높은 산처럼 보였습니다.

이때 저는 장정 열두 명을 뽑아 살금살금 다가갔습니다. 등에는 검고 달콤한 술을 담은 염소 가죽 부대를 짊어지고 말입니다. 이 술은 이스마로스를 수호하는 아폴론의 제관인 마론이 준 것이었습니다. 아폴론의 깊은 숲 속에 살고 있는 그는 우리가 자신의 가족을 보호해 준 대가로 주었습니다. 그 밖에도 잘 정제한 황금 7달란트, 그리고 은병, 아주 향긋한 순 포도주 열두 병을 아무도 모르게 저에게 살짝 내주었습니다. 이 꿀맛 같은 붉은 포도주 한 컵에 스무 배의 물을 넣어 섞어도 병에서 놀랄 만한 향기가 나와 정말로 잔을 놓고 싶지 않게 하는 것이었습니다.

저는 이 포도주로 커다란 가죽 부대를 채우고 곡식도 함께 넣었습니다. 왠지 굉장한 힘을 가진 괴물 인간이 다가올 것만 같은 예감이 들었기 때문입니다. 우리가 동굴로 들어갔을 때에는 이미 그는 밖에서 양떼를 돌보고 있었습니다. 그래서 동굴 내부를 샅샅이 살펴볼 수 있었습니다. 바구니마다 치즈가 가득 들어 있었고, 따로 떨어진 우리에는 새끼 양과 새끼 염소들이 깨갱거리고 있었습니다. 갓난것과 중간 것, 큰 것들을 각각 가두어 놓았더군요. 또한 우유통과 병, 잘 만든 그릇에는 우유가 가득 들어 있었습니다. 동료들은 저에게 새끼 양과 새끼 염소를 배에다 싣고 가자고 제안하였습니다. 그러나 저는 주인의 승낙을 얻고 싶어서 반대했습니다. 혹시 길손에게 선물로 줄지도 모르니까요.

우리는 치즈를 먹으면서 그가 돌아올 때까지 앉아 기다렸습니다. 저녁 무렵, 그는 장작 한 다발을 가지고 들어와 소리가 나도록 부려 놓았습니다. 우리는 모두 겁이 나 동굴 구석에 얼른 숨었습니다. 그는 살진 양떼들을 동굴 안으로 몰아넣은 뒤 젖을 짜려고 준비했습니다. 염소와 숫양은 바깥의 후미진 곳에 남겨 둔 채 스물두 채쯤 되는 수레가 달려

들어도 끄떡없을 만큼 아주 큰 바위로 문을 막았습니다. 그러더니 우는 양의 젖을 차례로 짠 다음 젖의 반절은 고리버들로 엮어 만든 바구니에 넣어 엉기게 하였고, 반절은 저녁 식사 때 먹을 요량인지 통에 넣어 두었습니다. 마침내 그가 불을 밝혔습니다.

비로소 발각된 우리에게 그가 물었습니다. 「너희는 어째서 이곳까지 왔느냐? 장사하는 무역상인가, 아니면 모험을 일삼는 해적인가?」

우리는 그의 굵직한 목소리와 거대한 몸집에 질려 간이 콩알만해졌습니다. 그래도 용기를 내어 제가 먼저 나섰습니다. 「우리는 트로이에서 온 아카이아 사람들로 풍랑을 만나 이곳까지 떠내려오게 되었습니다. 길을 잘못 들어 이렇게 됐습니다만, 아마 이것도 제우스의 섭리인가 봅니다. 우리는 많은 도시를 정복시킨 아트레우스의 아들 아가멤논의 부하로 우연히 이곳에 들렀으니 지나는 길손에게 동정을 베푸시옵소서. 오, 주인이시여, 제우스께서는 우리 같은 애원자나 길손을 지키는 신이 아닙니까? 저희를 도와주시고 보호해 주심이 어떻겠습니까?」

그는 제 말이 떨어지기 무섭게 말을 내뱉었습니다. 「오, 미련하도다. 그대가 이곳까지 온 이유가 바로 그것이란 말인가. 나 키클로프스는 방패를 주관하는 제우스든 어떠한 영광의 신이든 개의치 않는다. 왜냐하면 그들보다 우월한 존재이기 때문이다. 나는 결코 그대나 그대의 일행을 용서치 않으리라. 자, 그대의 배는 어디에 두고 왔는가?」

그가 제대로 맞추지 못하는 걸 보니 넘겨짚어 말하는 게 틀림없었습니다. 그래서 저는 꾀를 내어 즉시 대답했습니다. 「제 배는 포세이돈 신께서 산산조각 내는 바람에 겨우 이곳까지 밀려온 것입니다. 그야말로 간신히 파멸로부터 빠져 나온 것이지요.」

제가 이렇게 말하자 그는 벌떡 일어나더니 동료 두 명을 잡아 마치 강아지 내팽개치듯 땅바닥에 내동댕이쳤습니다. 그러더니 동료들을 갈기갈기 찢어 저녁 식사로 대신하는 것이었습니다. 이 참혹한 광경을 본 우리 일행은 어찌할 바 모르고 두 손 들고 제우스에게 소리 높여 기도를 올렸습니다. 이와 아랑곳없이 키클로프스는 그 큰 창자를 인육으로 채우더니 우유를 마시고는 동굴 한가운데 양떼들 사이에 누웠습니다.

그때 저는 한 가지 꾀를 내어 예리한 칼로 그의 심장을 찌르려고 했습니다. 그러나 또 다른 생각이 떠올랐습니다. 혹시 우리가 무서운 운명에 처해 죽을지도 모른다는 생각을 한 것입니다. 그리고 저토록 크고 무거운 돌문을 어떻게 연단 말입니까. 할 수 없이 우리는 밝은 아침이 올 때까지 기다릴 수밖에 없었습니다.

장밋빛 새벽 신이 손가락을 뻗치자, 그는 다시 불을 밝히고 차례로 젖을 짠 다음 새끼들을 어미젖에다 대주었습니다. 그러고는 또다시 우리 일행 두 명을 잡아 아침 식사를 했습니다. 잠시 후 그는 그 큰 돌문을 거뜬히 밀어젖히고 살진 양떼를 동굴 밖으로 내몰았습니다. 그런 다음 마치 용수철로 된 화살통 뚜껑을 닫듯이 돌문을 다시 닫아 버렸습니다. 키클로프스는 큰 소리로 살진 양떼를 몰며 산으로 올라갔습니다. 동굴 속에 남아 있던 우리는 어떻게 복수해야 할지 골몰해 있었습니다.

그때 아주 좋은 생각 하나가 떠올랐습니다. 그곳에는 아직 마르지 않은 올리브 나무로 만든 큰 나무가 있었는데, 스무 개의 노가 달린 거대한 상선의 돛대만큼이나 굵고 길었습니다. 저는 그것을 한 발 길이쯤으로 잘라 한쪽 끝을 뾰족하게 깎아 말리라고 동료들에게 명했습니다. 그러고는 동굴 깊은 곳 모래 속에 파묻어 놓았습니다. 그리고 제비를 뽑아 저와 함께 그 막대기로 누가 그의 눈을 찌를 것인가를 결정했습니다. 저녁이 되자 그는 털이 북슬북슬한 양떼를 몰고 동굴 안으로 들어왔는데, 신께서 그렇게 지시를 내리셨는지, 아니면 그가 미리 눈치를 챘는지 동굴 밖의 넓은 우리에는 한 마리도 남겨 놓지 않았습니다. 그는 큰 돌문을 들어 동굴 앞을 가리고 울어대는 염소와 양의 젖을 차례로 짰습니다. 그러더니 다시 우리 일행 중 두 명을 잡아 저녁을 마련했습니다.

이때 제가 검은 포도주가 든 담쟁이덩굴 병을 들고 다가가서 말했습니다. 「키클로프스시여, 이 술도 좀 드시지요. 우리 배에서 가져온 것으로 당신께 드리려고 가져왔습니다. 하지만 당신의 짓은 차마 눈뜨고 볼 수 없군요. 오, 잔인한 분이여! 당신의 행위가 이다지도 무례한 것을 안다면 어느 인간이 당신을 찾아오리오?」

저의 말에 그는 한 모금 마시더니 맘에 들었는지 다시 한 잔을 청했습니다. 「한 잔 더 다오. 그리고 그대 이름이 무엇인가. 내 그대가 좋아할 만한 선물을 주기로 하지. 이것은 신주냐, 신의 음식이냐?」

저는 다시 그에게 검은 포도주를 따랐습니다. 그는 어리석게도 세 번이나 찌꺼기까지 마셔 버렸습니다. 술에 거나하게 취해 키클로프스의 정신이 흐려졌을 때 저는 달콤한 목소리로 말했지요. 「키클로프스여,

저의 이름을 물으시니 말씀드리지요. 제 이름은 우티스, '아무도 없다'는 뜻입니다. 부모님과 동료들이 모두 저를 우티스라고 부르지요.」

그러자 그는 곧 무자비하게 말했습니다. 「내 그러면 너 우티스를 맨 나중에 먹기로 하지. 이것이 내 선물이다.」

그는 드러누워 육중한 몸을 뒤틀자 모든 것을 정복하는 잠이 그에게 덮쳐 왔습니다. 그는 과음한 탓에 토하기까지 하였습니다. 그 동안 저는 올리브 나무를 잿속에 넣어 새빨갛게 달군 다음 동료들에게 절대로 겁을 먹고 물러서는 안 된다는 다짐을 받았습니다. 한편 신은 동료들에게 용기를 북돋워 주어 우리는 온 힘을 다해 올리브 나무 막대기의 뾰족한 끝으로 그의 눈을 내리찍었습니다. 마치 배의 목판을 송곳으로 뚫을 때처럼 그 막대기를 눈에다 빙빙 돌리자 막대기 주위로 피가 홍건히 흘러내렸습니다. 눈 주위로 눈썹과 눈꺼풀이 타 들어갔습니다. 마치 대장간에서 커다란 도끼나 손도끼를 벼릴 때 찬물에다 넣으면 지지직거리듯이 그의 눈에서도 지글지글 소리가 났습니다. 그가 크고도 무서운 소리로 울부짖자, 바위가 쩌렁쩌렁 울렸습니다. 우리는 모두 겁이 나서 달아났습니다. 그는 마침내 눈에서 피에 젖은 막대기를 뽑아내 팽개치며 큰 소리로 같은 키클로프스족들을 불렀습니다.

그러자 그의 고함소리를 듣고 몰려온 동족들은 그에게 괴로워하는 이유를 물었습니다. 「폴리페모스여, 무엇 때문에 그리 소리를 지른단 말인가? 이렇게 깊은 밤중에 고함을 치니 어디 잘 수가 있나? 누가 강제로 자네 가축이라도 끌어갔는가, 아니면 꾀를 써서 자네를 죽이려 하는가?」

그러자 거대한 폴리페모스는 다시 동굴에서 소리쳤습니다. 「여보게들, 우티스란 자가 못된 꾀로 나를 죽이려 한다네.」

이에 그들은 거침없이 대답했습니다. 「자네를 폭행한 자가 없다면, 전능한 제우스께서 보내신 것이니 모면할 도리가 없겠네. 아니, 아버지 포세이돈께 빌어 보게나.」

그들은 이렇게 말하고 나서 돌아갔습니다. 저는 속으로 제가 얼마나 이름을 교묘하게 지었는지 쾌재를 부르지 않을 수 없었습니다. 한편 폴리페모스는 고통으로 신음하면서 동굴 문을 더듬어 돌을 치우고는 두 팔을 벌리고 문간에 앉았습니다. 누군가가 양과 함께 나가기만 하면 붙잡으려는 것이었지요. 그는 어리석게도 내심 제가 그렇게 하기를 바랐습니다. 그러나 저는 생사를 가르는 마지막 관문에서 온갖 꾀와 계략을 짜냈지요. 그러자 좋은 방법이 떠올랐습니다. 숫양 중에는 아주 털이 폭신하고, 살진 검은 보랏빛 털을 가진 놈들이 있었습니다. 저는 이 무자비한 괴물 키클로프스가 누워 깔고 자던 꾸불꾸불한 나뭇가지로 양들을 가만히 건드렸습니다. 세 마리를 단번에 잡을 수 있었습니다. 그 중에서 가운데 놈 배 아래 한 사람이 매달려 가면 나머지 두 마리는 양쪽에서 보호하고 가도록 하는 것입니다. 다시 말해 세 마리에 각각 한 명씩을 딸리게 하는 것이었지요. 그리고 저도 그 중에서 가장 살진 놈을 골라 배 밑으로 들어가 달라붙은 채 이를 악물고 있었습니다.

이윽고 동이 터올 무렵, 숫양들은 앞을 다투어 동굴 밖으로 나갔습니다. 하지만 암양들은 젖을 짜 주지 않아 그저 우리 주위에서 울어대고 있었습니다. 그는 숫양들이 지나갈 때 등을 더듬거렸으나 어리석게도 우리가 배에 매달려 있다는 것은 알아내지 못했습니다.

양떼 중에서 맨 마지막으로 제가 매달린 그 숫양이 저로 인해 거북스럽게 밖으로 나오자 폴리페모스가 어루만지며 말했습니다. 「착한 숫양이여, 너는 어찌 맨 마지막으로 나오느냐. 전에는 네가 이렇게 뒤떨어져 나오는 것을 보지 못하였는데. 너는 언제나 앞장서서 목장의 부드러운 풀을 뜯으러 나갔고, 저녁이 되어 집으로 돌아올 때에도 앞장을 섰었는데 말이다. 오호라, 이제 보니 너도 네 주인이 당한 서러움을 아는 모양인가 보구나. 간교한 놈들이 포도주로 내 정신을 빼 놓고는 내 눈을 앗아갔지만 우티스도 죽음을 면치 못하리라. 만일 네가 나처럼 지각이 있고 말을 할 줄 알아 그놈이 도사리고 있는 곳을 말해 준다면, 그놈을 가루로 만들어 동굴에 뿌려 버릴 텐데. 그러면 내 슬픔도 가벼워질 텐데!」

그는 이렇게 넋두리하며 숫양을 밖으로 내보냈습니다. 저는 동굴에서 조금 떨어진 곳에 이르자 숫양으로부터 떨어져 나왔습니다. 그리고 동료들과 함께 다리 꼿꼿한 양떼를 몰고 주위를 살피며 배까지 왔습니다. 죽음을 면하게 된 동료들은 죽은 동료들을 떠올리며 구슬피 눈물을 흘렸습니다. 그러나 저는 눈살을 찌푸리며 모두에게 그만 울라고 한 뒤 살진 양들을 배에 실었습니다.

그런 다음 우리는 사람의 말소리가 들릴 만한 거리에 왔을 때 키클로프스를 놀려대며 소리쳤습니다. 「키클로프스여, 네 놈이 아무리 힘이 세다 할지언정 제 동굴에서 약한 무리를 잡아먹어서야 되겠느냐! 이 파렴치한 놈아, 그것도 손님을 제 집에서 잡아먹다니! 그래서 제우스와 여러 신들께서 너에게 앙갚음을 한 줄 알아라!」

이 말에 그는 노발대발하여 거대한 바위를 뽑아 던졌는데, 그것은 우리의 검은 뱃머리 바로 앞에 떨어졌습니다. 하지만 바다가 뒤집히며 물결이 휘몰아쳐 배는 육지를 향해 곤두박질쳤습니다. 그래서 저는 긴 장대로 균형을 잡아 육지에서 배를 밀어냈습니다. 그리고 동료들에게 몸을 숙인 채 계속 노를 저으라고 했습니다. 우리가 그곳으로부터 두 배 정도 떨어져 나왔을 때 저는 다시 키플로프스에게 외치려고 했습니다.

그러나 동료들이 간청을 하며 말렸습니다. 「오, 무모한 분이여! 어쩌자고 난폭한 야만인의 화를 계속 돋우는 것이오. 그는 당장에 바위를 던져 우리를 육지로 되돌아가게 하지 않았소? 우리는 거기서 꼭 죽는 줄로만 알았소. 만일 그가 우리의 인기척을 들었다면 굉장한 바위를 던져 우리의 배를 산산조각 냈을 것이오.」

동료들의 만류에도 저는 오만한 마음을 억제치 못해 다시 화를 내며 소리쳤습니다. 「키클로프스여, 만일 누가 네 눈을 빼 놓았느냐고 묻거든, 많은 도시를 점령한 라에르테스의 아들 오디세우스라고 말하라.」

제 말을 들은 그가 신음하며 내뱉었습니다. 「오, 정말 예언이 들어맞나 보구나. 훌륭한 에우리모스의 아들 텔레모스는 어느 예언자보다도 예지력이 뛰어나 키클로프스족 중에서 추앙받아 왔지. 그가 예언하기를 내가 오디세우스의 손에 의해 눈이 멀게 될 것이라고 했었지. 그래서 나는 굉장히 힘이 세고 장대한 사람인가 보다 하였더니, 이제 보니 아주 하잘것없고 나약한 인간으로, 겨우 술을 먹여 내 눈을 빼앗았구나. 자, 오디세우스여! 내 너에게 그 유명한 지진의 신으로 하여금 너의 갈 길을 도와주도록 하겠다. 나는 그분의 아들로, 그분이 원하기만 한다면 내 눈도 고쳐 주실 것이다. 이는 다른 축복받은 신들이나 속세의 인간은 할 수 없는 일이 아니겠느냐.」

이에 저는 이렇게 말했습니다. 「내 너를 하데스 궁으로 보내지 못해 한인 것처럼, 너 또한 포세이돈이 네 눈을 고치지 못해 한이 될 것이다.」

그러자 그는 하늘을 향해 두 팔을 벌리고 빌었습니다. 「지진의 신이신 포세이돈이시여, 제 소원을 들어주소서. 진정 제가 당신의 자식이라면, 저 라에르테스의 아들, 도시의 정복자 오디세우스가 귀국하지 못하게 하소서. 그러나 만일 그가 고국으로 돌아가 그리운 사람들을 만날 팔자라면, 훗날 반드시 생지옥에 빠져 이방인의 배에서 동료들을 잃고 집안이 불행에 빠지게 하소서.」

지진의 신 포세이돈께서는 그의 소원을 들어주셨습니다. 그는 다시 먼저 것보다 훨씬 더 큰 바위를 들어 한 바퀴 휙 돌리더니 우리를 향해 던졌습니다. 그것은 다행히도 푸른 뱃머리의 검은 배 바로 뒤에 떨어졌습니다. 커다란 바위가 떨어지자 바다에서는 풍랑이 일어 배를 더욱 육지에서 멀리 떨어지게 했습니다.

비로소 우리는 동료들이 애태우며 기다리고 있는 섬에 도착했습니다. 우리는 우묵한 배에서 키클로프스의 양을 끌어내어 골고루 나눠 가졌습니다. 그러나 제 몫의 숫양만은 동료들이 특별히 골라내어 그

넓적다리를 태워 제우스에게 바쳤습니다. 이렇게 우리는 하루 종일 해가 질 때까지 고기와 맛있는 술을 마음껏 먹고 마시며 즐겼습니다. 그러고는 해가 서산으로 저물 무렵, 우리는 해변에 누워 잠을 청했습니다. 이윽고 장밋빛 새벽 신이 손가락을 내밀 무렵이 되어서야 저는 동료들을 깨워 배에 올라 닻줄을 풀게 하였습니다. 우리는 배를 띄워 각각 제자리에 앉아 파도를 헤치며 노를 저어 잿빛 바다를 헤쳐 나아갔습니다.

우리만이라도 죽음에서 벗어난 것을 즐거워했지만, 사랑하는 동료들을 잃은 마음의 상처는 어찌 잊을 수 있겠습니까.

여신 키르케가 부하들 돼지로 만들다

오디세우스 일행은 폭풍을 만나 식인족의 나라 레스트리고니아에 당도
한다. 거기서 배와 많은 부하들을 잃고 여신 케르케가 사는 아이아이아 섬
에 닿는다. 오디세우스는 헤르메스의 도움으로 돼지로 변신한 부하들을 다
시 인간으로 환원시키고 키르케와 1년 동안 지낸다.

그 다음에 우리가 찾아간 곳은 아이올리아 섬이었습니다. 그곳에는
히포타스의 아들로 영생의 신들에게 사랑을 받는 아이올로스가 살고
있었습니다. 섬 주위로는 난공불락의 청동 벽과 깎아지른 듯한 절벽이
서 있었습니다. 아이올로스의 슬하에는 열두 명의 자식이 있었는데, 딸
여섯에 아들이 여섯이었습니다. 그는 그들 남매끼리 결혼을 시켰습니
다. 그들은 항상 존경하는 양친과 함께 식사를 했는데, 그들의 식탁에
는 산해진미가 그득했습니다. 우리는 이곳에서 한 달 동안 극진한 대
접을 받으며 편하게 지냈습니다. 아이올로스는 저에게 일리움과 아르

지브의 항해, 아카이아인들의 귀환에 대해 물었습니다. 저는 그의 물음에 성심껏 답변해 주었습니다. 그리고 제가 그에게 귀국 알선을 부탁하자 그도 거절하지 않고 호송 방법을 마련하였습니다. 그는 저에게 9년이 된 소의 가죽으로 만든 자루를 주었는데, 그 안에는 거세게 몰아치는 바람을 넣어 놓았습니다. 크로노스의 아드님께서 그에게 바람을 관리하도록 하셨기 때문에 그가 원하기만 하면 바람을 일으킬 수도 잠재울 수도 있었던 것입니다. 그리고 서풍만이 불어 우리의 배가 순항하도록 했습니다.

9일 동안 밤낮 없이 쉬지 않고 항해한 우리는 마침내 10일째 되던 날에는 그토록 그리던 고향 산천을 볼 수 있었습니다. 바로 봉화를 밝히는 사람까지 볼 수 있는 지점에 이른 것입니다. 그제야 안심이 된 저는 그만 단잠에 빠지고 말았습니다. 한시 바삐 돌아가고 싶은 열망에 혼자서 계속 돛을 잡았기 때문이지요. 그러나 제가 잠든 동안 동료들이 불평을 쏟아 놓았습니다.

그들은 서로 쳐다보며 수군댔습니다. 「여보게들, 오디세우스만 횡재를 했군. 사람들이 그를 얼마나 부러워하겠는가. 그만이 트로이로부터 훌륭한 전리품을 가지고 오고, 똑같이 고생한 우리는 이렇게 빈손으로 돌아가니 말야. 게다가 아이올로스가 우정을 베풀어 이런 것을 주었으니, 우리 한번 열어 보세나. 얼마나 많은 금은보화가 들어 있는지.」

그들은 이렇게 주고받은 뒤 자루를 열고 말았습니다. 그러자 바람이 모두 쏟아져 나왔습니다. 포악한 광풍이 거친 파도를 일으켜 해안에서 자꾸만 멀어지게 하는 것이었습니다. 잠에서 깨어난 저는 차라리 물

속으로 몸을 던져 버리고 싶었습니다. 하지만 저는 다시 마음을 굳게 먹고 머리를 감싼 채 배에 누웠습니다. 무서운 폭풍은 그치지 않고 휘몰아쳐서 우리가 탄 배를 아이올리아 섬으로 되돌려 보냈습니다.

이윽고 해변에 다다른 우리는 배에서 내려 식사를 했습니다. 그리고 저는 한 명의 전령과 동료를 데리고 아이올로스의 집으로 향했습니다. 마침 그는 가족들과 함께 식사를 하고 있었습니다. 우리가 안으로 들어가 입구의 기둥 옆에 앉자 그들은 깜짝 놀라며 물었습니다. 「아, 무슨 일이오, 오디세우스? 누가 당신을 공격했단 말이오? 우리는 당신이 원하는 곳이면 어디든 갈 수 있도록 온 성의를 다해 보내 드렸는데.」

저는 슬픈 마음으로 이렇게 대답했습니다. 「굳이 죄라면, 제 몹쓸 동료들과 짓궂은 잠이었습니다. 그러니 구해 주소서. 당신에게는 충분한 힘이 있지 않습니까?」

그는 저의 애원을 묵묵히 듣고 있다가 드디어 입을 열었습니다. 「자, 이곳에서 당장 물러가시오. 이제 보니 당신들은 가장 치욕스러운 인종이구려. 영광의 신들에게 멸시받는 자를 도와주거나 길을 안내할 이유가 내겐 없소이다. 어서 썩 물러가시오. 불사신들의 미움을 받지 않는다면 어찌 그런 일이 일어나겠소.」

그는 호통을 치면서 저를 내쫓았습니다. 저는 마음이 상한 채로 나와 다시 배를 저어 갔습니다. 동료들도 자신의 신세를 한탄하는 것 같았습니다. 우리는 밤낮으로 6일 동안 노를 저어 7일째 되던 날, 라모스의 험악한 성채인 레스트리고니아의 텔레필로스에 다다랐습니다. 거기는 목동들이 서로 번갈아 가며 양떼를 모는 곳이었습니다. 우리는 검은 배를 항구 맨 끝에 정박한 뒤 바위에다 닻줄을 단단히 매어 놓았습니다. 하지만 그곳엔 사람이나 짐승은 하나도 보이지 않고 다만 연기가 뭉게뭉게 하늘로 올라가는 것만이 보였습니다. 그래서 저는 동료 두 명을 선정하고 전령으로 한 명을 더 뽑아 세 명을 염탐꾼으로 보냈습니다.

염탐꾼들은 성 바로 앞에서 물을 긷고 있는 소녀, 레스트리고니아인의 왕 안티파테스의 미모의 딸을 만났습니다. 그녀는 아르타키아의 맑은 샘으로 물을 길러 온 것입니다. 여기서는 도시로 늘 물을 길어다 먹곤 했지요. 저희 동료들은 그녀에게 이 땅의 왕은 누구이며 백성은 어떤 사람이냐고 물었습니다. 그러자 그녀는 곧 자기 아버지의 성채를 가리켰습니다. 세 사람은 고대광실 성채에 들어가 마치 산봉우리처럼 거대한 부인을 보았습니다. 그 부인은 보기만 해도 몸서리가 쳐질 지경이었습니다. 부인은 회의장으로 달려가 남편인 안티파테스를 불러 왔습니다. 그는 거기서 우리 일행을 몰살시킬 궁리를 하였던 것입니다. 궁에 도착하자마자 즉석에서 동료 한 명을 붙잡아 식사를 대신했습니다. 나머지 두 명은 놀라 뛰쳐나와 재빨리 배로 달려왔습니다. 그러자 그는 온 성이 떠나가도록 고함을 질렀습니다. 이 소리를 듣고 용감한 레스트리고니아족들이 곳곳에서 모여들었는데, 그 수는 이루 헤아릴 수가 없었습니다. 또한 그들은 절벽에서 사람의 무게 만한 바위를 우리를 향해 던졌습니다. 갑자기 배가 산산조각 나며 동료들의 비명으로 아수라장이 되었습니다. 그런데도 그들은 고기를 작살로 찌르듯이 소름 끼치는 살육을 멈추지 않았습니다. 그 동안 저는 넓적다리에서 날카로운 칼을 뽑아 검은 배의 닻줄을 끊고 동료들에게 재빨리 노를 저어 이 재난으로부터 벗어나라고 말했습니다. 우리는 죽음의 공포 속에서도 한결같이 노를 저으며 물결을 헤쳐 나아갔습니다. 요행히 제 배만은 툭 튀어나온 바위를 벗어나 바다로 빠져 나왔으나, 다른 배들은 거기서 전멸하고 말았습니다.

우리가 많은 동료들을 잃어 가슴을 아파하며 다다른 곳은 아이아이아 섬이었습니다. 그곳에는 인간의 언어를 쓰는 전능한 여신, 마법사 아이에테스의 친누이인 키르케가 살고 있었습니다. 그녀는 온 인류에게 광명을 주는 헬리오스와 오케아노스의 딸 페르세 사이에서 태어났습니다.

육지에 오른 우리는 피로에 지쳐 가슴을 졸이며 이틀 밤과 낮을 누워 있었습니다. 3일째 되던 날 새벽, 저는 창과 날카로운 칼을 들고 서둘러 배에서 나와 산으로 올라갔습니다. 산으로 올라가 아래를 내려다보니 빽빽한 수풀로 둘러싸인 키르케의 집에서 연기가 오르는 것이었습니다. 그때 저는 어떻게 할 것인가에 관해 곰곰이 생각했습니다. 그러나 저는 우선 배로 가서 동료들을 시켜 알아보는 것이 낫다고 생각하며 배로 돌아가려고 하는데, 어느 신께서 저를 동정하셨는지 제 앞에 커다란 수사슴을 보내셨습니다. 저는 청동 창으로 사슴의 등 한가운데를 명중시켰습니다. 사슴이 어찌나 큰지 한쪽 어깨에 메고 갈 수가 없어서 몇 번 번갈아 멜 정도였습니다.

사슴을 배 앞에 부린 다음 동료들에게 말했습니다. 「동지들이여, 아무리 슬프더라도 마지막 날이 오기까지 하데스 궁으로 갈 수는 없네.

자, 배에 음식과 마실 것이 남아 있는 한 그것을 먹고 힘을 내세나.」

그러자 제 말을 알아차린 그들은 일제히 해변을 바라보았습니다. 사슴을 본 그들은 기뻐 함성을 지르며 서둘러 식사 준비를 했습니다. 그리고 해가 떨어질 때까지 술과 고기로 실컷 배를 채웠습니다.

이윽고 장밋빛 새벽 신이 광명을 비추자 저는 그들을 모아 놓고 말했습니다. 「동지들이여, 우리는 이곳이 어디인지 도무지 모르겠소. 어디서 해가 뜨고 어디로 해가 지는지 전혀 알 수 없구려. 무슨 좋은 방법이 없는지 한번 생각해 봅시다. 어제 아침 험준한 산에 올라가 이 섬을 내려다보니 섬이 나지막하게 누워 있는데, 그 중간쯤에서 빽빽한 수풀과 나무 사이로 연기가 피어오르고 있었소.」

제 말을 들은 동료들의 얼굴이 하얗게 변했습니다. 생각만 해도 몸서리쳐지는 안티파테스의 행위와 거만한 키클로프스의 만행이 떠올랐기 때문입니다. 그들은 눈물을 뚝뚝 흘리며 소리내어 울었습니다. 그러나 저는 단단히 무장한 일행을 두 패로 갈라 각기 책임자를 정했습니다. 그리고 한 편은 제가 맡았고 다른 편은 신과 같은 에우릴로코스가 맡았습니다. 우리는 청동 투구 속에 든 제비를 뽑았는데 에우릴로코스가 뽑혔습니다. 그는 동료들을 이끌고 윤이 나는 돌로 세운 널찍한 키르케의 집을 찾아냈습니다. 그 집 주위로는 온통 산짐승인 늑대며 사자들이 돌아다녔는데, 그녀가 마약으로 길들여 놓아 그들에게 긴 꼬리를 흔들며 아양을 떨었습니다. 마치 주인이 식사를 하고 나올 때 주인의 비위를 맞추고자 달려드는 개처럼, 강한 발톱을 숨긴 늑대나 사자도 낯선 사람들을 둘러싸고 아양을 떨었습니다. 놀란 그들은 간신히 두려움을 감춘 채 여신의 앞마당에 서 있는데, 키르케의 아름다운 목소리가 들려왔습니다.

이때 그들 중에서 가장 믿을 만한 폴리테스가 입을 열었습니다. 「여보게들, 안에서 어떤 부인이 마룻바닥이 울릴 정도로 아름답게 노래를 부르고 있군. 아마 신이 아니면 아름다운 부인인 것 같네. 자, 서둘러 입을 모아 불러 보세나.」

그의 말에 동료들은 소리를 모아 불렀습니다. 곧 그녀가 번쩍거리는 문을 열며 들어오라고 하자 동료들은 무심코 그녀를 따라 들어갔습니다. 다만 에우릴로코스만이 무슨 흑막이 있을지도 모른다고 생각해 거리를 두고 처졌습니다. 그녀는 그들을 의자에 앉힌 뒤 치즈와 보리, 노란 꿀에다 프람니아 술을 내놓았습니다. 물론 음식에다 고향 생각을 완전히 잊게 하는 마약을 섞어 넣었지요. 동료들이 잔을 돌려 술을 마시자마자 그녀는 마술 지팡이로 거침없이 내리쳐서 돼지우리에다 가두었습니다. 갑자기 그들은 머리와 목소리, 머리카락 등 모습이 돼지로 변했습니다. 너무나 갑작스럽게 변한 모습에 그들이 소리를 지르자, 키르케는 돼지들이나 먹는 도토리며 산딸기를 먹으라고 넣어 주었습니다.

이 모습을 본 에우릴로코스는 기겁하여 우리가 있는 곳으로 달려왔습니다. 그는 그저 눈물만 흘릴 뿐 아무 말도 하지 못했습니다. 그러나 우리가 이상히 여겨 계속 묻자, 간신히 동료들의 액운을 전했습니다.

「오디세우스여, 우리는 그대의 명령을 받고 윤이 나는 돌로 세운 아름다운 집으로 갔소. 거기에서는 신인지 인간인지 아무튼 한 부인이 아름다운 피륙을 짜며 청아한 목소리로 노래를 부르고 있었소. 동료들은 안심하고 그녀가 들어오라고 권하는 대로 무심코 따라 들어갔으나 나는 무슨 흑막이 있을까 싶어 뒤에 처졌소. 그런데 내가 오랫동안 앉아 지키고 있었건만 한 사람도 나타나지 않았소.」

그의 말을 들은 저는 어깨에다 은도금을 한 큰 칼을 멘 뒤 그가 온 길을 되돌아가자고 했습니다. 그러자 그는 저의 무릎을 휘어잡고 엎드려 애원하는 것이었습니다. 「오, 제우스께서 아끼시는 분이여, 나는 여기에 있겠나이다. 지금 그대가 가 봤자 돌아오지 못할 뿐만 아니라 동료 또한 데려오지 못할 테니, 우리 그냥 빨리 달아납시다. 어서 이 무서운 악운으로부터 벗어납시다.」

저는 그의 만류를 뿌리치며 말했습니다. 「에우릴로코스여, 그대는 여기에 남아 식사라도 하고 진정하시오. 나는 가지 않고는 못 견디겠소.」

그러고는 저는 이 신비한 골짜기를 지나 마법사 키르케의 거대한 집에 가까이 다가갔습니다. 이때 황금의 요술 지팡이를 지닌 헤르메스가 코밑에 수염이 쭈뼛거리며 나기 시작하는 청년의 모습으로 변신해 나타났습니다. 그는 제 손을 잡더니 반겨 맞으며 말했습니다. 「오, 불운한 사람이여! 이곳은 초행일 텐데 혼자 어디를 가는가? 보아하니 저기 키르케의 집에서 돼지의 탈을 쓴 채 동굴 속에 갇혀 있는 동료들을 구하려고 가나 보구려. 하지만 내 말을 따른다면 동료들을 구할 수 있을 것이오. 우선 이 풀을 먹고 키르케의 집으로 가시오. 그러면 그대에게 불행이 다가오지 못할 것이오. 그녀는 음식에다 약을 타겠지만 그대를 홀리지는 못할 것이오. 이 풀은 그만큼 영험하다오. 만일 키르케가 긴 마술 지팡이로 그대를 치려고 하면 그대도 날카로운 칼을 빼들고 대드시오. 그러면 물러서며 잠자리를 같이하자고 회유할 텐데, 그대는 거절하지 마시오. 그래야 그대에게 친절히 대해 주고 동료들도 구해 줄 테니까. 그러나 그녀에게 맹세를 시키시오. 즉, 여신이 당신 몸에 절대로 해를 끼치지 않겠다는 것을. 그대의 옷을 벗길 때 그녀가 그대를 비굴하게 하거나 사내답지 못하게 만들어서는 안 되니까.」

아르고스의 정복자인 헤르메스가 이렇게 말하면서 땅에서 뜯은 풀을 저에게 주었습니다. 신들이 몰리라고 부르는 그 풀은 뿌리가 검고 꽃이 우윳빛처럼 희었습니다. 그러나 인간의 손으로는 캐기가 어려웠고, 신만이 캘 수 있는 것 같았습니다.

헤르메스가 수풀이 우거진 섬을 지나 올림포스로 향한 뒤 저는 키르케의 집으로 향했습니다. 저는 불안한 마음을 억누르고 발걸음을 옮겼지요. 그리고 아름다운 머리를 가진 여신의 안뜰에 서서 큰 소리로 부르자 여신이 번쩍이는 문을 열며 들어오라고 했습니다. 저는 그녀가 안내하는 대로 아름답고 솜씨 있게 만든 은도금한 의자에 앉았습니다. 의자 밑에는 발 받침대도 있었습니다. 그리고 그녀는 예상했던 대로 금잔에다 마약을 넣어 저한테 권했습니다. 제가 받아 마셨지만 마술에 걸리지 않자 그녀는 마술 지팡이로 저를 치며 호통을 치는 것이었습니다.

「자, 너도 저 우리로 가서 네 동료들과 자거라.」

그녀의 말이 떨어지기 무섭게 저는 넓적다리에서 날카로운 칼을 뽑아 들고 덤벼들었습니다. 그러자 여신은 비명을 지르며 물러섰다가 다시 제 무릎을 잡고 하소연하는 것이었습니다.

「그대는 누구인가? 어느 곳에 살며 부모님은 어디에 계시는가? 마약을 먹고도 마법에 걸리지 않는 걸 보니 참으로 놀랍구나. 내 여태껏 이마법에 걸리지 않는 사람을 본 적이 없거늘, 아마 그대에게는 마법에 걸려들지 않는 특별한 재주가 있나 보구나. 혹시 그대 이름이 오디세우스가 아닌가. 그대가 트로이로부터 돌아가다가 검은 배를 타고 이곳에 들르리라고. 헤르메스가 말한 적이 있지. 자, 이리 오시오. 어서 칼을 집어넣고 우리 함께 침대로 가서 사랑을 나눕시다.」

이에 저는 얼른 대답했습니다. 「키르케시여, 당신이 내 동료들을 돼지로 변신시키고 또 나에게 마약을 먹였는데, 어찌 친절히 대할 수 있겠습니까? 혹시 이번에는 내 옷을 벗기고 나를 겁쟁이로 만들려는 것은 아닌지요? 저는 여신께서 절대로 나를 해칠 의사가 없다는 걸 단단히 맹세해 주시지 않는 한 절대로 당신의 침대로 가지 않겠습니다.」

그녀는 곧 제 뜻을 받아들여 굳은 맹세를 했습니다. 그제야 저는 아름다운 키르케의 침대로 올라갔습니다. 그 동안 네 명의 시녀들은 바삐 시중을 들었습니다. 그들은 모두 푸른 바다로 흘러가는 성스런 강이나 숲속, 우물가에서 태어났습니다. 한 시녀가 의자에 화려한 자색 담요를 씌우고 그 위에 면을 깔자 다음 시녀가 은제 테이블 위에 황금 바구니를 올려놓았습니다. 그리고 세 번째 시녀가 달디단 꿀 포도주를 황금 잔에 따라 놓자 네 번째 시녀가 물을 길어다가 커다란 가마솥에 붓고는 불을 지펴 데웠습니다. 그리고는 물의 온도를 맞춘 뒤 머리와 어깨로 물을 부으며 저의 온몸에 덕지덕지 붙은 피로를 씻어냈습니다. 마침내 저는 깨끗한 망토와 튜닉을 입고 아름답고 솜씨 좋게 만든 은도 금한 의자에 앉았습니다. 그런 다음 빵과 진수성찬을 나르며 먹으라고 권했으나 저는 도무지 먹을 기분이 나지 않았습니다.

제가 음식도 들지 않고 몹시 괴로워하자 키르케가 다가와 물었습니다. 「오디세우스시여, 어째서 아무 것도 드시지 않고 벙어리처럼 앉아 계시오? 내가 무슨 딴 짓을 할까 의심하고 계신 것이오? 하지만 조금도 달리 생각할 필요가 없소. 이미 난 딴 짓을 하지 않겠다고 굳은 맹세를 하지 않았소?」

「키르케시여, 올바른 정신을 가진 자라면 동료들이 어떻게 된 줄도 모르는데 어찌 먹고 마실 수 있겠습니까? 진정으로 내가 먹고 마시기를 원하신다면, 내 동료들을 보여주십시오.」

저의 말을 들은 키르케는 마술 지팡이를 들고 밖으로 나가더니 돼지 우리에 있던 9년 묵은 돼지로 변해 있는 동료들을 끌어냈습니다. 그녀는 동료들 사이를 지나가며 또 다른 마약을 발라 주었습니다. 그러자 마약으로 인해 생긴 돼지털이 모두 빠지고 다시 인간으로 돌아왔을 뿐만 아니라 이전보다 더욱 젊고 장대하고 잘생긴 모습으로 변했습니다. 그들은 저를 알아보고 손을 잡으며 눈물을 흘렸습니다.

여신까지도 동정을 느꼈는지 이렇게 말했습니다. 「오디세우스여, 우선 해안의 배 있는 곳으로 가서 동료들을 데리고 오시오.」

그녀의 말에 제 교만한 마음도 움직여 동료들이 기다리는 해안으로 돌아갔습니다. 그들은 저를 보자마자 마치 어미 소가 하루종일 밖에

나가 풀을 뜯다가 외양간으로 돌아왔을 때 송아지들이 달려들 때처럼 마구 달려들어 우는 것이었습니다. 그들은 마치 그리운 고국, 그들이 태어나서 잔뼈가 굵어진 이타카에 온 것처럼 감정이 격해져 있었습니다.

비탄에 젖어 있던 그들이 비로소 입을 열었습니다. 「오, 제우스께서 내려주신 분이여! 이렇게 오시다니, 우리는 고국 이타카에 돌아간 것만큼이나 기쁘답니다. 자, 그러면 다른 동료들의 파멸에 대해서 어서 들려주십시오.」

그러나 저는 그들을 진정시키며 말했습니다. 「자, 우선 배를 해안에 정박한 뒤 우리 짐과 모든 선구들을 동굴에 넣어 둡시다. 그리고 서둘러 나와 함께 키르케의 집으로 가서 동료들을 만납시다. 그곳에는 먹고 마실 것이 넘쳐난다오.」

그들은 선선히 저를 따라 나섰지만 에우릴로코스만이 혼자 남아 동료들을 만류했습니다. 「오, 어리석은 사람들이여! 지금 어디를 간다고 나선단 말이오? 어째서 그대들은 미친 사람들처럼 키르케의 집으로 갈 생각을 하는 것이오. 그 요사스런 마녀는 우리를 늑대나 사자, 돼지로 변신시켜 우리 속에 강제로 쳐 넣을 것이오. 여보시오, 그대들은 벌써 키클로프스에게 당하지 않았소? 오디세우스의 말을 듣고 그놈의 동굴에 남아 있다가 동료들이 희생되지 않았느냔 말이오?」

이때 저는 가장 가까운 사이였던 그를 제 튼튼한 넓적다리에 찼던 예리한 칼로 땅에다 떨어뜨릴까 하는 마음이 일었습니다. 그러나 동료들이 사방에서 저를 말렸습니다. 「제우스께서 아끼시는 분이여, 만일 그대가 허락한다면 이 사람만은 여기 머물러 배를 지키도록 하지요. 그리고 우리는 어서 빨리 키르케의 집으로 갑시다.」

그러나 동료들이 배에서 나오자 에우릴로코스도 우리를 따라 나왔습니다. 저의 비난이 두려웠기 때문입니다.

한편 키르케는 정성을 다해 우리 동료들을 목욕시키고 올리브 기름을 발라 준 뒤 두터운 망토와 튜닉을 입혀 주었습니다. 우리가 그곳에 도착했을 때는 동료들은 즐겁게 식사를 하고 있었습니다. 그러다가 우리를 보자 얼싸안고 울음을 터뜨렸습니다.

이윽고 여신이 제 옆으로 와서 말했습니다. 「지략이 뛰어난 오디세우스여, 이제 더 이상 눈물을 거두시오. 나도 그대들이 바다와 육지에서 온갖 풍파를 겪었다는 것을 잘 알고 있소. 자, 와서 술이나 들면서 마음을 가라앉히며 고향을 떠나올 때의 마음으로 돌아갑시다. 그대는 너무나 지쳐 유쾌한 시간 한번 가져 보지 못한 것 아니오?」

이 말에 제 마음도 어느 정도 풀렸습니다. 그리하여 우리는 날이면 날마다 고기와 맛있는 술로 보냈습니다. 이렇게 해가 바뀌고 세월이 흘러 달이 기울며 1년이 지나갔습니다.

어느 날 충실한 동료들이 저에게 말했습니다. 「오디세우스여, 그대가 살아서 고국으로 돌아갈 운이라면, 지금이 가장 좋은 때인 것 같소.」

그 말을 듣자 제 마음에도 동요가 일어났습니다. 저는 키르케의 화려한 침대로 가서 그녀의 무릎에 엎드려 능란한 말로 간청했습니다. 「키르케시여, 이젠 당신께서 나와 한 약속을 지키셔야지요. 나를 보내 주시기로 한 약속 말입니다. 나도 간절히 원할 뿐만 아니라 동료들이 틈이 나는 대로 애원하는 바람에 이제 지쳐 나가떨어질 지경입니다.」

「라에르테스의 아드님이이며 지략이 뛰어난 오디세우스여, 그대 마음이 그렇다면 굳이 여기에 머무를 필요가 없소. 그러나 그대는 무서운 하데스 궁으로 가서 테반 티레시아스에게 충고를 구하시오. 티레시아스는 꿋꿋한 의지를 지닌 맹인 예언자로 비록 몸은 죽었지만 페르세포네의 은총을 입어 모든 것을 알고 있다오.」

그녀의 말을 듣고 보니 저는 그만 가슴이 메어졌습니다. 그래서 침대에 앉아 흐느껴 울었습니다. 더 이상 햇볕을 본다는 게 끔찍했습니다.

마침내 눈물을 그치고 키르케에게 물었습니다. 「오, 키르케시여! 누가 나를 그곳까지 안내한답니까? 아직 아무도 하데스 궁으로 항해한 자가 없지 않습니까?」

그러자 여신이 곧 대답했습니다. 「오디세우스여, 안내할 사람에 대해서는 걱정하지 마시오. 배에 돛대를 세우고 흰 돛을 활짝 펴놓고 앉아 있으면 북풍이 불어 그곳으로 인도할 것이오. 그리고 오케아노스 물줄기를 건너가면 거기 황량한 기슭에 키 큰 미루나무와 버드나무들이 열매를 늘어뜨리고 있는 페르세포네의 숲이 나올 것이오. 그러면 배를 깊이 물굽이 도는 오케아노스 옆에 대 놓고 혼자 하데스 궁으로 가시오. 그곳 아케론으로 푸리플레게톤과 스틱스의 지류인 코키투스가 흘러 들어가고 있소. 그리고 커다란 바위가 있어 두 물줄기를 합류시켜 주고 있소. 그곳에 도착하면 먼저 사방 한 팔 길이의 구덩이를 파고 그 주위에 있는 모든 고인들에게 술을 부으시오. 처음엔 꿀을 섞어

부은 뒤, 두 번째는 달디단 포도주로, 세 번째로는 물로, 그리고 그 위에 하얀 보릿가루를 뿌리시오. 또한 죽어 무력한 고인들 머리에 정성껏 기도를 올리고 이렇게 언약하시오. 이타카로 돌아가면 궁에다 장작더미 위에 가장 좋은 암송아지를 올리고 티레시아스를 위해서는 따로 점 없는 검은 양으로 가장 훌륭한 놈을 골라 올리겠다고 말이오. 이렇게 명성 높은 고인들에게 기도한 다음, 숫양 한 마리와 검은 암양 한 마리를 에레보스(어두운 죽음의 골짜기) 쪽으로 머리를 향하여 올리되, 그대는 돌아서서 강기슭을 바라보도록 하시오. 그러면 고인이 된 영혼들이 많이 몰려올 것이오. 그런 다음 그대 동료를 불러 양의 가죽을 벗겨 불로 그슬린 다음 무서운 페르세포네 등의 신들에게 올리도록 하시오. 그 동안 그대는 죽어 무력한 고인들이 피 가까이 접근하지 못하도록 하면서 티레시아스의 말을 기다리도록 하시오. 그러면 그가 다가와 비로소 그대에게 돌아갈 길이며 망망대해를 건너갈 방법 등 귀로에 대해 말해 줄 것이오.」

　이윽고 금관을 쓴 아침 신이 손가락을 펼치며 나타났습니다. 그녀는 저에게 망토와 튜닉 등의 의복을 입혀 주었고, 키르케 자신도 아주 빛나는 망토와 번쩍이는 금띠를 두르고 머리에는 베일을 썼는데 아주 우아했습니다. 저는 내실을 왔다갔다하며 다정한 말로 동료들을 깨워 일으켰습니다. 「자, 이제 그만 일어나시오. 그리고 우리 갈 길을 갑시다. 키르케가 우리 모두를 보내 주시기로 했소이다.」

　제 말에 가장 젊은 엘페노르라는 청년은 매우 심약했는데, 홀로 술에 취해 지붕에 누워 있다가 사닥다리를 타고 내려와야 된다는 걸 잊고 그만 뛰어내렸습니다. 그래서 그만 하데스 궁으로 가고 말았습니다.

저는 떠나면서 동료들에게 말했습니다. 「그대들은 우리가 지금 그리운 고국으로 간다고 생각할 거요. 그러나 키르케는 우리가 무서운 페르세포네와 하데스 궁으로 가서 테반 티레시아스의 영혼에게 충고를 구해야 된다고 하였소.」

그러자 그들은 그 자리에 주저앉아 대성통곡을 하며 머리를 쥐어뜯었습니다. 이렇게 눈물을 흘리며 처량하게 배로 향하는데, 키르케가 소리도 없이 와서 숫양과 검은 암양을 검은 배에 매달아 주고 가볍게 빠져나갔습니다. 어느 누가 감히 신의 동작을 볼 수 있겠습니까?

오디세우스, 저승세계를 방문하다

오디세우스는 하데스와 페르세포네가 다스리는 저승세계를 방문한다. 그리고 고인이 된 영웅들의 혼령을 만나 얘기를 나눈다.

검은 배가 나아감에 따라 계속 순풍이 불어왔습니다. 인간의 언어를 쓰는 신, 아름답게 머리를 땋은 키르케가 우리를 위해 보내 주는 것이었습니다. 우리는 하루 종일 바람이 부는 대로 항해를 했습니다. 마침내 해가 지자 드디어 지구의 끝, 깊이 흐르는 오케아노스에 닿았습니다.

여기에는 킴메르족(영원한 어둠의 나라에 살았다는 민족)의 도시가 있는데, 안개와 구름에 싸여 빛나는 태양이 내리쬐지 않는 곳이었습니다. 오로지 그곳은 죽음의 밤만이 이 불운한 종족을 뒤덮고 있었습니다. 우리는 키르케가 말한 대로 배를 기슭에 대 놓고 양을 내려놓은 다음 오케아노스 물굽이를 따라 갔습니다.

그런 다음 저는 사방 한 팔 길이의 구덩이를 판 뒤 주위의 모든 고인들에게 술을 부었습니다. 우선 꿀을 섞고, 그 다음엔 달디단 포도주와 물을 부었습니다. 그러고는 하얀 보릿가루를 뿌리며 힘없는 고인들 머리에 정성껏 기도를 올렸습니다. 그리고 이타카에 돌아가면 궁에다 장작더미 위에 가장 훌륭한 새끼를 배지 않은 암송아지를 올리고 티레시아스를 위해서는 따로 점 없는 검은 양으로 가장 좋은 놈을 골라 올리겠다고 맹세하였습니다. 이렇게 제가 영혼들에게 기도와 맹세를 한 뒤, 양을 잡아 구덩이에 넣고 목을 치니 검은 피가 쏟아져 나왔습니다.

그러자 지하의 영혼들이 에레보스로부터 몰려들었습니다. 신부와 독신 남자, 불우했던 노인들, 아직도 마음은 청춘인 얌전한 처녀들, 청동 창에 상처를 입고 피투성이 갑옷을 입은 채 참살된 사람들, 수많은 혼령들이 이상한 소리를 지르며 구덩이로 모여들었습니다. 저는 심한 공포가 엄습해 왔지만, 동료들에게 양의 껍질을 벗기어 불에 그슬리도록 한 뒤 거대한 하데스와 무서운 페르세포네 등의 신들에게 기도를 올리도록 했습니다. 그리고 칼을 뽑아 들고 앉아, 죽어 무력한 고인들이 피 가까이 접근하지 못하도록 하며 티레시아스의 말을 기다렸습니다.

그러자 맨 먼저 온 것은 우리의 동료였던 엘페노르였습니다. 그는 아직도 너른 땅속에 묻히지 못한 것이었습니다. 우리가 미처 매장도 못한 채 키르케의 집에 시체를 그대로 두고 왔기 때문입니다.

저는 그를 보자 울음이 복받쳐 떨리는 목소리로 말했습니다. 「엘페노르여, 어떻게 이 어두운 암흑 속으로 왔는가? 내 검은 배보다도 더 빨리 달려서 말이오?」

저의 말에 그는 한탄하면서 이렇게 대답했습니다. 「지략이 뛰어난 오디세우스여, 저는 과음한 죄로 어느 신인가의 미움을 받은 모양입니다. 키르케의 집 지붕에 누워 있다가 그만 떨어져 이곳까지 오고 말았습니다. 지금 여기 있지는 않지만, 당신이 뒤에 남겨두고 온 부인과 당신을 길러주신 아버지, 그리고 당신 아들 텔레마코스의 이름을 빌려 부탁하노니 저를 지금처럼 그대로 두지 마소서. 행여 저로 인해 당신에게 신의 노여움이 미칠까 두렵습니다. 저를 무장한 채로 화장하여 훗날 검푸른 바닷가에 이 불운한 사람의 무덤을 만들어 주소서. 그런 다음 무덤 앞에는 제 생전에 동료들과 함께 저었던 노를 꽂아 주소서.」

저는 즉시 말했습니다. 「오, 가엾은 동료여, 소원대로 해 주겠소.」

이렇게 동료와 슬픈 말들을 주고받는 동안에도 저는 여전히 고인들이 피에 접근하지 못하도록 꼼짝 않고 지켰습니다. 그때 돌아가신 제 어머니, 위대한 아우톨리코스의 따님인 안티클레이아의 영혼이 왔습니다. 제가 그분과 이별했을 때는 성스러운 일리움으로 떠날 때였습니다. 그분을 뵙자 슬픔이 복받쳤습니다. 그러나 눈물을 흘리는 가운데에도 티레시아스의 말을 듣기 전에는 피에 가까이 오지 못하게 하였습니다.

이윽고 황금 왕홀을 든 테반 티레시아스가 도착해 저에게 말했습니다. 「지략이 뛰어난 오디세우스여, 기쁨이 없고 태양을 등진 이 죽음의 나라까지 찾아온 이유가 무엇인가? 자, 우선 구덩이에서 비켜서시게. 내 피를 마신 뒤 그대에게 모든 걸 말해 주겠네.」

제가 은장식이 있는 칼을 칼집에 집어넣고 비켜서자 그 유명한 예언자는 검은 피를 마신 뒤 말했습니다. 「위대한 오디세우스여, 그대는 꿈 같은 귀국의 날을 묻고 있구려. 하지만 자기의 사랑하는 아들을 눈멀 게 한 그대에게 아직도 화를 풀지 못하는 포세이돈으로부터 빠져나오 리라고는 생각지 않소. 그러나 고난을 겪다 보면 귀향할 날도 있을 것이 이오. 만일 그대와 동료들이 정신만 바짝 차린다면 머지않아 검푸른 망망대해를 헤치고 트리나크리아 섬에 다다를 것이오. 그곳에서는 선 견지명이 있는 헬리오스의 소며 양들이 풀을 뜯어먹고 있소. 만일 그 대가 이 가축들을 해치지 않는다면 비록 고난을 겪을지언정 이타카에 가게 될 것이오. 그러나 만일 그것들을 괴롭힌다면 그대는 물론이고 동료들도 전멸할 것이오. 혹시 그대만은 운이 좋아 피할지도 모르나 훗날 다시 한 이방인의 배에서 동료들을 모두 잃을 것이오. 그리고 그 대 고국에 있는 집에도 비극이 미칠 것이오. 그대의 아내에게 구혼하 는 무리들이 그대의 살림을 탕진할 텐데, 그대가 돌아가면 그들의 행악 을 복수하게 될 것이오. 하지만 그대의 집에서 그들을 참살한 다음에 는 다시 길을 떠나 바다도 모르고 소금에 절인 음식도 먹지 않는 사람 들이 사는 곳에 이를 때까지 계속 노를 저어 갈 것이오. 그들은 붉은 칠 을 한 배에 대해서뿐만 아니라 노조차 모르는 사람들이오. 그때 한 행 인이 그대의 빛나는 어깨에 키질하는 부채를 지녔다고 말하거든 노를 즉시 땅에 꽂고 포세이돈에게 숫양이며 황소, 돼지 등의 푸짐한 제물을 올리시오. 그리고 집으로 돌아가 성스럽게 황소 백 마리의 제물을 차 려, 하늘을 다스리는 불사의 신들에게 각기 제사를 올리도록 하시오. 그러면 무사히 여생을 마칠 수 있고, 그대 종족들은 그대 주위에서 행복하게 살게 될 것이오. 이것이 내가 알고 있는 전부요.」

「티레시아스여, 이 모든 것이 신께서 제게 주시는 운명인가 봅니다. 그러나 이것만은 숨김없이 알려 주소서. 조금 전에 저는 돌아가신 어머니의 영혼을 뵈었습니다. 어머니는 아무 말 없이 앉아 자식의 얼굴을 보려고도 말을 걸려고도 하지 않으셨습니다. 왕이시여, 어떻게 해야 다시 저를 알아보실 수 있는지 말씀해 주십시오.」

그가 곧 모든 사실을 일러주었습니다. 「오 그것은 어떠한 영혼이든지 피에 가까이 오게 하면 사실을 말해 주고 거절하면 돌아가는 법이오.」

티레시아스의 영혼은 이렇게 말하고 하데스 궁으로 돌아갔습니다. 그러나 저는 어머니의 영혼이 검은 피를 마실 때까지 계속 거기서 기다렸습니다. 그러자 어머니는 곧 나를 알아보고 슬피 울며 말했습니다. 「사랑하는 아들아, 살아 있는 네가 어떻게 이 죽음의 땅으로 왔단 말이냐? 이승의 인간이 이런 것을 본다는 것은 안 될 일이다. 너와 우리들 사이에는 큰 강들과 무서운 물굽이가 놓여 있단다. 우선 오케아노스는 오로지 훌륭한 배가 있어야 건널 수 있지. 너는 트로이로부터 아직도 이타카에 가지 못하고 집에 있는 아내도 만나 보지 못한 것이냐?」

「오, 어머니! 제가 이곳에 온 것은 하데스 궁에 있는 테반 티레시아스의 영혼으로부터 충고를 듣기 위해서였습니다. 아직 풍랑과 싸우느라 유명한 아가멤논 대왕을 따라 트로이 군과 싸우기 위해 일리움으로 원정간 날부터 지금까지 그리운 고국에 발도 들여놓지 못했습니다. 어머니, 저에게 솔직히 말씀해 주십시오. 어머니는 어떻게 이 지경이 되셨습니까? 오랜 병환이셨던가요, 아니면 은활의 여신인 아르테미스가 날카로운 화살로 쏘았던가요? 또한 아버지와 텔레마코스는 어떻게 되었습니까? 그리고 제 아내는 어떻게 지내고 있나요?」

「그래, 네 아내는 밤이나 낮이나 눈물을 흘리면서 구혼자들의 청을 물리치며 지내고 있단다. 아직은 너의 훌륭한 명성을 아무도 빼앗지 못했지. 또한 텔레마코스는 무사히 가산을 지탱한 채 살고 있지만, 네 부친은 들에서 살고 계신단다. 침구를 살에 대 보는 일이 없이 겨우 하인들이 잠자는 불 옆에서 주무시지. 그리고 결실의 계절, 가을이 되면 포도원 언덕에 낙엽을 긁어모아 잠자리를 만들어 주무시면서 네가 돌아오기를 애타게 기다린단다. 그리고 나는 은활의 여신의 공격을 받아 살해된 것도 아니요, 병이 든 탓도 아니다. 다만 슬픔으로 말미암아 말라죽은 것이란다. 얼마나 네가 그리웠는지, 내 아들 위대한 오디세우스야, 네 다정한 사랑이 그리워 내가 이렇게 되었단다.」

저는 돌아가신 어머니의 영혼을 세 번이나 껴안으려 했지만 번번이 실패하고 말았습니다. 슬픔에 복받친 저는 야속한 생각이 들어 투정했습니다. 「어머니, 어찌하여 한번 안아 보는 것마저 뿌리치십니까? 아무리 생과 사가 다르다고 하지만 함께 껴안고 통곡조차 하지 못한단 말입니까? 이는 지체 높으신 페르세포네께서 내게 설움만 더해 주기 위해 보낸 헛된 정령에 불과한 건가요?」

「오, 불쌍한 내 아들아! 이제 보니 네가 세상에서 가장 불행하구나! 제우스의 따님 페르세포네께서 방해하시는 게 아니라 이곳에서는 인간과 왕래할 수 없단다. 생명이 육체를 떠나면 영혼은 꿈처럼 날아 헤매는 것이란다. 자, 단단히 마음을 먹고 어서 이곳을 빠져나가거라. 그리고 내가 한 말을 명심하여 네 아내에게도 전해 주렴.」

이렇게 서로 말을 주고받는데 지체 높은 페르세포네가 보낸 여인들이 몰려들었습니다. 그들은 위대한 자들의 딸이나 아내였는데, 검은 피를 둘러싸고 모여들었습니다. 저는 어떻게 하면 그들에게 물어볼 수 있을까 궁리하다가 가장 좋은 방법이 떠올랐습니다. 긴 칼을 넓적다리에서 뽑아 한꺼번에 그들이 피를 마시지 못하게 하는 것이었습니다. 그래서 하나하나 가까이 와서 각기 자기의 혈통을 밝히도록 하였습니다.

맨 처음 저는 귀족의 자손인 티로를 보았습니다. 그녀는 결백한 살모네우스의 딸이며 아이올로스의 아들인 크레테우스의 아내로, 지상에서 가장 아름다운 강인 에니페우스 강을 사랑하여 종종 그곳을 찾아갔다고 했습니다. 그런데 지진의 신이 그 강의 탈을 쓰고 여울지는 강어귀에 누운 그녀에게 잠을 퍼부은 뒤 사랑을 나눈 것입니다.

그런 다음 신은 그녀의 손을 잡으며 이렇게 말했습니다. 「아가씨여, 내 사랑을 달게 받아 주시오. 나는 지진의 신 포세이돈이오. 해가 바뀌면 그대는 영광스런 아기를 낳을 텐데 낳아서 잘 기르시오. 그리고 절대로 이 말을 입 밖에 내서는 안 되오.」

신은 이렇게 말하고 물 속으로 들어갔다는 것입니다. 그리하여 그녀는 펠리아스와 넬레우스를 낳았는데, 나중에 제우스의 시중을 들 정도로 큰 인물이 되었답니다. 펠리아스는 많은 양떼를 치며 넓은 이올코스 평야에 살고, 넬레우스는 모래가 많은 필로스에 살았습니다. 또한 그녀는 크레테우스 사이에 아이손과 페레스, 그리고 전차의 명수 아미타온 등 세 아들을 낳았습니다.

그 다음으로 저는 아소포스의 딸 안티오페를 만났는데, 제우스에게 암피온과 제토스 등 두 아들을 낳아 주었다고 했습니다. 그들은 처음에 일곱 문이 있는 테베에 자리를 잡고 성벽을 쌓았습니다. 그들이 아무리 용감해도 성벽 없이는 그 넓은 테베에서 거주할 수 없었기 때문입니다.

또한 저는 제우스와 관계하여 사자의 용맹함을 지닌 헤라클레스를 낳은 암피트리온의 아내인 알크메네를 보았습니다. 헤라클레스는 오만한 크레온의 딸인 메가라를 아내로 맞아들였습니다.

그리고 오이디푸스의 어머니인 아름다운 에피카스테를 보았습니다. 그녀는 자신의 아들과 결혼하는 큰 잘못을 저지르고 만 여인으로, 아들이 아버지를 살해하고 그녀와 결혼을 한 것입니다. 그래서 오이디푸스는 신들의 파괴적인 계획에 의해 테베에서 고통 속에 카드메이아 사람들을 다스리고 있고, 그녀는 슬픔에 잠겨 높은 들보에다 목을 맨 뒤 하데스 궁으로 온 것입니다. 이렇게 복수의 신이 가져다 준 모든 고통을 자식에게 남기고 떠난 셈이지요.

그리고 한때 미모가 빼어나 넬레우스가 헤아릴 수 없는 예물을 주고 결혼한 아름다운 클로리스를 보았습니다. 그녀는 민얀오르코메노스를 장악했던 야소스의 아들 암피온의 막내딸이었습니다. 그녀는 필로스의 여왕으로, 영광스런 자식들 네스토르와 크로미오스, 페리클리메노스, 그리고 모든 남성들이 구혼할 정도로 경탄할 미모를 지닌 페로를 낳았습니다.

그 다음 저는 틴다레우스에게 굳세고 용감한 두 아들을 낳아 준 레다를 보았습니다. 두 아들인 군마의 명수 카스토르와 권투 선수 폴리데우케스는 기름진 땅을 장악하고 있었습니다. 지하에서까지도 그들은 제우스의 은총을 받고 있었습니다. 하루는 죽고 하루는 사는 식으로 말입니다. 그들은 신과 동등한 영예를 분배받은 것입니다.

그리고 저는 알로에우스의 아내인 이피메데이아를 보았습니다. 그녀는 포세이돈 사이에서 신과 같은 오토스와 유명한 에피알테스를 낳았지만 둘 다 단명했다고 합니다. 그들은 일찍이 가장 키가 큰 오리온 다음으로 키가 크고 잘생겼었다고 합니다. 아홉 살 때의 몸집이 9큐빗이고 키가 9길(1길은 183센티미터)이나 되었다고 합니다. 그들이 올림포스에서 함성을 지르면 영생의 신들도 질렸다고 합니다. 그들은 올림포스 위에 옷사 산을 쌓고 그 위에 잎이 무성한 펠리온 산을 쌓아 하늘로 올라가려고 했습니다. 만약 그들이 장정으로 성장했다면 그것쯤은 문제없었을 것입니다. 그러나 아름다운 타래 머리의 레토가 낳은 제우스의 아들이 얼굴의 솜털이 가시자마자 그들을 멸망시켰습니다.

그 뒤로 파이드라와 프로크리스, 마술사 미노스의 딸인 미모의 아리아드네를 보았습니다. 일찍이 테세우스는 그녀를 크레테로부터 신성한 아텐스 언덕으로 데려가 즐기려고 했지만 실패했습니다. 아르테미스가 디오니소스의 증언을 듣고 디아 해안에서 살해했기 때문입니다.

그리고 마이레와 클리메네, 사랑하는 남편의 생명을 황금과 바꾼 가증스런 에리필레를 보았습니다.

이처럼 많은 사람들을 일일이 열거하자면, 밤을 새워도 다 모자랄 것입니다. 이젠 동료들을 찾아가야 할 시간이 됐습니다. 저의 호송은 오로지 당신과 신들에게 달려 있습니다.

마침내 그가 장황한 말을 마치자 좌중에는 침묵이 흘렀다. 어두컴컴한 집안 사람들은 모두 기쁨에 들떠 있는 가운데 흰 팔의 아레테가 비로소 입을 열었다. 「파이아키아 시민들이여, 이분의 체격이며 풍채, 또 그 깊은 지혜를 어떻게 생각하십니까? 비록 이분이 내 손님으로 왔지만 영광은 그대들에게 돌아갈 터이므로, 우리 이분에게 아낌없이 선물을 하십시다. 신의 은총으로 그대들의 집에는 많은 보물이 있지 않소.」

그러자 그들 중에서 가장 나이가 많은 에케네우스 공이 말했다. 「동지들이여, 참으로 왕비님의 말씀이 지당하신 것 같습니다. 우리 모두 그렇게 하십시다. 알키누스께서도 반드시 그렇게 생각하리라 믿소.」

그러자 알키누스 왕이 말했다. 「물론이오. 손님, 내 선물을 갖출 테니 내일까지 머물러 계십시오. 자, 우리는 그러면 손님을 보낼 준비를 합시다. 내가 이 땅의 통치자이니까 먼저 해야겠구려.」

이에 지략이 뛰어난 오디세우스가 입을 열었다. 「만민 중에서 가장 고귀하신 알키누스시여, 만일 훌륭한 선물들을 마련하고 보낼 준비하는 데 시간이 필요하시다면 어찌 1년인들 못 기다리겠습니까. 저에게는 선물을 잔뜩 가지고 금의환향하는 것이 훨씬 낫겠지요. 아마 사람들은 그러한 저를 보고 모두 경의를 표할 것입니다.」

알키누스 왕이 말했다. 「오디세우스시여, 그대는 악한이나 사기꾼 같지가 않소이다. 그리고 그대의 말씀은 우아하고 지혜 또한 출중하시구려. 그대는 모든 아르지브 사람들의 풍파와 그대 자신의 비극을 마치 음유시인이 노래하듯이 하였소이다. 자, 그럼 아직 잘 시간이 아니니 내게 그 놀랄 만한 업적들을 이야기해 주시오. 이런 이야기라면 밤이 새더라도 내 거리낄 것 없겠소이다. 그대는 그대와 함께 일리움으로 가서 최후를 마친 동료들을 보았소?」

지략이 뛰어난 오디세우스가 말했다. 「고귀하신 알키누스시여, 이야기를 할 시간과 잠을 잘 시간은 따로 있는 법입니다. 그러나 그렇게도 듣고 싶으시다면 동료들의 고난과 그 후에 일어난 비극들을 말씀드리겠습니다. 그들은 무서운 트로이 전쟁에서는 벗어났으나, 한 간사한 여인의 간계로 인해 죽었습니다.」

오디세우스가 이어 다시 말하기 시작했다.

이윽고 신성한 페르세포네가 여인들의 영혼을 흩어지게 하자 아트레우스의 아들 아가멤논의 영혼이 한탄을 하면서 왔습니다. 그를 에워싸고 많은 영혼들이 몰려왔는데, 그들은 아이기스토스 집에서 함께 마지막 운명을 당한 사람들이었습니다. 아가멤논은 검은 피를 마시자마자 금방 저를 알아보고선 대성통곡을 하였습니다. 그리고 저를 잡으려고 팔을 뻗쳤지만 이미 힘이 빠져버린 상태였습니다. 그를 보자 저도 울컥 울음이 터져 나왔습니다.

「아트레우스의 위대한 아드님이시며 인간의 주인이신 아가멤논 대왕이여, 어떻게 이곳까지 오셨습니까? 포세이돈이 무서운 역풍을 몰아 당신 배를 파선시켰습니까, 아니면 육지에서 괴한에게 당하셨습니까? 그것도 아니면 도시와 여인을 정복하고자 싸우다 쓰러지셨습니까?」

제가 이렇게 말하자 그가 곧 대답했습니다. 「지략이 뛰어난 오디세우스여, 포세이돈이 나를 죽인 것도 아니요, 육지에서 괴한이 나를 살해한 것도 아니오. 아이기스토스가 저주받을 내 아내와 짜고 나를 이 지경을 만들어 놓았소. 나를 자기 집으로 불러 연회를 베풀어 놓고는, 소를 베듯이 나를 잡은 것이오. 이처럼 내 동료들도 마치 송곳니 번쩍이는 돼지가 살해되듯이 참살되었소. 아마 이보다 더 끔찍한 광경은 보지 못했을 것이오. 진수성찬을 차려 놓은 식탁 주위가 우리의 피로 얼마나 낭자했는지. 그 중에서도 가장 처참한 것은 간악한 클루타임네스트라가 바로 내 옆에 있던 프리아모스의 딸 카산드라를 죽였을 때요. 나는 그녀의 비명을 듣고 그 칼을 잡으려고 팔을 들려 했으나, 그냥 팔이 땅에 떨어지는 거였소. 그러나 그 무도한 여인은 등을 돌려 외면한 채 죽어가는 내 눈을 감겨 주려고도, 입을 다물게 해 주려고도 하지 않았소. 세상에 자기 남편을 죽일 간계를 꾸민 이 여인보다 더 무서운 인간은 없을 것이오. 진실로 나는 집에 돌아가면 자식과 시종들에게 환영받으리라 생각했었는데, 그녀는 간악무도한 음모를 꾸미며 자기 자신에게뿐만 아니라 모든 여인들에게 영원불변토록 치욕을 끼쳤소.」

이 말을 들은 저는 통탄했습니다. 「오, 슬프구나. 전지전능하신 제우스께서는 예로부터 아트레우스의 자손이 여인의 간계에 넘어가게 하는군요. 헬레나 때문에 얼마나 많은 사람이 희생되었습니까? 이제는 클루타임네스트라가 반역하여 명부까지 내려와 계시는군요.」

「그대도 앞으로 부인에게 속마음까지 털어놓지 마시오. 오디세우스여, 설마 그대야 아내의 손에 당하지는 않을 것이오. 그녀는 참으로 지각이 있고 정숙한 페넬로페가 아닌가 말이오. 우리가 싸움터로 갈 때 그녀는 겨우 갓난애를 안고 있는 젊은 신부였소. 그애도 지금쯤은 성인이 되었겠구려. 그리운 아버지가 금의환향하면, 얼마나 기뻐할 것인가. 그러나 내 아내는 내가 아들을 보기도 전에 날 죽여 버렸소. 자, 그러면 내 말을 잘 들으시오. 고국에 돌아가면 그대 배를 숨긴 채 몰래 상륙하시오. 고국 해안에 배를 드러내 놓지 말란 말이오. 왜냐하면 여자란 믿을 수 없는 인간이기 때문이오. 그리고 내 아들 오레스테스에 관해 소식을 들은 적이 있소? 오르코메노스나 필로스, 어쩌면 스파르타 평야에서 메넬라오스와 함께 살고 있을지도 모를 텐데.」

「아트레우스의 아드님이시여, 어찌 그걸 제게 물으십니까? 저는 전혀 모르는 일입니다.」

이렇게 슬픈 말이 오고 가는 동안에도 우리는 계속 눈물을 흘렸습니다. 이때 펠레우스의 아들인 아킬레우스의 영혼, 파트로클로스의 영혼, 안틸로코스와 용모나 체격에 있어 아킬레우스 다음가는, 다나아 사람들 중에서 가장 뛰어난 아이아스의 영혼이 왔습니다.

발이 빠른 아킬레우스가 저를 알아보고 한탄을 하였습니다. 「라에르테스의 아드님이며 지략이 뛰어난 오디세우스여, 그대는 어찌하여 감각이 없고 형태도 없는 영혼의 세계 하데스 궁으로 오셨단 말이오?」

「펠레우스의 아드님이시며 아카이아 사람 중에서 가장 용감했던 아킬레우스시여, 저는 이타카로 돌아갈 수 방법에 관해 알기 위해 티레시아스에게 조언을 들으러 이곳에 왔습니다. 아직도 그리운 내 고국에 발도 들여놓지 못한 채 역경 속에 헤매고 있기 때문이지요. 아킬레우스여, 아마 그대보다 행복한 자는 없을 것이오. 그대가 살아 있을 때부터 우리는 그대를 신과 같이 존경해 왔소. 그리고 지금은 지하에서 고인들의 위대한 왕이 되셨으니, 죽음을 슬퍼할 이유가 뭐 있겠소?」

「오디세우스여, 내가 죽었다고 위안의 말은 하지 마시오. 인간 세계를 떠나온 고인들의 왕이 되기보다는 차라리 거지가 될지언정 지상에서 살고 싶소이다. 자, 이제 그런 말은 하지 말고 내 귀한 아들과 아버님이신 고귀한 펠레우스의 소식에 대해 들으셨거든 말해 주시오. 아직도 많은 미르미돈 사람들에게 존경을 받고 계시오? 참으로 나는 한때 용감했었는데, 이미 나는 투사가 될 수는 없소. 나는 트로이에서 최강의 적을 베어 아르지브 군을 구한 적이 있었소. 아! 그때처럼 단 한 시간만이라도 아버지의 집으로 돌아갈 수만 있다면, 아버지를 경멸하는 무리들을 따끔하게 혼내 줄 수 있을 텐데.」

「고귀하신 펠레우스님에 대해서는 아무 소식도 듣지 못했습니다. 그러나 사랑하는 아드님 네오프톨레모스에 대해서는 사실대로 말씀드리지요. 스키로스에서 그를 태워 단단히 무장한 아카이아 사람들에게 데려온 적이 있습니다. 트로이 시 앞에서 책략을 꾸밀 때에도 그는 항상 나무랄 데가 없는 발언을 했었지요. 더욱이 트로이 평야에서 전투를 시작했을 때, 그는 앞장서서 달렸고 절대로 힘에 밀리어 뒤로 처지는 법이 없었습니다. 그가 쓰러뜨린 적은 너무나 많아 일일이 열거할 수는 없습니다. 텔레포스의 아들인 영웅 에우리필로스를 칼로 쳐서 죽였을 정도니까요! 또한 그는 아가멤논 다음으로 외모가 출중했습니다. 그리고 우리 아르지브 군의 정예 투사들이 에페이오스가 만든 목마에 들어갔을 때 다른 장수들과 다나아 고관들은 모두 눈물을 닦아내고 사시나무 떨 듯 떨었지만 아드님만은 얼굴빛 하나 변하지 않고 눈물 한 방울 흘리지 않았습니다. 뿐만 아니라 그는 저에게 목마에서 나가 칼자루와 무거운 청동제 창을 휘둘러 트로이 군을 전멸케 해 달라고 간청했지요. 마침내 그는 우리가 그 견고한 프리암 시를 점령했을 때 전리품을 한몫 챙긴 뒤 아무런 상처도 없이 출범했지요. 상처 하나 없는 몸으로 말입니다.」

그러자 자기 아들에 대한 찬사에 아킬레우스는 몹시 기뻐하며 수선화가 피어 있는 초원을 크게 활보하며 떠나갔습니다.

그 뒤로 다른 영혼들이 선 채로 서러워하며 각기 사랑했던 사람들의 소식을 물었습니다. 다만 텔라몬의 아들 아이아스의 영혼만이 아킬레우스의 갑주를 놓고 나와 싸운 것 때문에 아직도 화가 풀리지 않았는지 멀리 떨어져 서 있을 뿐이었습니다. 물론 그때 상품은 아킬레우스의 어머니가 정한 것이었으며, 심판은 트로이의 아들들과 아테나가 맡았습니다. 아, 이런 상을 내가 타지 않았었다면! 이 무기로 말미암아 풍채나 전공에 모든 다나아 사람들을 능가하고 펠레우스의 아들 다음가는 훌륭한 아이아스를 무덤으로 가게 하다니.

제가 먼저 그에게 말했습니다. 「유명한 텔라몬의 아들 아이아스여, 아직도 그 저주받을 갑주로 인해 분노를 버리지 못했습니까? 신들께서 그것을 주었기 때문에 아르지브 군에게 얼마나 큰 화가 미쳤던가요.

우리 모두는 그대로 인한 슬픔을 누르지 못하였소. 아킬레우스의 생명과 똑같이 아까워하였지요. 제우스말고 누구를 탓하겠습니까? 신께서는 다나아 용사를 이상하게도 미워하여 그대의 운명까지도 망쳐 놓았소이다. 자, 장군이여. 이제 그만 노여움과 자만심을 버리시구려.」

저의 말에 그는 일언반구도 없이 죽어 사라진 다른 영혼들을 따라 에레보스로 가버렸습니다. 아무리 그가 노했더라도 저처럼 말을 했어야 했습니다. 그 뒤 제우스의 이름난 아들 미노스를 보았습니다. 그는 죽은 자들에게 황금 왕홀을 흔들며 심판을 내리고 있었습니다.

다음으로 저는 거대한 오리온이 아름다운 산에서 야생동물들을 수선화가 핀 꽃밭으로 데리고 가는 것을 보았습니다. 그의 손에는 결코 부러뜨릴 수 없는 청동으로 만든 곤봉이 들려 있었지요.

그 다음으로 가이아의 유명한 아들 티티오스를 만났습니다. 키가 9척이나 되는 그는 편평한 땅에 누워 있었습니다. 그런데 두 마리의 독수리가 양편에서 주둥이를 그의 몸 속에다 넣고 간을 쪼아먹고 있었는데도 그는 새를 쫓지 못했습니다. 제우스의 총애를 받는 부인 레토가 피토로 갈 때 폭행을 했기 때문입니다.

그리고 탄탈로스가 호수에서 무서운 시련을 겪는 것을 보았습니다. 그의 턱밑까지 물이 차 있었으나 물을 마시지 못하고 있었습니다. 왜냐하면 물을 마시려고 머리를 숙이기만 하면 물이 말끔히 없어져 발 밑엔 시커먼 땅만이 보이는 것이었습니다. 어떤 신이 그를 말려 버리는 모양이었습니다. 또한 열매가 주렁주렁 열린 과일을 따려고만 하면 바람이 불어 시커먼 구름 속으로 날려보내는 것이었습니다.

그 다음 저는 시시포스가 양손에 굉장히 큰 바위를 들고 서 있는 것을 보았습니다. 바위를 산꼭대기 위로 밀어 올리려고 몹시 애를 썼지만 산꼭대기에 거의 다 올라가면 무거워서 다시 굴러 평지로 되돌아오는 것이었습니다. 그리하여 다시 밀어 올리려고 온몸에 땀과 먼지가 범벅이 된 상태였습니다.

그리고 저는 거대한 헤라클레스를 보았습니다. 그는 영생의 신들과 더불어 즐기는가 하면, 제우스와 헤라 사이에서 태어난 아름다운 발목의 헤베를 아내로 맞았었습니다. 그를 에워싼 고인들의 불평이 마치 무섭게 몰려드는 갈가마귀떼 소리처럼 일었습니다. 그는 마치 침울한 밤처럼 활을 꺼내 금방이라도 쏠 것처럼 두리번거렸습니다. 가슴에는 이상한 것들, 곰이며 산돼지, 눈이 번쩍거리는 사자, 전쟁, 유혈, 살인 등을 새겨 넣은 황금 띠를 둘렀습니다. 이는 그것을 고안하여 만든 사람도 절대로 그것을 본떠 만들지 못하게 하려는 것이었습니다.

그는 저를 알아보고 한탄을 하며 처량한 소리로 말했습니다. 「오디세우스시여, 그대 또한 나처럼 이런 불행을 겪어 왔단 말이오? 나는 제우스의 아들이면서도 끝없는 고행을 겪었소이다. 나보다도 훨씬 아래인 인간에게 정복당해 항상 어려운 일만 하고 있다오. 한번은 그가 지옥의 개를 이리로 데려오라고 했소. 그래서 나는 하데스 궁으로부터 개를 끌고 와 그 앞에 대령해 놓았소.」

그 뒤로도 저는 혹시 이전에 작고한 영웅들의 혼백이나 오지 않을까 하여 잠시 머물러 있었습니다. 테세우스와 페리투스, 그리고 신들의 아들들도 만나 보고 싶었습니다. 하지만 갑자기 수만의 영혼들이 떼를 지어 이상한 고함을 지르며 몰려드는 것이었습니다. 행여 고귀한 페르세포네께서 하데스 궁으로부터 그 무서운 괴물 고르곤의 머리라도 보내지 않을까 더럭 겁이 났습니다. 그래서 저는 쏜살같이 배로 달려가 동료들에게 배에 오르라고 하고 닻줄을 감았습니다. 그리고 오케아노스 강을 따라 순풍이 부는 대로 그곳을 빠져나왔습니다.

세이렌족 · 스킬라 · 카리브디스의 공격을 받다

오디세우스 일행은 세이렌족과 스킬라, 그리고 카리브디스의 고난을 통과한다. 동료들이 신성모독을 범한 탓에 모두 죽고 오디세우스는 홀로 오기기아 섬에 다다라 여신 칼립소와 7년 간 동거한다.

우리는 오케아노스 강을 지나 너른 대양을 항해하여 키르케가 살고 있는 아이아이아 섬에 도착했습니다. 그곳에 도착하자마자 우리는 모두들 기슭으로 올라가 빛나는 새벽 신이 올 때까지 잠을 잤습니다. 그리고 새벽 신이 나타나자, 저는 동료들을 시켜 키르케의 집에서 죽은 엘페노르의 시체를 가져오도록 했습니다. 그러고는 굵은 나무들을 부지런히 벤 뒤 그의 시체와 갑옷을 불태운 다음 묻은 다음 무덤을 만들고 그 꼭대기에다 잘 만들어진 노를 꽂았습니다.

일을 마치자 키르케가 몸소 시녀들을 데리고 고기며 음식, 검붉은 포도주를 잔뜩 가지고 와서는 이렇게 말했습니다. 「분별없는 사람들이여, 살아서 하데스에 갔다 오다니, 다른 사람이 한 번 보는 죽음을 그대들은 두 번 보는구려. 자, 이리 와서 해가 질 때까지 술이나 드시오. 해가 뜨면 다시 떠나야 할 테니. 내 그대들이 어떠한 난관에 부닥치더라도 피해 없이 갈 수 있도록 길을 자세히 알려 드리겠소.」

그녀의 말에 우리의 완고한 마음도 어느 정도 사라졌습니다. 그래서 온종일 고기와 달콤한 술로 배를 채웠습니다. 그리고 서산에 황혼이 물들자 우리는 배 옆에 누웠습니다. 그러나 키르케는 동료들로부터 떨어지게 한 다음 제 옆에 누워 이렇게 말했습니다. 「이젠 만사가 끝났습니다. 그러니 내 말을 잘 듣고 그대로 행하시오. 그러면 신도 그대를 돌려 보내 줄 것이오. 먼저 세이렌족을 찾아가시오. 그곳에는 온통 사람들의 뼈가 산을 이루고 있소. 그들은 풀밭에 앉아 누가 오든지 고운 목소리로 유혹하는데, 누구든 세이렌족의 목소리를 들은 사람은 아내를 볼 생각도 아니하고 자식이 와도 기뻐하지 않소. 그러나 이곳을 통과하시되, 아무 소리도 들을 수 없도록 말랑말랑한 밀랍으로 동료들의 귀를 틀어막으시오. 만일 그대가 그 소리를 듣고 싶으면, 동료들로 하여금 그대의 사지를 배 돛대에 묶어 매게 하시오. 혹시 그대가 동료에게 끌러 달라고 하소연할수록 더욱더 매듭을 지어 잡아 매라고 이르시오. 그리고 배가 여기를 통과한 다음에는 두 길이 나올 것이오. 한쪽 길에는 툭 튀어나온 바위들이 있는데, 영광의 신들은 이곳을 '방랑하는 바위들' 이라고 부르오. 여기엔 푸른 눈의 암피트리테가 지키고 있어서 날짐승은 물론이요 제우스 아버지에게 음식을 나르는 비둘기조차 지나갈 수가 없소. 이 무서운 바위가 통행세로 그들 중에서 한 마리씩을 잡아가므로 제우스도 한 마리씩 더 보내고 있는 실정이오. 따라서 인간의 배가 이곳을 지나려면 무서운 파도에 휘말릴 것이오. 지금까지 오로지 통과한 배는 야손의 배 아르고 한 척뿐이었소. 그것도 아이에테스로부터 가는 길로, 야손을 사랑하는 헤라가 보내 주지 않았다면 불가능했을 거요. 다른 쪽 길에는 바위가 두 개 있는데, 하나는 뾰족한 끝이 하늘로 치솟아 검은 구름이 걷히는 날이 하루도 없소. 바위도 깎아 놓은 것처럼 반들반들하고 뾰족하기 때문에 설사 팔다리가 스무 개라 해도 기어오르거나 내려갈 수가 없소. 그리고 절벽 중간에 에레보스로 향하는 어두운 동굴이 있는데, 이곳이 그대가 배를 몰고 갈 곳이오. 이곳에는 바로 스킬라가 큰소리로 고함을 치며 살고 있는데, 그 목소리는 강아지 소리보다 작지만 아주 무서운 괴물이라 신들도 그녀를 바로 볼 수가 없소. 그녀는 다리가 열 둘이나 달려 있고 기다란 목이 여섯 개에 다 각각에는 소름끼치는 머리가 달려 있는데, 금방 물어뜯어 죽일 듯한 크고 촘촘히 박인 이가 석 줄씩 나 있소. 동굴 밖으로는 머리만 내놓고 고기를 잡아먹는데, 돌고래며 물개, 암피트리테가 기르는 수많은 물짐승들을 아무리 큰 것이라도 잽싸게 잡아먹고 있소. 그래서 제아무리 유능한 사공일지라도 이곳을 무사히 빠져나갈 수는 없소. 그러니 두 번째 바위를 잘 알아두시오. 앞의 것과 가까이 붙어 있지만 훨씬 나지막이 누워 있고 화살도 닿을 수 있는 거리요. 그 위에는 잎이 무성한 무화과나무가 있고, 그 밑으로는 성스런 바다의 괴물 카리브디스가 하루에 세 번 시커먼 물을 무섭게 뿜어냈다가 다시 그것을 빨아들이고 있소. 그녀가 물을 빨아들이고 있을 때에는 절대로 그곳에 가서는 안 되오. 지진의 신조차 그대를 그 재난으로부터 구해 줄 수 없기 때문이오. 그러니 재빨리 스킬라의 바위를 향해 배를 전속력으로 통과시키시오. 진실로 한꺼번에 전원을 희생시키는 것보다는 차라리 여섯 명의 동료를 잃는 편이 훨씬 나을 거요.」

「여신이시여, 원컨대 무서운 카리브디스를 피할 방법은 정말 없습니까? 그리고 동료들이 잡힐 경우 복수할 방법은 없는지요?」

「분별없는 분이여, 아직도 그대는 전쟁과 복수에 관심이 있으시오? 설마 불사의 신들에게까지도 순종치 않으려 하는 건 아니겠지요? 그녀는 속세의 인간이 아닌 무시무시한 감히 싸워 볼 수도 없는 불사의 신이오. 그리고 그녀와 대항하는 방법은 도주만이 최선이오. 만일 그대가 일전을 겨루고자 멈추어 선다면 그대뿐만 아니라 많은 동료들까지 잡아갈까 두렵소. 그러니 전속력을 내어 스킬라의 어머니, 인간에게 해악을 주는 그녀를 낳은 크라타이스를 계속 부르며 통과하시오. 그러면 그녀가 다음 장소로 가게 해줄 것이오. 그 다음에는 태양신의 수소들과 양들이 풀을 뜯고 있는 트리나크리아 섬에 도착하게 될 것이오. 여기에는 일곱 무리의 소떼와 각각 50마리씩의 양떼가 있는데, 이 가축들로부터는 새끼가 태어나지도 않고 결코 그것들은 죽지도 않소. 이 가축들의 목자는 여신들과 아름다운 머리의 님프들, 그리고 파이투사와 람페티에인데, 신성한 네아이라가 그들을 태양신 히페리온에게 낳아주었소. 네아이라는 그들을 낳아 기를 때, 그들을 멀리 트리나크리아 섬으로 보내 거기서 살게 한 것이오. 만일 그대가 귀국을 유념하여 이 가축들에게 손을 대지 않는다면, 이타카까지 갈 수 있을 것이오. 그러나 만약 그대가 가축들을 건드렸다가는 그대뿐만 아니라 동료들도 파멸에 빠지고 말 것이오. 설사 그대만은 빠져나올지 모르나 동료들을 모조리 잃고 무수한 고초 끝에 돌아가게 될 것이오.」

이윽고 새벽이 되자 여신은 섬으로 돌아갔습니다. 이윽고 저는 동료들을 깨우고 배에 오른 뒤 망망대해를 헤쳐 나갔습니다. 돛에 순풍이 불어왔는데, 이는 아름답게 머리를 땋은 키르케가 우리를 위해 보냈기 때문입니다.

순조로운 항해를 계속할 즈음 저는 마침내 동료들에게 고백했습니다. 「동지들이여, 신성한 여신 키르케가 나에게 한 예언을 말해 주겠소. 먼저 그녀는 불가사의한 세이렌족의 노래와 꽃동산을 피하라고 했소. 그리고 나 혼자만 그 소리를 들으라고 했소. 그러니 나를 돛대에 똑바로 묶어 밧줄로 조이도록 하시오. 만약 내가 풀어 달라고 애원하거든 더욱더 세게 결박을 지어 꼼짝 못하게 하시오.」

이렇게 저는 동료들에게 재삼 강조했습니다. 한편 우리의 훌륭한 배는 어느덧 세이렌족의 섬에 도착했습니다. 어느 신인가가 물결을 잠재워 바람 한 점 없이 고요했습니다. 동료들은 일어나 돛을 내려 배 안에 넣은 뒤 반듯한 전나무 노로 하얗게 물결을 헤쳐 나아갔습니다. 그리고 저는 예리한 칼을 꺼내 커다란 밀랍을 잘게 바수어 반죽을 한 뒤 히페리온의 아들 태양신의 빛을 받아 말랑말랑해질 때까지 놔두었습니다. 그리고 그것으로 동료들의 귀를 일일이 막고 그들은 저의 손과 발을 돛대에 밧줄로 묶었습니다. 우리는 전속력을 내어 세이렌족의 아름다운 노랫소리가 들리는 곳까지 갔습니다.

「자, 가까이 오시오. 아카이아의 위대한 영광인 오디세우스여, 배를 멈추고 우리의 노래를 들으시오. 그 누구도 우리의 꿀맛처럼 단 목소리를 듣기 전에는 이곳을 지나가지 않았소. 노래를 들으면 즐겁고 유익한 지식을 얻을 것이오. 신들이 고의로 행한 아르지브 군과 트로이 군이 겪은 전쟁뿐만 아니라 기름진 이 땅에서 장차 일어날 일도 알고 있다오.」

그들의 감미로운 유혹에 저는 동료들에게 눈살을 찌푸리며 풀어 달라고 애원하였습니다. 그러나 그들은 쉬지 않고 계속 노를 저으며 나아갔고, 페리메데스와 에우릴로코스는 더욱 세게 저를 묶고 졸라맸습니다. 마침내 충실한 저의 동료들은 더 이상 세이렌족의 노랫소리가 들리지 않는 거리에 와서야, 저를 묶은 밧줄을 풀어 주었습니다. 저도 동료들의 귀를 막은 밀랍을 꺼내 주었습니다.

한편 우리가 그 섬을 벗어나자마자 높은 파도가 포효하며 크게 일렁이는 것을 보았습니다. 그런데도 동료들은 그만 겁에 질려 노를 놓쳤고 배는 멈추어 버렸습니다. 그래서 저는 배를 왔다갔다하며 부드러운 목소리로 동료들의 용기를 북돋워 주었습니다. 「동지들이여, 우리가 이런 것쯤은 이겨 나가야 되지 않겠소. 키클로프스가 그 강력한 힘으로 우리를 동굴에 가두었을 때를 생각해 보시오. 그때도 우리는 지혜를 짜서 위기를 모면하였소. 자, 그러니 그대들은 자리에 앉아 노를 저어 가시오. 혹시 제우스께서 이 난관을 벗어나 죽음을 피할 길을 열어 주실지 누가 알겠소? 그리고 키잡이여, 그대는 배의 키를 잡는 만큼 물보라와 풍랑을 피하여 배가 방향을 잃고 소용돌이에 휘말리지 않게 하시오.」

　그러나 저는 그 피할 수 없는 위험, 스킬라에 대해서는 말하지 않았습니다. 이윽고 좁은 해협을 항해할 때 스킬라가 보였습니다. 또한 한편에서는 거대한 카리브디스가 땅의 검은 모래가 드러날 정도로 바다의 짠물을 무섭게 빨아들이고 있었습니다. 그리고 조수를 내뿜을 때마다 물보라가 절벽 꼭대기에서 떨어졌는데 마치 그 소리가 큰 불 위에다 걸어 놓은 큰 가마솥에서 끓는 소리처럼 온통 시끄러운 소리를 냈습니다. 우리는 그녀의 눈에 띠어 파멸당할까 봐 공포에 떨었습니다.

　한편 스킬라는 우묵한 배에서 가장 강력한 동료 여섯 명을 잡아채 갔습니다. 그들은 손발이 공중에 매달려 비명을 지르며 마지막으로 절규하듯 제 이름을 불렀습니다. 마치 낚시꾼이 뾰족한 바위에 앉아 낚싯밥을 끼운 긴 낚싯대를 바다 속에 던졌다가 낚아 올리면 고기가 버둥거리며 올라오듯이, 저의 동료들도 절벽 꼭대기를 향해 몸부림치며 올라갔습니다. 그리고 스킬라가 그들을 단번에 잡아먹자 그들은 제 쪽을 향해 팔을 벌리며 최후의 몸부림을 쳤습니다. 바다를 항해하며 이보다 더 참혹한 광경은 일찍이 본 적이 없었습니다.

　이러한 수난을 겪으며 우리는 바위와 무서운 카리브디스, 스킬라를 벗어났습니다. 그리고 곧 이마가 흰한 훌륭한 수소와 태양신 히페리온의 용감한 양떼가 있는 신의 섬에 도착했습니다. 저는 비록 바다 위 검은 배 안에 있었지만 소와 양떼의 울음소리를 들을 수 있었습니다. 예언자 티레시아스와 키르케는 지상의 낙원인 태양신의 섬을 피하라고 누차 경고한 바 있었습니다.

그래서 저는 슬픔을 억누르고 동료들에게 말했습니다. 「자, 곤경에 처해 있는 동지들이여, 내 티레시아스와 아이아이아의 키르케의 예언을 말하겠소. 그들은 지상의 낙원 태양신의 섬을 피하라고 누차 경고하였소. 피하지 않으면 아주 처참한 화가 닥친다고 말이오. 자, 그러니 속력을 높여 빨리 통과하도록 합시다.」

저의 말을 들은 그들은 그만 가슴이 철렁 내려앉는 모양이었습니다. 에우릴로코스가 곧바로 슬픈 목소리로 말했습니다. 「오디세우스여, 그대는 참으로 쇠로 만든 사람인가 보오. 피로와 슬픔에 지친 동료들을 육지에 발도 들여놓지 못하게 하다니! 우리는 바다가 아닌 섬에서 한끼라도 해결하고 싶소. 그런데도 그대는 망망대해에서 밤새도록 헤매라 하시는군요. 그러나 배의 파괴자인 강풍은 밤에 일어나는 법, 갑자기 신들의 뜻도 거역하며 배들을 파선시키는 무서운 남풍이나 거친 서풍이 몰아친다면 누가 감히 피할 수 있겠습니까? 아무튼 오늘은 배 옆에서 식사나 하고 아침이 되면 다시 바다로 향합시다.」

에우릴로코스가 이렇게 말하자 나머지 동료들도 한결같이 동의하였습니다. 그 순간 저는 어떤 신이 화를 획책하는 것을 깨닫고 재빨리 말했습니다. 「에우릴로코스여, 진실로 그대는 나 혼자만의 의견으로 몰아붙이는구려. 자, 여러분 생각이 그렇다면 모두들 나에게 굳은 맹세를 하시오. 누구를 막론하고 비록 소떼나 양떼가 눈에 띄더라도 절대로 손을 대지 않을 것이라는 걸 맹세하시오. 영생의 키르케가 준 고기만을 조용히 먹기로 말이오.」

그러자 그들은 제가 시키는 대로 맹세를 하였습니다. 그런 다음 그들은 아늑한 항구에 튼튼한 배를 정박시키고 나서 서둘러 저녁 준비를 했습니다. 그리고 음식과 술을 마음껏 먹은 뒤 스킬라에게 잡힌 그리운 동료들을 생각하고 실컷 울었습니다. 그리고 이내 잠에 곯아떨어졌습니다. 삼경에 이르자 제우스가 무시무시한 폭풍우를 일으켜 바다와 육지를 온통 구름으로 뒤덮었습니다.

장밋빛 손가락을 펼치며 새벽 신이 나타나자 우리는 배를 화려한 무도장이 있고 님프들이 자주 들르는 우묵한 동굴로 끌어올렸습니다. 그런 가운데도 저는 동료들에게 주의를 주었습니다. 「동지들이여, 아직도 배 안에는 음식과 마실 것이 남아 있으니, 이 소들에게는 손을 대지 말도록 합시다. 행여나 무슨 참변이 닥칠까 두렵소. 이 소들은 만사에 선견지명을 지니신 어마어마한 태양신께서 기르시는 용감한 짐승들이오.」

저의 주의를 그들도 받아들였습니다. 하지만 한 달 동안 끊임없이 남풍이 불어왔고, 다른 바람은 불지 않았습니다.

그들은 곡식과 술이 남아 있는 동안에는 소를 가까이 하지 않았습니다. 소와 생명을 맞바꿀 수는 없으니까요. 그러나 양식이 바닥을 드러내자 그들은 바늘 달린 낚싯대를 가지고 고기며 낚으며 먹을 것을 찾아 헤맸습니다. 한편 저는 고국으로 돌아가는 길을 알려 달라고 신들께 빌기 위해 동료들과 떨어져 바람 막힌 곳에서 정성껏 기도를 올렸습니다. 그러나 신들이 저에게 단잠을 퍼부어 주어 그만 잠이 들었습니다.

그 동안 에우릴로코스는 동료들에게 옳지 못한 책략을 꾀하고 있었습니다. 「곤궁에 처한 동지들이여, 잠시 내 말을 들어보시오. 어떻게 죽든지 간에 굶어서 황천으로 가는 것은 가장 처참한 죽음이오. 자, 태양신의 가장 살진 암소를 가져다가 불사의 신들께 제물로 올립시다. 그리고 우리가 다행히도 이타카의 그리운 고국으로 돌아가면 태양신 히페리온의 신전을 굉장하게 지은 뒤 근사한 제물을 마음껏 올리도록 합시다. 그러나 만일 뿔이 곧은 소를 건드렸다는 이유로 태양신이 노해 우리를 멸하고자 한다면, 망망대해를 밤낮으로 시달리다 죽느니보다는 차라리 출렁거리는 저 물결에 우리 생명을 던져 버리는 편이 나을 것이오.」

에우릴로코스가 이렇게 말하자 다른 동료들도 흔쾌히 동의했습니다. 그들은 가까운 곳에서 태양신의 가장 살진 소 한 마리를 잡아 왔습니다. 그리고 소를 둘러싸고 느티나무 잎을 따내면서 신들에게 축원을 올렸습니다. 이제 흰 보리도 남아 있지 않았기 때문입니다. 이렇게 축원을 올린 그들은 소의 목을 자른 뒤 가죽을 벗기고 넓적다리를 잘라 불 위에 얹었습니다. 제주도 없어 물로 대신하고 불 위에다 내장을 그슬렸습니다.

그제야 잠에서 깨어난 저는 해안의 배 있는 곳으로 향했습니다. 사방에서 살진 고기의 고소한 냄새가 코를 찔렀습니다. 저는 신음하면서 영생의 신들에게 절규하듯 항의했습니다. 「제우스 아버지와 영생을 누리는 신들이시여, 어찌하여 저에게 그토록 끝없는 잠을 내리셨나이까? 제가 없는 동안 동료들은 무서운 일을 저지르고 있나이다.」

한편 태양신 히페리온에게 긴 예복 차림의 람페티에가 찾아와 우리가 신의 소를 잡은 사실을 알렸습니다. 그러자 히페리온은 화가 치밀어 곧 영생의 신들에게 아뢰었습니다. '제우스 아버지와 영생의 신들 이시여, 청컨대 라에르테스의 아들 오디세우스의 무리에게 복수하게 하소서. 제가 하늘나라에 갈 때나 땅으로 내려올 때나 유일한 낙이었던 소를 무례하게도 잡았습니다. 만일 그들이 소의 대가를 충분히 지불치 않는다면, 저는 하데스 궁으로 가서 빛을 발하겠나이다.'

하늘을 지배하는 제우스께서 말씀하셨습니다. '오, 태양신아! 너는 불사의 신계와 백곡이 자라나는 인간 세계를 비칠지어다. 내 곧 그들의 빠른 배를 번쩍이는 번개로 쳐서 망망대해에 산산조각을 내리라.'

저는 이 사실을 아름다운 머리의 칼립소에게서 들었습니다. 제가 배로 돌아와 동료들을 말렸을 때에는, 소는 이미 죽어서 아무 소용이 없었습니다. 그때부터 신들은 우리에게 징조를 보여주었습니다. 가죽이 기어 돌아다니고, 고기는 익든 설든 꼬챙이에서 크게 울었습니다.

저의 신실한 동료들은 6일 동안이나 태양신의 살진 소를 잡아 향연을 베풀었습니다. 이윽고 7일째 되던 날, 파도가 잔잔해지자 우리는 곧 망망대해에 배를 띄우고 돛대를 세운 뒤 흰 돛을 올렸습니다.

우리가 섬을 떠난 뒤 오로지 하늘과 바다만이 보이는 곳에 이르렀을 때 크로노스의 아드님인 제우스가 우묵한 배 위로 먹장구름을 띄웠습니다. 갑자기 서풍이 무시무시한 태풍으로 돌변하며 돛대의 버팀줄 두 개가 끊어 놓으면서 돛대가 쓰러졌습니다. 마침 쓰러지던 돛대가 키잡이의 머리를 치는 바람에 정수리가 부서지면서 갑판에서 떨어져 수중고혼이 되는 등 배는 온통 아수라장이 되었습니다. 동시에 제우스께서는 천둥과 번개를 일으켜 배를 공격했습니다. 벼락을 맞은 배는 온통 유황 냄새를 풍기며 이리저리 흔들렸습니다. 동료들은 배에서 나가 떨어져 마치 갈매기처럼 거센 파도와 싸웠지만 결국 고혼이 되고 말았습니다.

드디어 큰 파도가 용골로부터 판자를 흘어 놓았고, 쇠가죽으로 만든 뒷버팀줄을 끊어 놓았습니다. 저는 용골과 돛대를 함께 묶은 뒤 그 위에 앉아 태풍을 견디었습니다.

그런데 무섭게 몰아치던 서풍이 잦아지는가 싶더니 갑자기 남풍이 불었습니다. 저는 다시 파괴적인 카리브디스에게로 가는가 싶어 괴로웠습니다. 마침내 밤새 표류하던 저는 날이 밝아서야 스킬라의 바위와 카리브디스가 있는 곳에 이르렀다는 걸 알았습니다. 카리브디스가 바닷물을 모조리 삼켜 버리자 저는 몸을 날려 무화과나무로 올라가 박쥐처럼 매달렸습니다. 그러나 자꾸 발이 미끄러져 나무로 기어오를 수가 없었습니다. 크고 거대한 그것은 카리브디스를 덮고 있었기 때문입니다.

저는 그녀가 다시 돛대와 용골을 토해 낼 때까지 매달려 있었습니다. 한참 만에 기다리던 것이 나왔습니다. 저녁 무렵, 비로소 돛대와 용골을 묶은 재목이 카리브디스 밖으로 나왔습니다. 저는 재목 한가운데로 뛰어내린 다음 손으로 저어 갔습니다. 불행 중 다행히도 인간과 신들의 아버지께서는 제가 스킬라를 더 이상 보지 않게 해 주셨습니다.

그렇게 9일을 견디니 신들께서 10일째 되던 날, 저를 오기기아 섬 근처로 인도했습니다. 거기에는 인간의 말을 하는 무서운 여신, 머리를 땋은 칼립소가 살고 있었습니다. 칼립소는 저를 맞아 친절히 대접해 주었습니다. 그리고 그곳에서 겪은 일들은 이미 말씀드린 바 있습니다. 이제 말씀드린 이야기를 되풀이하여 다시 한다는 것은 하는 이나 듣는 이나 별 재미가 없을 터이니 그만 마치겠습니다.

오디세우스, 이타카로 돌아오다

파이아키아 사람들의 도움을 받아 오디세우스는 마침내 고국 이타카로 돌아온다. 목자의 모습으로 변신해 나타난 여신 아테나가 그에게 장차 해야 할 일을 지시하고 늙은 거지로 변장시킨다.

오디세우스가 말을 마치자 좌중은 마치 마술에라도 걸린 것처럼 쥐 죽은 듯이 잠잠해졌다. 이윽고 알키누스가 입을 열었다. 「오디세우스여, 그대가 우리 땅에 발을 들여놓은 이상, 다시는 그런 고생은 하지 않을 것이오. 그리고 여러분에게 내 부탁할 것이 있소. 여러분께서 가져온 선물은 이미 번쩍거리는 금제의 정련된 상자 속에 넣어 놓았소. 자, 이제 손님에게 큰 솥과 큰 냄비를 드리도록 합시다.」

알키누스 왕의 말을 들은 사람들은 모두 기뻐하며 각자 집으로 돌아갔다. 그리고 새벽 신이 장밋빛 손가락을 펼치자, 다시 청동 솥을 가지고 서둘러 배로 왔다. 위대한 알키누스 왕도 친히 배까지 와서 선물을 긴 의자 밑에 넣어 주었다.

오디세우스는 눈부신 태양을 향해 머리를 돌렸다. 얼마나 기다렸던 귀국이던가! 마치 농부가 온종일 밭에서 일하고 노을지는 것을 몹시도 반가워하듯이 오디세우스는 일몰을 기다렸다.

이윽고 오디세우스는 알키누스 왕과 노의 명수인 파이아키아 사람들에게 말했다. 「만인의 가장 고귀한 왕이신 알키누스 왕이시여, 신주를 부어 나를 무사히 돌아가게 해 주소서. 나는 지금 너무나도 황송한 선물과 호송의 약속을 받았습니다. 왕이시여, 아무쪼록 만수무강하소서. 신이시여, 여기 계신 분들과 부인들, 자녀들에게도 기쁨을 내리시어 불행이 가까이 오지 않게 하소서!」

그의 말을 들은 그들은 하루라도 빨리 오디세우스를 호송할 것을 주장했다. 그러자 알키누스 왕이 시종에게 말했다. 「폰토누스여, 술을 걸러 여기 계신 모든 분들에게 따라라. 제우스 아버지께 기도를 올린 뒤 손님을 보내 드릴 것이다.」

폰토누스는 즉시 명을 받들어 달콤한 포도주를 차례로 권하였다. 그리고 그들은 앉은자리에서 하늘을 다스리는 영광의 신들에게 술을 부으며 기원을 했다. 당당한 오디세우스는 일어나 아레테에게 두 개의 손잡이가 달린 잔을 올리며 빠르게 말했다. 「왕비님이시여, 최후의 그날까지 만수무강하소서. 저는 이제 돌아가지만 아무쪼록 자제분들과 시민들, 알키누스 왕께 즐거움이 깃들게 하소서!」

마침내 오디세우스는 궁을 나섰다. 그러자 알키누스 왕은 시종을 보내 그를 배까지 호송하도록 했다. 또한 아레테는 훌륭한 망토와 튜닉,

커다란 상자, 그리고 빵과 붉은 포도주를 각각의 시녀에게 들려 보냈다. 호송의 책임을 맡은 장정들은 우묵한 배 갑판에 오디세우스가 선미에서 편히 잘 수 있도록 담요와 면을 깔았다. 오디세우스가 배에 올라 조용히 눕자, 사공들도 차례로 노를 잡으며 구멍 뚫린 돌에서 닻줄을 풀었다.

그들이 곧 노를 저어가자 오디세우스는 깊고도 곤한, 달디단 죽음에 가까운 꿈속으로 빠져들었다. 네 마리의 준마가 무서운 채찍을 맞으며 편평한 평야를 빠르게 달리듯이, 배는 넘실거리는 검푸른 물결을 세차게 밀며 앞으로 나아갔다. 마치 하늘을 잽싸게 맴도는 매조차 감히 따라가지 못할 속도였다. 오디세우스는 그 동안 겪어 온 모든 것들을 잊은 채 아주 평온하게 잠들어 있었다.

마침내 샛별이 떠오를 무렵 그들은 이타카의 한 항구에 도착했다. 옛 뱃사람의 이름을 딴 포르키스라는 곳이었다. 이곳에는 두 곳이 있는데, 항구를 향해 안쪽으로 비스듬히 경사를 이루고 있어서 닻줄을 내리지 않아도 배를 멈출 수 있었다. 또한 이 항구 어귀에는 물의 님프 나이아스가 쓰는 쾌적하고 그늘진 동굴이 있었는데, 주위로 올리브 나무가 우거져 있었다. 동굴 안에는 칵테일 잔과 두 개의 손잡이가 달린 항아리가 있었다. 또한 긴 돌로 만든 베틀에 앉아 님프들은 현란한 자색무늬의 옷감을 짰으며, 또한 항상 마르지 않는 우물과 벌집도 있었다. 그리고 인간이 드나들 수 있는 북향의 문과 신들만이 쓸 수 있는 불사신들만의 통로인 남향의 문이 있었다. 배는 이윽고 선체의 반쯤이 육지에 얹혔다. 그들은 우묵한 배에서 자고 있는 오디세우스를 들어올려 모래 위에 눕혔다. 그런 다음 위대한 아테나의 은총으로 파이아키아 귀족들이 보낸 선물들을 꺼내 길가에 쌓아 놓았다.

한편 오디세우스를 괴롭혀 오던 지진의 신이 불퉁거렸다. 「제우스시여, 저는 이제 불사의 신계에서도 위신을 잃었습니다. 인간들은 물론이요, 저의 족속인 파이아키아 사람들까지도 저를 우러러보지 않습니다. 그러나 제가 오디세우스에게 숱한 고난을 겪은 후에야 귀국시키겠다고 말한 것은 일찍이 당신께서 언약하시고 허락을 내리신 것입니다. 그런데도 이 사람들은 그가 자는 동안에 이타카 땅에 내려놓았습니다. 더욱이 황금과 청동, 금은 등 수많은 보화를 주면서 말입니다.」

이에 하늘을 다스리는 제우스가 말했다. 「자, 최대 권력을 지닌 지진의 신이여! 신들이 어찌 그대를 무시한단 말인가. 신들의 맏이요, 가장 훌륭한 그대를 멸시 운운한다는 것은 언어도단이로다. 만일 누구든지 자만에 이끌려 그대의 위신을 떨어뜨린다면, 그대가 손을 봐주리로다.」

「검은 구름의 신이시여, 저는 항상 당신을 존경하고 복종해 왔나이다. 그러나 곧 분부대로 저는 지금 파이아키아 사람들의 배를 공격하여 귀로를 막고 나그네를 호송하는 습관을 갖지 못하도록 거대한 산으로 그들의 도시를 덮어 버리겠나이다.」

「그대여, 그것이 최선의 방법일 것 같구나. 그러면 사람들이 배가 돌아오는 것을 바라볼 수 있게 될 때, 배를 돌로 변하게 하라. 그리고 그 도시를 거대한 산으로 덮어 버리라.」

이 말을 들은 포세이돈은 스케리아로 먼저 가서 배가 속력을 내어 가까이 다가오자 배를 돌로 변하게 만들었다. 그러고는 그곳을 떠났다.

그러자 유명한 뱃사람들, 긴 노를 젓는 파이아키아 사람들은 서로 쳐다보며 수군거렸다. 「오호라! 누가 고국으로 돌아오는 빠른 배를 해상에서 멈추게 했단 말인가?」

이러한 일이 왜 일어났는지 그들은 아무도 몰랐다. 그러자 알키누스가 일장 연설을 하기 시작했다. 「오, 참으로 선왕의 예언이 맞았도다. 우리가 손님들을 안전하게 호송하기 때문에 포세이돈이 시기를 하여 화려한 우리 배를 쳐부수고 우리 도시를 거대한 산으로 덮어 버리게 한다고 하시더니, 이제야 그날이 오고 말았도다. 자, 모두들 귀를 기울여 내 말을 들으시오. 이제부터는 우리 도시에 누가 오든 절대로 호송하지 맙시다. 그리고 포세이돈에게 열두 필의 황소를 제물로 올려 화를 풀어 봅시다. 혹시 그렇게 하면 감동하여 우리의 도시를 거대한 산으로 덮어 버리지 않을지도 모르니.」

왕의 말을 들은 그들은 모두 두려워하면서도 황소를 준비하는 데 서둘렀다. 그리고 제단에 둘러서서 포세이돈에게 기도를 올렸다.

한편 고국 땅에 도착한 오디세우스는 너무도 오랜만이라 그곳을 알아보지 못했다. 또한 제우스의 딸 아테나가 그의 주위에 안개를 깔아 놓았으므로 더욱 그랬다. 여신은 오디세우스가 우선 구혼자들을 다스리도록 그렇게 하였다. 그래서 길게 뻗은 길이며 바람 막힌 항구, 험한 바위, 꽃이 만발한 나무 등 모든 것이 이상하게만 보였다.

그는 벌떡 일어나 먼 바다를 바라보며 신음을 한 뒤 무릎을 치며 통탄했다. 「아아, 슬프도다! 나는 지금 어디에 와 있는가? 이 고장 사람들은 어떠한 사람들인가? 내가 가져온 이 보화를 어디에 둘 것인가? 차라리 다른 강대한 왕을 찾아갔더라면 나의 귀국을 도와주었을지도 모를 텐데, 이 물건들을 어디에다 두어야 할지 모르겠구나. 나를 양지 바른 이타카로 데려다 준다고 철석같이 약속을 해놓고 이행치 않다니, 파이아키아의 왕과 고관들은 고약한 인간들이로구나. 애원자의 신이시며 죄악을 벌하시는 제우스시여, 그들을 벌하소서! 자, 그러면 내 물건이나 조사해 보자. 혹시 그들이 돌아갈 때 배에 싣고 가지나 않았는지.」

그는 아름다운 큰 솥이며 냄비, 금, 화려한 의상들을 세어 보았으나 모두 그대로였다. 이윽고 그는 한숨을 쉬면서 슬픔에 젖어 파도치는 해안을 따라 거닐었다. 그때 그의 옆으로 젊은 목자의 모습을 한 아테나가 다가왔다. 그녀는 두 겹의 의상을 걸치고 샌들을 신었으며 손에는 창을 들고 있었는데 마치 왕자와 같이 고상했다.

그녀를 발견한 오디세우스는 달려가 반가워하며 재빠르게 말을 걸었다. 「친구여, 내 이 땅에 와서 처음으로 그대를 만났으니, 그저 악의 없이 맞아 주셨으면 고맙겠습니다. 자, 내 그대에게 무릎을 꿇고 바라오니 내 재산과 생명을 구해 주시오. 그리고 여기가 어디며 어떤 사람들이 살고 있는지 사실대로 말해 주면 고맙겠소이다. 이곳은 어떤 종족이 살고 있습니까?」

그러자 빛나는 눈의 여신 아테나가 입을 열었다. 「손님, 참으로 순진하십니다. 이 고장에 대해 물으시는 것을 보니 아주 먼 곳에서 오셨나 봅니다. 여기는 사람들에게 널리 알려진 곳이랍니다. 이곳에서는 곡식과 포도주가 많이 나고 사시사철 비가 내려 항상 깨끗한 이슬이 맺히지요. 온갖 산림이 울창해 소와 염소를 치기에 좋고, 곳곳에 마르지 않는 샘도 솟아나는 곳이지요. 손님께서도 아마 트로이에까지 퍼져 있는 이 타카의 명성을 들어 알고 있으리라 생각합니다.」

그녀의 말을 들은 오디세우스는 뛸 듯이 기뻐했다. 그래서 재빠르게 말을 돌려 마음속에 품은 생각을 이야기했다. 「이타카라면 바다 멀리 크레테 땅에서도 들은 적이 있소이다. 나는 이도메네우스의 사랑하는 아들인, 발이 빠른 오르틸로코스를 죽인 이래 그곳을 도망쳐 나왔지요. 그는 내가 온갖 풍파를 겪어내고 얻은 트로이의 전리품을 빼앗고자 했습니다. 왜냐하면 내가 트로이에서 그가 바라는 대로 그의 아버지를 호의적으로 대하지 않았기 때문입니다. 나는 동료 한 명과 함께 매복해 있다가 그를 청동 창으로 베어 버렸지요. 이렇게 그를 죽인 다음 나는 곧 오만한 포이니키아 사람들에게 내 전리품을 주면서 신성한 엘리스로 데려다 달라고 부탁했습니다. 그러나 뜻하지 않은 바람으로 인해 표류하다가 밤이 되어서야 이곳에 닿았습니다. 그러나 내가 피로한 나머지 쏟아지는 단잠을 억누르지 못하자 그들은 내 물건들을 내가 누워 있는 모래사장 옆에 부려놓았습니다. 그러고는 아름다운 포이니키아로 떠나 버리고 나는 가슴에 상처를 입은 채 혼자 남게 되었습니다.」

그의 말을 가만히 듣고 있던 아테나가 미소를 지으며 그를 어루만지더니 갑자기 눈부시게 아름다운 여인으로 변하여 빠르게 말했다. 「재주가 많으며 지략이 뛰어난 그대는 진심으로 그리워하던 고국에 와서도 그 익숙한 거짓말을 그만두지 못하는구려. 그러나 이제 그런 얘기는 그만두기로 합시다. 둘 다 허위에는 능란하니 말이오. 지혜와 책략으로 말할 것 같으면 그대는 인간 중에서 제일인자요, 나는 모든 신들 중에서 명성을 얻고 있는 터요. 그래, 그대는 제우스의 딸 아테나를 모른단 말이오. 항상 그대 곁에서 보호해 주고, 파이아키아의 모든 사람들로부터 사랑을 받게 한 것도 바로 나였소. 또한 지금도 나는 그대와 연극을 꾸미고, 파이아키아 사람들이 주었던 물건들을 감출 작정이오. 이제부터 마음을 굳게 먹으시오. 그대에게는 아직도 수많은 일들이 남았기 때문이오. 모든 남녀노소를 불문하고 그대가 돌아온 사실을 알리지 마시오. 오직 침묵으로 고통을 참고, 모든 사람들의 멸시를 감수하시오.」

「여신이시여, 지상의 인간으로서 제아무리 현명할지라도 갖은 변신을 꾀하시는 여신을 알아뵙기는 참으로 어렵습니다. 아카이아의 자손들로 태어나 트로이에서 전쟁을 하는 동안 여신께서 저에게 친절히 대해 주신 것을 모르는 자 없습니다. 그러나 우리가 프리암이라는 강대한 도시를 점령한 후 신께서 아카이아 사람들을 뿔뿔이 흩어 놓은 이래 당신을 뵈온 적이 없습니다. 저는 신들이 불운한 경지로부터 저를 건져 주시는 그날까지 천신만고 헤매고만 있었습니다. 파이아키아 사람들의 기름진 땅으로 당신께서 인도하시어 저를 위로해 주시던 그날까지도 고행은 계속되었습니다. 이제 당신의 아버님 이름을 빌려 간청하옵니다. 저는 양지 바른 이타카 땅에 왔다고는 생각할 수 없습니다. 그저 이국 땅에서 또다시 표류하고 있는데, 저를 농락하는 것만 같습니다. 제가 진정 그리운 고국 땅에 발을 들여놓은 것입니까?」

「공손하고 기지에 뛰어나며 굳은 의지를 가진 그대를 어찌 슬픔 속에 버려 둘 리가 있겠소. 누구든 방랑하다가 고국에 돌아오면 기꺼이 아내와 자식들을 보기 위해 서둘러 집으로 향하거늘, 그대는 아예 그들을 찾으려고도 물으려고도 하지 않는구려. 나는 그대가 동료를 모두 잃고서라도 고국에 돌아오리라는 사실을 알고 있었소. 그리고 사랑하는 아들을 눈멀게 하여 화가 난 포세이돈과 다툴 의사가 추호도 없다는 것도. 자, 이리로 오시오. 내 이타카의 지형을 보여주리다. 이곳은 포르키스 항구로, 위쪽으로는 올리브 나무가 있소. 그리고 바로 그 옆에 나이아스라 불리는 님프들이 사는 깨끗하고 그늘진 동굴이 있소. 이쪽을 보시오. 이곳은 그대가 항상 님프들에게 소 백 마리를 잡아 제를 올리던 곳이오. 그리고 여기는 바로 온통 숲으로 둘러싸인 네리톤이오.」

여신이 이렇게 말하고 안개를 거두자 사방이 확연하게 보였다. 그러자 오디세우스는 기쁨이 복받쳐 올라 고국 땅에 엎드려 입을 맞추었다. 그러고는 곧 님프에게 손을 들어 기도를 올리며 말했다. 「제우스의 따님이신 나이아스 님프들이여, 참으로 그대들을 다시 뵐 것이라 상상도 못했습니다. 하지만 이제 제 간절한 기도를 받아주소서. 만일 전리품을 운반하시는 제우스의 따님께서 제 삶과 제 사랑하는 자식을 지켜 주신다면 먼저 제 선물을 받아주소서.」

그의 말을 들은 아테나가 말했다. 「용기를 내시오. 우리 이 물건들을 저 신비한 동굴 으슥한 곳에 감추도록 합시다. 아마 안전할 것이오. 그리고 최선의 대책을 강구해 봅시다.」

그러고는 여신은 어두컴컴한 동굴로 가서 숨길 장소를 찾았고, 오디세우스는 금과 변치 않는 청동, 잘 만들어진 의상 등 파이아키아 사람들이 준 재물을 그곳으로 날랐다. 그리고 방패의 신인 아테나는 동굴 입구를 돌로 가렸다. 그런 다음 그들은 신성한 올리브 나무 옆에 앉아 교만한 구혼자들을 처치할 방법을 강구했다.

눈의 여신 아테나가 먼저 말했다. 「라에르테스의 아들이며 지략이 뛰어난 오디세우스여, 이 파렴치한 구혼자들에게 어떻게 손을 쓸 것인 가를 생각해 보오. 이들은 3년 동안이나 그대 궁에 군림하면서 신성한 부인에게 청혼하며 선물을 바쳐 왔소. 부인은 그들에게 희망을 주기도 하고 각자에게 약속을 하는가 하면서 전갈을 보내기도 했지만 그녀의 마음은 항상 그대에게 있었소.」

「진실로 여신께서 모든 것을 숨김없이 알려주시지 않았더라면, 저도 아가멤논이 당한 것처럼 제 집에서 참변을 당했을는지도 모릅니다. 자, 제가 그들에게 어떻게 복수를 해야 되는지 그 묘안을 알려 주십시오. 우리가 트로이의 왕관을 벗기던 그때와 같이 제 가슴속에 용기를 넣어 주소서. 저는 여신께서 제 옆에 서 계시기만 하다면, 300명이 덤벼든다 해도 두렵지 않습니다.」

「우리가 이 일에 착수하면 정녕 내 그대 곁을 떠나지 않으리다. 내 생 각건대 그대의 살림을 축낸 구혼자들 중 몇몇은 반드시 이 광대한 땅에 피와 해골을 뿌리게 될 것이오. 자, 내 그대를 아무도 모르게 변장시켜 놓겠소. 그대의 아름다운 피부를 주름지게 하고, 머리는 금발을 없애 며, 사람들이 보기만 해도 메스꺼워지는 누더기를 입혀 드리겠소. 또한 전에 그토록 아름다웠던 그대의 눈을 흉하게 만들어 구혼자들과 그대 의 아내, 그리고 아이조차 알아보지 못하게 하겠소. 그러면 우선 그대는 돼지를 키우는 양돈가에게로 가시오. 그는 그대뿐만 아니라 그대의 아들과 정숙한 페넬로페에게 충성을 다하고 있소. 그는 아레투사 샘터 라벤 바위 근처에서 돼지들에게 풀을 먹이고 있을 거요. 그곳으로 가서 모든 것들을 물어 보시오. 나는 아름다운 여인의 나라 스파르타로 가서 그대의 사랑하는 아들 텔레마코스를 불러오리다. 그는 지금 혹시 그대가 아직 살아 있을까 싶어 소식이라도 들을까 하여 라케다이몬에 있는 메넬라오스에게 가 있소.」

「아니, 어찌 모든 것을 알고 계시면서도 그애에게 말씀해 주지 않으셨습니까? 그애 역시 망망대해에서 표류하며 갖은 고난을 겪고, 집에선 그자들이 가산을 없애 버린다면 어떻게 한단 말입니까?」

빛나는 눈의 여신 아테나가 진정시켰다. 「텔레마코스 때문에 너무 애태우지 마시오. 내가 직접 그의 길을 인도하여 그곳에서 좋은 소식을 얻어오도록 하겠소. 지금 그는 아무 고생 없이 아트레우스의 아들 메넬라오스 궁에서 무사히 지내고 있소. 하지만 사실은 젊은이들이 검은 배에 매복한 채 그가 돌아오기만을 고대하며 죽이려고 벼르고 있소. 그렇지만 그렇게는 안 될 것이오. 자, 그대 재산을 축내는 자들을 혼내 줄 날도 멀지 않았소.」

아테나가 말을 마친 뒤 지팡이로 오디세우스를 건드리자 아름다운 피부는 온갖 주름이 잡혀 완전히 늙은이 피부로 변했고, 머리는 금발이 사라져 민둥했으며 그토록 아름답던 눈은 보기 흉하게 일그러졌다. 게다가 그녀는 먼지투성이에다 찢어져 너덜너덜한 튜닉을 그에게 입혔다. 그리고 재빠른 수사슴의 털 없는 가죽을 씌워 놓았다. 또한 그에게

지팡이를 주고 더럽고 해진 주머니를 띠에다 매달아 놓았다. 그러고
난 여신은 오디세우스의 아들을 데려오기 위해 라케다이몬으로 향했
다.

오디세우스, 에우마이오스를 만나다

여신의 지시에 따라 오디세우스는 양돈가 에우마이오스의 집을 방문한다. 그럴 듯한 거짓말로 자신의 정체를 감춘 오디세우스는 주인을 잃고 슬퍼하는 양돈가를 위로하며 용기를 북돋워준다.

오디세우스는 항구를 떠나 험하고 거친 산길을 더듬어 갔다. 아테나의 말에 따라 착한 양돈가를 찾아간 것이다. 오디세우스는 안뜰에 앉아 있는 양돈가 에우마이오스를 발견했다. 그는 오디세우스의 시종 중에서 가장 성심껏 살림을 관리했다.

안뜰은 매우 높고 앞이 확 트여서 멀리까지 내다보였다. 이곳은 양돈가 에우마이오스가 그의 주인이 떠나간 후 왕비와 늙은 라에르테스 몰래 손수 지은 것으로, 돌을 파내고 가시 많은 관목으로 덮어씌웠다. 그리고 뜰 밖으로는 참나무 말뚝을 촘촘히 박은 뒤 서로 바싹 붙여서 12개의 우리를 만들었다. 돼지우리 안에는 새끼를 밴 암돼지 50마리씩 넣어 놓았고, 수퇘지는 밖에다 내놓고 길렀는데 그 수는 훨씬 적었다. 교만한 구혼자들이 살진 것들만 골라 향연을 베풀었기 때문이다. 따라서 남아 있는 돼지는 전부 360마리밖에 되지 않았다. 그것들 옆에는 그가 키우는 야수 같은 네 마리의 개가 지키고 있었다.

오디세우스를 보자 갑자기 개들이 일제히 덤벼들면서 짖어댔다. 오디세우스는 지팡이를 땅에 떨어뜨리며 그 자리에 털썩 주저앉았다. 아마 양돈가가 급히 문 밖으로 달려나와 개를 쫓지 않았다면 하마터면 그곳에서 끔찍한 꼴을 당했을 것이다.

비로소 에우마이오스가 입을 열었다. 「노인장, 하마터면 큰일을 당할 뻔했습니다. 영명하신 주인 생각으로 슬픔에 잠긴 가운데에도 다른 사람들을 먹이기 위해 돼지를 치고 있습니다. 아마도 그분은 말도 통하지 않는 이국 땅을 헤매며 구걸하고 계실 텐데, 다행히 살아 계시어 저 햇빛이라도 보시면 좋으련만……. 자, 안으로 들어가셔서 음식을 드시지요. 그리고 어디서 오셨으며 어떤 풍파를 겪으셨는지 말씀해 주시지요.」

그러고는 두껍게 깐 나뭇잎 위에 침대로 사용하는 털 많은 산양 가죽을 널찍이 푹신하게 깔아 그를 앉혔다. 오디세우스는 그의 환대에 매우 기뻐하며 말했다. 「오, 제우스와 불멸의 모든 신들이시여, 그의 소원을 들어주소서. 그는 진심으로 저를 맞아 주었나이다!」

그러자 양돈가가 대답했다. 「노인장, 비록 당신보다 더 천한 사람이 올지라도 업신여겨서는 안 되지요. 나그네는 모두 제우스가 보살피시는 것 아닙니까? 저희 주인께서도 아가멤논의 복수를 하고자 트로이 전쟁에 참전했는데, 지금은 돌아가셨는지⋯⋯.」

그는 말을 마친 뒤 허리띠로 튜닉을 힘껏 졸라매더니 돼지우리로 향했다. 그리고 돼지 두 마리를 잡아다 그슬러서 잘게 썬 다음 꼬챙이에 꿰어 굽고 흰 보릿가루를 뿌렸다. 또한 그는 담쟁이덩굴로 만든 병에다 꿀처럼 단 포도주를 걸러서 내놓으며 그에게 권했다. 「노인장, 젖내 나는 돼지고기나마 사양치 마시고 드소서. 저 구혼자들은 인정사정없이 살진 돼지만 잡아먹는답니다. 비록 이방의 해안을 습격한 적일지라도 제우스께서는 전리품을 주시기 때문에 신의 분노를 두려워하지 않을 수 없을 텐데 이 사람들은 무슨 배짱으로 이렇게 오만 방자하게 구는지 모르겠습니다. 날이면 날마다 그들이 도살하는 돼지며 양, 염소가 몇 마리인지 모르겠습니다. 그 귀한 포도주도 마구 퍼마시고 있습니다. 실로 그분의 재산은 엄청나 검은 대륙이나 이타카를 통틀어도 따를 자가 없지요. 어림잡아 보면, 대륙에 암소 무리와 양떼가 열둘, 돼지떼와 염소떼 등이 그 정도인데, 구혼자들은 날마다 한 마리씩 가장 살진 놈으로 갖다 바치라고 하지요. 저 역시 가장 나은 놈을 골라 꼬박꼬박 갖다 바치고 있답니다.」

오디세우스는 고기를 먹고 술을 마시며 그의 말을 묵묵히 들었다. 그러는 중에도 속으로는 증오의 씨를 키우고 있었다. 또한 에우마이오스가 큰 술잔에 포도주를 가득 채워 건네자 오디세우스는 유쾌히 받아 들며 말했다.

「마음이 따뜻한 이여, 그처럼 많은 재산과 권력을 가진 그대의 주인이 도대체 누구입니까? 아가멤논의 복수를 하려고 떠나셨다고 했는데,

누군지 말해 주시오. 나는 멀리 유랑하고 다녔으므로 혹시 내가 알고 있는 분일지도 모르잖소?」

그러자 양돈가가 말했다. 「노인장, 이 고장으로 그분의 소식을 가져오는 유랑자는 많았지만, 아직 그분의 부인이나 사랑하는 아드님의 신임을 얻지는 못했답니다. 유랑자들은 그저 잠이나 자고 허무맹랑한 소리나 늘어놓지요. 그러나 왕비께서 마다하지 않으시고 친절히 대접하시는 까닭은 객지에 남편을 보냈기 때문이지요. 아마 노인장 역시 입을 의복을 주기만 하면 있는 말 없는 말 잘도 꾸며내실 겁니다. 하지만 그분은 이미 혼백만 남아 유족이나 나에게 근심걱정만 남기셨습니다. 내가 어느 고장을 가본들 그분과 같이 점잖은 분을 다시 또 만나 뵐 수 있겠습니까. 비록 나를 낳아서 기른 부모를 다시 찾아간다 해도 그렇지는 못할 것이외다. 제가 부모보다 더욱 그리워하는 그분은 바로 오디세우스 왕이십니다. 노인장이여, 저 같은 미천한 자는 그분의 이름을 입에 올리기조차 황송한 일이지요.」

「마음이 착한 이여, 그대가 그렇게 말하니 나도 경솔히 말하지는 않겠소. 그러나 내 맹세코 오디세우스는 돌아오십니다. 그분께서 틀림없이 돌아오는 날에는 나에게 꼭 사례를 하셔야 하오. 망토와 튜닉 등 좋은 의복을 주시오. 하지만 그 전에는 내 아무리 궁해도 받지 않으리다. 기갈에 쫓겨 거짓말을 하는 자는 지옥에 떨어지기 때문이오. 자, 모든 신들 중에서 으뜸이신 제우스께 맹세하지요. 묵은 달이 가고 새 달이 올 때 그분은 틀림없이 돌아오실 것이오. 오셔서 그분의 아내와 명예로운 아들을 괴롭힌 자들을 하나도 빠짐없이 복수하게 될 것이오.」

그의 장담에 양돈가가 대답했다. 「노인장, 나는 그런 좋은 소식에 사례를 할 수 있는 사람도 못 되지만, 오디세우스께서는 절대로 돌아오지 못하십니다. 그러니 조용히 마시면서 다른 얘기를 하시지요. 위대하신 오디세우스 왕만 생각하면 내 심장은 찢어질 듯 아프다오. 페넬로페 왕비께서 밤낮으로 기다리시며, 늙으신 라에르테스님과 착하신 텔레마코스 왕자님이 원하는 것에 비하면, 당신의 맹세는 그리 대수로운 일이 못 됩니다. 지금 나는 텔레마코스 왕자님의 일로 매우 슬프답니다. 저는 왕자님이 그의 부친 못지 않게 두각을 나타내리라 생각했지요. 그런데 신의 짓인지 인간의 짓인지 그의 예지력을 망쳐 놓아 찾지도 못하는 아버지의 행방을 찾아 필로스로 갔습니다. 그리고 지금 무례한 구혼자들이 그의 귀향을 기다리며 신과 같은 아르케시오스(오디세우스의 조부)의 혈족을 하나도 남김없이 없애려 하지요. 그건 그렇고, 노인장이여, 당신이 겪은 고난이나 말해 보시오. 당신은 누구의 자손이며 가족은 누구요? 당신이 살던 도시는 어디인데 이곳까지 오셨소?」

현명한 오디세우스가 대답했다. 「자, 내 솔직히 모든 것을 말하리다. 그러나 내가 겪은 고초를 다 얘기하자면 1년은 넘게 걸릴 것이오.」

오디세우스는 자신의 얘기를 꾸며 말하기 시작했다.

나는 광활한 크레테의 한 부잣집 아들로 태어났습니다. 그리고 여러 형제가 있었는데, 나를 제외하고는 모두 조강지처의 떳떳한 자식들이었지요. 나는 힐락스의 아들 카스토르의 피를 받았습니다. 그분은 서

자인 나에게도 다른 형제들과 동등하게 대해 주셨지요. 당시 아버지는 크레테족으로부터 신과 같은 숭배를 받았습니다. 하지만 그분이 죽음의 운명을 맞자, 거만한 그의 아들들은 재산을 분배하고자 제비를 뽑았습니다. 나는 가장 작은 몫으로 집을 한 채 물려받아 너른 토지를 소유한 지주의 딸과 결혼했지요. 아마 건강한 체격과 전쟁을 두려워하지 않는 내 용기를 보고 딸을 준 모양입니다. 그때는 정말로 정예의 복병을 뽑게 되면 언제나 선두에 서게 되었고, 강철같은 내 정신은 어떠한 죽음도 두려워하지 않았습니다. 나는 최전선에 나서서 어느 놈이고 잡히기만 하면 가차없이 베었습니다. 그래서 아카이아 사람들이 트로이에 도착하기 전에 아홉 번이나 함대와 병사들의 지휘자로서 타국을 정벌하여 많은 재산을 노획했습니다. 전리품 중에서도 갖고 싶은 것만 골라 갖는데도 수없이 많았지요. 그리하여 나는 크레테 사람들로부터 존경을 받게 되었습니다. 그러나 전지전능하신 제우스께서 나에게 일리움으로 배를 인도하라고 하셨습니다. 거기서 나는 9년 동안 전쟁을 했으며 10년째 되던 해에 겨우 프리암 시를 점령하고 귀국의 길에 올랐습니다. 그런데 전능하신 제우스께서 나에게 가혹한 운명을 지워 주셨습니다. 겨우 한 달 동안 나는 아이들과 아내, 그리고 재산에 대한 기쁨을 맛본 것입니다. 그리고 그 후 계속 배 위에서만 살았지요.

나는 용감한 동료들과 함께 이집트로 항해하고자 했습니다. 9척의 배가 준비되자 갑자기 힘이 솟구친 나는 6일 동안 충실한 동료들과 함께 향연을 베풀고 많은 제물을 준비하여 신에게 바쳤습니다. 그리고 7일째 되던 날, 우리는 온화한 북풍에 돛을 달고 크레테 평야를 출항하여 아무런 피해 없이 무사히 갈 수 있었습니다. 이리하여 5일 후에 아름답게 물이 흐르는 이집트에 이르렀습니다. 그리고 나는 동료들에게 배를 지키게 하고 전망 좋은 곳을 찾아보라고 염탐꾼을 보냈습니다. 그랬더니 그들은 자만에 차서 순식간에 이집트 사람들을 죽이고 부인들과 어린아이들을 내몬 뒤 곡식을 결딴냈습니다. 그러자 이집트 왕이 보병과 기마병 등을 대동하고 나타났습니다. 게다가 천둥의 신 제우스께서 동료들에게 불길한 공포감을 조성하여 감히 그들을 대적하지 못하도록 했지요. 그들은 날카로운 칼을 휘둘러 우리의 많은 용사들을 베거나 아니면 생존자들을 끌고 가서 노역을 시켰습니다.

그때 나는 차라리 그곳에서 죽었으면 하고 바랐습니다. 왜냐하면 계속해서 고통이 닥쳐왔기 때문입니다. 나는 곧 튼튼한 투구를 벗고 방패와 창을 내던지고 왕의 전차로 달려가 무릎에 입을 맞추었습니다. 왕은 그러한 내가 불쌍했는지 전차에 태웠습니다. 그러나 아직도 많은 무사들은 나를 찌르고자 호시탐탐 노리고 있었습니다. 그러나 왕은 길손을 보호하는 제우스의 분노를 두려워한 나머지 그들을 타일렀습니다. 그리하여 나는 그곳에서 7년 동안 살면서 많은 재물을 그러모았습니다. 그러나 8년째 되던 해, 행악을 일삼는 포이니키아 사람이 왔습니다. 그는 아주 욕심이 많은 사람으로 이미 많은 사람들에게 비행을 저지른 자였습니다. 그가 교묘한 수단으로 나를 포이니키아까지 끌고 가 그곳에서 1년 동안 살았습니다.

해가 바뀌자, 그는 나를 짐과 함께 호송하는 척하면서 리비아로 가는 배에 태웠습니다. 그의 속셈은 리비아에다 나를 팔아 막대한 돈을 챙

기려는 것이었습니다. 나는 그와 함께 강제로 배에 올랐으나 왠지 불길한 느낌이 들었습니다. 배는 북풍을 받아 잔잔한 물결을 헤쳐 나가며 크레테로 향했지만, 제우스께서 뇌성벽력을 내리치시니, 배는 온통 유황 연기로 가득했습니다. 모두들 난파된 배를 잡고 갈매기처럼 여기저기서 퍼덕였습니다. 마침내 제우스께서는 나로 하여금 검은 배의 돛대를 잡게 하여 천만다행으로 위험에서 벗어날 수 있었습니다. 나는 돛대를 잡고 간신히 무서운 바람을 견뎌냈습니다. 이렇게 9일을 견디다가 10일째 되던 밤, 나는 테스프로티아 땅에 다다랐습니다. 그곳 테스프로티아의 왕자가 나를 구해 준 것입니다. 그는 난파된 배를 움켜잡느라 정신을 잃은 나를 직접 건져 올려 왕궁까지 데리고 간 것이지요. 그리고 그는 내게 망토와 튜닉 등을 입혀 주었습니다.

이곳에서 나는 오디세우스의 소식을 들었습니다. 왕은 오디세우스를 맞아 귀국 길에 오르게 해 주었다고 하며, 그가 가져왔다는 청동이며 금, 정제한 철 등 많은 재화를 보여주었습니다. 그것들을 왕실에 쌓아 놓았는데, 어찌나 많은지 아마 10대손까지는 부유하게 누릴 수 있겠더군요. 왕은 오디세우스께서 고국 이타카로 바로 돌아가야 할 것인지, 아니면 몰래 돌아가야 할 것인지, 제우스의 계시를 들으러 잎이 무성한 참나무 숲으로 떠났다고 했습니다. 더욱이 왕은 내 앞에서 몸소 제주를 올리면서, 그 부하로 하여금 오디세우스를 고국에 직접 호송하도록 준비시켜 왔다고 했습니다. 그러나 나는 오디세우스를 보기 전에 그곳을 떠나야 했습니다. 테스프로티아의 배가 곡창지대인 둘리키온으로 떠나기 때문이었습니다. 왕은 그들에게 성의를 다해 나를 아카스토스 왕에게 안내하라고 일렀습니다. 그러나 그들의 마음속에는 사악한 생각으로 꽉 차 나를 노예로 팔 궁리를 했습니다. 그들은 내 튜닉과 망토 등을 벗기는 대신 지금 입고 있는 이 찢어진 누더기를 입혔습니다. 그리고 저녁 무렵 이곳에 다다른 그들은 나를 결박해 놓고 저녁을 먹으러 갔습니다. 그러나 신들이 내 결박을 풀어 주어 나는 누더기를 머리에 뒤집어쓴 채 잎이 무성한 숲속으로 들어가 몸을 웅크리고 누웠습니다. 그때 저녁을 먹고 돌아온 그들은 나를 찾을 수가 없자 그대로 우묵한 배를 타고 돌아갔습니다. 나는 신들의 도움으로 그곳을 벗어났고 착하신 그대의 농장까지 온 걸 보면 아직도 살 운명인가 봅니다.

오디세우스의 말을 가만히 듣고 있던 에우마이오스가 말을 이었다. 「오, 참으로 불운한 손님이시여, 당신이 겪은 고난의 이야기를 듣고 보니 나 역시 가슴이 뭉클해지는군요. 그러나 오디세우스에 관한 얘기는 전혀 감명을 주지 못했습니다. 당신 같은 처지에 놓인 사람이 왜 쓸데 없이 거짓말을 하시는지요? 나도 우리 주인이 모든 신들의 미움을 받아 온 것은 알고 있답니다. 물론 트로이 적진에서 죽은 것도 아니요, 전우의 품안에서 최후를 마친 것도 아니라는 것도요. 그랬다면 모든 아카이아 군들이 묘지를 마련했을 뿐만 아니라 그 아들은 굉장한 영광을 얻었겠지요. 그러나 불운하여 파도에 휩쓸려 불귀의 객이 된 것입니다. 나는 이곳에서 살면서 정숙한 페넬로페께서 부르시지 않는 한, 결코 도성에는 가지 않지요. 모두들 소식을 가져온 사람에게 자세히 캐물으면서 어떤 사람은 멀리 떠난 왕을 기억하며 슬퍼하고, 또 어떤 사람은 그 댁의 음식을 먹어치우지요. 그러나 나는 한 아이톨리아인의 애기에 속은 다음부터는 더 이상 묻지 않습니다. 그는 친구를 살해한 자로 여기저기 헤매다가 내 집에 왔습니다. 내가 친절히 대접하자 그는 크레테에서 그분이 이도메네우스와 함께 폭풍에 파손된 배를 고치고 있는 것을 보았다고 말했습니다. 그리고 그는 그분이 여름 아니면 추수할 때에 용감한 동료들과 많은 재화를 싣고 오실 거라고 말했습니다. 아, 노인이여! 위안의 말을 하지 마십시오. 그런다고 내가 당신을 존경하거나 친절을 베풀지는 않을 테니 말입니다. 단지 나그네의 신이신 제우스를 존경하는 마음과 당신이 너무나 딱해 돕는 것뿐이오.」

오디세우스가 다시 말했다. 「그대는 참으로 의심이 많구려. 그러면 우리 올림포스를 다스리는 신을 중인으로 삼아 맹세합시다. 만일 그대 주인이 돌아오신다면 나에게 망토와 튜닉 등 의복을 주어 둘리키온으로 가게 해 주시고, 주인이 오시지 않는다면 그대 큰 바위 위에서 나를 아래로 떠밀어 다른 거지들이 다시는 속이지 못하도록 하시지요.」

그의 말에 착한 양돈가의 마음이 동해 말했다. 「노인장, 만일 당신을 내 집의 손님으로서 대접하고, 다시 당신의 생명을 빼앗는 것이 영원히 영예와 행복을 누리는 길이라면 내 그렇게 하리라. 그러나 지금은 저녁을 먹을 시간입니다. 곧 내 동료들과 함께 집에서 맛있게 식사하신 뒤 확인해도 늦지 않습니다.」

이윽고 양돈가들이 돼지를 몰고 들어왔다. 돼지를 우리에 몰아넣자, 여기저기서 꿀꿀거리는 소리가 들려왔다. 그러자 착한 양돈가가 그의 동료들에게 말했다. 「가장 살진 돼지를 잡아 먼 곳에서 오신 손님을 대접합시다. 또한 우리도 돼지를 치느라 고생을 했으니 마음놓고 한번 먹어 봅시다. 누구는 동전 한푼 내지 않고 남의 피땀어린 결실을 집어 삼키고 있지 않소.」

그가 청동 도끼로 장작을 쪼개자 다른 사람들이 5년 된 아주 살진 수퇘지를 잡아다가 불 옆에 놓았다. 양돈가는 먼저 송곳니가 번쩍이는 수퇘지의 머리털을 잘라 불에 태우고, 오디세우스의 귀국을 모든 신들에게 빌었다. 그런 다음 똑바로 서서 참나무 몽둥이로 돼지를 쳤다. 그러자 다른 사람들이 나서서 목을 자르고 털을 그을렸다. 양돈가는 팔다리에서 날고기를 발라내어 장작 위에 올려놓고 보릿가루를 뿌려 불에 굽는가 하면 나머지는 잘게 썰어 꼬챙이에 꿰어 잘 구운 다음 쟁반에 담았다. 그런 다음 익숙하게 손을 놀려 일곱 몫으로 나누었다. 하나는 님프들과 마이아의 아들 헤르메스에게 기도를 올릴 때 놓고 나머지는 각각 분배했다. 오디세우스에게는 존경하는 의미에서 넙적한 등심살을 올려놓았다.

그러자 지략이 뛰어난 오디세우스가 입을 열었다. 「에우마이오스여, 이렇게 나 같은 사람을 후대하시는 걸 보니 나그네에게나 제우스에게나 참으로 정성이십니다.」

「드시오, 불운하신 노인장이여. 약소하지만 많이 드십시오. 물질의 부와 가난은 모두 신께 달려 있으니, 어찌 미천한 우리가 그분의 의도를 헤아리겠습니까?」

그는 말을 마치고 영생의 신들에게 가장 좋은 부위를 구워 올린 뒤, 거품이 나는 포도주를 오디세우스에게 권한 다음 자리에 앉았다. 그들은 유쾌히 식사를 한 뒤 자기 처소로 쉬러 갔다.

　무서운 북풍이 몰아치면서 밤새도록 비가 내렸다. 오디세우스는 이 양돈가가 과연 자신의 외투를 주는지, 아니면 다른 동료의 것을 주는지 시험하고 싶었다. 「자, 에우마이오스와 여러분, 잠깐 내 말을 들으소서. 감히 술의 힘을 빌려 말하겠습니다. 술이란 아주 엄숙한 사람조차도 노래하게 하고 춤추게 하며 또 하지 않아도 될 말까지 하게 하지요. 아무튼 내 조금도 숨기지 않고 말하리다. 아, 우리가 복병을 정렬하여 트로이 시로 잠입해 들어갈 때처럼 내가 젊고 기운이 팔팔하면 좋으련만! 나는 오디세우스와 아트레우스의 아들 메넬라오스에 이어 세 번째 서열이었습니다. 우리가 도시 성벽 근처에 이르러 풀밭이며 습지에 엎드려 있을 때였습니다. 살을 에는 듯한 북풍이 몰아치면서 하늘에서는 찬 눈이 내리고 방패 주위로는 얼음이 주렁주렁 매달렸습니다. 외투와 튜닉을 입고 있던 다른 사람들은 편안히 잘 수 있었습니다. 그러나 나는 어리석게도 외투를 벗어 놓은 채 방패와 화려한 가죽 무릎덮개만 가지고 갔습니다. 삼경이 되어 별들도 숨었을 때, 나는 바로 옆에 있는 오디세우스에게 말했습니다. '라에르테스 아드님이시며 지략이 뛰어난 오디세우스시여, 외투가 없고 보니 정말 못 견디겠습니다. 신께서 튜닉만 입도록 꾀어 넘어간 것입니다.' 그러자 그분은 무슨 생각을 하셨는지 조용히 말씀하셨습니다. '쉿! 다른 사람들이 듣지 않도록 조용히 하시오.' 그러고는 조금 큰 목소리로 말했습니다. '자, 동지들! 이곳은 배에서 너무 멀리 떨어진 곳이오. 그래서 말인데 배에 있는 아가멤논에게 증원 부대를 보내 달라고 했으면 좋겠소.' 그러자 안드라이몬의 아들 토아스가 얼른 일어나더니 자줏빛 외투를 벗어 던지며 배로 달려가더군요. 그리하여 나는 그 옷을 기꺼이 입고 잠이 들었습니다. 아, 그때처럼 내가 젊고 기운이 팔팔했으면! 그렇다면 양돈가의 한 사람이 우정으로서나 훌륭한 전사에 대한 예의에서라도 내게 외투를 줄 텐데. 그러나 내 이처럼 남루한 의복을 입었기 때문에 모두들 비웃는단 말이오.」

그러자 에우마이오스가 말했다. 「노인이시여, 말씀 잘 들었습니다. 지금 말씀이 조금도 귀에 거슬리거나 유익하지 않은 것은 아닙니다. 오늘밤은 필요하신 게 있다면 옷이든 무엇이든 조금도 부족함 없이 드리지요. 그러나 내일 아침에는 전에 입고 오셨던 것을 다시 입고 가셔야 됩니다. 우리도 한 벌씩밖에는 여벌이 없기 때문입니다. 하지만 오디세우스의 아드님만 오시면 외투와 튜닉뿐만 아니라, 또한 가시고 싶은 곳으로 보내 드릴 것입니다.」

그는 이렇게 말하고 불 옆에다 오디세우스를 위해 침대를 놓고 그 위에다 양가죽을 깔았다. 오디세우스가 눕자 에우마이오스는 두툼하고 커다란 외투를 덮어 주었다. 이것은 아주 지독한 폭풍이 불 때면 바꾸어 덮고자 항상 자기 옆에 놓아두었던 것이었다.

이윽고 오디세우스는 잠이 들었고 젊은이들도 잠이 들었다. 그러나 양돈가는 돼지를 떠나 그곳에서 누워 자는 것이 내키지 않았으므로 예리한 창을 들고 우묵한 바위 밑, 송곳니가 번쩍거리는 돼지우리로 가서 누웠다. 오디세우스는 주인이 없는 동안에도 그토록 정성껏 관리하는데 대해 내심 기뻐했다.

텔레마코스, 귀향하다

여신 아테나는 텔레마코스를 부추겨 집으로 돌려보낸다. 라케다이몬의 메넬라오스로부터 많은 선물을 받고 이타카에 도착한 텔레마코스는 여신 이 뜻한 대로 양돈가 에우마이오스를 찾아간다.

빛나는 눈의 여신 아테나는 광대한 라케다이몬으로 가서 텔레마코 스가 귀향을 결심할 수 있도록 향수를 불러일으켰다. 메넬라오스 궁 주랑에서는 네스토르의 영광된 아들과 텔레마코스가 잠들어 있었다. 네스토르의 아들은 깊이 잠이 들었지만 텔레마코스는 오매불망 아버 지에 대한 생각에 잠을 이룰 수가 없었다.

아테나가 가까이 다가와 말했다. 「텔레마코스여, 집이 교만한 무리 들로 들끓는데, 이렇게 오래 나와 있는 것은 당치 않은 일이오. 그들이 그대의 재산을 전부 탕진해 버릴지도 모르니, 쓸데없이 여행만 계속할 필요는 없소이다. 자, 이제 집으로 돌아가 어머니를 만나도록 하시오.

이미 외할아버지와 어머니의 형제들이 어머니를 에우리마코스와 결혼시키겠다고 하고 있소. 에우리마코스는 사실 다른 구혼자들 중에서 가장 나은 인물이오. 그러나 어머니로 하여금 재산을 가져가게 하지 마시오. 여자의 마음이 어떤 것인지는 그대도 잘 알 것이오. 그래서 죽은 남편이나 전자식에 대해서는 전혀 생각지도 않을 뿐만 아니라 입에 담지도 않는 법이오. 그러니 그대가 가장 신임할 만한 시녀에게 모든 재산을 관리시키고, 신이 그대에게 훌륭한 신부를 보내는 날까지 기다리시오. 또 하나 말씀드릴 것은 구혼자들 중에서 가장 힘센 자들이 험한 사메와 이타카 사이의 해협에서 그대를 암살할 목적으로 숨어 기다리고 있소. 물론 나는 그것이 이루어지리라고는 생각지 않소. 머지않아 대지는 그대 가산을 탕진한 구혼자 몇 명을 집어삼킬 것이오. 그때까지 그대는 튼튼한 배로 밤낮을 가리지 말고 항해를 계속하시오. 그러면 그대를 지켜온 신이 순풍을 보내 줄 것이오. 그리하여 이타카 해안 가까이 도착하면 배와 동료들만 성으로 보내고 그대는 돼지를 돌보고 있는 양돈가를 찾아가서 그날 밤을 보내시오. 그리고 그대의 어머니, 정숙한 페넬로페에게 그대가 무사히 귀국했다는 소식을 알리도록 하시오.」

여신은 말을 마치고 높은 올림포스로 떠났다. 텔레마코스는 네스토르의 아들을 발로 슬쩍 건드려 깨운 뒤 말했다. 「일어나시오, 페이시스트라토스여. 우리 서둘러 길을 떠나도록 합시다.」

그러자 페이시스트라토스가 말했다. 「텔레마코스여, 이 캄캄한 밤중에 어디를 간단 말입니까? 곧 날이 밝을 것이니, 메넬라오스 왕께서 선물을 수레에 실으며 흔쾌히 보내 줄 때까지 기다립시다. 손님이란 자기에게 친절을 베풀어 준 사람을 일생 동안 잊지 못하는 법이니까요.」

이윽고 금관을 쓴 새벽 신이 손가락을 펼치며 나타났다. 그러자 머리를 땋은 헬레나 옆에서 자던 메넬라오스 왕이 일어나 그 앞에 나타났다.

텔레마코스는 서둘러 화려한 튜닉을 입고 커다란 외투를 걸친 다음 얼른 메넬라오스 옆에 섰다. 「백성들의 지도자이신 메넬라오스여, 저를 고국으로 돌아가게 해 주소서. 고국이 몹시 그립습니다.」

「텔레마코스여, 그대 뜻이 정 그렇다면 내 그대를 잡지는 않겠소. 아무리 주인이라 해도 손님을 좌지우지할 수는 없는 법이오. 떠나고 싶지 않은 사람을 보낸다거나 가고 싶은 사람을 붙잡아 두는 것은 모두 사리에 어긋난 일이오. 하지만 내 곧 선물을 마련할 때까지만 기다려 주시오. 그리고 시녀에게 성찬을 짓도록 일러 놓았으니, 그대 출발하기 전에 들고 가신다면 더욱 영광이겠소. 그리고 그대가 헬라스와 중앙 아르고스를 통과하신다면, 나도 함께 동행하리다. 그러면 아무도 우리를 빈손으로 보내진 않을 것이오. 화려한 청동 세발솥이며 냄비, 한 쌍의 노새, 황금으로 만든 신주 잔 등 선물을 할 것이오.」

그의 말을 들은 텔레마코스가 말했다. 「아트레우스의 아드님이신 메넬라오스시여, 저는 곧장 고국으로 가겠습니다. 떠나올 때 미처 가사를 돌볼 사람을 정하지 못했기 때문이지요. 아버지를 찾아다닌다 해도 제 자신을 잃거나 값진 가산을 탕진하고 싶지는 않습니다.」

메넬라오스는 곧 아내와 시녀를 시켜 식사를 준비시켰다. 그리고 보이토우스의 아들 에테오네우스에게 불을 지펴 고기를 굽게 하고는 헬레나와 아들 메가펜테스와 함께 방으로 향했다. 재물을 쌓아 놓은 곳에 다다른 메넬라오스는 두 개의 손잡이가 달린 잔을 들고 메가펜테스에게는 은 술병을 들도록 시켰다. 한편 헬레나는 손수 수를 놓아 만든 예복을 맨 밑에서 골라 가져왔는데, 그것은 별처럼 아름답게 반짝였다.

그들은 텔레마코스 앞에 그것을 놓으며 급히 말했다. 「텔레마코스여, 진정 그대의 소원대로 무사히 귀국할 수 있도록 제우스께 기원하겠소. 그리고 내 집에 있는 기념품 중에서 가장 아름답고 가치 있는 것을 드리오. 이것은 내가 귀국길에 시도니아의 왕 파이디모스한테 받은 은 술잔으로 금으로 테두리가 둘러쳐진 헤파이스토스의 작품이오.」

또한 아름다운 볼의 헬레나는 예복을 그의 손에 쥐어주며 말했다. 「친애하는 왕자님, 이 선물은 아름다운 그대의 혼례식 때 신부에게 입혀 주세요. 그리고 저도 무사히 고국으로 돌아가기를 기원하겠습니다.」

텔레마코스는 선물들을 몹시 기쁜 마음으로 받았다. 페이시스트라토스도 선물들을 상자 속에 넣으면서 흡족한 마음이 들었다.

이윽고 그들이 안락의자에 앉자 시녀가 화려한 금 항아리에다 물을 떠 와 은 대야에 붓고 손을 씻게 하였다. 그리고 반들반들한 식탁을 놓고 빵과 맛있는 음식을 차려 놓고 옆에서 시중을 들었다. 또한 보이토우스의 아들이 고기를 잘라 나르고, 메가펜테스는 포도주를 따랐다. 텔레마코스와 페이시스트라토스는 실컷 먹고 마신 뒤 수레에 올라 메아리치는 주랑을 빠져 나왔다.

그러자 아트레우스의 아들 메넬라오스가 따라 나오며 제주를 부은 뒤 이렇게 말했다. 「잘 가시오, 젊은 용사들이여. 우리 아카이아 사람들이 트로이에서 전쟁을 치르는 동안 아버지처럼 자상하게 대해 주신 네스토르께도 안부를 전해 주시구려.」

이에 텔레마코스가 대답했다. 「오, 물론 그렇게 하지요. 그리고 이타카로 돌아가 아버님을 뵙고 당신의 친절과 값비싼 선물에 대해 아뢸 수 있으면 얼마나 좋을까요!」

그가 말하는 동안 독수리 한 마리가 날아와 큰 거위를 잡아채 갔다. 그러자 사람들이 모두 함성을 지르며 따라갔지만 독수리는 공중 회전을 하더니 오른쪽 하늘로 날아갔다. 이것을 본 사람들은 몹시 기뻐하며 소리를 질렀다. 그러자 페이시스트라토스가 메넬라오스에게 물었다. 「시민의 지도자이신 메넬라오스시여, 이게 무슨 징조입니까?」

그의 말을 들은 메넬라오스가 골똘히 생각하자 긴 예복 차림의 헬레나가 대신 말했다. 「자, 신들께서 계시하는 대로 예언을 하겠습니다. 자기가 난 고장의 인가에서 거위를 잡아가는 독수리처럼 오디세우스께서도 오랜 유랑 끝에 돌아오시면 기필코 복수를 하실 것입니다. 아니 벌써 귀국해 구혼자들에게 복수할 준비를 하고 계실지도 모르는 일이지요.」

이에 텔레마코스가 대답했다. 「헤라의 남편이신 제우스시여, 제발 그렇게 해 주소서. 그렇다면 당신을 길이 신으로서 숭배하리다.」

그가 말을 마친 뒤 두 마리의 말에 채찍을 가하자 말들은 도성을 지나 빠르게 들판을 향해 달렸다. 하루 종일 말들은 멍에를 흔들며 앞을 향해 달렸다. 이윽고 황혼이 찾아오자 그들은 페라이에 도착해 디오클레스의 집에서 하룻밤을 보냈다.

장밋빛 새벽 신이 손가락을 펼치자, 그들은 다시 말에 멍에를 메고 수레에 올라 필로스의 험준한 섬으로 향했다. 그곳에 도착한 텔레마코스가 먼저 네스토르의 아들에게 말했다. 「친구여, 내 부탁 하나 하겠네. 우리는 아버지들의 우정으로 이미 친구를 선언한 사이가 아닌가? 더욱이 동갑에다 같이 여행한 사이니, 우리의 우정은 더욱 돈독해졌네. 친구여, 여기서부터는 내 배로 떠나겠으니 먼저 들어가게나. 네스토르 왕께서 굳이 나를 만류하시면 지체되니까, 곧장 집으로 가야겠네.」

실제로 그 방법만이 최선인 것 같았다. 네스토르의 아들은 말을 해안에 있는 배에다 댄 뒤 메넬라오스가 텔레마코스에게 준 의복과 황금 등 값진 선물들을 실었다. 「내가 집에 도착하기 전에 서둘러 배에 오르게. 만일 그대가 그냥 간다는 것을 아버지가 아시면 분명 만류할 것이네. 아마 불같이 화를 내시겠지.」

그는 말을 마치고 갈기가 탐스런 말들을 궁 쪽으로 몰았다.

한편 텔레마코스는 동료들을 불러 말했다. 「자, 동지들, 선구를 갖추어 바로 떠나게나.」

그의 명을 받은 동료들은 배에 오른 뒤 노를 걸었다. 이렇게 서두르는 가운데서도 아테나에게 제물을 올리는 걸 잊지 않았다. 그때 사람을 죽이고 아르고스로부터 도망 온 한 예언자가 그에게 다가왔다. 그는 일찍이 아주 부유한 필로스인 멜람포스의 자손으로 1년 동안이나 넬레우스를 피해 고국을 떠나 있었다. 왜냐하면 넬레우스에게 복수하여 그 딸을 자기 아우의 아내로 삼았기 때문이다.

바로 그 테오클리메노스가 지금 텔레마코스 옆에 가까이 다가와 물었다.「동지여, 내 그대가 올리는 제물과 신, 그리고 그대의 생명과 동료들의 생명을 걸고 묻노니, 그대는 누구의 자손이고 어디서 왔으며 또한 그대의 고국은 어디요?」

이에 텔레마코스가 대답했다.「자 동지여, 그렇게 물으니 솔직히 대답하리다. 나는 이타카 태생으로 오디세우스의 아들이올시다. 그러나 아버지의 행방이 묘연하여, 혹시라도 소식을 들을까 싶어 온 것이오.」

이 말을 들은 신과 같은 테오클리메노스가 애원했다.「나 역시 내 종족을 살해하고 고국에서 도망쳐 나왔다오. 그 뒤로 나는 추방자의 신세가 되어 이곳 저곳 유랑하고 있는 중이오. 자, 부탁하노니 그들에게 잡히지 않도록 나를 배에 좀 태워 주시구려.」

「그대의 뜻이 그렇다면 내 밀어내지는 않겠소. 자, 이타카에 도착하는 대로 그대를 환영해 드리리다.」

텔레마코스는 이렇게 말한 뒤 그의 청동 창을 받아 둥근 배의 갑판 위에 놓았다. 그리고 자신의 옆에 테오클리메노스를 앉혔다. 동료들은 닻줄을 풀고 소나무 돛대를 올린 뒤 그것을 밧줄로 단단히 동여맸다. 그리고 쇠가죽으로 꼰 끈으로 흰 돛을 올리자, 여신 아테나가 빨리 항해를 마칠 수 있도록 망망대해에 순풍을 보내 주었다. 그리하여 그들은 아름다운 강이 흐르는 칼키스를 지나 페아이에 가까이 다다르자, 어둠이 깔리기 시작했다. 그들은 계속해서 노를 저어 에페이아 사람들이 다스리는 신성한 엘리스를 지나갔다. 텔레마코스는 과연 자신이 죽음을 면할 수 있을 것인가에 관해 곰곰이 생각하며 고국으로 향했다.

한편 오디세우스는 선량한 양돈가와 식사를 마친 뒤 양돈가를 시험해 보고 싶었다. 과연 성의를 다하여 자기를 대접하는가, 아니면 도시로 내보내는가를 알고 싶었던 것이다. 「에우마이오스님과 여러분들께 한마디 여쭙겠습니다. 나는 날이 밝으면 다시 구걸을 하러 시내로 가야겠습니다. 여기 있으면 그대와 여러분들께 폐만 끼치니 말이지요. 그러니 그곳으로 가는 길을 좀 일러주시지요. 시내를 돌아다니며 구걸을 하면 물 한 모금, 빵 한 조각이야 얻지 않겠습니까? 그리고 고귀하신 오디세우스 궁에 들러 정숙하신 페넬로페에게 소식을 전해 드리고 방자한 구혼자들과도 사귀면, 혹시 좋은 식사라도 대접받을지 누가 압니까? 또한 그들의 심부름을 하면서 있어도 될 것 같고요. 저도 불을 지피는 것이나 장작을 패는 것, 고기를 썰고 굽는 것, 술을 따르는 것 등 이러한 일도 남보다 뒤지지 않는답니다.」

이 말을 들은 에우마이오스가 매우 불안해하며 말했다. 「아니, 어찌하여 노인장은 그런 생각을 하십니까? 당신이 정말 그곳으로 가신다면 다시는 돌아오지 못하십니다. 그 불한당들에게 가시겠다니, 그들의 비행은 하늘도 알고 계십니다. 당신 같은 분은 그들의 일꾼이 될 수가 없습니다. 그들은 젊고, 외투와 튜닉도 단정하며, 머리는 기름기가 흐르고, 얼굴은 잘생긴 하인들을 뽑기 때문이지요. 그러니 그러한 생각은 버리고 여기 계시지요. 나나 여기 있는 동료들이나 당신이 계셔도 조금도 불편하지 않습니다. 그러니 오디세우스의 사랑하는 아드님이 오서서 손수 당신에게 외투와 튜닉을 드릴 때까지 여기 계시지요. 그 후에는 원하시는 대로 얼마든지 보내 드리겠습니다.」

「에우마이오스여, 그대는 제우스께 공손하신 것과 마찬가지로 나에게도 친절하시군요. 나의 방랑을 멈추게 하시다니, 집 없이 떠돌아다니는 것처럼 처량한 것은 없습니다. 더구나 목구멍이 포도청이라 온갖 고초를 겪으면서도 구차하게 연명하는 것이 인생인가 봅니다. 그대가 주인이 올 때까지 머물러 있으라 하시니 참으로 감격할 뿐입니다. 그러면 오디세우스의 아버님과 어머님에 대한 이야기를 들려주시지요. 그분들은 아직까지 생존해 계시오?」

「노인장이여, 그렇게 물으시니 내 솔직히 말씀드리지요. 라에르테스님께서는 아직 살아 계시지만 늘 세상을 떠나게 해 달라고 제우스께 빈답니다. 행방이 묘연한 아드님 때문에 너무나 고통스럽고, 게다가 정숙한 부인이 세상을 떠나셨기 때문이지요. 부인께서는 아드님 걱정을 하다가 불행히도 죽음의 강을 건너셨습니다. 나는 부인이 살아 계실 동안에는 항상 뭔가를 여쭈었지요. 부인의 막내딸 크티메네와 저는 함께 자랐는데, 나를 딸과 똑같이 아껴 주셨기 때문입니다. 그러나 우리가 나이가 들어 크티메네가 꽃봉오리처럼 피어오르자 사메로 출가시켰습니다. 그리고 부인은 나에게 외투와 튜닉 등 훌륭한 옷과 신발을 주시어 농장으로 보내셨습니다. 부인은 정말 나를 아껴 주셨지요. 이처럼 영광의 신들께서는 복을 주시어, 먹고 마실 뿐만 아니라 또 귀한 손님께도 나눌 수 있으니 감사할 일이지요. 그러나 왕비께서는 도무지 기쁜 일이라고는 전혀 없답니다. 그 염치없는 사람들이 궁에 죽치고 있

216

기 때문이지요. 하지만 시종들은 부인을 못 뵈올까 두려워하여 밤낮으로 문안 인사를 드리고, 조그만 것이라도 갖다 드리는 것을 유일한 낙으로 삼는답니다.」

오디세우스가 그에게 말했다. 「오, 에우마이오스여! 그대는 어렸을 때 양친을 떠나 혼자 되셨구려! 자, 무슨 이유로 그렇게 되었습니까? 양친이 사시는 고국 땅이 점령을 당하였소, 아니면 누군가가 그대를 지금 집주인에게 비싼 값을 받고 판 것이오?」

그러자 양돈가가 말했다. 「노인장, 우선 즐거운 마음으로 약주나 드시지요. 기나긴 밤 얘기할 시간은 아직 많답니다. 다른 사람들은 일찍 가서 자게 한 뒤 새벽에 일찍 일어나 돼지를 치게 합시다. 그리고 우리는 술이나 마시며 또 한 사람의 슬픔을 안주로 삼읍시다. 비극을 추억하는 것도 만리 타향에서 쓰라린 고난을 겪는 사람에게는 하나의 위안이지요. 혹시 시리아라고 불리는 섬을 들으신 적이 있나요? 오르티기아 위쪽에 있는 섬으로, 소와 양들이 많고 곡식과 포도주가 아주 풍성한 땅입니다. 부족함이라고는 전혀 없는 고장이랍니다. 이 섬은 두 도시로 양분되어 있었는데, 아버지는 오르메네스의 아들 크테시오스로, 이곳을 다스리고 있었습니다. 그런데 어느 날 유명한 뱃사람 포이니키아 사람들이 이곳에 왔습니다. 그들은 아주 인색한 상인들로 검은 배에 가득 장식품을 싣고 왔지요. 마침 저의 집에도 포이니키아 여인이 있었는데, 그 여인을 간교한 상인들이 유혹한 것입니다. 한 상인이 빨래하고 있던 그녀를 꾀어내 우묵한 배에서 사랑을 나누었습니다. 사랑 앞에서는 약한 게 여자 아닙니까? 그 사람은 그녀에게 고향과 사는 곳을 물었습니다. 그러자 그녀는 자신의 처지를 전부 설명했지요. '나는 청동의 산지인 시돈의 부자 아리바스의 딸로, 타피아의 해적들이 들에서 돌아오는 나를 붙잡아 여기 주인댁에다 큰돈을 받고 팔았습니다.' 그녀의 말을 들은 그 남자가 조용히 말했습니다. '자, 우리와 함께 집으로 돌아가지 않겠소? 부모님은 아직도 살아 계시고 아직도 굉장한 부자요.' 이에 그녀가 대답했습니다. '아, 여러분께서 무사히 집으로 데려다 주시겠다는 맹세를 하신다면 여부가 없지요.' 그리하여 그녀는 상인들과 맹세를 했습니다. '그러면 모두들 비밀을 지키고 혹시 거리나 우물가에서 나를 만나더라도 아는 척하지 마세요. 만일 누군가가 왕한테 고자질한다면 나는 물론이거니와 여러분도 모두 죽임을 당할 테니까요. 그러니 절대로 입 밖에 내지 마세요. 그리고 어서 가지고 갈 물건들을 사세요. 배에 짐을 싣거든 내게 알려주세요. 나도 내 손에 닿는 대로 금을 모두 가져오겠습니다. 또한 궁에서 왕의 아들을 기르고 있는데 아주 명석한 소년으로 그애를 데리고 오면 이국 땅에서 큰 값을 받을 겁니다.' 그러고는 그녀는 그 화려한 궁으로 돌아갔습니다. 그들은 1년 동안 그곳에 머무르며 많은 보화를 우묵한 배에 사들였습니다. 비로소 그 배가 떠날 무렵, 그들은 그 여인한테 사람을 보냈습니다. 그는 매우 약삭빠른 사람으로 호박을 꿴 금목걸이를 가지고 궁으로 왔습니다. 궁에서는 시녀들과 어머니가 그 목걸이를 만져 보고 값을 묻는 틈을 타서 그 여인에게 가만히 신호를 보낸 것입니다. 그러자 그녀는 나를 데리고 궁 밖으로 나왔습니다. 마침 모두들 회의를 하러 갔기 때문에 궁 안에는 아무도 없었습니다. 그녀는 얼른 가슴에다 큰 잔 세 개를 감추고 걸음을 재촉했지요. 어둠이 깔릴 무렵 항구에 도착하자 그곳에는 포이니키아인의 배가 있었습니다. 그들은 우리를 배에 태우고 밤낮으로 6일 동안 항해를 하였습니다. 그런데 7일째가 되던 날, 아르테미스가 그 여인을 치자 그들은 그 여인을 배 밖으로 던져 고기밥이 되게 했습니다. 그들은 이타카 땅에 도착하게 되었고, 이곳에서 라에르테스님께 나를 팔고 다시 떠났습니다. 그리하여 이 땅에서의 내 운명이 시작되었습니다.」

이 말을 묵묵히 듣고 있던 오디세우스가 그를 위로했다. 「에우마이오스여, 그대가 겪어 온 고난을 듣고 보니 참으로 가슴이 아프구려. 그러나 제우스께서는 그대에게 복과 화를 똑같이 주신 모양이오. 그 숱한 모험 끝에 그대에게 음식과 마실 것을 충분히 주시는 주인을 만나게 되었으니 말이오. 하지만 나는 아직도 많은 도시를 방황하고 있다오.」

이렇게 말을 주고받던 그들은 잠깐 누워 눈을 붙였는데 얼마 안 있어 아침이 밝았다.

육지에 도착한 텔레마코스 일행은 돛대와 닻을 내리고 닻줄을 잡아맨 뒤 정박했다. 그리고 기슭으로 올라가 술과 음식을 배불리 먹고 나서 텔레마코스가 먼저 입을 열었다. 「동지들이여, 그대들은 배를 몰고 시내를 향해 가시오. 나는 목부를 만나 들을 둘러본 뒤 돌아가리다. 내일 아침에는 고기와 포도주로 훌륭한 연회를 베풀어 그대들 항해에 대한 보답을 하겠소이다.」

그러자 건장한 테오클리메노스가 말했다. 「왕자님, 그러면 나는 어디로 가야 됩니까? 이타카엔 여러 영주가 계신데, 어느 댁으로 가야 됩니까? 곧장 왕자님의 궁으로 가리까?」

이에 텔레마코스가 대답했다. 「우리 집으로 가는 것은 좀 미루시지요. 지금은 나도 없을 뿐만 아니라 어머니께서도 밖에 나오지 않고 길쌈만 하시고 계시기 때문이오. 그대가 가실 만한 곳을 알려 드리지요. 솜씨가 좋은 폴리보스의 아들 에우리마코스한테 가시지요. 그는 지금 이타카 사람들이 신처럼 우러러보고 있는데, 내 어머니와 결혼을 하여 오디세우스의 권력을 잡으려고 혈안이 되어 있답니다. 하지만 결혼 전에 불행한 일을 만나게 될지는 오로지 제우스께서만 아시는 일이지요.」

그때 텔레마코스의 오른편으로 아폴론의 재빠른 사자인 매가 날아왔다. 매는 발톱에 비둘기를 움켜쥐고 텔레마코스 앞에다 털을 떨어뜨렸다. 그러자 테오클리메노스가 텔레마코스의 손을 잡고 감격한 듯 말했다. 「텔레마코스여, 신의 뜻이 아니고서는 새가 오른편에서 날아올리가 없소이다. 이는 이타카에 그대보다 더 훌륭한 혈통이 없다는 뜻이며, 그대가 이곳의 영원한 주인이라는 걸 알려주는 것이오.」

텔레마코스가 이에 대답했다. 「오, 제발 그대의 말대로 이루어지기를 바랍니다! 곧 그대에게 많은 선물을 바쳐, 사람들로 하여금 그대가 축복받은 사람임을 알게 하겠습니다.」

그러고는 텔레마코스는 충실한 친구 페이라이오스에게 말했다. 「클리토스의 아들 페이라이오스여, 그대는 어느 누구보다도 내 말을 가장 잘 따라 주었소. 그러니 내가 올 때까지 이 손님을 그대 집에서 친절하고 공손하게 대접해 주시오.」

그러자 창의 무사 페이라이오스가 말했다. 「텔레마코스여, 설사 그
대가 늦게 온다 할지라도 내 이분을 부족함 없이 대접하리다.」

그는 말을 마치고 나서 배에 올라 동료들에게 닻줄을 풀도록 했다.
텔레마코스가 빛나는 샌들을 신고 날카롭고 튼튼한 청동 창을 쥐고 배
에서 나오자 그들은 시내를 향해 배를 저어 갔다. 동료들과 헤어진 텔
레마코스는 양돈가 에우마이오스에게로 향했다.

오디세우스, 아들과 상면하다

텔레마코스는 에우마이오스를 성으로 보내 어머니에게 자기가 돌아온 소식을 전한다. 한편, 여신은 오디세우스와 아들 텔레마코스의 감격적인 상봉을 주선한다.

오디세우스는 개가 꼬리를 치고 또한 발자국 소리가 요란하게 들리자 양돈가에게 말했다. 「에우마이오스여, 친구분께서 오시나 봅니다. 개가 꼬리를 치며 달려드는 것으로 보아 아는 분임에 틀림없습니다.」

이 말이 떨어지기도 전에 그의 그리운 아들이 문안으로 들어섰다. 술을 거르기 위해 그릇에 손을 담그고 있던 양돈가는 벌떡 일어나 한걸음에 달려가서 머리며 두 눈, 양손에 입을 맞추고는 눈물을 흘렸다. 마치 사랑하는 아버지가 죽었다 살아온 외아들을 맞이하는 것처럼 텔레마코스의 온몸에 입을 맞추고 소리쳐 말했다.

「텔레마코스시여, 서광처럼 오셨군요. 왕자님이 필로스로 가셨다기에 다시는 못 뵈울 줄 알았나이다. 자, 왕자님, 어서 들어오시지요. 저희 집에 들르시다니 제 마음 날 듯이 기쁘답니다. 소인은 왕자님께서 이곳을 찾으시지 않고 성에만 계셔서 아마도 못된 구혼자들을 구경하시는 데 재미 붙이신 줄 알았습니다.」

이에 텔레마코스가 대답했다. 「내가 이곳에 온 것은 직접 그대를 만나 이야기를 듣고 싶어서입니다. 어머니는 궁에 아직도 머물고 계신가요? 아니면 이미 개가하여 아버지의 침실에 거미줄만 쳐 있는 게 아니오?」

그가 텔레마코스로부터 청동 창을 받아들며 대답했다. 「아닙니다. 왕비님께서는 궁에서 밤낮으로 눈물로 지새우고 계시지요.」

오디세우스가 자리를 내주자 텔레마코스는 이를 만류하며 말했다. 「앉으세요, 손님. 여기는 앉을 자리가 많습니다.」

그가 굳이 사양을 하자 오디세우스는 그대로 앉았다. 그러자 양돈가가 바닥에 나뭇잎을 깔고 그 위에 양털을 깐 다음 텔레마코스를 앉혔다. 그러고는 큰 접시에 구운 고기와 빵을 내오고 꿀맛 같은 술을 걸러와서 자신도 오디세우스와 마주보고 자리를 잡았다.

식사가 끝나자 텔레마코스가 양돈가에게 물었다. 「이 손님은 어디서 오셨소? 어떻게 이곳까지 오셨고, 이분을 모셔다 준 사람들은 누군가요?」

「왕자님, 이분은 크레테에서 오셨는데, 많은 도시를 유랑하시며 풍파를 겪으셨답니다. 그리고 이번에는 테스프로티아의 배로부터 도망나와 여기까지 오셨다고 합니다.」

「에우마이오스여, 그대의 말을 듣고 보니 참으로 안됐구려. 하지만 나 역시 이 손님을 궁으로 모셔 갈 수 없으니…… 아직 난 어려서 나에게 무례하게 구는 자를 막을 만한 힘이 없는데다가 어머니는 아직도 갈등하고 계시지 않소? 하지만 이분께 내 외투와 튜닉 등 의복을 드리고 두 날 달린 칼과 샌들을 드려 어디든지 가고 싶은 곳으로 보내 드리겠소. 그러나 만일 이분이 이곳에 머무르고 싶으시다면 그대가 잘 보살펴 주시오. 내 이분이 그대에게 폐가 되지 않도록 의복과 음식을 보내겠소. 나는 이분을 구혼자들이 있는 곳으로는 모시고 가지는 않을 것이오. 그들은 아주 무례하여 이분을 모욕함으로써 나를 괴롭힐지도 모르기 때문이오. 사람이 아무리 강하더라도 혼자서는 여러 명을 당할 수 없으니 말이오.」

이윽고 오디세우스가 말했다.「왕자님의 말씀을 듣자니 참으로 가슴이 아픕니다. 이처럼 고결한 마음을 가진 왕자님을 구혼자들이 능멸하다니 믿어지지가 않습니다. 혹시 왕자님이 그것을 기꺼이 받아들이는 건 아닌가요? 아니면 그들이 신의 계시를 받아 그대를 미워하는 건가요? 그것도 아니면 사람들의 반목을 산 적이 있습니까? 오, 지금 내가 왕자님처럼 젊고 훌륭하거나 오디세우스 자신이면서도 궁에 가서 그들을 모두 처치해 버리지 못한다면 당장 누가 내 목을 베어가도 좋겠소이다. 만일 그 수가 많아 혼자서 도저히 당할 수 없다면, 차라리 죽어 버리는 편이 낫겠소이다. 언제까지나 손님들을 푸대접하거나 시녀들을 능멸하는 술주정꾼들, 재산을 축내는 꼴들을 어떻게 눈뜨고 본단 말이오.」

「손님이 그렇게 물으시니, 솔직히 말씀드리겠습니다. 사실 시민들은 저에 대해 적의를 갖거나 화를 내지는 않습니다. 아무리 분란이 일지라도 태산같이 믿는 형제들의 반목을 산 일도 없소이다. 왜냐하면 저희 가문은 여러 대 동안 외아들로 이어졌기 때문입니다. 아르케시오스께서는 오로지 라에르테스 한 분만 두시고 또한 그분은 오디세우스 한 분을, 그리고 저 역시 외아들입니다. 더구나 지금 집에는 둘리키온, 사메와 자킨토스 등을 통치하고 있는 영주란 영주는 모두 모여 어머니에게 구혼하는 바람에 집안이 파산지경에 놓이게 되었습니다. 그러나 어머니께서는 청혼을 거절하지도 받아들이지도 않으시니……. 그러나 모든 일들은 신들의 손에 달려 있지요. 자, 에우마이오스여, 내가 여기 있는 것을 아무에게도 알리지 마시고 어서 어머니한테 안부를 전하시오. 그들은 지금 나를 처치하고자 별의별 음모를 다 꾸미고 있다오.」

「네, 잘 알겠습니다. 그런데 가는 길에 라에르테스님께 소식을 전하면 어떨까요? 노인께서는 최근까지도 오디세우스 왕 때문에 몹시 괴로워하시며 식사도 거르시는 형편입니다. 게다가 왕자님이 필로스로 가시던 날부터는 아예 곡기를 끊으시고 매일 한숨만 쉬며 계신답니다.」

에우마이오스의 말을 들은 텔레마코스가 대답했다. 「참 기가 막히는구려. 슬프기 짝이 없지만 그대로 놔둡시다. 제가 가장 바라는 것은 우선 아버지의 귀향이오. 자, 그러니 소식을 전하고 곧 돌아오되, 아예 할아버지 댁에 들를 생각은 하지 마시오. 그리고 어머니께 아무도 모르게 시녀를 시켜 할아버지한테 알리라고 이르시오.」

양돈가는 얼른 일어나 궁으로 향했다. 아테나는 양돈가가 집을 나오자, 세련된 여인으로 변신하여 나타났다. 그러나 그 모습이 오디세우스에게만 보일 뿐 텔레마코스의 눈에는 보이지 않았다. 신은 누구의 눈에나 보이는 것이 아니기 때문이다. 또한 개들도 알아보아 짖지 않고 끙끙거리며 멀찍이 숨었다. 여신이 눈짓을 보내자 오디세우스는 방에서 나와 여신 앞에 섰다. 「라에르테스의 아드님이신 오디세우스여, 이제는 그대 아들에게 고백을 해도 괜찮소. 더 이상 숨기지 말고 아들과 함께 그 구혼자들을 일소할 대책을 강구한 뒤 궁으로 가도록 하시오. 나 또한 그대들로부터 멀리 떨어져 있지는 않으리라.」

아테나는 황금 요술 지팡이로 오디세우스를 건드려 그에게 깨끗한 예복과 튜닉을 입혀 주었다. 그러자 그는 당당하고 젊어졌으며 얼굴엔 화색이 돌고 검은 수염이 수북히 났다.

이렇게 변신한 오디세우스가 다시 오두막으로 들어가자 그의 사랑하는 아들은 혹시 신이 아닌가 하여 몹시 두려워하며 바라보았다. 「손님이시여, 참으로 저 하늘을 지배하는 신이 아니신지요? 순식간에 옷도 바뀌고 피부도 달라지셨으니 말입니다. 자, 값진 예물과 향연을 당신에게 올리고 소원을 여쭙고 싶습니다.」

그는 눈물을 흘리며 아들에게 입을 맞추며 이렇게 말했다. 「나는 신이 아니라 네 아비란다. 나로 말미암아 네가 그토록 고통을 당하고 구혼자들로부터 욕을 보는구나.」

그러나 텔레마코스는 믿을 수 없다는 듯 물었다. 「당신은 저의 아버님이 아니십니다. 저를 더욱 괴롭히려는 신이 계신 모양입니다. 신이 아니고서야 어찌 단숨에 젊어졌다 늙어졌다 할 수 있겠습니까? 인간으로서는 도저히 불가능한 일입니다. 조금 전까지는 늙은 모습에 누더기를 걸치셨는데, 눈 깜짝할 사이에 신과 같이 되셨으니 말입니다.」

지략이 뛰어난 오디세우스가 아들에게 말했다. 「텔레마코스야, 아비가 돌아왔다고 하여 지나치게 정신을 잃는 것은 좋지 않구나. 자, 내가 바로 네 아비다. 무서운 고난 풍파, 끝없는 유랑 끝에 20년 만에 고국땅을 밟은 네 아비란 말이다. 이는 모두 전쟁의 여신인 아테나가 그분의 뜻대로 변신시킨 것이다. 네 말대로 거지가 젊은 사람으로 변신하기도 하고, 중생을 낮추거나 높이는 것은 오로지 하늘에 사시는 신들만이 할 수 있는 일이다.」

그제야 텔레마코스는 고귀한 아버지를 얼싸안고 대성통곡을 했다. 그들은 매나 독수리가 깃털이 채 나기도 전인 새끼를 농부에게 빼앗겼을 때보다 더 애처롭게 눈물을 쏟았다. 만일 텔레마코스가 말을 꺼내지 않았더라면, 그들은 해가 질 때까지 울었을 것이다. 「아버님, 어떤 사공들이 그리운 이타카 땅까지 모셔 왔습니까? 그 사공은 누구인가요? 걸어서 이곳까지 오셨다고는 생각되지 않기 때문입니다.」

그러자 오디세우스가 말했다. 「애야, 모든 걸 얘기해 주마. 나를 데려다 준 파이아키아 사람들은 유명한 뱃사람들로, 누가 찾아오든지 간에 기꺼이 자기 집까지 데려다 주는 종족이란다. 그들은 내가 잠든 사이에 이타카까지 데려다 주었지. 뿐만 아니라 청동이며 황금, 금의옥상 등 많은 선물도 주어서 동굴 안에 넣어 두었단다. 그리고 아테나의 도움을 받아 구혼자들을 소탕할 방책을 강구하고자 여기 온 것이다. 자, 구혼자들이 얼마나 되는지 말해 보아라. 그 수가 얼마나 되며 어떤 자들인지 알고 싶다. 그리고 우리 부자가 그들을 처치할 수 있을지, 아니면 남의 힘을 빌려야 할지 강구해 보자.」

「아버님, 저는 일찍이 아버님의 명성에 관해서 들었습니다. 무력에 있어서는 강철같은 무사요, 이성은 신과 같다고 말입니다. 그러나 송구스럽습니다만 담대하고 간악한 저들의 무리를 단둘이서 대결할 수는 없겠지요. 구혼자들은 적어도 몇십 명쯤 됩니다. 둘리키온에서 52명의 젊은 영주와 6명의 수행원, 사메에서 24명, 자킨토스에서는 아카이아족의 젊은이가 20명, 이타카에서도 12명이 나섰는데 모두 힘이 장사입니다. 만일 이들과 한꺼번에 맞서게 된다면 오히려 복수는커녕 참패를 당할 것입니다. 그러니 지금 우리에게 누가 가장 힘이 될 수 있을지 찾아보는 게 좋겠습니다.」

「자, 내 말을 잘 듣고 생각해 보아라. 만일 제우스와 아테나께서 도와주신다 해도 다른 사람의 도움을 받아야 하겠느냐?」

「두 분이 진정으로 우리를 도와주신다면 마음이 놓이지요. 그분들이야말로 모든 신들과 인간을 다스리는 분이니까요.」

「두 분께서는 우리가 싸울 때 보고만 있지 않으실 것이다. 분명히 우리편이 되어 주실 거야. 그러니 너는 날이 밝는 대로 집으로 가서 무례한 구혼자들을 맞아라. 나는 해가 지면 양돈가를 따라 늙은 거지 차림으로 들어갈 것이다. 만일 그들이 나를 천대하더라도 너는 꾹 참으며 보고만 있어야 한다. 그리고 좋은 말로 무례한 일은 삼가라고 일러라. 그래도 듣지 않는다면 그들은 제삿날을 재촉하는 것이다. 또 한 가지 일러둘 말은 예지의 여신 아테나가 나에게 이성을 허락하면 머리를 끄덕일 테니, 알아채고 방에 놓아둔 무기를 모두 다락에 갖다 두어라. 혹시 그들이 왜 치우느냐고 묻거든 이렇게 대답하거라. '아버님이 두고 떠나실 때보다 몹시 그을어 연기를 쏘이지 않게 하기 위함이오. 더욱이 손님들께서 과음하여 취중에 다투기라도 하신다면 서로 다칠 염려도 있고, 모처럼 모이신 연회가 불쾌한 자리가 될까 염려되어서 치웠소. 쇠붙이란 살기를 부르는 마력이 있으니까 말이오.' 그리고 우리 두 사람이 쓸 수 있는 칼 두 자루와 창 두 개, 방패를 남겨 놓아라. 그러면 제우스와 아테나께서 그들을 멸망의 구렁에 빠지게 할 것이다. 또 한 가지 명심할 것은, 네가 내 자식이라면 내가 돌아왔다는 것을 아무도 모르게 하여라. 할아버지는 물론이요, 양돈가나 집안 식구 어느 누구에게도, 심지어 어머니에게까지도 비밀에 붙여라. 오로지 너와 나 단둘만이 알고 여자들의 동향을 살펴보고 시종들까지 시험하게 될 것이다. 따라서 누가 정말로 우리 부자를 존경하고 두려워하는지, 그리고 관심이 없는지 알 수 있을 것이다.」

「아버님, 걱정하지 마십시오. 하지만 아버님의 계획은 그리 쉬운 일이 아니오니 특별히 조심하십시오. 아버님께서 이 사람 저 사람 만나 시험해 보시는 동안 그들은 편안히 앉아 가산을 탕진하고 있으니 말입니다. 또한 여자는 직접 알아볼 수 있겠지만 남자들에 대해서는 제우스께서 확실한 예시를 내리실 때까지 미루도록 하시지요.」

한편 필로스로부터 텔레마코스와 그의 동료들을 싣고 온 쾌속선은 이타카에 닿았다. 동료들은 배를 정박한 뒤 곧 그 아름다운 선물들을 클리티오스 집으로 옮겼다. 그리고 오디세우스 궁으로 전령을 보내 정숙한 페넬로페에게 소식을 전했다. 즉, 텔레마코스는 고귀하신 왕비께서 놀라실까 두려워 목초지로 갔다고 전한 것이다. 그리하여 전령과 착한 양돈가는 왕비에게 똑같은 소식을 전하러 왔다가 서로 마주쳤다.

전령이 먼저 시녀들 앞에서 말했다. 「오, 왕비님이시여. 왕자님께서 지금 필로스로부터 귀환하셨나이다.」

그리고 양돈가는 페넬로페한테 가서 그녀의 사랑하는 아들이 이른 대로 모든 것을 전했다. 그러고 나서 다시 돼지 있는 곳으로 돌아왔다.

이 소식을 전해 들은 구혼자들은 한풀 기가 꺾여 궁에서 나와 뜰 앞에서 모임을 가졌다. 먼저 폴리보스의 아들 에우리마코스가 입을 열었다. 「동지들이여, 우리가 절대로 무사히 돌아오지 못하리라고 말한 적이 있던 텔레마코스는 거만하게도 돌아왔소이다. 그러니 어서 가장 좋은 배를 바다로 보내 우리의 동지들에게 이 소식을 전합시다.」

그의 말이 채 떨어지기도 전에 암피노모스가 주위를 둘러보다가 깊은 항구에 사람들이 돛을 내리는 걸 보았다. 그는 웃으면서 동료들에게 말했다. 「이젠 전령을 보낼 필요가 없소이다. 그들이 돌아오고 있소. 모든 것을 일러 준 신이 있었거나 아니면 그들 자신이 텔레마코스의 배가 가는 것을 보고도 잡지를 못했나 보오.」

그의 말을 듣고 모두들 일어나서 해안으로 달려가 검은 배를 끌어올렸다. 하인들이 무기를 운반하자 구혼자들은 회의장에 모였다.

이윽고 에우페이테스의 아들 안티노오스가 말했다. 「오, 이 사람을 신들이 구해 주었단 말인가! 우리는 바람이 몰아치는 날에도 고지에 앉아 정찰을 했고, 해가 진 후에는 밤을 지새우며 배를 띄워 순시를 했거

늘, 그를 집에 데려다 준 신이 있었던 모양이구려. 하지만 이제부터라도 다시 계획을 세워 그를 잡읍시다. 왜냐하면 그가 살아 있는 한 우리는 목적을 달성할 수 없기 때문이오. 이제 사람들도 더 이상 우리에게 호감을 갖지 않소. 자, 그가 아카이아 사람들을 모으기 전에 거사합시다. 아마 그는 분에 못 이겨 사람들에게 우리가 무서운 암살 계획을 세웠지만 목적을 달성치 못했다고 호소할 것이오. 이 비행을 듣는다면 사람들은 우리를 비난할 뿐만 아니라 이 고장에서 몰아내어 이방의 땅으로 추방하고 말 것이오. 그러니 우리가 선수를 쳐 그를 축출하여 그의 가산과 소유물을 적당히 분배하고, 집은 그의 어머니에게 주어 누구든 결혼하는 자와 살게 합시다. 만일 이에 찬성하지 않는다면, 차라리 우리는 각자 집으로 돌아가 그녀에게 선물을 보내 구혼토록 합시다. 그러면 그녀도 제일 마음에 드는 사람을 골라 운명에 따를 수밖에 없을 것이오.」

그가 이렇게 말하자 그들 모두는 침묵을 지켰다. 이윽고 아레티아스의 아들인 니소스 왕의 아들 암피노모스가 일어났다. 그는 풀이 무성하고 곡식이 풍성한 둘리키온 태생으로 구혼자들의 지도자였는데, 이 해심이 많아 페넬로페도 다른 누구보다도 신뢰했다. 「동지들이여, 나는 텔레마코스를 살해하고 싶지 않소. 왕손을 죽인다는 것은 참으로 무서운 일이오. 그러니 우선 신들의 계시를 받도록 합시다. 만일 위대한 제우스께서 계시를 내리신다면, 나 혼자라도 그를 죽일 것이오. 그러나 신들이 이를 허락지 않으신다면 그만둡시다.」

한편 정숙한 페넬로페는 갑자기 이러한 생각을 하게 되었다. 즉, 염치없고 교만한 그들 앞에 직접 나서 보자는 것이었다. 왜냐하면 자기 아들을 살해하려 한다는 계획을 시종 메돈을 통해 들었기 때문이다. 그녀는 시녀를 데리고 홀에 나타났다.

그리고 그녀는 구혼자들 앞에 이르러 안티노오스를 꾸짖었다. 「너무도 교만한 안티노오스여, 세상 사람들은 그대를 언변이나 판단력에 있어서 이 아카이아 땅에서는 제일인자라고 말하고 있소. 그런데 그대가 겨우 이런 사람이었단 말이오? 어찌하여 그대는 텔레마코스의 목숨을 빼앗고자 한단 말이오? 다른 사람에게 나쁜 음모를 꾸미는 것은 부당한 일이오. 그대는 그대의 아버지께서 사람들을 피하여 이곳으로 피난해 오셨던 일을 잊었소이까? 그때 그대 아버지께서는 타피아 해적을 도와 우리와 친하게 지내던 테스프로티아 사람들을 약탈했기 때문에 죽을 지경에 놓였었소. 그러한 것을 물리치시고 그들의 광적인 분노를 잠재우신 분이 오디세우스셨소. 그런데도 그대는 그분의 집을 멸망시키고 그분의 아내인 나에게 구혼을 하고 그 자식까지 죽이려 들다니, 참으로 배은망덕하기 짝이 없구려. 이제 내 그대에게 간청하니, 제발 그만두도록 하고 다른 사람들에게도 멈추도록 이르시오.」

그러자 폴리보스의 아들 에우리마코스가 대답했다. 「이카리오스의 따님이신 정숙한 페넬로페시여, 마음을 굳게 가지시고 상심치 마소서. 제가 햇빛을 보는 동안에는 아드님 텔레마코스에게 손을 뻗칠 자는 이 세상에 태어나지도 않았고 앞으로도 없을 것입니다. 아니, 영원히 나오지 않을 것입니다. 이것만은 단언하노니, 절대로 그런 일은 없을 것입니다. 만일 그런 자가 있다면 곧바로 그의 붉은 피가 제 창을 적실 것입니다. 오디세우스 왕이야말로 몇 번이나 저를 무릎에 앉혀 구운 고기를 먹여 주시고 포도주를 따라 주셨습니다. 따라서 텔레마코스는 누구보다도 제가 가장 사랑하는 분입니다. 그러므로 절대로 구혼자들로부터 죽음을 당할까 두려워하지 마시지요.」

그러나 그는 입으로는 그녀를 위로하면서도 텔레마코스를 살해할 생각은 버리지 않았다. 페넬로페는 다시 내실로 올라가 오디세우스를 생각하며 슬피 우는데, 빛나는 눈의 여신 아테나가 그녀에게 단잠을 퍼부어 주었다.

저녁 무렵, 착한 양돈가는 오디세우스와 그의 아들에게로 돌아와 1년 된 돼지를 잡아 저녁 식사를 준비했다. 그리고 아테나가 오디세우스에게로 와서 요술 지팡이로 그를 치자, 그는 다시 노인으로 변했다. 아테나는 양돈가가 이 사실을 알면 페넬로페에게로 달려가 숨김없이 말을 할까 두려웠기 때문에 그에게 다시 남루한 옷을 입힌 것이다.

그리고 텔레마코스가 먼저 양돈가에게 말했다. 「오, 에우마이오스여, 돌아왔구려. 시내에 무슨 소식이라도 있습디까? 날 죽이려고 매복한 자들은 아직도 내가 오는 길을 엿보며 그곳을 지키고 있고요?」

그러자 에우마이오스가 대답했다. 「저는 그저 빨리 다녀올 생각으로 가득차 미처 알아볼 틈이 없었습니다. 그런데 왕자님과 같이 가셨던 일행 중의 한 분이 먼저 왕비님께 소식을 전하러 왔다가 저와 부딪쳤습니다. 맞습니다, 언덕에 올랐을 때, 빠른 배 한 척이 항구로 들어오는 것을 보았습니다. 배 안에는 여러 남자들과 창이며 방패가 보였습니다. 잘은 모르겠지만 아마도 그들이 돌아온 것인지도 모르겠습니다.」

그의 말을 듣고 있던 건장한 텔레마코스는 얼굴에 미소를 띤 채 양돈
가를 외면하고 있는 아버지를 힐끔 쳐다보았다. 이윽고 그들은 모두
한자리에 모여 배불리 먹고 잠자리에 들었다.

오디세우스, 거지 행색으로 입궁하다

텔레마코스는 어머니 페넬로페에게 필로스와 스파르타에서 들은 이야기를 한다. 한편, 자신의 궁으로 돌아온 오디세우스는 초라한 행색 때문에 구혼자들로부터 괄시를 받는다.

장밋빛 새벽 신이 손가락을 뻗치자, 텔레마코스는 아름다운 샌들을 신은 뒤 큰 창을 들고는 성으로 향했다. 「아저씨, 저는 늦기 전에 어머니를 뵈어야겠습니다. 아마도 내가 살아 있는 걸 확인하지 않으시면 슬픔과 한탄을 그치지 않으실 거예요. 그런데 아저씨, 제가 부탁하건대 이 불쌍한 손님을 시내로 모시고 가서 구걸할 수 있도록 해 주세요. 나는 할 일이 많아 일일이 오는 손님을 모두 대접해 드릴 수는 없거든요. 그렇다고 해서 손님이 이곳에 계속 계실 수는 없는 노릇이고요.」

오디세우스가 이에 대답했다. 「젊은이여, 나 또한 여기 죽치고 있는 것은 아주 싫소이다. 또 들판에서 구걸하는 것보다는 시내가 아무래도 나을 것 같으니 내 젊은이의 말에 무조건 따르겠소이다. 자, 가십시다. 잠깐 불에 몸을 녹이고 나서 떠납시다. 옷이라고 해야 너무나 해져 새벽 찬서리가 두렵기 때문이오. 게다가 도시도 꽤 멀다고 하니.」

텔레마코스는 힘찬 발걸음으로 오두막집을 나와 궁으로 향했다. 궁에 들어가자 유모 에우리클레이아가 양털 덮개를 덮다가 그를 알아보고는 달려와 키스하며 울었다. 다른 시녀들도 모두 달려들어 머리며 입에다 키스를 퍼부었다. 이번에는 현숙한 페넬로페가 마치 아르테미스나 아프로디테처럼 우아하게 나와, 사랑하는 아들의 얼굴과 눈에 키스하며 눈물을 뿌렸다. 그러고는 감격한 목소리로 말했다. 「텔레마코스야, 네가 서광처럼 왔구나. 나는 다시는 너를 보지 못할 줄 알았다. 그래 너는 내게 말도 하지 않은 채 아버지의 소식을 들으러 갔단 말이냐. 자, 이리 와서 무슨 소식을 들었는지 말해 보거라.」

「어머님, 저는 이제야 무서운 죽음의 손에서 벗어났사옵니다. 그러니 눈물을 거두시고 어서 목욕재계하신 뒤 내실로 들어가시지요. 그리고 언젠가는 제우스께서 우리에게 복수를 허락하실지도 모르니, 신들께 황소 백 마리를 올리겠다고 맹세하시지요. 저는 회의장으로 가서 필로스에서부터 동행하신 분을 모셔 오겠습니다.」

그의 말을 들은 페넬로페는 목욕을 하고 옷을 갈아입은 다음 제우스에게 복수를 할 수 있도록 해 달라고 하며 황소 백 마리의 제물을 올릴 것을 맹세했다.

한편 텔레마코스는 창을 들고 궁을 나섰다. 두 마리의 날랜 개가 그를 따랐는데, 마침 아테나가 신비한 빛을 부어 주어, 그를 보는 사람마다 경탄해 마지않았다. 교만한 구혼자들도 가슴속에는 악독한 음모를 품고 있으면서도 혀로는 반가운 소리를 지껄였다. 텔레마코스는 아버지의 옛 친구인 멘토르며 안티포스, 할리테르세스가 앉아 있는 곳으로 가서 자리를 잡았다. 그러자 그들은 텔레마코스에게 여행 중의 일들을 물었다. 이때 창던지기로 유명한 페이라이오스가 손님을 모셔 왔다. 텔레마코스는 손님으로부터 비껴나 그에게 다가섰다.

먼저 페이라이오스가 말했다. 「텔레마코스여, 부인들을 나의 집으로 보내시오. 메넬라오스가 그대에게 준 선물들을 보내도록 할 테니.」

「페이라이오스여, 내 미래는 아직 불투명한 상태요. 만일 저 무례한 구혼자들이 나를 암살하고 아버지의 유산을 분배하게 된다면, 차라리 나는 그 선물들을 그대에게 주고 싶소이다. 그러나 만일 내가 저 무리들을 소탕한다면 즐거이 그것들을 내 집으로 운반하겠소.」

그는 그러고 나서 여행에 지친 손님을 궁으로 안내했다. 그들이 궁에 다다르자 시녀들이 그들을 정성껏 목욕을 시킨 다음 올리브 기름을 발라 주고 외투와 튜닉을 입혀 주었다. 그리고 나이 지긋한 하녀가 빵이며 맛있는 음식을 날라 와서는 옆에 앉아 시중을 들었다.

페넬로페 왕비는 멀찍이 아들과 마주보고 앉아 실패에 실을 감고 있다가 식사를 마치자 말을 꺼냈다. 「텔레마코스야, 나는 이제 내실로 올라가 침대에 누워야겠구나. 그 침대는 너의 아버지 오디세우스께서 트로이로 떠나신 이래 눈물이 마를 사이가 없었던 곳이지. 혹시 아버지께서 돌아오신다는 소식이라도 들었는지 이야기해 줄 수는 없겠니?」

그러자 텔레마코스가 대답했다. 「네, 어머님 사실대로 말씀드리겠습니다. 우리는 필로스의 지도자인 네스토르를 찾아갔습니다. 그분은 저를 마치 객지에서 돌아온 자식을 대하듯이 반갑게 맞아주시더군요. 하지만 그분은 아버님의 생사에 대해서는 들어본 적이 없다고 하시면서 메넬라오스 왕에게로 호송해 주셨습니다. 메넬라오스 왕께서는 저에게 무슨 까닭으로 왔느냐고 물었습니다. 제가 사실대로 대답하자, 그분은 이렇게 말씀하셨습니다. '늙은 바닷사람 예언자에게서 들은 바로는 오디세우스는 님프 칼립소의 집에 강제로 억류당하여 무수한 곤경을 겪고 있다고 했소. 배 한 척 없고 망망대해를 건네 줄 친구 하나 없다고 했소.' 그리하여 저는 어쩔 수 없이 서둘러 돌아오게 된 것입니다.」

이에 용감한 테오클리메노스가 입을 열었다. 「존경하옵는 왕비님이시여, 감히 제가 한 말씀 드리겠습니다. 저는 모든 신들 앞에서 맹세하건대 오디세우스께서 이타카 땅을 밟으신 것만은 확실합니다. 쉬고 계시는지 아니면 모든 악행들을 뿌리 뽑으려고 계시는지는 모르겠습니다만, 배에 앉아 새의 징조를 보니 오신 것만은 틀림없습니다. 그래서 제가 텔레마코스에게 그 사실을 분명히 말해 주었습니다.」

그러자 정숙한 페넬로페가 반색하며 말했다. 「오, 손님이여, 그 말씀이 맞다면, 그 은혜를 어찌 잊을 수 있겠소. 내 그대를 후히 대접하고 많은 선물을 드릴 것이며, 만나는 사람마다 그대를 축복할 것이오.」

한편 구혼자들은 아직도 오디세우스의 궁 앞에 모여 창이며 원반을 던지며 전과 다름없이 거드름을 피우고 있었다. 저녁때가 되자 들에서 양떼들을 몰고 목자들이 모여들자, 시종들은 늘 하던 대로 구혼자들을 인도했다. 그때 시종들 중에서 가장 신임을 얻은 메돈이 말했다. 「자,

이제 경기로 마음도 푸셨으니, 안으로 들어가 식사를 하도록 하시죠. 때를 맞춰 식사를 하는 것은 무엇보다 중요하지요.」

그 동안 오디세우스와 착한 양돈가는 목초지에서 부지런히 시내로 가고 있었다. 이때 양돈가가 먼저 입을 열었다. 「손님께서는 오늘 시내로 가고 싶단 말씀이지요. 나는 이곳에 남으셔서 가축을 돌보면 어떨까 싶었는데요. 하지만 왕자님의 뜻이 그러하고 또한 그걸 거역하는 것은 시종된 도리로서 할 짓이 아니므로 서두를 수밖에 없군요. 저녁 때가 되면 몹시 추우니 어서 가시지요.」

「네, 저도 이해합니다. 자, 목적지까지 앞장을 서 주시오. 그리고 나뭇가지라도 잘라 놓은 것이 있으면 지팡이로 쓰게 하나 주시오.」 그는 어깨에다 다 해진 자루를 걸치더니 끈으로 그것을 달아맸다.

에우마이오스는 그에게 지팡이를 주고는 함께 길을 떠났다. 양돈가는 그의 주인을 거렁뱅이 늙은이로 만들어 데리고 가는 것이었다. 그가 입은 옷은 보기에도 흉한 누더기였다. 그들은 험한 산길을 더듬어 맑게 솟아나는 샘에 이르렀다. 이 우물은 이타코스와 네리토스, 폴릭토르가 파 놓은 것으로, 도시의 여인들이 물을 긷는 곳이었다. 주위로는 오리나무가 빽빽이 들어서 있고, 높은 바위에서는 차디찬 물줄기가 떨어졌는데, 그 위로는 님프에게 올리는 제단이 있어서 그곳을 지나는 사람마다 고수레를 했다. 마침 염소치기인 둘리오스의 아들 멜란티오스가 구혼자들을 먹이기 위해 가장 살진 염소를 몰고 가다가 그들과 마주쳤다.

그는 그들을 보자 욕설을 퍼부었다. 「분명 천한 사람은 천한 사람을 이끄는 법! 가련한 양돈가여, 그대는 이 거렁뱅이인 밥벌레를 어디로 데리고 가는 것이오? 그는 이집 저집 다니며 문전걸식하는 것이 취미지 농가에서 일하는 것은 견디지 못할 것이오. 만일 그를 내 농장이나 돌보라고 준다면, 외양간이나 청소하고 기름진 고기와 우유를 먹을 수 있을 텐데, 유리걸식으로 굳은 몸이니 동냥이나 해서 창자를 채우는 것이 나을 것이오.」 그는 이렇게 말하고 어리석게도 오디세우스의 엉덩이를 걷어찼다.

그러나 오디세우스는 꼼짝하지 않고 꼿꼿이 서 있었다. 그리고는 그를 몽둥이로 죽여 버릴 것인가, 아니면 땅에다 머리를 부숴 버릴까를 곰곰이 생각해 보았다. 그러나 그는 꾹 참기로 했다.

그러자 양돈가가 그를 꾸짖으며 두 손을 들고 빌었다. 「제우스의 따님이신 우물의 님프들이시여, 일찍이 오디세우스께서 그대 제단에 새끼 양과 새끼 염소를 바쳤다면 이 소원을 들어주소서. 오, 그분께서 하루빨리 돌아오시도록 도와주소서! 그래서 저 괴한들, 무례하게 가축이나 없애는 모리배들을 일거에 소탕해 버리게 하소서.」

그러자 멜란티오스가 말했다. 「이 고약한 놈 같으니라고! 감히 어디서 함부로 입을 놀리는가! 은활의 아폴론이시여, 오늘 텔레마코스를 구혼자들 앞에서 죽여 버리게 하소서. 오디세우스가 돌아올 날이 영영 사라진 것처럼 말입니다.」

그가 악담을 퍼부어대고 떠나자 두 사람은 천천히 걸었다. 멜란티오스는 서둘러 오디세우스 궁에 도착하여 자기를 몹시 좋아하는 에우리마코스 맞은편에 자리를 잡았다. 그러자 시종이 고기를 날라 오고 점잖은 하녀가 빵을 가져왔다. 영롱한 하프 소리가 울리며 페미오스가 소리 높여 노래를 불렀다.

한편 궁에 다다른 오디세우스는 양돈가에게 말했다. 「에우마이오스여, 이곳이 정말 오디세우스의 궁이구려. 한눈에 보아도 알겠소이다. 겹겹이 건물이 있고 정원이며 성벽과 벽돌 장식이 화려할 뿐만 아니라 문도 이중으로 되어 있군요. 감히 아무도 넘볼 수 없겠소이다. 아, 고기 냄새가 코를 찌르고 하프 소리도 들려오는 걸 보니 식사 중인가 보오.」

이에 에우마이오스가 말했다. 「어떻게 그렇게 빨리 알아보십니까. 참으로 뛰어나십니다. 자, 우리 무슨 일이나 일어났는지 살펴봅시다. 당신이 먼저 궁으로 들어가 구혼자들과 합석하십시오. 나는 여기에 있겠습니다. 아니면 내가 먼저 들어가고 당신이 여기 계셔도 좋습니다. 그러나 밖에 있으면 누군가가 때릴지도 모르니 소신껏 하십시오.」

「알았소. 내 여기 남아 있을 테니 먼저 들어가시지요. 까딱하다가는 얻어맞고 채일 테지만 이미 시달릴 대로 시달린 터라 괜찮소. 오히려 내가 두려운 것은 사람들에게 많은 해악을 주는 진저리나는 식욕이오. 그것을 충족시키기 위해 피비린내 나는 전쟁을 하는 것이 아니오?」

이때 개 한 마리가 누워 있다가 머리를 쳐들고 귀를 쫑긋 세웠다. 오디세우스가 성스런 일리움으로 떠나기 전까지 기르던 아르고스라는 이름을 가진 개였다. 한때 사람들은 그 개를 데리고 사나운 염소며, 토끼, 사슴을 몰았다. 그러나 지금은 아무도 돌보아 주지 않아, 노새며 소가 문간에 쏟아 놓은 오물더미 위나 거름더미 위에 누워 있었다. 이렇게 말할 수 없이 더러운 곳에 누워 있던 아르고스가 주인을 알아보는지 꼬리를 흔들었다. 그러나 더 이상 주인에게 다가올 힘이 없나 보았다.

오디세우스는 에우마이오스 몰래 눈물을 닦으며 말했다. 「에우마이오스여, 이 개가 이런 곳에 누워 있다니, 참으로 놀랍소. 내가 보기엔 훌륭해 보이는데, 애완용 개처럼 눈요기나 하는지 모르겠군요.」

그러자 에우마이오스가 대답했다. 「이 개는 만리타향에서 돌아가신 분의 개랍니다. 만일 오디세우스께서 트로이로 떠나실 때처럼 그 생김새와 동작이 훌륭하다면 아마 당신은 더욱 놀라시겠지요. 깊은 숲속에 서라도 일단 그놈의 눈에 띄기만 하면 죽은목숨이었지요. 그러나 지금은 이 개도 비참한 신세가 되었지요. 주인은 타향에서 돌아가시면서 누구 한 사람 돌봐 주지 않으니까요. 시종들이란 주인의 감시를 벗어나면 정직하게 일하려 들지 않지요. 전능하신 제우스께서는 시종이 되는 그날부터 인간의 미덕을 절반은 빼앗아가는 모양입니다.」

그는 이렇게 말하고 곧장 거만한 구혼자들이 있는 홀로 향했다. 한편 20년 만에 오디세우스를 본 아르고스는 죽음의 길로 떠났다.

그때 궁으로 들어오는 양돈가를 가장 먼저 발견한 텔레마코스는 고개를 끄덕여 그를 불렀다. 그러자 에우마이오스는 주위를 살피면서 요리사가 요리를 대접할 때 앉는 의자 하나를 가지고 와서 텔레마코스의 옆에 앉았다. 시종이 식사를 가져와 그에게 대접했다.

그 뒤를 따라 오디세우스도 버림받은 늙은 거지의 모습으로 지팡이를 든 채 궁으로 들어왔다. 그는 아주 곧게 뻗은 삼나무 기둥에 기댔다.

텔레마코스는 빵을 전부 꺼내고, 양손으로 들어야 할 정도로 커다란 고깃덩어리를 양돈가에게 집어 주며 말했다. 「이것을 가져다가 저 손님에게 드리고 구혼자들에게 돌아다니며 구걸을 하라고 이르시오. 부끄러움이란 아쉬운 사람에게는 쓸데없는 허례일 뿐이오.」

양돈가는 오디세우스에게 텔레마코스의 말을 그대로 전했다. 「노인장, 왕자님께서 이것을 당신에게 드리고 구혼자들에게 돌아다니며 구걸을 하시랍니다. 그분 말씀이 부끄러움이란 아쉬운 사람에게는 쓸데없는 것이랍니다.」

이에 지략이 뛰어난 오디세우스가 대답했다. 「제우스시여, 왕자님께 복을 내리시고 소원을 이루게 하소서.」

그러고는 두 손으로 그것을 받아 보기도 흉한 자루 위에 놓았다가 음유시인이 노래하는 동안 먹었다. 음유시인이 노래를 멈추자 구혼자들은 집이 떠나가라고 떠들어댔다. 그러나 아테나는 오디세우스가 구혼자들 사이를 돌아다니며 빵 조각을 구걸하여 과연 누가 옳고 그른지 흑백을 가리도록 충동질했다. 물론 여신은 누구 한 사람 재난으로부터 구해 낼 생각은 결코 없었다. 오디세우스는 오랫동안 거지 노릇을 한 것처럼 오른쪽에서부터 손을 내밀며 빠짐없이 구걸을 했다. 그러자 그들은 그를 가엾게 여겨 무엇이든 주며 어디서 왔으며 누구냐고 묻기도 하면서 놀려댔다.

이때 염소치기인 멜란티오스가 거들먹거리며 말했다. 「유명한 왕비의 구혼자들이시여, 나는 양돈가가 저 사람을 이곳으로 데리고 오는 것을 보았습니다. 하지만 어디서 왔는지는 나도 알지 못합니다.」

이에 안티노오스가 양돈가를 책망했다. 「양돈가여, 어쩌자고 이런 사람을 여기까지 데리고 왔소? 우리의 연회를 망치는 탐욕스런 거지,

방랑자들이 아직도 충분치 않단 말이오? 그대 주인의 살림을 이렇게 모여 먹어치우는 것도 부족하여 이런 사람을 또 불러오는 거요?」

에우마이오스가 그에게 대답했다. 「안티노오스여, 그대 고결한 줄 알았는데 말씀은 그렇지가 않군요. 어느 누가 낯모르는 사람을 연석에 합석시킨단 말씀이오. 사실 그는 예언자도 아니요, 명의도 조선공도 기술자도 음유시인도 아니지만 지구상이면 어디서나 환영을 받지요. 하지만 남의 음식을 없애라고 일부러 걸인을 연석에 청할 사람은 없을 것이오. 그러고 보니 당신은 항상 어느 구혼자보다도 나에게 특히 가혹하십니다. 그러나 나는 페넬로페 왕비와 왕자님께서 이 궁에 생존해 계시는 동안은 개의치 않겠습니다.」

그러자 현명한 텔레마코스가 양돈가에게 말했다. 「제발 그만두시오. 말이 많은 사람한테 쓸데없는 말을 할 필요는 없소. 그는 남을 헐뜯는 것이 버릇이라오.」 그러고는 다시 빠른 어조로 안티노오스를 향해 말했다. 「안티노오스여, 그대는 나를 마치 아버지가 아들을 보살피듯이 보살펴 주는군요. 음식이 축이 날까 심한 말까지 하며 손님을 집에서 내쫓으라 하시니 말이오. 그러나 신께서는 결코 이런 일을 시키지는 않을 것이오. 무엇이든 그에게 주시구려. 나는 인색하지 않소이다. 나의 어머님이나 오디세우스의 시종을 과히 괘념치 마시오. 하지만 그대는 남에게 주기보다는 혼자 먹는 편이 훨씬 좋은가 보오.」

안티노오스가 얼굴이 벌개져 되받았다. 「텔레마코스여, 버릇없이 입을 놀리지 마시오. 만일 구혼자들이 하고 싶은 대로 대접을 하다가는 그는 이곳에 가히 석 달간은 묵을 것이오.」 그는 테이블 밑에서 발판을 가져와 모양새 좋은 발을 올려놓았다.

　그러자 오디세우스는 안티노오스 옆에 서서 이렇게 말했다. 「나리, 보아하니 아카이아 사람 중에서 가장 높으신 영주님같이 보이는데 좀 후하게 적선해 주시구려. 그러면 나는 어디를 가든지 당신 이름을 높이 일컬으리다. 나도 한때 부자로 살았을 때에는 유랑자들의 행색을 보지 않고 두둑이 적선했소이다. 이처럼 시종도 많이 두고 부족한 것 없이 잘살았지만 제우스께서 모든 것을 빼앗아 갔소이다. 신은 진실로 나를 해적과 더불어 끝없는 유랑을 하게 하였고, 결국 멸망의 길을 걷게 한 것이오. 내가 이집트에 갔을 때를 잠깐 말하겠나이다. 나는 이집트에 다다른 뒤 나의 충실한 동료들을 불러 염탐하라고 내보냈소이다. 그러나 그들은 어리석게도 자기 힘만 믿고 이집트 사람들의 농장을 노략질했을 뿐만 아니라 그들의 아내와 무고한 어린아이들을 내쫓았지요. 갑자기 온 성이 아수라장이 되자 갑자기 보병들과 기병들이 한꺼번에 몰려왔소이다. 우리는 완전히 포위외어 죽임을 당하는가 하면 일부는 강제로 끌려갔소이다. 그러나 나는 그들과 친교가 있던, 키프로스를 다스리는 야소스의 아들 드메토르에게 넘겨졌으므로 목숨만은 건져 이곳으로 왔소이다.」

　그러자 안티노오스가 화를 버럭 내며 말했다. 「어느 신이 이 원수를 보냈단 말이오? 또다시 쓴 맛을 보지 않으려거든 어서 내 식탁에서 떨어지시오. 그저 사람들이 동정하니까 더욱 염치없는 짓을 하는구려. 하긴 남의 물건을 제멋대로 내주는 데 무엇이 아깝겠소이까.」

　오디세우스가 물러서면서 말했다. 「당신은 소금 한 알갱이 하나도 남에게 주지 않는 수전노구려. 남의 식탁에 앉아서도 빵 한 조각 줄 생각을 못하다니. 이렇게 많이 가지고 있으면서도 말이오.」

그러자 안티노오스가 몹시 화가 나 노려보며 소리쳤다. 「내게 욕설을 퍼부은 자가 이 집에서 온전히 나가지는 못하리라.」

그는 이렇게 말하고 발판을 들어 오디세우스의 오른쪽 어깻죽지를 냅다 쳤다. 그러나 오디세우스는 바위처럼 우뚝 서서 꼼짝도 하지 않은 채 가만히 고개를 흔들며 문간으로 다시 가서 자루를 내려놓고는 구혼자들에게 말했다. 「고명한 왕비의 구혼자들이시여, 잠깐만 내가 느낀 바를 좀 여쭙겠습니다. 정말로 소든 양이든 자기 재산 때문에 싸우다가 얻어맞는다면 원통할 것도 섭섭할 것도 없습니다. 그러나 지금 안티노오스는 그저 내 굶주린 창자 때문에 나를 쳤습니다. 오, 참으로 신이 계시다면 저 안티노오스를 결혼 전에 화장터 맛이나 보게 해 주소서.」

이에 사람들이 웅성거리자 에우페이테스의 아들 안티노오스가 말했다. 「이보게들, 조용히 앉아서 먹기나 하시오. 아니면 공연히 젊은 사람들에게 욕보이지 말고 다른 곳으로 가든지 말이오.」

이 말에 사람들이 몹시 분개했다. 한 거만한 젊은이가 나서서 말했다. 「안티노오스여, 불운한 방랑자를 치다니, 너무하지 않소. 만일 그가 정말 하늘에서 내려온 신이라면 당신은 천벌을 받을 거요. 신들은 거지 모습으로 변신을 하여 인간의 폭행이나 미행을 엿보기도 하니 말이오.」

그러나 안티노오스는 그들의 말에 아랑곳하지 않았다. 텔레마코스는 아버지가 맞는 것을 보고 가슴이 아팠으나 가만히 머리를 흔들며 마음속 깊이 복수심을 키웠다.

페넬로페는 행인이 맞았다는 소리를 시녀들로부터 듣자 혼자 중얼거렸다. 「궁술의 신이신 아폴론이시여, 안티노오스를 징계해 주소서!」

그러자 하녀 에우리노메가 맞장구쳤다. 「오, 우리의 축원이 이루어졌으면! 그러면 이 사람들이 한 명도 밝아오는 새벽을 보지 못할 텐데.」

정숙한 페넬로페가 말을 받았다. 「밤낮 흉계만 꾸미고 있는 그들은 참으로 못된 놈들이구나. 그 중에서도 안티노오스가 가장 악질이지. 불쌍한 과객한테 모두들 음식을 주어 자루를 채워 주었는데, 안티노오스만은 발판으로 그의 오른쪽 어깻죽지를 쳤으니…….」

이렇게 페넬로페가 시녀들과 넋두리를 하는 동안 오디세우스는 한쪽에서 식사를 했다. 이윽고 페넬로페가 착한 양돈가를 불러 말했다. 「에우마이오스여, 가서 그 손님을 오라고 하시오. 인사나 나누고 혹시 오디세우스 왕의 소식을 들었는지 내 묻고 싶소.」

이에 에우마이오스가 대답했다. 「왕비님이시여, 그분 말씀을 들으시면 마음이 황홀해지실 겁니다. 저는 제 오두막집에서 사흘 밤이나 그분과 함께 지냈습니다. 그분은 배에서 빠져나오자마자 저에게 오신 분입니다. 저도 아직 그분이 당한 재난 얘기를 다 듣지는 못했습니다. 사람을 즐겁게 해 주는 천품을 신으로부터 받은 음유시인의 노래에 귀를 막을 수가 없는 것처럼 저는 그분의 얘기에 그만 매혹되고 말았습니다. 그분 말씀이 미노스족이 살고 있던 크레테가 고국으로, 오디세우스 왕과는 전우 사이라고 했습니다. 또한 그분은 오디세우스 왕께서 테스프로티아족이 사는 기름진 땅에 살고 계시다가, 많은 재화를 가지고 집으로 돌아오는 길이라는 소식을 직접 들었다고 했습니다.」

이 말을 듣고 페넬로페가 그를 재촉했다. 「자, 어서 가서 그분을 모셔 오시오. 다른 사람들이 어찌 놀든 상관하지 않겠소. 날이면 날마다 소며 양이며 살진 염소들을 잡아 마음놓고 흥청거리며 술을 마셔대다니. 아, 장차 우리 집은 어떻게 된단 말이오? 하지만 오디세우스 왕께서 다시 고국에 돌아오시기만 한다면, 이들의 행악을 곱절로 갚아 줄 텐데. 자, 내 만일 그 손님이 거짓 없이 사실만 고한다면 내 외투와 튜닉 등 훌륭한 의복을 그분에게 입혀 드리겠소.」

그녀의 말을 들은 양돈가는 얼른 밖으로 나왔다. 그리고 그는 손님에게 전했다. 「노인장, 텔레마코스의 어머님이신 정숙하신 페넬로페 왕비님께서 보자고 하십니다. 서러운 일이야 이루 다 말할 수 없겠지만, 남편의 소식을 듣고 싶으시답니다. 거짓 없이 말씀만 하신다면, 지금 가장 급하신 외투와 튜닉을 드린답니다. 그러면 온 국토를 다니며 걸식을 하더라도 굶주리지는 않으리다.」

이에 존귀하고 인내심이 강한 오디세우스가 말했다. 「에우마이오스여, 내 곧 이카리오스의 따님이시며 사려가 깊으신 페넬로페 왕비님을 뵙고 사실대로 말씀드리지요. 나는 오디세우스 왕과 함께 갖은 고난을 겪어 왔으니 말이오. 그러나 나는 저 못된 구혼자들이 두렵소이다. 저 자들의 무례와 난폭한 행동은 하늘에 닿아 있군요. 지금도 하나도 잘못한 것이 없는 나를 저 사람이 쳐서 고통을 주었는데도 텔레마코스나 그 누구도 막지 못하더군요. 그러니 부인께서 아무리 급하시더라도 해가 질 때까지 내실에서 기다리시라고 여쭈시지요. 그리고 내 옷이 너무나 해져 있어서 난로가 옆에 자리를 마련해 주시면 더욱 고맙겠습니다. 이는 그대에게도 도움을 청했으니까 그대 자신도 잘 알 것 아니오.」

그의 말을 들은 양돈가가 다시 페넬로페에게로 향했다. 양돈가가 문에 들어서는 것을 본 페넬로페가 몸이 달아 말했다. 「에우마이오스여, 왜 혼자 오는 거요? 그분에게 무슨 일이라도 있소? 누군가를 지나치게 두려워해 그런 것이오, 아니면 이 집에 머무르기가 창피하여 그런 것이오? 부끄러워한다는 것은 참으로 걸인에게 있어서 불행한 일이오.」

「그분은 부끄러워하여 그런 것이 아닙니다. 그저 분수없는 자들의 화를 피하려는 거지요. 저녁때까지 기다리시는 것이 좋겠다고 했습니다. 그렇게 하는 것이 왕비님께도 훨씬 좋으실 겁니다. 그때 손님에게 물으시지요.」

「그렇게 생각하는 것으로 보아 지각없는 분은 아닌 것 같소. 세상에 저토록 무례한 자들은 또다시 없을 것이오.」

그제야 마음이 놓인 양돈가는 구혼자들 틈으로 가서 텔레마코스에게로 귓속말로 전했다. 「왕자님, 저는 이제 돌아가겠습니다. 모든 일에 유념하시어 무엇보다도 왕자님 몸에 화가 미치지 않도록 조심하십시오. 많은 아카이아 사람들이 흉계를 꾸미고 있습니다. 제우스시여, 우리에게 화가 미치기 전에 그들을 파멸해 주소서.」

「이 모든 일들은 나와 불사의 신들에게 달려 있는 법, 식사를 하시고 가셨다가 좋은 제물감을 가지고 내일 아침에 다시 오시오.」

　텔레마코스가 다시 의자에 앉자 양돈가는 식사를 마치고 돼지가 있는 곳으로 갔다. 정원과 홀에 가득차 있는 식객은 어둠이 다가오는 줄도 모르고 춤과 노래를 즐기고 있었다.

오디세우스, 걸인 이로스와 싸우다

오디세우스는 자신을 시기한 걸인 이로스와 주먹다짐을 벌인다. 페넬로페는 구혼자들 앞으로 나와 그들로부터 선물을 받는다.

이때 그곳에 또 다른 거지가 들어왔다. 그는 거구였지만 먹고 마시는 것밖에 몰랐다. 그의 이름은 아르나이오스로 사람들은 심부름을 잘한다고 하여 이로스(무지개의 신으로 신들의 전령)로 불렸다.

그는 오디세우스를 쫓아낼 작정으로 욕설부터 퍼부으며 대들었다. 「이봐 늙은이, 괜히 발길에 채이지 말고 문 밖으로 썩 꺼져 버려. 모두들 나에게 자네를 끌어내라고 눈짓하는 것이 보이지 않나? 나도 주먹다짐하기 싫으니 어서 네 발로 꺼지란 말이다.」

그러자 지략이 뛰어난 오디세우스가 매섭게 쏘아보며 말했다. 「여보게 친구, 나는 어떠한 말로나 행동으로 그대를 시기하거나 해치지 않았거늘 괜한 일로 내 성미를 돋우지 마시오. 이곳은 신께서 우리에게 똑같이 얻어먹게 하신 곳이니 같이 얻어먹읍시다. 내 비록 몸은 늙었지만, 그대를 피투성이로 만드는 것쯤은 문제없소이다. 그렇게 되면 내일부터는 그대가 이곳에 오지 못하게 될 테니 얼마나 쓸쓸하겠소.」

이로스가 화를 벌컥 내며 소리쳤다. 「이 허풍선이 같은 녀석이 입만 살아 잘도 지껄이는구나. 너 따위 놈은 지금 당장이라도 곡식 망치는 돼지새끼처럼 이빨을 모조리 부러뜨려 놓을 수 있다. 자, 덤빌 테면 덤벼라. 젊은 사람에게 대항하는 게 어떤 것인지 쓴맛을 보여주마.」

이렇게 그들은 여러 사람들이 보는 앞에서 말다툼을 벌였다. 이때 건장한 안티노오스가 재미있다는 듯 너털웃음을 웃으며 구혼자들에게 말했다. 「동지들이여, 일찍이 이처럼 재미있는 일은 없었소. 신이 이 집에서 이런 싸움을 하도록 하시다니! 저 늙은이와 이로스가 한바탕 할 모양이오. 자, 빨리 싸움을 시킵시다.」

그의 부추김에 모두들 박장대소하며 남루한 차림의 거지들을 둘러쌌다. 그러자 다시 안티노오스가 말했다. 「고명하신 구혼자들이여, 한마디 드릴 말씀이 있소이다. 여기 우리가 밤에 먹을 고기와 염소 순대, 선지가 가득 있소이다. 두 사람 중에서 이기는 사람이 원하는 것을 가져가게 하고 지는 사람은 얼씬도 못하게 합시다.」

이에 모두들 찬성했다. 그러자 오디세우스가 지혜롭게 말했다. 「여러분, 나처럼 늙은 사람이 그것도 갖은 고생으로 지쳐 있어서 젊은이와 대항한다는 것은 어리석은 일인 줄 압니다. 그러나 굶주린 창자가 싸우라고 강요하는구려. 그러니 여러분께서 굳은 맹세를 해 주시오. 누구라도 부당하게 이로스의 편을 들지 않겠다고 말이오.」

사람들은 모두 그의 말대로 맹세를 했다. 맹세가 끝나자 텔레마코스가 다시 한 번 그들에게 다짐을 시켰다. 「손님, 그대의 마음속에 젊은이와 싸우고자 한다면 아카이아 사람 누구든 두려워할 필요가 없소. 누구든 부당하게 그대를 치는 자는 많은 사람들을 적으로 만들 것이오. 이 궁의 주인은 바로 나이며, 지체 높으신 영주님 안티노오스와 에우리마코스도 이 말에 찬성하실 것이오.」

그의 말에 모두 찬성을 표했다. 잠시 후 오디세우스는 누더기를 허리에 둘둘 말아 감았다. 그러자 크고 우람한 넓적다리와 떡 벌어진 어깨와 가슴, 힘센 팔뚝이 드러났다. 아테나가 그렇게 만들어 준 것이다.

구혼자들은 모두 당황하여 여기저기서 수군거렸다. 「심부름을 잘해서 '이로스'가 되었는데, 머지않아 '느림보' 이로스가 되겠군. 공연히 섶을 지고 불에 들어간 꼴이야. 저 늙은이 다리를 좀 봐!」

이로스도 기가 한풀 꺾여 안절부절못했다. 그러나 사람들이 그를 안심시켜 억지로 나가게 했다. 안티노오스도 그를 꾸짖으며 이렇게 소리쳤다. 「이 겁쟁이 같으니라구. 온갖 고난에 시달린 늙은이 앞에서 벌벌 떨 바에는 차라리 나타나지 말든지, 아니면 아예 태어나지 말았어야지. 자, 만일 네가 저 사람한테 진다면 너는 검은 배에 실려 전 인류의 파괴자인 에케토스 왕에게로 보내질 것이다. 그는 날카로운 청동 칼로 너의 코와 귀를 베며, 몸뚱이는 산 채로 개한테 뜯어먹게 하겠지.」

이 말을 듣자, 이로스는 더욱 떨었다. 그때 인내심이 강한 오디세우스는 그를 당장 넘어뜨려 목숨을 거둘 것인가, 아니면 살짝 쳐서 땅에다 쓰러뜨릴 것인가를 곰곰이 생각해 보았다. 그러나 아카이아 사람들이 자기 정체를 알아챌지 모르니 가볍게 치는 편이 나으리라는 생각이 들었다. 먼저 이로스가 오디세우스의 오른쪽 어깨를 쳤다. 그러자 오디세우스가 이로스의 귀 밑 목을 쳐서 뼈를 으스러뜨려 놓았다. 그는 순식간에 검붉은 피를 쏟으며 땅에 쓰러졌다.

그러자 교만한 구혼자들은 손가락질을 하며 웃어댔다. 그러나 오디세우스는 그의 발을 잡아 회랑 어귀에 기대어 놓고는 그에게 지팡이를 쥐어 주면서 부드러운 목소리로 쏘아붙였다. 「거기 앉아 돼지나 개한테 큰소리치시지! 다시는 불쌍한 과객이나 걸인을 괴롭히지 말고. 그러다가는 보다 더 큰 불행에 처하게 될 테니.」

그는 끈 달린 자루를 어깨에 걸머지고는 다시 자리를 잡았다. 한편 구혼자들은 즐겁게 웃으며 이렇게 인사를 했다. 「손님이시여, 제우스와 그 밖의 불멸의 신들께서 그대의 소원을 이루게 해 줄 것이오. 그대가 그 건방진 자를 이 고장에서 다시는 구걸하지 못하게 해 놓았으니! 우리는 곧 그를 전 인류의 파괴자인 에케토스 왕국으로 보낼 것이오.」

이에 오디세우스는 마음이 흐뭇해졌다. 그때 안티노오스가 선지와 고기로 채운 커다란 순대를 그의 앞에 놓아주고, 암피노모스는 바구니에서 고기 두 쪽과 금잔에 술을 부어 축배를 들며 말했다. 「축하하오! 지금은 고생이 많지만 앞으로는 행복하시기 빕니다.」

「암피노모스시여, 그대는 분별력을 가지신 분이구려. 아마 그것은 훌륭한 부친을 두었기 때문인 것 같소. 나는 일찍이 둘리키온의 니소스의 명성을 익히 들어 알고 있소이다. 그분의 자제분이라고 하시니 사리가 밝겠지요. 그래서 한 말씀 드리겠습니다. 지구상에서 숨쉬고 움직이는 만물 중에서 가장 연약한 존재가 인간이랍니다. 영광의 신들께서 고난에 빠뜨릴 때에는 갖은 힘을 다해도 소용이 없으니 말입니다. 나도 한때는 제법 버젓이 살았소이다. 하지만 내 힘과 세력, 부모형제를 믿고 분별없이 행동했지요. 그러다가 이렇게 되고 보니, 인생이란 절대로 자신의 본분을 잊어서는 안 되며 그저 신중히 받아들여야 할 것으로 생각되어지더군요. 그래서 나는 구혼자들이 어떤 잘못을 저지르고 있는지 눈여겨보았소이다. 그분은 가까이 계시오. 여러분들도 댁으로 돌아가 여기서 오디세우스 왕의 귀국을 맞이하지 않도록 함이 현명한 일이외다. 분명 오디세우스 왕께서 이 지붕 밑으로 들어서신다면 여러분과 피를 흘리지 않고는 갈라설 리가 없기 때문이오.」

오디세우스는 말을 마친 뒤 제주를 따라 올리고 달콤한 술을 마신 다음 다시 그 무리의 지도자들 손에 잔을 돌렸다. 암피노모스는 비탄에 젖어 고개를 끄덕이며 홀을 지나 돌아갔다. 어떤 흉조를 예감했기 때문이다. 그러나 그 역시 아테나가 텔레마코스의 칼 아래 사라질 숙명을 지워 주었기 때문에 다시 처음 일어섰던 자리로 돌아와 앉았다.

그리고 아테나는 페넬로페의 가슴속에 이러한 생각을 불어넣었다. 몸소 구혼자들 앞에 나서서 그들을 부추기고, 전보다도 훨씬 남편과 자식에 대해 사랑과 경의를 갖도록 한 것이다.

페넬로페는 시녀를 불러 까닭 없이 웃으며 말했다. 「에우리노메여, 내 구혼자들이 몹시 밉기는 하지만 그들을 한번 보고 싶소. 그리고 아들에게 저들과 영영 손을 끊으라고 말해야겠소. 그들은 겉으로는 친한 체하지만 속으로는 음흉한 계략만 일삼는 무리들이오.」

「왕비님, 참으로 옳으신 말씀이십니다. 우선 얼굴에 눈물 자국을 지우시고 화장을 하시지요. 왕비님께서 신들께 수염이 난 왕자님을 보고 싶다고 기원하시더니 이제 왕자님도 어엿한 성인이 되었답니다.」

「에우리노메여, 나에게 목욕을 하고 화장을 하라니, 당치 않은 말이오. 저 하늘을 지키는 올림포스 신들이 그분을 떠나 보내신 뒤로 내 청춘은 이미 망가져 버렸다오. 자, 혼자서 남자들 앞에 나설 수 없으니 아우토노이와 힙포다메이아 좀 오라고 하시오.」

그러자 노부인은 방을 지나 시녀들에게로 가서 서두르라고 일렀다.

이때 빛나는 눈의 여신 아테나에게는 또 다른 생각이 떠올랐다. 즉, 여신은 페넬로페에게 달디단 잠을 쏟아 붓고 온 아카이아 사람들을 황홀케 할 만한 불멸의 선물을 보냈다. 의자에 앉은 채 잠에 취해 있는 페넬로페를 아프로디테가 예쁜 여신들의 무도회에 갈 때처럼 씻기고 화장을 시켜 더욱 아름답게 한 것이다. 또한 그녀를 더욱 늘씬하고 풍만하게 보이게 했고 피부는 새로 깎은 상아처럼 희게 해 놓았다.

이렇게 아테나가 그녀를 꾸며 놓고 나가자 시녀들이 떠들며 방으로 들어왔다. 그제야 깜짝 놀라 단잠에서 깨어난 페넬로페는 얼굴을 문지르며 말했다. 「아, 비로소 나도 단잠이 드는구나. 순결하신 아르테미스시여, 지금이라도 내 목숨을 거두어 가소서. 아카이아 사람 중에서 가장 뛰어난 남편 생각으로 더 이상 목숨을 연명하고 싶지가 않습니다.」

아름다운 왕비가 베일을 쓴 채 구혼자들 앞에 이르자 구혼자들은 무릎이 저절로 꺾이며 사랑의 욕망이 물밀 듯 일었다. 여기저기에 모여 있던 그들은 한결같이 그녀와 동침을 했으면 하는 소원을 내비쳤다.

이윽고 페넬로페는 사랑하는 아들 텔레마코스에게 말했다. 「텔레마코스야, 네 심지가 굳지 못하구나. 어렸을 때는 누구보다 영리했었는데, 이제 보니 분별력이라곤 눈곱만큼도 없구나. 도대체 이게 무슨 수작들이란 말이냐? 타국에서 온 손님이 내 집에서 이처럼 모욕을 당하는데도 앉아만 있다니, 어찌된 일이냐. 너는 수치스럽지도 않느냐?」

「어머님, 아무리 역정을 내셔도 저는 드릴 말씀이 없습니다. 저도 그만한 것은 이해하고도 남습니다. 사실 지금까지는 어린애여서 모든 것을 분별 있게 처리하지 못했습니다. 그들이 음흉한 흉계를 꾸미지만 정작 저를 도와주는 사람은 한 명도 없었으니까요. 아무튼 이번 이로스와 손님의 싸움은 구혼자들이 기대한 대로는 되지 않았습니다. 제우스 아버지와 아테나, 그리고 아폴론이시여, 이곳의 모든 구혼자들을 당장 쓸어내어 저 문 옆에 앉아 있는 이로스와 같이 다리를 늘어뜨려 제 집에도 걸어갈 수 없게 해 주소서!」

그들이 이렇게 주고받는데 에우리마코스가 끼여들었다. 「이카리오스의 따님이신 페넬로페시여, 당신의 용모나 몸매, 성품 등은 참으로 뛰어나십니다. 만일 모든 아카이아 사람들이 당신을 본다면 더욱 많은 구혼자들이 몰려와 향연을 베풀고자 하겠지요.」

「에우리마코스여, 나는 남편 오디세우스 왕이 일리움으로 출항한 날, 신께서는 내 용모와 몸매를 빼앗아갔나이다. 그분이 돌아오셔서 나의 명예를 되찾아 주기 전까지는 그저 눈물만 흘릴 뿐입니다. 아, 그분께서는 고국을 떠나시면서 내 오른손을 붙잡고 이렇게 말씀하셨지요. '부인, 모든 아카이아 대군이 트로이로부터 무사히 귀국할 수는 없을 것이오. 왜냐하면 트로이 군도 대단한 용사들이어서 대등한 전쟁이 벌어질 것이기 때문이오. 그러니 신께서 과연 나를 돌려보내 주실지는 나도 모르겠소. 그러니 당신은 집에 계신 아버지와 어머니를 잘 봉양하시오. 비록 내가 멀리 떨어져 있더라도 지금보다 더 정성을 다해야 하오. 그리고 아이는 성장하거든 당신이 원하는 혼처를 찾아 결혼시키도록 하시오.' 그런데 그분의 말씀이 모두 사실로 되고 말았습니다. 제우스께서 나에게 가장 혹독한 시련을 주셨기 때문입니다. 게다가 지금까지 구혼자들은 이런 짓을 하지 않았습니다. 지위 있는 사람의 딸에게 구혼하는 자는 다투어 소를 선물하거나 훌륭한 양떼를 가져오거나 신부 친구에게 식사 대접을 하면서 굉장한 선물을 보내긴 했어도 이렇게 무턱대고 살림을 축내지는 않았습니다.」

그녀의 말을 들은 절세의 영웅 오디세우스는 매우 기뻐했다. 페넬로페가 부드러운 말로 그들을 매혹시켜 선물을 가져오게 하되, 실상 마음은 다른 곳에 있다는 것을 알았기 때문이다.

이번에는 안티노오스가 끼여들었다. 「정숙한 페넬로페시여, 당신에게 청혼하는 자들이 가져오는 선물은 사양치 마시고 모두 받으소서. 우리는 당신께서 여기 아카이아 사람 중에서 가장 마음에 드는 사람을 택해 결혼하는 날까지 결코 이곳을 떠나지 않기로 했습니다.」

이 말에 그들은 모두 찬성하고 각자 사람을 보내 선물을 가져오도록 했다. 안티노오스는 열두 개의 금 브로치가 달린 휘황찬란한 훌륭한 예복을 가져 왔고 에우리마코스는 정교하게 만든 호박이 박인 황금 목걸이를 가져 왔다. 또한 에우리다모스의 두 하인은 매우 우아하게 빛나는 세 개의 구슬이 주렁주렁 달린 귀걸이를 가져 왔다. 그리고 폴릭 토르의 아들 페이산드로스 왕은 아름다운 보석 목걸이를 가져오는 등 모두들 훌륭한 선물들을 하나씩 가져 왔다. 그러자 부인은 내실로 올라가고, 시녀들은 그 귀한 선물들을 옮겨 놓았다.

한편 구혼자들은 춤을 추고 노래를 부르며 즐기는 동안 어두운 밤이 찾아왔다. 그들은 곧 홀에 있는 세 개의 화로에 불을 피운 다음 바싹 마른 장작을 새로 쪼개어 놓았다. 화로 옆 가운데에는 시녀들이 횃불을 들고 서 있었다. 이때 지략이 뛰어난 오디세우스가 시녀들에게 말했다. 「자, 오디세우스 왕의 시녀들이여, 왕비가 계신 내실로 들어가 그분을 위해 실을 잣고 위안을 드리시오. 내 여기서 불을 돌보리다. 비록 모두들 빛나는 새벽을 기다리지만, 나만큼은 아닐 것이외다.」

그의 말에 시녀들은 모두 웃었다. 그 중에서 특히 둘리오스의 딸 멜란토는 에우리마코스와 정을 통하고 있는지라 그를 몹시 꾸짖으며 망신을 주었다. 페넬로페가 친자식처럼 장난감도 주면서 아무 부러울 것 없이 키웠는데도 고마움을 느끼기는커녕 배은망덕한 것이다.

그녀는 모욕적인 말을 서슴지 않았다. 「가엾은 늙은이여, 정말 그대는 머리가 어떻게 되었나 보구려. 대장간이나 어디 회당에 가서 잠을 자지 왜 여기 지체 높은 분들이 계신 곳에서 건방을 떨고 있는 것이오? 정말 술에 취한 것이오, 아니면 평상시의 습관이오? 그래, 부랑자 이로스를 치고 나니 기고만장한 것이오? 그러나 이로스보다 센 사람이 나타나 그대의 머리를 후려치기 전에 조심하는 게 좋을 것이오.」

오디세우스가 무섭게 그녀를 쏘아보며 말했다. 「이 못된 계집 같으니라구! 내 당장 왕자님에게 네 정강이를 분질러 놓으라고 말할 테다.」

그의 말에 시녀들은 겁에 질려 서둘러 달아났다. 그러자 오디세우스는 불타는 화로를 지켜보며 다른 생각, 이루어지지 못한 다른 일을 생각하고 있었다. 한편 아테나가 교만한 구혼자들의 마음속에 조롱을 부추겨 주었다. 그 조롱은 오디세우스의 마음 깊숙이 파고들었다.

폴리보스의 아들 에우리마코스는 오디세우스를 또다시 조롱하여 사람들을 즐겁게 했다. 「고명한 왕비의 구혼자들이시여, 잠시 내 말 좀 들으시오. 이 사람이 이곳에 온 것은 신의 뜻인 것 같소이다. 지금 그의 머리에서 관솔불이 타고 있는 것 같지 않소? 머리에는 머리카락 하나 없는데 말이오.」 그는 다시 오디세우스를 향해 말했다. 「손님이여, 정말 우리 집에서 머슴을 살지 않겠소? 우리 집에 농원에서 성 쌓을 돌을 주워 모으고 나무를 심는 일을 하면 사경은 충분히 주리다. 물론 식사며 의복뿐만 아니라 샌들까지 주겠소. 하긴 못된 짓만 한 당신은 농사일에는 관심 없고 돌아다니며 구걸이나 하며 배를 채우고 싶겠지만.」

「에우리마코스여, 봄이 되면 우리 한 번 내기를 해봅시다. 낫을 가지고 저녁때까지 누가 많이 베나, 황소에게 멍에를 씌워 쟁기질해 봅시다. 그때 당신은 내가 얼마나 밭고랑을 잘 갈 수 있는지 볼 것이오. 그러면 건방지고 고집이 센 당신은 나를 조롱하여 비위를 건드리지는 못할 것이오. 당신은 자기보다 약한 사람들과 싸워 스스로 강인하다고 착각하는구려. 만일 오디세우스 왕께서 귀국하시는 날에는 저 넓은 문들도 당신들이 도망치기에는 좁기만 할 것이오.」

에우리마코스는 화가 치밀어 그를 무섭게 노려보며 소리쳤다. 「천하에 비열한 놈 같으니라구! 어디다 대고 함부로 입을 놀리는가! 네가 술에 취했다 하더라도 내 당장 네 놈의 버릇을 고쳐 놓고야 말겠다. 하하, 이로스를 치고 나니 기고만장해졌구나!」 그는 말을 마치기가 무섭게 발판을 집어 던졌다. 그러자 오디세우스는 얼른 암피노모스의 무릎에 가서 숨었고, 발판은 술을 시중들던 시종의 오른손을 맞혔다. 동시에 잔이 바닥에 떨어지면서 시종은 신음소리와 함께 나뒹굴었다.

구혼자들이 컴컴한 홀을 다니며 야단법석을 떨자 그들 중 한 사람이 한탄했다. 「저 걸인이 이곳으로 오기 전에 죽여버릴걸. 그러면 이런 소동도 일어나지 않았을 텐데! 저 걸인 때문에 소동이 일어나니 무슨 음식을 즐길 수 있겠는가.」

이윽고 텔레마코스가 그들을 꾸짖었다. 「참으로 어리석은 분들이여, 어느 신이 그대들을 선동하는가 보구려. 자, 이제 많이들 드셨으면 어서 돌아가 편히 쉬도록 하시오. 나도 이제는 아무도 받지 않겠소이다.」

텔레마코스의 노골적인 말에 그들은 모두 놀랐다. 그러자 니소스의 훌륭한 아들인 암피노모스가 일어나 한마디 했다. 「동지들, 이제 손님을 너무 심하게 다루지 마시오. 또 유명한 오디세우스 궁의 시종들도 마찬가지요. 자, 우리도 각기 축배를 올리고 돌아갑시다. 그리고 저 손님은 이곳에 남게 하여 텔레마코스로 하여금 보살피도록 합시다. 그는 텔레마코스 집에 온 손님이니 말이외다.」

그들 모두는 그의 말에 동의하고 시종인 모울리오스가 돌린 달콤한 포도주를 불사의 신들에게 올렸다. 그리고 그들은 각기 집으로 돌아갔다.

에우리클레이아, 오디세우스를 알아채다

오디세우스는 텔레마코스에게 궁에 있는 무기를 모두 창고로 가져가게 한다. 오디세우스를 거지로 착각한 페넬로페는 유모 에우리클레이아에게 잠자리를 봐주게 한다. 유모는 오디세우스의 발을 씻기다가 상처자국을 보고 자신의 주인임을 알아본다.

텔레마코스는 아버지의 말에 따라 유모 에우리클레이아를 불렀다. 「유모, 내가 아버님께서 떠나신 이후 무기를 간수하지 않아 녹이 슬고 연기에 그을었으니 내실에 갖다 놓아야겠소. 그때까지 아무도 방에서 나오지 못하도록 해 주시오. 이제라도 나는 불기가 미치지 않는 곳에 그것들을 잘 간직해 두어야겠소.」

그러자 착한 유모가 대답했다. 「오, 왕자님. 집안일에 대해 이처럼 신경을 쓰시다니, 정말 잘 생각하셨습니다. 그런데 급히 갖다 놓으려면 누군가가 불을 밝혀야 하는데, 누구한테 시중을 들게 할까요?」

「여기 이 손님이 있지 않소. 비록 먼 곳에서 오신 손님이긴 하지만, 아무 것도 일하지 않는 자에게는 내 음식을 주고 싶지 않소.」

유모는 그제야 잘 만들어진 방문을 닫았다. 그리고 오디세우스와 텔레마코스는 투구며, 먼지 낀 방패, 뾰족한 창들을 날랐다. 또한 아테나는 황금 등롱을 가져와 그곳을 밝혀 주었다.

그러자 텔레마코스가 입을 열었다. 「아버님, 참으로 놀라운 일입니다. 왕실의 벽이며 아름다운 기둥, 들보, 그리고 천장이 마치 불길처럼 환하게 타오릅니다. 틀림없이 어느 신께서 와 계신 모양입니다.」

「입을 다물고 생각도 말고 묻지도 말거라. 이는 올림포스에 계시는 신들의 관례이다. 자, 너는 가서 쉬거라. 나는 슬픔에 잠긴 어머니와 이야기를 나누어야겠다.」

오디세우스의 말에 따라 텔레마코스는 방으로 향했다. 그는 방에 들어가는 즉시 새벽까지 잠에 곯아떨어졌다. 한편 홀에 남아 있던 오디세우스는 아테나의 도움을 받아 구혼자들을 몰아낼 계략을 짰다.

그때 마침 아프로디테와 같이 아름다운 페넬로페가 내실에서 나왔다. 그녀는 늘 앉던 불가에 털가죽이 깔린 의자에 앉았다. 발밑에 고정되어 있는 의자는 당대의 명장 이크말리오스가 상아와 은을 입혀 나선형으로 만든 것이었다. 페넬로페가 이곳에 앉자 흰 팔의 시녀들이 서둘러 교만한 구혼자들이 먹던 식탁이며 잔을 치운 다음 화로에서 불을 긁어내고는 새 장작을 지폈다.

이때 멜란토가 또다시 오디세우스를 꾸짖었다. 「가여운 늙은이여, 아직도 이곳에 괴롭힐 게 남아 있소? 설마 집안을 배회하며 여자들을 엿볼 생각은 아니겠지? 이 철면피 같으니라구. 저녁을 얻어먹었으면 감지덕지해야지. 횃불로 얻어맞고서야 문 밖으로 쫓겨나고 싶은가 보군.」

이윽고 오디세우스가 그녀를 무섭게 쏘아보았다. 「여인이여, 나를 그토록 쫓고 싶은 이유가 무엇이오? 아마 누더기를 걸치고 구걸한다고 무시해서 그러오? 이봐요, 나도 한때는 남부럽잖은 부유한 집에서 호의호식하면서 의지할 곳 없는 길손에게 동정을 베풀었던 사람이오. 아쉬움이라곤 눈곱만큼도 없이 수많은 시종을 거느리며 살았지. 그런데 제우스께서 나를 이 모양으로 만들어 놓았소. 그대도 지금은 시녀들 중에서 가장 수석에 앉아 있을지 모르지만 언제 쫓겨날지 누가 알겠소? 왕비께서 화가 나서 그대를 꾸짖을 수도 있고, 오디세우스께서 귀국하실지도 모르는 일 아니오. 그리고 만일 그분이 그대 생각대로 영영 돌아오지 않으신다 해도 텔레마코스 같은 아들이 있지 않소. 아마도 이 집에서는 그분의 명을 거슬러 어느 여자도 마음대로 행동하지는 못하리. 그분도 이제는 더 이상 어린애가 아니니 말이외다.」

페넬로페가 이 말을 듣고는 시녀를 꾸짖었다. 「버르장머리없는 것 같으니라구. 어디서 그런 행동을 하고 있느냐. 내 손님에게 오디세우스 왕에 대한 소식을 묻고자 하거늘 그렇게 행동하다니! 참으로 고약하구나.」 이어 페넬로페는 에우리노메에게 말했다. 「에우리노메여, 의자에 양털가죽을 깔고 저 손님을 앉히시오. 내가 물어볼 말이 있다오.」

그러자 에우리노메는 서둘러 반들반들 윤이 나는 의자에 양털가죽을 깐 뒤 오디세우스를 앉게 했다.

먼저 페넬로페가 입을 열었다. 「당신은 누구시며 어디서 오셨습니까? 그리고 이곳에 어떻게 왔으며 누구의 후손이십니까?」

「지혜롭고 사려가 깊으신 왕비님이시여, 이 너른 세상에서 당신의 덕망을 칭송하지 않는 자는 아직 보지 못했습니다. 당신의 이름은 이미 하늘에까지 이르렀나이다. 그러나 부탁하건대 저에게 가문이며 고국에 대해서는 묻지 말아 주십시오. 왜냐하면 저의 인생에 관해서는 눈물 없이 말씀드릴 수가 없기 때문입니다. 성스런 이곳에서 눈물을 흘려서야 되겠습니까? 제가 눈물을 흘린다면 시녀는 물론이요, 왕비께서도 역정이 나셔서 아마 술주정한다고 생각하실 겁니다.」

그러자 정숙한 페넬로페가 말했다. 「손님, 제 뛰어난 용모와 몸매는 남편인 오디세우스 왕이 일리움으로 출항하던 날 사라지고 말았습니다. 만일 그분이 돌아오시기만 한다면 내 평판은 더욱 좋아지겠지요. 그러나 지금 나는 괴로움에 처해 있답니다. 구혼자들이 떼로 몰려와 나에게 강제로 구혼할 뿐만 아니라 재산까지 축내고 있습니다. 그래서 사실 손님 같은 걸인이나 시종들에게 전혀 관심을 가질 수가 없었습니다. 오로지 오디세우스 왕에 대한 걱정으로 애간장이 다 녹았기 때문입니다. 여태껏 나는 구혼자들을 속이며 거짓 길쌈을 하였습니다. 그러나 4년째가 되던 어느 날 시녀들의 귀띔으로 인해 발각되어 길쌈을 그만두어야 했습니다. 그리고 지금은 별다른 구실도 없고 묘안도 짜낼 수가 없습니다. 뿐만 아니라 나의 부모님께서도 재촉하고 계시고, 아들은 구혼자들이 우리 살림을 탕진하고 있어 몹시 괴로워합니다. 그건 그렇고 당신은 어디서 오셨는지, 어떠한 가문인지 말씀해 주소서.」

그녀가 이렇게 말하자 지략이 뛰어난 오디세우스가 말했다. 「오, 왕비님! 제 가문과 혈통에 대해 꼭 알고 싶으시다면 말씀드리지요. 비록 슬픔이 저를 에워쌀지라도 말씀드리겠습니다. 하긴 객지를 떠돌아다니는 저와 같은 인간은 슬픔에 익숙해 있지요. 바다 저 멀리 크레테라는 섬이 있습니다. 기름진 옥토로 90개나 되는 도시에 헤아릴 수 없는 사람들이 살고 있답니다. 각자 쓰는 말도 달라 언어가 잘 소통되지 않지요. 그 중에 크노소스라는 큰 도시는, 제우스와 절친한 미노스라는 분이 다스리고 있었습니다. 그분은 저의 아버지이신 데우칼리온의 아버지이셨습니다. 데우칼리온께서는 저와 이도메네우스를 낳으셨습니다. 저의 이름은 에톤인데, 오디세우스 왕께서는 트로이로 항해를 하는 도중 바람이 세게 불어 크레테로 오셨더군요. 그분은 아주 드나들기 힘든 항구, 에일레이티아 동굴이 있는 암니소스에 정박하고 바람을 피하셨습니다. 저는 그분을 제 집으로 모셔 와 정성껏 모셨습니다. 그분의 동료들에게도 식사와 거품이 이는 포도주를 대접하고 소를 잡아 마음껏 드시도록 했습니다. 그래서 저희 집에서 12일 동안이나 묵었습니다. 무서운 북풍이 감히 해안 가까이 닻을 내리지 못하게 했기 때문이지요. 그러나 13일째가 되어 물결이 잔잔해지자, 그분들은 닻을 올렸습니다.」

오디세우스가 거짓말을 청산유수로 늘어놓자 페넬로페 왕비는 눈물을 흘렸다. 마치 동남풍에 눈이 녹아 내리듯 그녀는 다른 사람이 있는 줄도 모르고 남편을 그리워하며 구슬피 울었다. 오디세우스는 마음속으로 아내에게 연민의 정을 느꼈으나 억지로 누르며 참았다.

실컷 울고 난 왕비는 비로소 이렇게 말했다. 「자, 손님, 그럼 한마디만 묻겠습니다. 당신 집에서 남편과 그분의 동료들을 후히 대접하셨을 때 그분의 행색은 어떠했습니까? 또한 그분과 함께 있던 동료들은 어떠했는지 말씀해 주시지요.」

「왕비님이시여, 떠나신 지 이미 20년이나 된 분의 얘기를 여쭙는다는 게 참으로 어렵습니다. 그러나 생각나는 데까지 말씀드리겠습니다. 오디세우스 왕께서는 겹으로 된 자줏빛 망토를 입으셨는데, 앞을 장식한 황금 브로치와 두 개의 버클은 참으로 빛났습니다. 개가 앞발로 얼룩 사슴의 목을 졸라대는 모습과 사슴이 발버둥 치며 달아나려고 하는 모습을 어떻게 그토록 금으로 정교하게 만들었는지 사람들은 모두 입을 다물지 못했습니다. 그분이 입고 계시던 튜닉도 껍질을 벗겨 놓은 마른 양파처럼 반짝거렸지요. 그것은 마치 태양과 같이 빛나서 많은 부인들이 놀라움을 감추지 못하고 그분을 쳐다보았습니다. 물론 그런 차림을 고국에서부터 하셨는지, 아니면 낯모르는 사람이 드렸는지는 잘 모르겠습니다. 아무튼 그분께서는 많은 사람들로부터 사랑을 받으셨습니다. 저도 직접 그분에게 청동 칼과 아름다운 자줏빛 겹외투, 술 달린 튜닉을 배로 보내 드렸습니다. 그분께서는 약간 늙은 시종을 데리고 다니셨는데, 그 사람의 외모를 말씀드릴 것 같으면, 어깨가 굽었고 피부가 검었으며 고수머리에 이름은 에우리바테스라고 했습니다. 오디세우스께서는 누구보다도 그를 가장 위하셨던 것 같습니다.」

그의 말을 들은 왕비는 더욱더 구슬프게 울었다. 오디세우스의 얘기가 하나도 틀리지 않았기 때문이다. 「자, 손님, 이제 편히 쉬시지요. 당신께서 말씀하신 옷들은 제가 손수 지어 드린 것이고 빛나는 브로치도 제가 달아 드렸지요. 그러나 나는 그분을 영영 뵈올 수가 없군요.」

「사려가 깊고 온화하신 왕비님이시여, 더 이상 남편으로 인해 아름다운 용모와 마음을 상하지 마소서. 물론 남편의 사랑을 받던 부인이 남편을 잃고 우는 것은 당연한 일이겠지만 제 말씀을 잘 들으십시오. 최근에 저는 오디세우스 왕께서 귀국하신다는 소식을 테스프로티아의 왕인 페이돈에게서 들었습니다. 오디세우스 왕은 생존해 계실 뿐만 아니라 여러 곳을 다니면서 훌륭한 보물들을 얻어 가지고 오신답니다. 다만 그분의 충실한 동료들과 우묵한 배는 트리나크리아 섬으로부터 오는 도중 검푸른 바다에서 잃고 말았다지요. 왜냐하면 그분의 동료들이 태양신의 소를 잡아먹었기 때문에 제우스와 태양신이 원한을 품으신 것이지요. 그리하여 그분만이 혼자 살아남아 파이아키아 해안에 떠밀려 내려갔는데, 파이아키아 사람들은 오디세우스 왕을 맞아 극진한 대접과 많은 선물을 주어 귀향길에 오르시게 했답니다. 그러나 오디세우스 왕께서는 많은 나라를 돌아다니며 재화를 모아 귀국하는 편이 나으리라 생각하셨던 모양입니다. 더욱이 페이돈 왕께서는 내가 보는 앞에서 제주를 올리고 맹세를 하시기를 오디세우스 왕을 틀림없이 고국으로 보내 드린다고 했습니다. 또한 저에게 오디세우스께서 모아 놓은 많은 재물을 보여 주셨는데 10대에 걸쳐 쓰고도 남을 정도로 값진 것들이더군요. 페이돈 왕의 말에 따르면 오디세우스 왕께서는 제우스의 계시를 받기 위해 도도나로 떠나셨다고 하더군요. 고국으로 공공연히 돌아갈 것인가, 아니면 비밀리에 돌아갈 것인가를 알고자 떠나신 것이지요. 저는 마침 둘리키온으로 떠나는 배편이 있어 먼저 온 거지요. 저 그믐달이 사라지고 초승달이 떠오를 때면 오디세우스 왕께서는 돌아오실 것입니다.」

페넬로페가 화색이 도는 얼굴로 대답했다. 「오, 손님의 말씀대로만 이루어진다면, 내 평생 그 고마움을 잊지 않겠습니다. 내 손님께 많은 선물을 올릴 뿐만 아니라 축복을 빌어 드리리다. 왠지 나도 그렇게 될 것같이 생각이 드는군요. 자, 시녀들이여, 이 손님의 발을 씻겨 드리고 황금의 새벽이 될 때까지 따뜻하고 편안히 쉬실 수 있도록 금침을 깔아 드려라. 그리고 아침 일찍이 목욕을 시켜 드리고 기름을 발라 드려라. 안에 들어 텔레마코스 옆에서 식사를 하시도록 할 것이니라. 또한 구혼자들이 손님을 괴롭히지 못하도록 할 것이다.」

「존경하옵는 왕비님이시여, 저는 눈 덮인 크레테 산을 뒤로 하고 배에 몸을 실었을 때부터 좋은 옷이나 푹신한 이부자리를 한 적이 없습니다. 자연스레 이러한 생활에 익숙해졌지요. 그래서 누군가 제 발을 씻겨 준다거나 목욕을 시켜 준다면 오히려 번거로운 일이 되었답니다. 혹시 저처럼 고생을 벗삼아 살아온 늙은 부인이라면 제 발에 손을 댄다 해도 상관없지만 말입니다.」

「손님, 그 동안 많은 분들이 이곳을 다녀갔지만 당신처럼 좋은 말씀을 해 주시고 이해심 깊으신 분은 처음입니다. 마침 나에게도 사려가 깊으신 분이 있지요. 저의 남편을 정성껏 길러 주신 분으로 노쇠하시긴 하지만 기꺼이 당신의 발을 씻어 드릴 것입니다. 자, 에우리클레이아여, 이리 와서 이분을 씻겨 드리세요. 아마 오디세우스 왕께서도 이

분처럼 손과 발이 험하게 되셨을지도 모르겠구려. 인간이란 고생을 많이 하면 쉬 늙는 법이니.」

늙은 시녀가 고개를 돌린 채 뜨거운 눈물을 흘리며 한탄했다. 「오, 불쌍한 왕비님이시여! 어느 누구도 당신처럼 제우스께 그렇게 많은 쇠족과 황소 백 마리를 제물을 바치며 편안한 여생과 자식을 위해 기원한 사람은 없지요. 그런데 당신에게만 유독 슬픔을 주시는군요. 아마도 여기서 심술궂은 여자들이 이 손님을 농락하는 것처럼 오디세우스 왕께서도 타관을 떠도실 때마다 여자들한테 농락당하셨겠지요. 그래서 이 손님도 그들이 씻겨 주는 것을 거절하신 것이겠지요. 그러나 왕비님께서 미약한 저에게 분부를 내리시니 그저 따를 뿐입니다. 그런데도 내 생전에 목소리와 몸, 발에 이르기까지 이 손님만큼 오디세우스 왕과 닮은 사람은 본 적이 없습니다.」

지략이 뛰어난 오디세우스가 얼른 얼버무렸다. 「노부인이여, 많은 사람들이 당신 말처럼 오디세우스 왕을 닮았다고 하더군요.」

노부인은 반짝이는 대야를 가져와 찬물과 따뜻한 물을 적당하게 섞었다. 오디세우스는 얼른 어두운 곳으로 옮겨 앉았다. 왜냐하면 노부인이 자신의 흉터를 알아볼까 내심 두려웠기 때문이다. 그러나 노부인은 단번에 그 흉터를 알아보았다.

이 흉터는 예전에 오디세우스가 파르나소스로 외조부 아우톨리코스와 그의 아들을 만나러 갔을 때 산돼지 송곳니에 찔려서 생긴 상처였다. 그는 누구보다 속임수나 입담이 걸죽했는데, 이는 양이며 염소 등 제물을 바칠 때마다 헤르메스가 기뻐하며 가르쳐 주었기 때문이다.

아우톨리코스는 기름진 이타카 땅에 와서 외손자를 보았다. 저녁을 먹고 난 뒤 에우리클레이아는 어린애를 무릎에 앉히고 이렇게 말했다. 「아우톨리코스시여, 이 아이에게 이름을 지어 주시지요. 이 아이야말로 많은 기도를 올린 덕에 태어났으니 말입니다.」

이에 아우톨리코스가 대답했다. 「그래, 그것도 좋겠구나. 그럼 내가 이곳에 온 것은 여러 사람들에게 화가 나서이다. 그러니 아이의 이름을 '성난 사람', 즉 오디세우스라고 하여라. 그리고 이 애가 성인이 되어 파르나소스에 오면 내 선물을 주어 즐겁게 돌아가게 하리라.」

그 뒤 오디세우스가 자라서 선물을 받으러 파르나소스에 갔다. 아우톨리코스와 그의 아들들은 반갑게 그를 맞았고, 외조모인 암피테아는 그를 껴안고 얼굴과 두 눈에 입을 맞추었다. 그리고 아우톨리코스는 그 아들들을 불러 식사 준비를 시켰다. 그러자 그들은 5년 된 황소를 잡아 가죽을 벗기고 다리를 자르는 등 솜씨 있게 꼬챙이에 꿰어 맛있게 구웠다. 이렇게 하루 종일 해가 서산에 질 때까지 연회를 베풀었다.

이른 새벽 신이 장밋빛 손가락을 펼치자 모두들 사냥을 나갔다. 아우톨리코스의 아들들은 개들을 앞세우고 용감한 오디세우스를 데리고 나간 것이다. 그들은 나무가 울창한 파르나소스의 험한 산을 올라 바람의 계곡까지 왔다. 사냥개들이 냄새를 따라 킁킁거리며 달려가는 대로 아우톨리코스의 아들들은 바짝 쫓았고, 오디세우스도 긴 창을 휘두르며 따라갔다. 우거진 숲에는 굉장히 큰 산돼지가 누워 있었는데, 바람도 불지 않고 햇빛은커녕 빗물조차 새어들지 못할 정도로 울창한 낙엽이 겹겹이 쌓여 있었다. 그들의 발자국 소리를 들었는지 산돼지는 털을 곤두세우고 눈빛을 번득이면서 일어서 달려들 태세였다. 오디세우스는 긴 창을 들고 산돼지를 명중시킬 목적으로 먼저 뛰어나갔다. 그러나 산돼지는 잽싸기 피한 뒤 그의 무릎을 물고 도망갔다. 오디세우스는 다시 겨냥하여 산돼지의 오른쪽 어깨를 찔렀다. 그러자 산돼지는 소리를 고래고래 지르며 그 자리에 고꾸라졌다. 아우톨리코스의 아들들은 오디세우스의 상처를 잘 동여매고 주문을 외어 출혈을 막고는 산돼지를 들쳐 메고 궁으로 돌아왔다. 그리고 오디세우스의 상처를 잘 치료한 뒤 훌륭한 선물과 함께 이타카로 돌아왔다.

오디세우스의 아버지와 어머니는 돌아온 아들을 붙잡고 산돼지에게 물린 연유를 자세히 물었다. 그는 파르나소스에서 있었던 일을 상세하게 모두 말했다.

노부인은 바로 그 상처를 알아본 것이다. 노부인이 놀라 오디세우스의 발을 놓치는 바람에 청동 대야가 기울어지면서 물이 바닥에 쏟아졌다. 순간 기쁨과 고통이 동시에 그녀의 가슴속에 휘몰아쳤다.

그녀는 오디세우스의 턱을 어루만지며 속삭였다. 「오, 당신은 오디세우스 왕이군요. 다리를 만져 보기 전에는 전혀 몰랐습니다.」

그녀는 눈짓을 해 페넬로페에게도 이 소식을 알리려 했다. 그러나 페넬로페는 알아채지 못했다. 아테나가 그녀에게 다른 생각을 하도록 만들었기 때문이다.

한편 오디세우스는 얼른 그녀의 목을 끌어당겨 바싹 귀에다 대고 속삭였다. 「유모여, 나를 죽일 작정이오? 나를 품에 안아 기른 분이 바로 그대 아니오. 나는 지금 온갖 풍파를 겪고 20년 만에 돌아왔소. 신께서 유모에게 영감을 내리셨을지라도 입을 꾹 다물고 어느 누구도 알게 해서는 안 되오. 그러지 않으면 신의 도움으로 내 저 오만한 구혼자들을 처치할 때 유모라 해서 살아남지 못할 거요.」

그러자 영리한 에우리클레이아가 얼른 대답했다. 「왕이시여, 그 무슨 섭섭한 말씀이십니까? 제 입이 얼마나 무거운지는 잘 알고 계실 겁니다. 차돌이나 쇳덩이처럼 꾹 다물고 있지요. 그리고 만일 신께서 구혼자들을 정복하게 해 주신다면, 과연 누가 당신에게 불충했고 누가 죄를 저질렀는가를 자세히 알려 드리겠나이다.」

「유모여, 그렇게까지 할 필요는 없소. 나 혼자서도 잘 알아보고 판단할 수 있으니, 그저 유모는 입만 다물고 계시오. 모든 것은 신이 알아서 할 테니까.」

이에 유모는 처음에 떠온 물을 엎질러 다시 가지고 와 씻겨 준 다음 향유를 발라 주었다. 오디세우스는 다시 의자를 불 앞으로 당겨 앉으며 헌 옷으로 흉터를 가렸다.

이때 페넬로페가 말했다. 「손님, 한 가지만 더 묻겠습니다. 이제 곧 안락한 잠을 취할 시간이지만 나는 그저 한탄과 울음으로 밤을 꼬박 새우곤 한답니다. 신께서 슬픔을 주셨기 때문이지요. 내 집안 돌아가는 꼴을 보면 더욱 그렇습니다. 그래서 원수 같은 밤이 찾아오면 갈 데 없는 근심 걱정이 가슴속에 쌓여만 가 몹시도 괴롭습니다. 마치 판다레우스의 딸인 나이팅게일이 이른봄에 숲속에서 자신이 죽인 사랑하는 아들, 이틸로스(제토스 사이에서 태어남)를 생각하며 정처 없이 우는 것처럼 내 영혼도 정처 없답니다. 손님, 저는 앞으로 어떻게 하면 좋겠습니까? 모든 재산과 시종들, 남편의 침실을 지켜야 할지, 아니면 값진 선물을 보내며 구혼해 오는 사람들 중에서 가장 나은 사람을 택해 결혼 해야 할지 잘 모르겠습니다. 아들이 아직 철이 들지 않았을 때에는 내가 개가를 한다는 것에 대해 상관하지 않았지만, 이제 성장하여 성인이 되고 보니 내가 성 밖에만 나와도 눈총을 보냅니다. 또한 구혼자들이 눈앞에서 재산을 탕진하는 것도 몹시 못마땅해하고 있습니다. 그건 그렇고, 이 꿈 좀 해몽해 주시지요. 12마리의 거위가 물에서 나와 밀을 먹고 있었습니다. 나는 그것들을 보며 마음을 달랬지요. 그런데 부리가 흰 커다란 독수리가 산에서 날아 내려오더니 거위들의 목을 쪼아 모조리 죽이고는 다시 공중으로 날아가 버렸습니다. 그것을 본 내가 구슬피 울자 아름다운 머리칼을 가진 아카이아 부인들이 몰려와 나를 위로했습니다. 그때 독수리가 다시 내려와 추녀 끝에 앉아서는 저를 달래주었습니다. '오, 먼 나라에까지 이름이 난 이카리오스의 따님이시여, 안심하십시오. 이것은 꿈이 아니라 현실입니다. 거위들은 구혼자요, 나 독수리는 돌아올 남편이랍니다. 그래서 모든 구혼자들은 남편에게 무참히 죽게 되지요.' 나는 이 말에 깜짝 놀라 잠에서 깨어났는데 거위들은 전과 다름없이 뜰에서 통 속의 밀을 쪼아먹고 있었습니다.」

「사려가 깊으신 왕비님이시여, 말씀하신 대로 오디세우스께서 친히 하실 일을 보여 드린 것이옵니다. 구혼자들의 파멸은 명백한 것, 어느 누구도 죽음에서 벗어나지 못할 것입니다.」

「손님, 꿈이란 원래 믿을 것이 못 되지요. 인간 세상에서 다 이루지는 것은 아니니까요. 허무한 꿈 같은 것에는 두 개의 문이 있다고 합니다.

하나는 뿔로 만든 것이요, 다른 하나는 상아로 만든 것인데, 반짝이는 뿔을 향해 나오는 꿈은 정말 실현되고, 상아를 깎아 만든 문을 향해 나가는 꿈은 거짓이라 실현 불가능한 환상이라고 합니다. 그런데 내가 꾼 꿈이 뿔로 만든 문을 통해 나온 꿈이라면 얼마나 좋겠습니까. 그리고 한 가지 더 말씀 드릴 게 있습니다. 이제야말로 운명의 아침이 다가오고 있습니다. 이 밤이 새면 나는 구혼자들에게 이 도끼로 시합을 시킬 것이기 때문입니다. 오디세우스께서는 도끼 열두 자루를 마치 참나무 기둥처럼 한 줄로 세워 놓고는 한 개의 화살로 쏘아 맞히셨지요. 누구든 날쌔게 활을 쏘아 이 열두 자루의 도끼를 꿰뚫는다면 나는 기꺼이 이토록 화려하고도 부유한 왕궁, 꿈에도 잊지 못할 이곳을 버리고 그를 따라갈 작정입니다.」

「존경하옵는 왕비님이시여, 이 경기를 더 이상 지체하지 마시고 빨리 시행하소서. 지략이 뛰어난 오디세우스 왕께서는 이 사람들이 번쩍이는 활을 당겨 쇠를 꿰뚫기 전에 반드시 이곳에 와 계실 테니까요.」

「손님, 만일 당신께서 내 옆에 앉아 말씀해 주신다면 잠을 자지 않아도 될 것 같습니다. 그러나 자지 않고 살 수 있는 사람은 없지요. 이제 나는 오디세우스께서 저주스러운 일리움으로 떠나가신 때부터 눈물이 마를 날이 없던 침실로 올라가 쉬어야겠습니다. 손님도 이만 주무시지요. 잠자리를 마련해 드리도록 일러 놓겠습니다.」

그녀가 침실로 올라가자 그 뒤를 시녀들이 따랐다. 침실에 들어선 그녀는 그리운 남편 오디세우스를 생각하며 빛나는 눈의 아테나가 단잠을 퍼부어 줄 때까지 구슬피 울었다.

오디세우스, 복수의 계시를 받다

잠자리에 든 오디세우스는 여신으로부터 복수에 성공하리라는 계시를 받는다. 한편, 날이 밝자 다시 구혼자들을 위한 잔치가 벌어지고, 구혼자들은 오디세우스를 조롱하며 소란을 피운다.

오디세우스는 현관 바닥에 짐승의 생가죽을 깔고 그 위에는 구혼자들이 잡아먹은 양털을 수북히 깔아 잠자리를 마련했다. 그런 다음 자리에 눕자 에우리노메가 외투를 덮어 주었다. 오디세우스는 구혼자들을 소탕할 생각으로 좀처럼 잠을 이루지 못했다. 늘 구혼자들과 함께 자던 여인들이 몰려와 사방이 시끌시끌했다. 오디세우스는 마음이 더욱 산란해져서 몸을 이리저리 뒤채였다. 그는 당장이라도 무례한 구혼자들을 모조리 죽여버리고 싶은 충동이 솟구치는 걸 가까스로 참아냈다. 가슴속에서는 활활 불길이 타오르고 있었다.

그는 가슴을 치면서 자신을 타일렀다. 「참아라, 나의 가슴이여. 이보다 더 비열한 일도 참아내지 않았던가. 저 무시무시한 키클로프스가 내 동료들을 함부로 잡아먹던 그날, 그 끔찍하고 무서운 괴수의 동굴을 꾀를 써서 벗어나던 그때도 나는 참았었노라.」

그는 이렇게 자신을 타이르며 끓어오르는 분노를 다스렸다. 석쇠 위에 올린 고기를 뒤집듯이 그는 계속해서 뒤척였다. 그의 머릿속은 저 많은 구혼자 무리들을 어떻게 처단할까 하는 생각으로 꽉 차 있었다. 그러자 하늘에서 아테나가 내려와 그에게 가까이 다가왔다.

여신은 평범한 여인의 모습으로 변신한 채 그의 머리맡에 서서 말했다. 「무엇을 그리 고민하고 있습니까? 이 인간 세상에서 가장 불운한 사내여. 이곳은 그대의 궁이요, 그대의 사랑하는 아내와 늠름한 아들이 있는 곳 아니오?」

그러자 지략이 뛰어난 오디세우스가 말했다. 「여신이시여, 모두 옳으신 말씀입니다. 전 지금 어떻게 저 무도한 구혼자들을 처단할 수 있을까 궁리중입니다. 그런데 큰 걱정거리가 하나 있습니다. 만일 제가 신들의 뜻을 받들어 그들을 죽인다 해도 어떻게 그로 인한 복수의 칼날을 피할 수 있겠나이까? 원컨대 그 점에 대해 알려 주십시오.」

그러자 아테나가 눈을 반짝이며 말했다. 「오, 의심 많은 사내여! 그대는 연약하고 명석하지 못한 인간들을 두려워하고 있구려. 그러나 내 그대를 온갖 고초로부터 끝까지 수호해 주리다. 자, 그럼 솔직히 말하리다. 비록 50개 부대가 그대를 죽이려고 에워싼다 해도 그대는 그들을 물리칠 것이오. 그러니 뜬눈으로 밤을 새운다는 것은 그대에게 결코 이롭지 못하니 눈을 붙이구려. 그대는 곧 고난에서 일어서게 될 몸이니.」

아테나는 이렇게 말한 뒤 그의 두 눈에 잠을 퍼붓고는 올림포스로 돌아갔다. 오디세우스가 사지의 맥이 풀려 잠이 들자, 마침 그의 아내인 페넬로페는 푹신한 침대에서 일어나 앉아 울기 시작했다.

그녀는 실컷 울고 난 뒤 아르테미스에게 기도를 올렸다. 「제우스의 따님이신 아르테미스시여, 지금 당장이라도 제 심장에 화살을 꽂아 저를 저승으로 보내 주소서. 아니면, 거센 바람을 일으켜 저를 저 무섭게 소용돌이치는 오케아노스 강에다 던져 주소서. 폭풍으로 판다레우스의 딸들을 앗아가던 때처럼 말입니다. 신들의 손에 양친을 잃고 그들은 졸지에 고아가 되었지요. 그러자 아름다운 아프로디테께서 치즈며 꿀이며 포도주로 그들을 양육하셨습니다. 그리고 신들의 어머니이신 헤라께서는 그들에게 어느 여인보다도 뛰어난 미모와 지혜를 주셨습니다. 또한 성처녀 아르테미스께서는 그들에게 정신적 능력을 심어 주셨고, 지혜로운 아테나께서는 그들에게 뛰어난 손재주를 전수해 주셨습니다. 그러나 아프로디테께서 올림포스로 가서 그들의 혼례식을 신들의 왕 제우스께 청원하는 동안, 폭풍의 정령이 그들을 낚아채서는 무시무시한 에리니에스에게 던져 주어 하녀로 삼게 하였습니다. 올림포스에 계시는 위대한 신들이시여, 저도 그처럼 멸하여 주소서. 아니면, 아르테미스의 화살에 맞아 넋으로라도 저 차디찬 지하 세계로 가 지아비를 만나 보게 해 주소서. 그리하여 소인배의 노리개가 되지 않게 해 주소서. 그러나 뼈아픈 슬픔으로 온종일 흐느껴 울다가도 잠이 들면 고통을 면할 수 있는 법, 더구나 오늘밤에는 남편처럼 보이는 이가 군

대를 지휘하던 그때의 모습으로 옆에 와서 눕기에 어찌나 기뻐했는지
모릅니다. 이것이 그저 헛된 꿈이 아니라 현실이라고 여겨졌으니까
요.」

그때 눈부신 황금관을 쓴 새벽이 찾아왔다. 아내의 울음소리에 잠을
깬 오디세우스는 마치 아내가 자기를 알아보고 머리맡에 와 서 있는 듯
한 느낌이 들었다. 그는 외투와 양털을 모아 홀 안의 의자에 올려놓은
다음, 쇠가죽은 문 밖으로 가지고 나와 바닥에 깔고 제우스에게 축원을
올렸다. 「오, 제우스시여, 그대 자비로운 신들께서 호의를 베풀어 절
고향으로 데려다 주셨사오니, 원컨대, 안으로는 사람의 입을 통해 행운
의 전조를 알게 해 주시고, 밖으로는 당신의 뜻을 보여 주소서.」

그의 축원에 제우스는 올림포스의 높은 구름 사이에서 뇌성을 날려
보냈다. 오디세우스는 기뻐 어쩔 줄을 몰라했다. 뿐만 아니라 맷돌질
하던 여인 하나가 맷돌이 있는 집 근처에서 전조를 보냈다. 여기에서
는 열두 명의 여인들이 보리와 밀을 빻느라 부지런히 일하고 있었다.
다른 사람들은 모두 일을 마치고 잠이 들었는데, 가장 힘이 약한 한 사
람만이 아직 일을 마치지 못해 늦게까지 일을 하고 있었다.

그녀는 맷돌 돌리던 손을 잠깐 멈추고서 자신의 주인에 대한 징조의
말을 했다. 「인간과 신들을 다스리는 제우스 아버지시여, 구름 한 점
없이 맑은 하늘에서 천둥을 치셨으니, 이는 필시 누군가에게 보여주시
는 전조입니다. 가련한 저까지도 기원하나이다. 오늘 저 구혼자의 무
리들이 오디세우스의 궁에서 즐기는 연회가 마지막이 되게 해 주소서.
그들의 식사를 마련키 위해 보리를 빻느라 제 무릎은 완전히 벗겨졌나

이다. 부디 그들의 오늘 식사가 마지막이 되게 해 주소서!」

그녀의 기원을 들은 오디세우스는 또한 매우 기뻐했다. 그는 무도한 자들에 대한 앙갚음의 길을 찾았다고 생각했다.

궁궐 안의 다른 시녀들은 함께 모여 난로에 불을 지폈다. 그리고 텔레마코스는 잠자리에서 일어나 옷과 샌들을 걸친 뒤, 어깨에는 날카로운 칼을 메고 손에는 날카로운 청동 창을 들고 문간에 서서 에우리클레이아에게 말했다. 「유모, 손님에게 식사며 잠자리를 잘 대접해 드렸는지요? 혹시나 되는 대로 아무 곳에서나 주무시게 한 것은 아닌지요? 비록 어머니께서 생각이 깊으신 분이지만, 덮어놓고 나쁜 사람을 후대하시면서 오히려 좋은 이들은 푸대접해서 보내신 적이 있거든요.」

그러자 사려 깊은 에우리클레이아가 대답했다. 「왕자님, 왜 무고한 어머님을 책망하십니까? 손님은 실컷 먹고 마신 다음 어머니께 더 이상 음식을 들지 않겠노라 말씀하셨습니다. 그리고 그분이 주무시고 싶어하기에 시녀를 시켜 잠자리도 깔아 드렸습니다. 그러나 손님은 침대에 모포를 깔고 눕기를 거절하셨지요. 대신 현관에서 거친 쇠가죽과 양털을 깔고 주무시겠다고 하기에 우리는 그분께 외투를 덮어 드렸습니다.」

그녀의 말을 들은 텔레마코스가 창을 들고 홀을 지나가자, 두 마리의 날랜 개가 그 뒤를 따랐다. 그는 갑옷으로 무장한 아카이아 사람들을 만나기 위해 회의장으로 가는 중이었다.

그러자 에우리클레이아가 시녀들을 불렀다. 「자, 누가 이리 좀 와서 홀을 치우고 물로 닦아라. 그리고 이 의자에는 자색 덮개를 깔도록 해

라. 또한 행주로 식탁을 깨끗이 훔치고, 병이며 손잡이가 달린 잔들도 씻어야지. 그리고 우물에 가서 물도 길어와야 하고. 구혼자들이 곧 들이닥칠 것이다. 오늘은 그들을 위한 경축의 날이니라.」

그녀의 말에 따라 시녀 스무 명은 우물로 가고 나머지는 홀에서 바삐 일하기 시작했다. 잠시 뒤 장작을 아주 잘 패는 아카이아 인부들도 모습을 드러냈고 몇몇 시녀들도 우물물을 길어 돌아왔다. 그리고 양돈가가 살진 돼지 세 마리를 몰고 왔는데, 그는 돼지들을 뜰에다 풀어놓고는 오디세우스에게 말을 걸었다. 「노인장, 아카이아 사람들에게 잘 좀 대접을 받았습니까, 아니면 처음과 마찬가지로 홀대를 받았습니까?」

이에 오디세우스가 대답했다. 「에우마이오스여, 남의 집에서 함부로 무례를 일삼는 자들, 철면피 같은 자들에게 복수케 해 달라고 신께 빌었다네.」

그들이 이런 말을 주고받고 있을 때, 염소를 치는 멜란티오스가 구혼자들에게 먹일 살진 염소를 끌고 왔는데, 그 뒤에는 두 명의 목자가 따라붙고 있었다. 멜란티오스는 염소를 회랑에다 매어 놓고 나서 오디세우스에게 모욕적인 말을 건넸다. 「여보쇼, 손님. 그댄 왜 아직도 예서 얼쩡거리고 있는 거요? 구걸을 하더라도 좀 성가시지 않게 해야 하지 않겠소? 이처럼 경우에 벗어난 짓은 내 일찍이 보지 못했소이다. 다른 곳에서도 아카이아 사람들이 연회를 베풀고 있으니, 썩 물러나 그리로 가보시오. 얼쩡거리다가 괜히 주먹맛을 보기 전에.」

이런 모욕적인 언사를 들으면서도 오디세우스는 아무 말도 하지 않았다. 다만 말없이 머리를 흔들며 복수할 생각에 전념했다.

이번에는 시종들의 우두머리인 필로이티오스라는 사람이 모습을 드러냈다. 그는 살진 암소와 염소를 끌고 와 회랑 아래에다 조심스럽게 매어 놓고 양돈가에게 다가와 물었다. 「이보게, 최근 우리 궁에 와서 머물고 있는 저 손님은 누구신가? 어느 종족의 후손이고, 어디서 왔다고 하는가? 참으로 불쌍해 뵈는구나. 아주 높고 고상한 혈족인 듯하나, 고생을 많이 했는지 여기저기 성한 구석이 없는 듯하이. 천하의 왕인들 신들이 내린 재난의 그물을 벗어날 도리는 없었겠지.」

　그는 오디세우스에게 오른손을 들어 환영의 표한 다음 가까이 다가와 말했다. 「손님, 잘 주무셨습니까? 아무쪼록 복 많이 받으십시오. 보아하니 고생을 많이 하신 듯하오만. 당신처럼 가혹한 분이 또 어디 계신단 말입니까. 신께서 사람들을 이 세상에 보내 놓고는 불행과 고통 속으로만 몰아넣으시니, 너무도 가혹하십니다. 손님을 보니 가슴이 저리고 오디세우스 왕 생각이 나 눈물이 앞을 가립니다. 만일 그분께서 요행히 살아 계시어 이 햇빛을 보신다면, 역시 손님처럼 남루한 옷을 걸치고 유리걸식을 하시고 있겠지요. 그러나 만일 그분이 이미 운명하시어 지하세계로 가셨다면, 아, 왕을 그리는 내 슬픔에는 끝이 없을 거요. 그분께서는 내가 젊어서 케팔레니아족 땅에 살고 있을 때 나에게 소들을 보내 기르게 하셨소이다. 그리하여 지금은 그것들의 수효가 늘어 선뜻 헤아리기 힘들 정도로 많아졌지요. 그러나 아무 연고도 없는 무리들의 배를 채우기 위해 그것들을 갖다 바쳐야 하니, 장차 이곳에 무엇이 남으리요. 그들은 왕자님은 물론이요, 신들의 복수조차 개의치 않는 모양입니다. 게다가, 오랫동안 부재중이신 주인의 재산까지도 분배하자고 덤비니, 이 무슨 참람한 짓이란 말이오. 왕자님이 버젓이 살아 있는데, 이방인들 앞에다 소를 바쳐야 하니, 정녕 기막힌 일이 아닐 수 없다오. 내 이럴 줄 알았다면, 진작에 다른 고명한 왕을 찾아 달아났어야 했을 것을. 아, 언제쯤에나 그분이 돌아오셔서 저 무도한 이들을 소탕할지 걱정이라오.」

그러자 현명한 오디세우스가 말했다. 「목자께서는 보아하니 현명하고도 선한 분이신 듯하오. 내 그대 안에 담긴 지혜를 알고 있는 터이므로 굳게 맹세하는 바요. 그 어느 신보다도 위대하신 제우스의 이름으로 말씀드리겠소. 나는 저 고명한 오디세우스 왕의 식객으로 여기 와 있소이다. 그대가 이곳에 계신다면, 틀림없이 오디세우스 왕께서 들어오시는 모습을 보게 될 것이오. 그리고 그대가 원하신다면, 저 교만한 구혼자들이 이곳에서 거꾸러지는 모습 또한 보게 될 것이오.」

이에 목자가 대답했다. 「오, 이런! 부디 당신의 말씀대로 이루어 주시기를 빕니다. 만일 그렇게만 된다면, 손님께서도 내 힘이 어느 정도이며, 이 손으로 내가 무슨 일을 하는지 보게 될 겁니다.」

그러자 에우마이오스 역시 모든 신들에게 오디세우스 왕의 귀국을 빌었다. 이렇게 그들이 서로 얘기를 주고받고 있는 동안, 구혼자들은 텔레마코스를 살해할 흉계를 꾸미고 있었다. 이때 그들 왼편에서 독수리 한 마리가 나타나서는 재빠르게 비둘기를 낚아채어 높이 날아올랐다.

이를 보고 암피노모스가 말했다. 「동지들이여, 아무래도 텔레마코스 처치 계획은 없던 일로 해야 할 것 같소이다. 차라리 연회나 즐기도록 합시다.」

암피노모스가 이렇게 말하자 그들은 모두 이에 따랐다. 그들은 궁 안으로 들어가 외투를 벗어 던진 다음, 살진 양과 염소를 잡고, 다시 기름진 돼지며 암소 등을 잡기 시작했다. 그들은 내장을 구워 골고루 나누고 술을 걸렀다. 그리고 양돈가가 잔을 돌렸다. 시종의 우두머리인 필로이티오스가 바구니에 빵을 담아 와 돌리고, 멜란티오스는 포도주를 따랐다. 이리하여 그들은 앞에 차려진 진수성찬을 흐뭇하게 먹기 시작했다.

이때 텔레마코스는 뜻한 바가 있어 홀 안 돌문 옆에 조그만 식탁과 의자를 마련한 뒤 오디세우스를 앉게 했다. 그러고는 약간의 순대와 술을 내주며 이렇게 말했다. 「여기 사람들 틈에 앉으셔서 술을 드시지요. 제가 이 구혼자들의 욕설과 구타로부터 당신을 지켜 드리겠습니다. 여기는 오디세우스 왕의 궁이면서 또한 내게 물려주신 집입니다. 그러니 구혼자들께서는 부탁건대, 욕설이나 구타 따위는 절대 삼가 주시오. 그렇지 않으면, 언쟁이나 싸움이 불가피할 것이외다.」

텔레마코스가 대담하게 말하자 구혼자들 모두가 입술을 깨물었다. 이윽고 에우페이테스의 아들인 안티노오스가 입을 열었다. 「아카이아의 영주들이여, 텔레마코스의 말이 몹시 귀에 거슬리기는 하지만 일단은 받아들이도록 합시다. 그는 우리를 크게 겁주고 있소이다. 크로노스의 아드님이신 제우스께서 우리의 계획을 훼방놓으셨기 때문이오. 그렇지만 않았으면, 텔레마코스가 아무리 달변가라 할지라도 지금 이 홀에서 우리에게 저처럼 무례히 요구하는 일은 없었을 거요.」

안티노오스의 이런 말을 듣고도 텔레마코스는 전혀 개의치 않았다. 한편 시종들은 신에게 제물로 올릴 성스런 황소 백 마리를 이끌고 성을 지나오고 있었다. 그러자 긴 머리칼을 늘어뜨린 아카이아인들이 궁술의 신 아폴론의 울창한 숲 밑으로 모여들었다. 그들은 구운 고기를 꼬챙이에서 빼낸 다음 사람들에게 골고루 분배하였다. 또한 시종들은 오디세우스에게도 차별 없이 많은 양의 고기를 떼어 주었는데, 이는 텔레마코스가 시킨 일이었다.

이때 아테나 여신은 구혼자들의 교만한 마음을 충동질하여 폭언을 하도록 만들었다. 이는 라에르테스의 아들 오디세우스의 심중에 보다 큰 분노를 심어 주기 위한 여신의 조처였다. 구혼자들 가운데에는 크테시포스라는 아주 무례한 자가 있었다. 그는 사메가 고향으로 아주 부자였는데, 오래 전부터 오디세우스의 아내에게 청혼을 해 왔다.

먼저 그가 구혼자 무리에게 입을 열었다. 「고매하신 구혼자들이시여, 내 한 말씀 드리겠습니다. 저 손님은 여러 날 동안 에서 묵으면서 자기 몫이라고 음식들을 챙기고 있소이다. 여기 있는 누구를 불문하고 손님의 권리를 빼앗는 것은 부당한 일일 거외다. 자, 그러면 내 저 손님에게 선물을 줄 터이니, 저 손님 또한 위대한 오디세우스 궁에서 일하는 시종이나 목욕 시중을 드는 시녀들에게 선물을 주지 않으면 안 될 것이오.」

그는 이렇게 말하고 나서 바구니에서 쇠족을 집어들어 억센 팔로 그를 향해 던졌다. 오디세우스는 재빨리 머리를 돌려 이를 피했다. 쇠족은 벽에 맞아 바닥으로 떨어졌다.

그러자 텔레마코스가 크테시포스를 질책했다. 「크테시포스여, 그대는 참으로 운이 좋았소이다. 다행히 그대는 손님을 맞히지 못했소. 만일 그렇지 않았더라면, 내 날카로운 창으로 그대의 흉부를 공격하여 혼인잔칫날 그대 아버지는 아들의 장례식을 치르느라 혼이 났을 거요. 자, 이런 어리석은 장난일랑은 그만두기로 합시다. 나도 예전에는 어린 애였지만 이젠 흑백을 가릴 만큼 컸소이다. 나는 그대들이 한 짓을 보고도 죽 참아 왔소. 혼자서 여러 사람을 상대할 도리가 없었기 때문이오. 자, 더 이상은 날 괴롭히지 마시오. 만일 그대가 칼을 뽑아 나를 죽이려 든다면 내 달게 받겠소. 이런 넌더리나는 짓들, 손님을 모욕하고, 시녀들을 함부로 이리저리 끌고 다니는 꼴을 더 이상은 못 봐 주겠으니, 차라리 죽는 편이 나을 것이오.」

이에 모두들 입을 다물어 버렸다. 그러다 한참이 지나 다마스토르의 아들 아젤라오스가 침묵을 깨고 입을 열었다. 「동지들이여, 옳은 말 앞에서는 사실 어느 누구도 화를 내거나 항변할 수 없는 법입니다. 여기 있는 이 손님과 궁 안에 있는 시종들을 함부로 학대하지 맙시다. 그리고 이건 호의로써 들어주길 바라는데, 내 텔레마코스와 그의 모친에게 한 가지 청을 좀 하겠소이다. 당신들이 마음속으로 오디세우스 왕이 귀가할 거라는 희망을 품고 있다면, 구혼자들을 궁궐 내에 얼마 동안을 체류시킨다고 해도 화낼 사람은 하나도 없으리다. 그분께서 무사히 귀국만 하신다면야 이보다 더 좋은 일은 없겠지요. 하지만 그런 일은 없을 거라는 게 명백하지 않소이까. 그분은 이미 고인이 된 사람이오. 그러니 어서 모친께 가서 말씀드리시오. 구혼자들 중에서 최적임자요, 가장 큰 선물을 올리는 자와 결혼을 하시라고 말이오. 그리한다면 그대도 시달림 없이 부친의 재산을 지키게 될 것이고, 어머님은 다른 집에 가서서 편안하고 행복한 삶을 누리게 될 것이오.」

이에 현명한 텔레마코스가 대답했다. 「아젤라오스여, 제우스의 뜻으로 아버님께서는 이타카를 멀리 떠나 생사 불명의 불행을 당하셨으니, 나도 어머님의 결혼 문제를 더 이상 지체하지는 않겠소이다. 어머님이 마음이 있으셔서 어느 분이고 최적임자에게 개가하신다면, 나 또한 많은 선물을 올리겠다고 말씀드린 바 있소이다. 하지만 당신께서 마음이 없는데도 강제로 출가를 시킨다는 것은 자식된 도리가 아니라고 생각하오. 신께서도 결코 이런 소행을 용납하지 않을 것이라 믿소.」

텔레마코스가 말을 마치자, 아테나 여신은 구혼자들의 심중을 뒤흔들어 이성을 마비시키고 박장대소를 하게 만들었다. 함부로 계속 웃어대는 그들의 입에서는 피묻은 고기 살점들이 튀어나왔고, 눈에는 눈물이 고였으며, 가슴속에서는 분노하는 마음이 끓어올랐다.

그러자 테오클리메노스가 말했다. 「불운한 사람들 같으니! 이 얼마나 추악한 모습인가? 머리며 얼굴이며 다리가 온통 어두운 기운에 감싸여 있는데도, 광기에 찬 조소의 대가로 뺨은 온통 눈물 범벅이고, 벽이며 기둥들은 피로 얼룩지지 않았소이까. 또한, 현관과 뜰에는 저 땅속 지옥으로의 행차를 재촉하는 혼령들로 가득차 있고, 태양은 구름 속으로 사라져 세상을 온통 죄악의 안개로 흐려 놓고 있소이다.」

그가 이렇게 말하자 그들은 더욱 즐거운 폭소를 터뜨렸다. 이때 폴리보스의 아들인 에우리마코스가 다시 그들을 향해 외쳤다. 「이 손님은 아마 딴 나라에서 온 지 얼마 안 된 모양이오. 젊은이들이여, 이 자를 그만 저 문 밖으로 내보내도록 합시다. 이 안에 있어 봤자 그믐밤처럼 어둡기는 마찬가지일 테니 말이오.」

그러자 테오클리메노스가 대꾸했다. 「에우리마코스여, 나는 그대에게 내 갈 길을 묻지는 않으리라. 내게는 눈과 귀가 있을 뿐만 아니라, 튼튼한 두 다리에다 남 못지 않은 굳센 의지도 있소이다. 그러니 난 내 힘으로 가겠소이다. 부디 명심하시오. 그대들에게 화가 닥쳐들고 있소이다. 고명한 오디세우스의 궁에서 무례를 범하고 불법을 일삼은 무리 중에서 재앙을 면할 자 단 한 명도 없으리라.」

그는 말을 마친 뒤 화려한 홀을 나와 페이라이오스에게로 왔다. 페이라이오스는 그를 반갑게 맞아 주었다. 구혼자들은 서로를 쳐다보며 텔레마코스의 화를 돋우는 한편, 그의 손님들을 조롱하기 시작했다.

그들 중의 한 건방진 젊은이가 이렇게 말했다. 「텔레마코스여, 그대보다 불운한 손님은 없는 듯싶소. 누구인지도 모르는 그 추한 과객을 붙잡아 두고서 밤낮으로 술과 밥을 구걸하게 하고 있으니 말이오. 무슨 품위 있는 일이나 전술에 달통한 것도 아니요, 그저 빌어먹는 데에만 정신이 팔린 밥버러지를 모시고 참 수고가 많소이다. 게다가 이젠 다른 사람의 예언을 들어야 할지도 모르오. 하지만 그대가 만일 내 말만 잘 들어준다면, 우스갯거리가 되는 일은 없을 것이외다. 그런 값없는 손님일랑 배에다 실어 시실리로 보내 버리도록 하시오. 그들은 그대에게 만만찮은 값을 치러 줄 것이오.」

이러한 말에도 텔레마코스는 전혀 개의치 않았다. 그는 묵묵히 자신의 아버지를 바라보면서 이 무도한 구혼자들에게 복수할 때만을 고대하고 있었다.

이때 이카리오스의 딸인 페넬로페는 문 반대편에 앉아 홀 안에서 들려오는 소리에 귀를 기울이고 있었다. 구혼자들은 희희낙락 식사를 해댔으며, 많은 가축들은 그들의 입과 위장을 즐겁게 하기 위해 피를 흘리고 있었다. 그 피 속에서 한 여신과 용감한 사내가 엮어가는 무시무시한 향연이 더운 김을 뿜어 올리고 있었다.

활쏘기 시합이 벌어지다

페넬로페는 구혼자들 앞에 오디세우스의 활과 도끼를 내놓은 뒤, 활로 도끼 머리의 구멍을 꿰뚫은 사람에게 시집가겠다고 선언한다. 모두들 활을 쏘아보지만 오디세우스만이 성공한다.

아테나 여신은 이카리오스의 딸인 페넬로페의 마음을 자극해 구혼자들 앞에다 시합에 쓸 무기이자 죽음의 전조가 될 활과 회색 도끼를 가져다 놓게 했다. 그녀는 곱고 흰 손에 교묘하게 구부러진 열쇠를 쥐고서 내실의 높은 층계를 내려왔다. 그것은 상아 손잡이가 달린 청동제 열쇠였다. 그녀는 시녀를 거느리고서 궁 안에서 제일 깊숙한 곳에 마련한 보물창고로 갔다. 이곳은 청동과 금, 그리고 잘 다듬어진 칼 등 남편의 보물들을 보관해 둔 곳이었다. 또한, 활과 화살통이 있었는데, 화살통 안에는 아직도 남편 잃은 여인의 슬픔을 자아내게 할 만큼 많은 화살이 들어 있었다. 이것들은 모두 라케다이몬에서 만난 오디세우스의 친구인, 에우리토스의 아들 이피토스가 준 선물이었다. 그 두 사람은 메세네에 있는 오르틸로코스의 집에서 만났다. 당시 오디세우스는 사람들에게 준 빛을 받기 위해 그곳에 간 것이었다. 메세네 사람들은 이타카로부터 300마리의 양과 목자들을 빌려 간 적이 있었다. 그리고 이피토스는 열두 필의 잃어버린 암말과 그 말이 낳은 새끼들을 찾으러 그곳에 온 것이다. 그러나 그는 훗날 제우스의 아들인 역사 헤라클레스의 집을 방문했다가 죽임을 당하는 운명에 처하고 만다. 헤라클레스는 무지막지한 사나이여서, 손님의 신분으로 자신을 찾아온 이피토스를 신들의 눈도 개의치 않은 채 참살하고서 그의 준마들을 자신의 마구간으로 잡아넣었다. 나중 운명이야 어찌되었건, 이피토스는 자신의 가축들을 찾으러 간 길에서 오디세우스를 만나 그에게 활을 선물로 주었다.

한편, 오디세우스는 이피토스에게 답례로 예리한 칼과 튼튼한 창을 주어 우정의 징표로 삼게 했다. 그러나 이후 그들은 두 번 다시 만나지 못했는데, 제우스의 아들인 헤라클레스가 이피토스를 죽였기 때문이다. 오디세우스는 배를 타고 전쟁터로 나갈 때는 활을 가져가지 않고 궁궐에 보관해 두어 이피토스와의 우정을 오래오래 기렸다.

사려 깊은 페넬로페는 보물창고 앞에 이르러 참나무 문지방을 건넜다. 이는 일찍이 솜씨 좋은 목수가 매끈하게 고르고 반듯하게 잡아 양 옆에 기둥을 박고 번쩍거리는 문을 달아 놓은 것이다. 그녀는 익숙한 손놀림으로 문고리에서 끈을 풀고 열쇠를 꽂은 다음, 빗장을 밀어젖혔다. 그러자 소 울음 같은 큰 소리가 나면서 육중한 문이 활짝 열렸다.

거기에는 눈부시게 빛나는 의복들이 들어 있는 여러 개의 상자가 놓여 있었다. 그녀는 활집을 벽에서 끄집어 내린 다음 무릎 위에 올려놓고 주저앉아 남편의 손때 묻은 활을 꺼내며 목놓아 울었다. 실컷 울고 난 그녀는 남편의 체취가 잔뜩 묻어 있는 활과 화살통을 손에 들고 구혼자들이 기다리고 있는 홀로 돌아왔다. 그녀의 뒤에는 시녀들이 철이며 청동으로 된 무기들을 들고 따랐다.

여인 가운데에서도 기품이 높은 페넬로페는 반짝이는 베일로 얼굴을 가린 채 화려한 지붕을 떠받치는 기둥 옆에 섰다. 그러자 충실한 시녀 하나가 그녀 옆으로 다가와 섰다.

페넬로페는 구혼자들에게 말했다. 「고명하신 구혼자들이여, 내 이제 한마디 여쭙고자 합니다. 남편이 오랫동안 집을 비운 사이, 여러분들은 내게 열렬하게 구혼을 청해 왔으나 별다른 대답을 얻지 못하였지요. 그리하여 날마다 이곳으로 몰려와 먹고 마시는 일로 세월과 재산을 축내었는데, 이는 오로지 나를 아내로 맞이하고픈 일념이 시킨 일인 줄 압니다. 이제 그에 대한 답을 드리지요. 자, 보십시오. 여러분 앞에 놓아둔 이것으로써 나는 여러분을 시험하고자 합니다. 위대한 오디세우스 왕이 아끼시던 커다란 활을 여러분 앞에 내놓겠습니다. 누구든 이 활을 들어 열두 개 도끼 머리의 구멍을 꿰뚫는 분이 있다면, 나는 그분을 따라가겠습니다. 내 보금자리, 화려하고 풍족한 이 궁궐을 버리고 말입니다.」

그녀는 이렇게 말하고 나서 양돈가에게 명하여 구혼자들 앞에 활과 회색 도끼를 가져다 놓도록 했다. 에우마이오스가 눈물을 흘리면서 활

292

과 도끼들을 옮겨 놓자, 여타 다른 목동들도 슬피 통곡했다.

그때 안티노오스가 그들을 꾸짖기 시작했다. 「이 어리석은 소인배들이여, 단지 눈앞의 일밖에는 생각지 못하는 무지한 인생들이여, 어째서 이처럼 쓸데없이 눈물을 흘리고 있단 말이냐? 가뜩이나 죽은 왕을 못잊어 애달퍼하는 왕비의 심사를 더욱 괴롭히려고 이 꼴들이란 말이냐? 잠자코 앉아서 처먹기나 해라. 정 울고 싶다면, 밖으로 나가서 울어라. 하지만 경고하건대, 활은 여기에 두고 가라. 이제부터 우리 구혼자들이 치열한 경쟁을 벌여야 할 테니 말이다. 내 생각에 이 윤기 나는 활은 그리 호락호락하게 다룰 수 있는 물건 같지 않구나. 여기 모인 우리들 가운데 오디세우스 왕만큼 힘센 이가 뵈지 않기 때문이다. 내 비록 어렸을 때 일이긴 해도, 그분을 본 기억이 아직도 눈에 선하거든.」

그는 이렇게 말하면서도 속으로는 그 활을 쏘아 도끼 머리의 구멍을 꿰뚫는 상상을 하고 있었다. 무례한 구혼자들의 가슴속에 담긴 부질없는 욕심과 의욕을 한껏 자극한 장본인이었던 그는 그야말로 분노한 오디세우스의 화살에 쓰러져야 할 첫 번째 표적인 셈이었다.

이때 텔레마코스가 용기를 내어 입을 열었다. 「위대한 제우스께서 정녕 나를 얼간이 천치로 만드셨군요. 정숙하신 내 어머님께서는 여러분 가운데 적임자가 나타나면 이 집을 버리겠다고 말씀하셨습니다. 어찌할까요? 어리석기 그지없는 나는 기뻐하며 웃고 있습니다. 자, 구혼자들이여, 그대들 앞에는 상이 걸려 있소. 아카이아나 성스러운 필로스, 아르고스, 미케네에서도 찾아볼 수 없는 여인이 앞에 서 있소이다. 여러분이 잘 아는 바이니, 굳이 내 입으로 내 어머니에 관해 이런저런 찬사를 늘어놓지는 않을 생각이오. 그러니 이제 주저하지 말고 활을 잡아들 보시오. 어차피 당할 일, 이제는 한순간이라도 빨리 당하고 싶소이다. 그리고 나 또한 이 활을 한번 당겨 보고 싶소. 만일 내가 이 활로 화살을 날려 과녁을 맞힌다면, 비록 내 어머니께서 이 집을 떠나 다른 분을 따라가신다 해도, 그리 큰 슬픔은 남지 않을 것이오. 내가 아버지의 무기를 능히 다룰 만큼 컸음을 확인한 뒤이기 때문일 거요.」

그는 이렇게 말하고 나서 어깨에 걸친 붉은 망토를 벗어 던진 다음 어깨에서 칼을 뽑았다. 그리고 땅을 파고 도끼를 한 줄로 나란히 세운 뒤 흙을 메우고 발로 다졌다. 전에 그러한 경기를 구경해 보지 않았을 게 분명한 그가 그토록 가지런하게 도끼를 늘어놓는 것을 보자 모두들 놀라움을 금치 못했다. 텔레마코스는 문지방으로 가서 활을 들었다. 그러나 활시위를 당겨 보려고 무진 애를 썼지만 몸만 부르르 떨 뿐이었다. 그런데도 그가 시도를 멈추지 않자 오디세우스가 고개를 흔들며 만류했다.

그러자 낙심한 텔레마코스가 그들에게 다시 한마디했다. 「여러분, 나는 실패했소이다. 난 겁쟁이이고, 포악을 부리는 자를 막아낼 만한 힘을 가지지 못한 약자입니다. 자, 그럼 나보다 힘이 센 사람이 있다면, 나와서 활을 쏘아 자신의 능력과 운을 시험해 보시오.」 그는 이렇게 말하고 활을 땅 위에 세워 놓은 다음, 좀전에 일어섰던 자리로 가서 앉았다.

그러자 안티노오스가 말했다. 「동지들이여, 저 술 따르는 자리 왼쪽에서부터 오른쪽으로 차례대로 일어나 활을 쏘도록 합시다.」

이에 모두들 찬성을 표했다. 먼저 오이노프스의 아들 레오데스가 자리에서 일어났다. 그는 예지력을 지닌 사제였는데, 항상 홀 맨 끝에 있는 술병 옆에 앉아 있었다. 그만이 구혼자들의 방자한 행동을 못마땅해하면서 줄곧 그들을 비난해 왔다. 그는 활과 화살을 들고 문지방으로 가서 활시위를 당겨 보았다. 그러나 활을 구부릴 수가 없었다. 못이 박이지 않은 그의 손가락은 억센 활시위를 당기기에는 너무 여렸다.

「동지들이여, 나는 이 활을 쏠 수가 없소. 다른 분이 해보시오. 아, 얼마나 많은 대장부들의 생명이 이 활 앞에서 스러질 것인가! 하루가 멀다 하고 페넬로페 왕비를 차지하고 싶은 욕망에 들떠 있으면서 이런 일도 못한다면, 차라리 죽는 편이 낫겠지. 그대들, 활을 당긴 다음에는 서둘러 다른 아카이아 처녀를 찾아 청혼들을 하도록 하시오. 그리고 페넬로페 왕비께서는 최고의 선물을 가져오는 사람을 골라 결혼하도록 하소서.」 그는 이렇게 말한 다음 활을 반들반들하고도 잘 만든 문 옆에 기대 놓고 나서 자기 자리로 가서 앉았다.

그러자 안티노오스가 그에게 비난을 퍼부었다. 「레오데스, 무슨 말을 그렇게 함부로 지껄이는가. 그 따위 되지도 못한 소리는 입 밖에 꺼내지도 말게. 이 활이 우리 용감한 사내들의 생명을 빼앗아가다니! 이는 자네가 활을 구부리지 못했기에 우릴 시기해서 하는 소리일 게 분명하네. 미안하지만, 자네가 당기지 못한 이 활시위는 우리 고명한 구혼자들의 힘 앞에서는 순순히 허리를 꺾고 말 것이네.」 그는 이렇게 큰소리친 후, 멜란티오스에게 명령했다. 「멜란티오스, 자네는 지금 즉시 홀에 불을 피우고 그 옆에 긴 의자를 갖다 놓게나. 그리고 의자 위에 양털을 깔고 커다란 비계를 준비해 두게. 우리 장부들이 활을 따뜻하게 하고 기름을 바른 뒤, 활을 구부려 시합을 할 수 있도록 말일세.」

그러자 멜란티오스는 곧 명령대로 일을 처리했다. 젊은이들은 활을 따뜻하게 하고 기름을 바른 뒤 활을 당기는 데 도전해 보았으나 줄줄이 실패하고 말았다. 그러나 안티노오스와 구혼자들 가운데 지도자격인 에우리마코스의 경우는 여전히 활에서 미련을 떼지 못했다. 그들은 그들 무리 중에서 가장 뛰어난 사람들이었다.

한편, 소치기와 양돈가는 이때 밖으로 나왔다. 오디세우스 역시 그들을 따라 밖으로 나왔다. 뜰로 나온 오디세우스는 나직한 목소리로 그들에게 물었다. 「여보시오들, 내 이런 질문을 해도 폐가 되지 않는다면, 한 가지만 묻겠소이다. 만일 오디세우스께서 갑자기 여러분 앞에 모습을 드러내신다면, 다시 말해, 어느 신께서 그분을 무사히 돌아오게 하신다면, 당신들은 어떻게 하겠소? 그분을 도와 줄 수 있겠소? 아니면, 구혼자들을 돕겠소? 마음먹은 대로 솔직히 말씀해 주시오.」

소치기가 말했다. 「오, 제우스 신이시여, 제 소원을 들어주소서. 만약 그분이 신의 은총을 받아 귀국하신다면, 손님께서는 내 힘이 얼마나 센지, 또한 내 손이 얼마나 민첩한지 아시게 될 겁니다.」

그리고 양돈가인 에우마이오스 또한 오디세우스가 고향으로 돌아올 수 있도록 모든 신들에게 기도를 올렸다.

그들의 마음을 확실히 알게 된 오디세우스는 다시 입을 열었다. 「자, 눈을 크게 뜨고 보거라. 내가 돌아왔노라. 온갖 풍파를 뚫고서 20년 만에 내 그리운 고향으로 돌아왔노라. 모든 시종들 가운데 그대들만이 내 귀국을 진실로 바랐다는 것을 알겠노라. 그러므로 내 이제 모든 것을 숨김없이 말하겠다. 장차 닥칠 일까지도 말이지. 만일 신께서 저 사특한 구혼자들을 쓸어버릴 기회를 내 손에 쥐어 주신다면, 내 친히 너희 두 사람이 아내를 맞도록 해 주고 각기 살 집을 한 채씩 내 궁 옆에 지어 줄 뿐 아니라, 텔레마코스의 형제이자 동료로서 너희들을 돌보아 주겠다. 자, 보라! 너희가 날 믿을 수 있는 확실한 증거를 보여주마. 내가 아우톨리코스의 아들들과 함께 파르나소스로 사냥을 갔다가 산돼지의 송곳니에 찔린 상처가 여기 있지 않느냐?」

오디세우스는 이렇게 말하며 누더기를 들춰서 큰 흉터를 보여주었다. 두 사람은 그 상처를 금방 알아보고는 오디세우스를 끌어안고 울음을 터뜨렸다. 그러고 나서 그의 머리와 어깨에 입을 맞추었다.

오디세우스가 말을 꺼냈다. 「자, 그만 울어라. 혹시 홀에서 누가 나와 이 꼴을 보면 눈치를 챌지도 모르니까. 그만 안으로 들어가자. 내가 먼저 안으로 들어갈 테니 너희들은 나중에 따로 들어오너라. 그리고 이것이 우리들의 암호다. 저 구혼자들은 내가 활을 쏘는 것을 허락지 않을 것이다. 착한 에우마이오스, 자네는 그때 활을 내 손에 쥐어 주고 여자들에게 일러 방문에 각기 빗장을 질러 잠그도록 해라. 그리고 궁에서 비명소리며 고함소리가 들리더라도 절대 뛰어나오지 말고 각기 제 방에서 조용히 일을 계속하도록 일러라. 착한 필로이티오스, 자네는 뜰 바깥문을 잠그고 끈으로 단단히 잡아매도록 하라.」

그는 이렇게 말하고 나서 홀을 지나 처음 일어섰던 자리로 가서 앉았다. 그러자 두 하인도 나중에 뒤따라 안으로 들어왔다.

한편, 에우리마코스는 활에다 골고루 불기를 쬐었다. 그러나 아무리 해도 활을 구부릴 수는 없었다. 그는 고개를 천천히 저으며 말했다. 「동지 여러분, 참으로 가련하오. 나를 포함해 우리 모두 말이오. 내가 이처럼 원통해 하는 것은 다른 이유가 아니오. 우리가 이 활 하나를 당기지 못할 정도로 힘이 약하대서야 어찌 안타깝고 슬프지 않겠소. 이는 두고두고 치욕이 되리다.」

그러자 에우페이테스의 아들 안티노오스가 말했다. 「에우리마코스여, 그렇지 않네. 자네도 잘 알지 않는가. 오늘은 궁술의 신을 위한 성스런 잔치가 대륙에서 벌어지고 있네. 이런 때 누가 감히 활을 구부릴 수 있단 말인가? 자, 아무 말 말고 활을 놓아두게. 그리고 도끼도 그대로 두면 될 걸세. 그렇게 한다고 해서, 잘못될 게 뭐 있단 말인가! 누가 이곳에 와서 가져가겠는가. 자, 시종에게 제주를 붓도록 하고, 그 다음에는 활을 치우도록 하세나. 그리고 내일 아침에는 멜란티오스에게 제일 좋은 염소를 가져오라고 해서 그것을 궁술의 신인 아폴론에게 올린 후 활을 구부려 시합을 끝내도록 하세나.」

안티노오스의 말을 듣고 모두들 고개를 끄덕였다. 시종이 그들의 손에 일일이 술을 채워 돌리자, 각기 제주를 올렸다. 그들이 취하도록 술을 마시자 기회를 엿보던 오디세우스가 슬쩍 이렇게 말했다. 「고명하신 구혼자 여러분, 제가 감히 한마디를 여쭈어도 되겠는지요? 특히 에우리마코스와 위대하신 안티노오스님께 간청을 드리고 싶습니다. 좀 전에 하신 말씀에 따르자면, 이제 궁술 시합은 중지하고 내일 아침 신의 처분을 받아 누구든지 소원대로 승리를 얻게 하자는 것 같습니다만……. 그렇다면 미천한 저에게도 그 활을 한번 만져 볼 기회를 주십시오. 존귀하신 구혼자 여러분 앞에서 아직도 제가 옛날과 같은 힘을 가지고 있나, 아니면 끝없는 유랑과 기갈로 몸을 망쳤는가를 알아보고자 합니다.」

그의 말이 끝나자마자, 구혼자 무리들은 혹시 그가 활을 구부리게 되지 않을까 염려해 크게 화를 냈다. 안티노오스가 거절하며 말했다. 「그대, 참으로 눈치가 없구려. 옆에 앉아 우리가 주는 음식을 마음껏 받아먹고, 우리 이야기를 즐겨 듣고도 흥이 모자랐단 말이오? 지금껏 어느 누구도 우리 이야기에 끼여든 자는 없었소. 아마도 술이 그대를 무례한 자로 만든 모양이오. 고귀한 켄타우로스까지도 라피트를 방문했을 때, 페리토우스 집에서 술에 취해 분별없는 언행을 일삼았소. 그래서 여러 장사들이 분노하여 술 취한 그를 밖으로 끌어내 무참하게도 칼로 귀와 코를 베어냈다오. 켄타우로스는 이 일로 낙심하였고, 인간들과는 불화하기 시작했소이다. 하지만 명백히 따지자면, 잘못은 술에 취해 무례한 짓을 했던 켄타우로스 자신에게 있는 것이오. 만일 그대가 그 활을 구부린다면, 그대에게 큰 화가 닥칠 거라는 것을 내 선언해 두는 바요. 어느 누구도 그대를 도와주지 않을 것이오. 그대는 곧장 검은 배에 실려 에케토스 왕에게로 보내질 거고, 그러면 다시는 살아 나오지 못할 거외다.」

그러자 정숙한 페넬로페가 끼여들었다. 「안티노오스여, 내 집에 오신 분이라면 그 누구든지 손님으로서 당당히 대접받을 권리를 가지고 있소이다. 그래, 그대는 만일 저 손님이 활을 휘어 자신의 힘을 자랑한다면, 나를 아내로 삼으리라고 생각하시오? 설마 저분께서 그런 야심을 가슴속에 품고 계시리라고는 생각지 않소. 그러니 그 일에 대해선 애태우지 않았으면 합니다. 그것은 정말 옳지 않은 일이오.」

폴리보스의 아들 에우리마코스가 대답했다.「페넬로페 왕비시여, 우리도 설마 저분이 부인을 모셔 가리라곤 생각지 않습니다. 추호도 그런 일은 벌어지지 않을 겁니다. 다만 우리는 소문이 퍼지지나 않을까 두려워하는 것입니다. 비루한 인간들이 이런 소리들을 하고 다니겠지요. '비열한 무리들이 고귀한 분의 부인을 탐하면서도 그 남편의 활을 구부리지 못했다. 그런데 이름도 모르는 거지가 와서 그 활을 구부려 과녁을 맞혔다.' 그러면 우리는 죽을 때까지 치욕을 느끼며 살아야겠지요.」

정숙한 페넬로페가 다시 말했다.「에우리마코스여, 남의 왕가를 좀 먹고 더럽힌 사람에게는 명예심이라는 게 없을진대, 무슨 치욕을 느끼게 된단 말이오? 자, 보시오. 저 손님은 기골이 장대한데다가 원래 명문가의 자손이었다 하오. 그러니 저분에게 활을 드려 어떻게 하나 봅시다. 내 약속 하나 하리다. 만일 저분이 활을 쏘는 데 성공하신다면, 나는 저분에게 의복을 드리고 날카로운 창과 칼을 선물하겠소. 그리고 튼튼한 신을 드려서 어디로든 소원하는 곳으로 가실 수 있도록 하겠소.」

그러자 텔레마코스가 끼여들었다.「어머니, 활로 말하면 그것을 누구에게 주는지는 아카이아 사람이 아니라 오로지 저에게만 권한이 있습니다. 설사 제가 이 활을 저 손님에게 아주 드린다 하더라도, 제게 이래라 저래라 강압할 사람은 이 중에 아무도 없습니다. 그러니 어머니는 어서 내실로 들어가셔서 가사나 길쌈을 돌보십시오. 활을 쏘는 건 남자들의 일이며, 특히 제 소관입니다. 제가 이 집에서는 주인이니까요.」

그녀는 당황하여 내실로 들어가며 아들의 말을 가슴에 새겼다. 그리고 위층 내실로 올라가서 남편 오디세우스의 생각으로 한탄을 하는 사이, 빛나는 눈의 아테나가 그녀의 눈에 잠을 내려 주었다.

양돈가가 구부러진 활을 가져오자, 구혼자들은 모두 소리를 질렀다. 그리고 건방진 젊은이는 이런 소리까지 했다. 「이 빌어먹을 양돈가 같으니라고! 네놈이 미쳤구나. 활을 어디로 가져오는 것이냐? 영생의 신들께서 은총을 내려 주기만 한다면, 네놈을 개와 돼지에게 던져 주어 뜯어먹게 하겠다.」

이런 협박하는 소리에 기가 꺾인 양돈가가 활을 바닥에 내려놓자, 이번에는 텔레마코스가 소리를 질러 야단을 쳤다. 「활을 이리 가져오시오. 그대는 머잖아 여러 주인을 섬긴 것을 후회하게 되디. 조심하시오. 나는 아직 힘도 있고 젊으니까 까딱 잘못하면 농원에서 그대를 쫓아낼지도 모르오. 그리고 돌로 칠지도 모르오. 사실 내가 이 홀 안에 있는 모든 구혼자들보다 팔 힘만 세다면, 순식간에 죄다 몰아내 쫓을 수도 있을 텐데…… 어쨌든 이들은 악을 행하려는 자들이니까!」

구혼자들은 이 소리를 듣자 모두 박장대소를 했다. 그 틈에 양돈가는 활을 가지고 홀을 지나 오디세우스의 손에 그것을 쥐어 주었다. 그러고는 재빨리 유모 에우리클레이아를 불러 말했다. 「에우리클레이아여,

텔레마코스께서 명하셨소. 즉시 방의 덧문을 잠그고, 혹시 홀 안에서 어떤 고함이나 아우성이 들리더라도 여인들은 모두 꼼짝 말고 제자리에서 조용히 일을 하라고 말이오.」

그러자 그녀는 두려운 표정으로 서둘러 방들의 문을 잠갔다. 이때 필로이티오스는 조용히 홀을 나와 울타리 안뜰의 바깥문을 잠갔다. 그러고는 파피루스 섬유로 만든 밧줄을 회랑 밑에서 찾아내어 그것으로 문을 단단히 잡아맨 후 안으로 들어왔다. 양돈가로부터 활을 받아든 오디세우스는 활을 이리저리 살펴보면서 그 동안 뿔로 된 활에 벌레가 먹지 않았나 조사해 보았다.

그러자 구혼자들 중 하나가 곁에 있는 사람을 보면서 이렇게 말했다. 「아무래도 저 사람은 활 전문가인 듯싶네. 자기 집에 같은 종류의 활이 있거나, 아니면 잘 봐뒀다가 나중에 만들어 보려는 게 틀림없어. 이리저리 자세히 살펴보는 품이 범상치가 않잖아.」

그때 다른 이가 맞장구를 쳤다. 「어디, 저 놈팡이에게 생기는 게 있어야 할 텐데……. 정말 활을 구부릴 수 있는지 힘을 써 보시라지!」

구혼자들은 이렇게 함부로 떠들어댔다. 그러나 오디세우스는 묵묵히 활을 들어 자세히 살피는 일에 열중했다. 마치 하프에 능한 사람이 힘들이지 않고 현의 양편을 잘 동이는 것처럼 오디세우스는 즉석에서 손쉽게 활시위를 당겼다 놓으니 마치 제비가 나는 것처럼 날카로운 소리가 울렸다. 그러자 구혼자들의 안색이 검게 변했다. 이때 제우스는 전조로서 뇌성벽력을 일으켰다. 그는 활시위에 화살을 걸고 힘껏 잡아당겨 과녁을 향해 쏘았다. 과녁은 하나도 빗나가지 않았다. 청동으로

축을 박은 화살은 첫 번째 도끼 머리로부터 마지막 도끼까지 구멍을 깨끗이 뚫고 지나갔다.

화살을 쏘고 난 오디세우스는 텔레마코스에게 말했다. 「텔레마코스여, 내 그대의 손님으로서 체면을 세워 주었소이다. 긴 활을 구부렸고, 과녁 또한 어긋나지 않았소. 아직도 내 힘이 이리 꿋꿋하니, 감히 구혼자들이 날 능욕하지는 못할 거외다. 자, 약소하지만 이제는 저 구혼자들에게 식사를 올려야겠소. 식사가 끝난 다음에는 다른 경기를 하도록 합시다. 연회를 감칠맛 나게 할 춤과 하프도 갖추고서 말이오.」

그가 이렇게 말하고 활을 들어 고개를 끄덕이자, 텔레마코스는 시퍼런 칼과 창을 들고서 제 아버지의 옆에 다가와 섰다.

오디세우스, 구혼자들을 소탕하다

오디세우스는 자신의 정체를 드러낸 뒤, 아들과 힘을 합쳐 구혼자들을 모조리 죽여버린다. 그리고 그들과 내통한 시녀들도 모두 처단한 다음, 궁중 안을 깨끗이 청소한다.

지략이 출중한 오디세우스는 누더기를 벗어 던진 다음, 화살을 모두 바닥에다 쏟고는 구혼자들에게 말했다. 「자, 이 경기는 마침내 끝을 보았소이다. 이제 다른 과녁이 또 하나 있소이다. 아직 아무도 그것을 맞힌 적이 없는데, 혹시 아폴론께서 내게 그것을 맞힐 영광을 허락하실지 모르겠소.」

그러고는 날카로운 화살로 안티노오스의 목을 겨눴다. 그는 막 화려한 손잡이가 달린 금잔을 입술에 대고 포도주를 마시려던 참이었다. 그 때문에 감히 자신이 죽으리라고는 꿈에도 생각지 않고 있었다. 연석에 많은 사람들이 앉아 있는데, 어찌 죽음의 액운이 자기에게 벼락같이 내리리라는 걸 생각했겠는가. 오디세우스는 화살을 쏘았다. 화살촉이 그의 연약한 목덜미를 뚫고 나가자, 그는 모로 쓰러지며 손에서 잔을 떨어뜨렸다. 그의 코에선 피가 분수처럼 쏟아졌다. 그리고 발로 식탁을 차는 바람에 빵과 구운 고기들이 땅으로 전부 떨어지며 흩어졌다. 구혼자들은 모두 고함을 치며 자리에서 일어났다. 그들은 공포에 떨며 사방을 둘러보았으나, 홀 안에는 무기로 쓸 만한 것들이 하나도 보이지 않았다.

그래서 격분하여 오디세우스를 향해 소리쳤다. 「이 비루먹을 놈, 네 놈을 다시는 경기장에 들어오지 못하게 할 것이다. 네가 지금 무슨 짓을 한 줄 아느냐? 너는 이타카의 고귀한 청년 중에서도 가장 뛰어난 인물을 살해했다. 그러니 네 살점을 발라내어 독수리에게 먹이고 말겠다.」

구혼자 무리들은 오디세우스가 고의로 안티노오스를 쏜 줄은 아직 모르고 있었다. 게다가 정녕 어리석게도, 그들은 자신들에게 떼죽음이 다가오고 있음을 깨닫지 못하고 있었다.

이때 오디세우스가 한마디했다. 「이 버러지 같은 놈들아, 너희들은 내가 트로이 땅에서 돌아오리라고는 꿈에도 생각지 못했을 거다. 그래서 네놈들은 내 궁궐을 망치고, 시녀들을 강제로 짓밟고, 내 아내에게까지도 구혼을 강요해 온 것 아니겠느냐! 이 역도들아, 너희들은 천지신명이 두렵지도 않느냐? 너희들에게 쏟아질 만민의 분노를 짐작하지 못했느냐? 자, 내 이제 네놈들을 하나도 남김없이 다 쓸어버리리라.」

구혼자들은 벽력같은 오디세우스 왕의 고함을 듣고는 얼굴이 새파

랗게 질려 다리를 떨며 도망칠 곳을 찾아 사방을 두리번거렸다. 이때 에우리마코스가 떨리는 목소리로 이렇게 말했다. 「진정 그대가 이타카 땅의 왕 오디세우스란 말이오? 지금껏 아카이아 사람들은 그대의 궁에서 수없이 많은 죄를 범했소이다. 그러나 그 모든 죄를 주동한 저 안티노오스는 지금 죽어 쓰러져 있소. 그는 우리를 이 꼴로 만들어 놓은 장본인이오. 뭐 그다지 결혼을 하고 싶었던 것은 아니고, 그리고 또 그럴 필요가 있었던 것도 아니었소. 실상 진짜 목적은 결혼이 아닌 다른 데 있었던 것이오. 아직 제우스께서 성취해 주지 못하신 대업, 즉 이 이타카의 모든 땅을 손아귀에 넣고 왕권을 누리고자 그대 아들을 죽이려고 매복까지 했었소이다. 그러니 그는 그대의 활에 죽어 마땅하나, 그대의 시민들은 용서해 주시오. 그러면 우리는 이제 각자의 성으로 돌아가 그대의 궁에서 먹어 없앤 물자를 배상코자 하오. 각기 기름진 황소 20마리를 올리고, 그대 마음이 흡족할 만큼 황금이며 청동을 바치리다. 그러기 전에는 그대가 아무리 노하서도 감히 그대를 책할 수는 없으리다.」

지략이 뛰어난 오디세우스가 그를 노려보며 말했다. 「에우리마코스여, 당신들이 지금 가지고 있는 전 재산에다 무엇이든지 더 덧붙여 내놓지 않는다면, 당신들이 여태 저지른 죄업에 대해 마지막 심판의 손을 멈추지 않을 것이오. 깨끗하게 겨뤄 보느냐, 아니면 달아나느냐, 이 액운을 면하느냐 하는 것은 오직 당신들 손에 달려 있소. 하지만 아마도 마지막 운명의 화살은 피할 길이 없을 것이외다.」

이렇게 말하자 모두는 정신이 아찔해졌다. 에우리마코스가 다시 모두에게 외쳤다. 「동지들이여, 오디세우스 왕이 활을 놓지 않을 것은 명약관화한 일이오. 저분이 활을 쥔 이상 우리 모두를 하나도 남김없이 쏘아 없앨 것이외다. 자, 그렇다면 어쩌겠소? 쾌히 일전을 각오하고 칼을 빼 들고 식탁을 방패삼아 화살을 막아 봅시다. 그리고 모두 단번에 공격해 나갑시다. 어쩌면 그를 현관에서 문 밖으로 쫓아낼 수도 있을 것이오. 그때 모두 성으로 가서 재빨리 고함을 지릅시다. 그러면 저 사람도 곧 마지막 화살을 쏘게 될 것이외다.」

그는 이렇게 말하고 나서 예리한 청동 칼을 뽑아 들고 괴성을 지르며 오디세우스에게로 덤벼들었다. 그 순간 오디세우스는 화살을 날려 그의 몸통 옆으로 심장과 간장을 꿰뚫었다. 그러자 그는 손에서 칼을 떨어뜨리고 식탁 위로 엎어졌다. 그 때문에 음식이며 잔들이 땅바닥으로 쏟아졌다. 몹시 신음하며 이마로 땅을 받던 그의 눈에 어느덧 죽음의 안개가 자욱하게 덮였다. 그 다음으로는 암피노모스가 오디세우스에게 달려들었다. 그는 날카로운 칼을 들고 오디세우스를 문 밖으로 쫓아낼 심산으로 공격해 들어왔다. 그러나 텔레마코스가 청동 창으로 그의 가슴을 꿰뚫자 외마디 소리를 지르며 바닥으로 쓰러졌다.

그는 얼른 자신의 아버지에게로 뛰어가서 말했다. 「아버지, 제가 아버지를 위해 방패와 창과 청동 투구를 가져오겠습니다. 그리고 저도 가서 무장을 하고, 양돈가와 소치기에게도 무장을 시키겠습니다.」

그러자 오디세우스가 대답했다. 「아직 화살이 남아 있으니 얼마간 방비할 수 있을 것이다. 그러니 어서 가서 무장하고 무기를 가져오너라. 저들이 문을 향해 한꺼번에 밀려온다면 큰일이니까 말이다.」

텔레마코스는 아버지의 분부를 받아 서둘러 내실로 들어갔다. 거기에는 무기들이 잔뜩 쌓여 있었다. 그는 방패 네 개와 창 여덟 개, 그리고 청동제 투구 네 개를 가지고 아버지에게로 돌아왔다. 먼저 청동 장비를 몸에 두르고, 두 하인에게도 역시 무장을 시킨 다음 오디세우스 옆에 섰다. 오디세우스는 계속해서 화살을 쏘아 홀 저편에는 구혼자들의 시체가 쌓여 있었다. 그러나 화살이 떨어지자 활을 문기둥에 기대 놓은 뒤, 어깨 위로 방패를 두르고 머리에는 튼튼한 투구를 써서 무장을 했다. 그리고 손에는 청동제 큰 칼 두 자루가 쥐어져 있었다.

거대한 성벽을 따라서면 뒷문이 하나 나오는데, 거기에는 튼튼한 이중 문짝이 달려 있고, 큰 홀의 높은 문을 지나면 밖으로 통하는 길이 있었다. 오디세우스는 양돈가에게 그쪽으로 가서 길목을 지키게 했다. 그곳이 유일한 출구였기 때문이다.

그러자 아젤라오스가 무리에게 외쳤다. 「동지들이여, 이 가운데 아무도 뒷문으로 기어올라 사람들에게 구원을 요청할 사람이 없단 말이오? 그래야만 오디세우스를 처치할 수 있을 텐데…….」

이에 염소치기 멜란티오스가 대답했다. 「아젤라오스 왕이여, 그건 불가능한 주문인 듯합니다. 뜰의 큰 문이 아주 가까운데다, 그 길 입구는 아주 위험합니다. 혼자서도 능히 대군을 막아낼 수 있을 곳이지요. 자, 여러분, 이리 오십시오. 내 저 안쪽 방에서 무기들을 가져오겠습니다. 저 방 속에 오디세우스 부자가 무기를 두었을 겁니다.」

그는 이렇게 말한 다음, 좁다란 통로를 따라 오디세우스의 내실로 들어갔다. 거기서 방패 열두 개와 다수의 창, 그리고 청동 투구를 가져다가 재빨리 구혼자들에게 주었다.

그 모습을 본 오디세우스는 어깨에 힘이 빠지는 듯했다. 적도들이 어느새 무장을 하고 긴 창을 손에 들고 휘두르는 것을 보니 기가 막혔던 것이다. 그는 급히 텔레마코스에게 말했다. 「텔레마코스야, 이는 틀림없이 우리 집안 사람 중 누군가가 저들과 내통하고 있다는 징표이다. 아, 이런 낭패가 있나!」

그러자 텔레마코스가 대답했다. 「아버지, 그건 제 잘못입니다. 제가 그만 깜박 실수를 했습니다. 문을 열어 놓은 채로 그냥 둔데다, 누군가 염탐한 놈이 있었던 모양입니다. 자, 에우마이오스, 어서 가서 문을 닫고, 우리를 곤경에 빠뜨린 게 누구인지 알아보도록 하시오. 내 생각에는 돌리오스의 아들 멜란티오스가 의심이 간다만…….」

그들이 이런 말을 주고받는데 멜란티오스가 다시 무기를 가지러 방으로 갔다. 하지만 양돈가가 이를 지켜보고 있다가 곧 오디세우스에게 보고했다. 「왕이시여, 우리가 의심하던 멜란티오스 놈이 과연 또 그 방으로 들어갔습니다. 명령만 내려 주십시오. 놈을 처치하겠습니다.」

「나는 텔레마코스와 홀에서 저 무도한 놈들을 상대하고 있을 테니, 너희 두 사람은 놈의 다리와 팔을 묶어 방으로 끌고 가도록 하라. 그리고 천장 도리까지 끌어올려 매달아 놓도록 하라. 그러면 목숨은 붙어 있어도 큰 고통을 느끼게 될 것이다.」

오디세우스의 명을 받은 양돈가와 소치기는 서둘러 방으로 들어갔다. 멜란티오스는 누군가 다가오는 줄도 모르고 방 여기저기를 뒤져 무기를 찾기에 정신이 없었다. 두 사람은 문기둥 옆에 서서 그를 기다렸다. 잠시 뒤 멜란티오스가 투구와 녹슨 방패를 들고 문턱을 넘어서자, 두 사람은 그에게 달려들었다. 그리고 그를 방바닥에 메어치고는 꽁꽁 묶어 오디세우스가 명령한 대로 몸뚱이를 천장 도리에 매달아 놓았다.

양돈가 에우마이오스는 그를 조롱하며 말했다. 「자, 멜란티오스여, 네놈에게 딱 맞은 그 잠자리에서 방이나 지키고 있거라. 새벽의 신이 오케아노스 강에서 떠오르다가 설마 네놈의 이마를 불시에 습격하지는 않겠지. 그때는 아마도 네놈이 구혼자들에게 바칠 염소를 끌어오던 시각이 될 것이다.」

그러고는 그대로 방을 나와 버렸다. 두 사람은 갑옷을 걸치고 문을 잠근 뒤 오디세우스에게 갔다. 오디세우스와 텔레마코스는 숨을 몰아쉬며 문 앞에 서 있었다. 그러나 홀 안에는 아직도 적지 않은 구혼자들이 살아 있었다. 이때 제우스의 따님이신 아테나가 멘토르로 변신하여 모습을 드러냈다. 그러자 오디세우스가 반색을 하며 말했다. 「멘토르여, 어서 우리를 도와주시오. 당신은 우리의 우정을 잊지 않으셨겠지요?」

말은 이렇게 했지만, 내심 멘토르가 아테나일 거라고 그는 생각하고 있었다. 한편, 구혼자 무리들은 고함을 질렀다. 먼저 아겔라오스가 아테나를 위협했다. 「멘토르여, 오디세우스의 감언이설에 속아 행여 우리들과 대적할 생각은 하지 마시오. 우리는 수적으로도 훨씬 우세하오. 우리가 오디세우스 부자를 처치한다면, 그대 또한 그대의 잘못된 선택 때문에 죽음을 당하게 될 것이오. 그리고 우리가 그대를 검으로 거꾸러뜨리는 날에는 그대의 토지며 가옥 모두를 오디세우스의 재산과 함께 모두 몰수해 버릴 것이오. 또한, 그대의 아들과 딸들은 집에서 쫓겨날 것이며, 그대의 아내 또한 이타카 땅에서 살 수 없게 될 것이오.」

그러자 아테나는 몹시 화를 내며 오디세우스를 다그쳤다. 「오디세우스여, 그대 백절불굴의 영웅적인 힘과 용기는 어디로 사라졌는가? 고귀한 미녀 헬레나를 되찾기 위한 트로이와의 싸움에서 9년 동안이나 연전연승하지 않았던가. 또한 무서운 격전에서 수많은 적을 베고 출중한 전략으로써 프리암 도시를 점령하지 않았던가. 그런 그대가 저 한 줌도 안 되는 구혼자 무리를 처리하지 못한단 말인가? 그 대단한 용기는 다 어디다 버렸단 말인가? 자, 내 옆에 와서 서시오. 이 멘토르가 어떤 인간인가 보여주리다. 적진에다 무서운 압력을 가해 보리다.」 그리고 저 자신은 홀의 천장 도리 위로 뛰어올라 제비처럼 앉았다.

이제 구혼자 무리들은 다마스토르의 아들 아젤라오스와 에우리노모스, 암피메돈, 데모프톨레모스, 폴릭토르의 아들인 페이산드로스, 그리고 폴리보스 등의 지휘를 받고 있었다. 이들은 현재 목숨이 붙어 있는 사람들 중에서 가장 뛰어난 사람들이었기 때문이다.

아젤라오스가 입을 열어 무리들을 격려했다. 「자, 동지들이여, 오디세우스는 지금 지난 시절의 불패의 완력을 써 보려고 발악을 하고 있소. 하지만 그건 과거의 얘기일 뿐이오. 멘토르 또한 호언장담만 하고 저리 비껴 섰으니 별수가 없을 거요. 문 앞에는 저들만 남아 있을 뿐이니, 모두 창을 들고 우선 여섯 명이 한꺼번에 공격해 들어갑시다. 다행

히 신께서 우리의 승리를 허락해 주실지도 모르는 일이오. 오디세우스
만 쓰러뜨리면, 얘기는 끝난 거나 진배없소.」

그들 모두는 그의 명령에 따라 온 힘을 다해 창을 던졌다. 그러나 아
테나는 그것들을 모두 빗나가게 했다. 하나는 홀의 문기둥을 쳤고, 다
른 하나는 닫혀진 문에 맞았다. 그리고 다른 하나는 청동으로 된 무거
운 잿빛 창으로 벽을 뚫고 꽂혔다. 이렇듯 구혼자들의 공격이 무위로
돌아가자, 오디세우스는 이렇게 외쳤다. 「자, 저 무도한 놈들의 공격에
우리 또한 일격을 가하자. 극악한 죄를 짓고도 반성치 못하고 우리들
을 이리 죽이려 발버둥치는 꼴을 더 이상은 지켜볼 수가 없구나.」

그러자 오디세우스 일동은 일제히 시퍼런 창들을 던졌다. 오디세우
스의 창은 데모프톨레모스를 찔렀고, 텔레마코스는 에우리파데스를,
양돈가는 엘라토스를, 그리고 소치기는 페이산드로스를 각각 찔렀다.
이들 모두는 바닥으로 나자빠졌고, 나머지는 홀의 깊숙한 구석으로 퇴
각했다. 그러자 오디세우스의 일행은 그들을 추격해 가면서 죽은 시체
에서 화살들을 뽑았다.

다시 구혼자들이 창을 던졌지만 아테나는 또다시 빗나가게 했다. 점
점 기운과 의욕이 솟구치는 오디세우스 편 용사들은 다시금 날랜 창을
들어 적의 공격을 무찔렀다. 그래서 오디세우스의 창에 에우리다마스
가 쓰러지고, 텔레마코스에 의해서는 암피메돈이 넘어졌으며, 양돈가
는 폴리보스를 쳤다. 그리고 소치기는 크테시포스의 가슴을 치고 난
뒤 크게 외쳤다. 「이 조롱이나 일삼는 폴리테르세스의 아들아, 네놈이
두 번 다시는 그 주둥아리를 놀리지 못하게 해 주겠다. 허풍 따위는 이

제 저승 신 앞에 가서 하거라. 신들이야 인간보다는 말에서 훨씬 강하
니까. 이 선물은 지난번 네놈이 홀 안에서 우리 주인이신 오디세우스
왕께 던졌던 쇠족에 대한 답례이다.」

그때 오디세우스는 다마스토르의 아들에게 창을 날려 부상을 입혔
다. 그리고 텔레마코스는 긴 창으로 레오크리토스의 가슴을 정통으로
꿰뚫어 넘어뜨렸다. 이에 아테나는 높은 지붕에서 운명의 방패를 폈
다. 그러자 모든 적도의 무리들이 겁을 집어먹고 달아나기 시작했다.
마치 기나긴 봄날 암소의 몸에서 등에들이 떨어져 여기저기 흩어지는
것과도 같았다. 한편, 날카로운 발톱에 번뜩이는 주둥이를 가진 독수리
떼가 산에서 내려와, 여기저기로 달아나는 구혼자들에게 쏜살같이 덤
벼들었다. 구혼자들은 목이 떨어져 나갈 때마다 무서운 비명을 내질렀
고, 바닥에는 유혈이 낭자했다.

그러자 레이오데스는 오디세우스의 무릎을 붙들고 애걸복걸하기 시
작했다. 「엎드려 비나이다. 오디세우스 왕이시여, 한 번만 자비를 베풀
어주소서. 사실 저는 이 궁 안에서 어떤 언행으로도 고귀한 부인께 해
를 끼친 적이 없습니다. 오히려 누가 그런 짓을 하면 그들에게 그만두
라고 말렸습니다. 하지만 그들은 제 말을 듣지 않고 나쁜 버릇을 버리
지 못했고, 그래서 저리 죄값으로 천벌을 받은 것입니다. 그러나 저는
예언자입니다. 그들처럼 죽어 마땅한 비행은 저지르지 않았습니다. 그
러니 널리 살피시어, 부디 제 목숨만을 거두지 말아 주십시오.」

이 말에 오디세우스는 냉소를 지으면서 말했다. 「정말 네가 그들의
예언자였다고 한다면, 너는 이 홀 안에서 나의 귀국이 멀어지라고 축원

을 올리고, 또 내 아내를 데려다가 자식들을 낳으며 살기를 축원했을 것이 아니냐? 그러니 너도 천벌을 면할 도리가 없느니라.」

그가 이렇게 말하고 나서 레이오데스의 목을 후려쳤다. 그러자 그의 머리가 땅으로 굴러 떨어졌다. 이것을 본 음유시인 페미오스 역시 마지막 비운을 면할 궁리로 전전긍긍하고 있었다. 그는 손에 큰 하프를 들고 현관 문 옆에 어정쩡하게 서 있었다. 그의 마음은 천 갈래 만 갈래로 찢어져 갈피를 잡지 못하고 있었다. 홀에서 빠져나가 정원에 있는 제우스의 제단 뒤에 숨을까? 아니면 오디세우스의 발 밑에 엎드려 항복할까? 그는 생각 끝에 오디세우스 왕의 무릎을 끌어안고 애원하는 편이 나으리라는 결론을 내렸다.

그는 바닥에 하프를 놓아두고 급히 오디세우스에게로 가서 무릎을 잡고 말했다. 「오디세우스 왕이시여, 그대 앞에 엎드려 애원하나이다. 원컨대, 은혜를 내리시어 부디 불쌍히 여기소서. 만일 신과 인간에게 음악을 들려주는 음유시인인 저를 베신다면, 후에 슬픔이 따를 것이오. 노래는 따로 누구한테서 배운 것이 아니라 제 스스로 익힌 것입니다. 신께서 입김을 불어 제 마음속에 많은 노래를 심어 주시지요. 왕께서 제 목을 베기를 원치 않으신다면, 당신께도 신이 심어 주신 제 가슴속의 노래를 뽑아 올려 드리겠습니다. 또한, 아드님이신 텔레마코스님께서도 저의 무고함을 증명해 주실 줄로 믿습니다. 저는 제 자신의 뜻과 필요에 의해 이 궁의 연회석상에서 노래를 불러 준 것은 결코 아닙니다. 그들은 수도 많았고 모두가 저보다 힘이 세서 어쩔 수 없이 불려 나왔던 것입니다.」

이렇게 애원하는 음유시인의 소리를 옆에서 듣고 있던 텔레마코스는 곧 아버지에게 말했다. 「아버지, 잠깐만 참으십시오. 이 무고한 이 음유시인에게 칼을 대지 마소서. 그리고 저 시종 메돈도 구해 주소서. 저 사람은 제가 어렸을 때 늘 저를 돌보아 주었습니다. 부디 아버지, 분노의 칼을 그가 맛보지 않게 해 주소서.」

텔레마코스가 말하는 것을 총명한 메돈이 들었다. 그는 의자 밑으로 기어들어가 쇠가죽을 뒤집어쓰고 숨어 있었으므로 죽음을 면하고 있던 중이다. 그는 재빨리 의자 밑에서 쇠가죽을 벗고 뛰쳐나와 엎드려 애원했다. 「왕자님이시여, 제가 여기 있습니다. 제발 제 목숨을 살려주시도록 아버님께 여쭈어 주소서. 그 무섭도록 시퍼런 칼을 제 목에 대지 않게 해 주소서. 왕께서는 지금 당신의 가족과 집안을 모욕해 온 구혼자들에 대한 격분이 크셔서 칼날을 억제치 못하실 겁니다.」

그러자 오디세우스가 웃음을 터뜨리며 그에게 말했다. 「메돈아, 걱정 말고 안심하여라. 내 안 그래도 적도들을 처단하는 중에 네가 죽게 되지 않을까 걱정까지 했도다. 네 목숨은 무사할 터이니, 이제 세상으로 나가 악보다 덕이 얼마나 고귀한가를 널리 전하도록 하여라. 어서 저 음유시인과 함께 시체에서 떨어져 뜰로 나가 있거라. 내가 이 집에서 할 일을 다 마칠 때까지 거기서 기다리거라.」

그리하여 두 사람은 홀을 빠져 나와 제우스의 제단 옆에 앉았다. 그러나 아직도 죽음의 공포에서 벗어나지 못해 불안스레 주위를 살피고 있었다. 그런 사이 오디세우스는 온 집안을 샅샅이 뒤져 아직도 목숨이 붙어 있는 잔당들이 없나 살폈다. 그는 모든 적도들이 피투성이가 되어 있는 것을 발견했다.

이윽고 오디세우스는 텔레마코스에게 말했다. 「텔레마코스야, 가서 유모 에우리클레이아를 불러오너라. 내가 명할 것이 있느니라.」

아버지의 명에 따라 텔레마코스는 유모 에우리클레이아를 찾았다. 「유모여, 좀 나오시오. 아버님께서 찾으시오. 시녀장인 당신에게 하실 말씀이 있으시다고 하오.」

유모는 화려한 홀 문을 열고 텔레마코스를 따라 홀 안으로 들어왔다. 오디세우스는 즐비하게 널부러진 송장 가운데에 서 있었다. 그의 손이 며 발은 온통 피투성이였다. 유모는 사방에 널린 구혼자들의 시체들을 발견하자 승리의 환성을 질렀다. 그러나 오디세우스는 그런 유모를 진정시키며 말했다. 「유모여, 속으로는 기뻐할지언정 결코 내색은 마시오. 사람을 죽이고 큰소리치는 것은 신성하지 못한 일이외다. 이 모든 것은 무도한 죄악에 대해 신이 내린 심판인 것이오. 자신들이 난폭한 악행 탓으로 비참한 최후를 맛본 것이지. 자, 그건 그렇고, 궁중의 시녀들에 대해서 말해 보시오. 누가 나를 배신했고 누가 무고한가를 말이오.」

왕이 이렇게 묻자 착한 유모가 대답했다. 「왕이시여, 궁중 안에는 시녀들이 쉰 명 있습니다. 양털을 깎는 법이며 하인으로서 수행해야 할 일들을 모두 숙지하고 있지요. 이 가운데 열두 명은 방자하게 굴면서 내 지시를 우습게 여길 뿐만 아니라 왕비에게조차도 공손하게 굴지 않았습니다. 텔레마코스께서는 이제 겨우 지각이 나신 탓에 그 동안 왕비께서는 왕자님이 시녀들에게 명하는 것을 허락지 않으셨지요. 자, 그러면 저는 서둘러 빛나는 위층 내실로 올라가, 신이 내린 잠 기운을 쐬고 주무시는 왕비님을 깨워 모든 사실을 알려 드리겠습니다.」

그러자 오디세우스가 그녀를 말렸다. 「아직은 왕비를 깨우지 마시고, 과거에 소행이 불량했던 시녀들을 오라고 하시오.」

그리하여 유모는 홀을 지나 문제의 시녀들을 불러 신속히 오게 했다. 그리고 오디세우스는 텔레마코스와 소치기, 그리고 양돈가를 불러 위엄 있게 명했다. 「그대들은 여기 있는 시체들을 치워 주기 바란다. 시녀들에게 도와 달라고 해라. 그 다음 의자와 식탁을 물과 걸레로 깨끗이 닦아라. 그리하여 온 집안이 깨끗이 정리되거든, 시녀들을 홀 밖으로 데리고 나가 둥근 방과 뜰의 큰 담 사이 좁은 곳에서 모두 베어 버려라. 그들의 목숨을 모두 거두어, 전에 그들이 구혼자들과 간음하며 속삭이던 사랑을 깨끗이 잊어버리게 하라.」

그가 말을 마치자마자, 시녀들이 홀 안으로 몰려와 대성통곡을 해댔다. 그러나 우선은 쓰러진 시체들을 치우는 데 힘을 합해야 했다. 오디세우스가 직접 시녀들을 지휘하여 시체들을 나르게 했다. 그런 다음 물과 걸레로 식탁과 의자를 깨끗이 닦도록 시켰다. 그리고 텔레마코스와 소치기, 그리고 양돈가는 궁궐바닥을 삽으로 문질러 깨끗이 했다. 시녀들은 시체를 모두 날라다가 문 밖에 놓았다. 홀 정리가 끝난 다음 텔레마코스 일행은 시녀들을 큰 홀로부터 나오게 하여 둥근 방과 뜰의 큰 담 사이 좁은 곳으로 몰아넣었다.

텔레마코스는 소치기와 양돈가에게 말했다. 「나는 이 시녀들에게 순결한 죽음으로써 생을 마치게 할 수 없소. 이는 신께서 엄벌하실 거요.

내 아버지와 어머니를 배반하고, 악당들과 간음하지 않았느냐는 말이오.」

그러고는 검은 밧줄을 큰 기둥에 높이 올려 동여맨 뒤, 시녀들의 발이 땅에 닿지 못하게 하였다. 마치 긴 날개가 달린 티티새나 비둘기들이 잠잘 곳을 찾다가 덤불에 쳐놓은 그물에 걸려 끔찍한 죽음의 둥지 안으로 빠져 들어가는 것처럼 그들을 한 줄로 나란히 세워 놓고 올가미를 씌웠다. 가장 비참한 죽음을 당하는 셈이었다. 그들은 잠시 발버둥을 쳤으나, 그 꿈틀거림이 얼마나 가겠는가?

그 다음 묶여 있던 멜란티오스를 문 밖의 뜰로 끌고 나가, 귀와 코를 베고 생식기를 잘라 내어 개에게 던져주어 뜯어먹게 했다. 그리고 무서운 분노의 칼로 사지를 절단해 버렸다. 그런 다음 모두 손발을 씻고 집으로 들어가니 복수의 의식은 그렇게 끝이 났다.

오디세우스는 착한 유모 에우리클레이아를 불렀다. 「유모여, 유황과 불을 가져오시오. 유황으로 온 집안을 깨끗이 하리다. 그리고 페넬로페 왕비에게 시녀를 동반하고 홀로 나오라고 아뢰시오. 또한 모든 시녀들에게도 빨리 이리로 들라고 이르시오.」

그러자 유모 에우리클레이아가 대답했다. 「왕이시여, 옳은 말씀이십니다. 그러나 먼저 왕께서 입으실 의복을 가져오겠나이다. 이런 누더기를 계속해서 걸치고 계시게 할 수는 없지요. 이것도 책망의 원인이 될 것입니다.」

「그보다는 우선 홀에 유황불을 피워야겠소.」 오디세우스가 거듭 이렇게 명하자, 유모 에우리클레이아는 서둘러 유황과 불을 가져왔다. 오디세우스는 시녀들의 방과 큰 홀, 뜰에 모두 유황 냄새를 피웠다.

그런 다음 유모는 홀을 지나 시녀들에게 빨리 홀로 오라고 일렀다. 시녀들은 관솔불을 들고 방에서 나와 홀로 들어왔다. 그러고는 모두 오디세우스를 둘러싸고 기쁨에 넘쳐 환영의 말을 했다. 그들은 그에게 입을 맞추고 어깨며 머리며 손을 다정히 잡았다. 그러자 그도 그리움으로 통곡을 터뜨렸다. 이들 한 사람 한 사람을 그가 어이 잊을 수 있었으랴!

오디세우스, 페넬로페와 상면하다

페넬로페는 그리운 남편 오디세우스와 감격적으로 상봉한 뒤 함께 잠자리에 든다. 오디세우스는 이튿날 아침 자신의 귀국을 알리기 위해 아버지 라에르테스를 찾아간다.

유모는 기쁨을 감추지 못하며 왕비에게 희소식을 알리러 위층으로 뛰어올라 갔다. 감격에 넘쳐 무릎이 먼저 앞으로 나가고 발은 서로 걸려 채였다. 그녀는 왕비의 머리맡으로 다가가 말했다. 「페넬로페시여, 일어나소서. 날마다 오매불망 그리던 오디세우스께서 돌아오셨습니다. 왕께서 마침내 그리운 집으로 돌아오셨으니, 어서 당신 눈으로 확인해 보십시오. 참으로 늦게 오셨지만, 그렇게 악행을 일삼으며 살림을 좀먹던 구혼자들을 일거에 소탕해 버리셨습니다.」

그러자 페넬로페가 말했다. 「유모, 아마도 귀신이 그대의 정신을 나가게 했나 보오. 귀신은 현명한 이의 지혜도 금방 못쓰게 만든다더니,

정녕 유모의 철석같은 영혼을 뒤집어 놓았나 보오. 왜 나를 조롱하는 것이오. 가뜩이나 시름에 겨운 내 마음을 뒤숭숭하게 만들어 단잠을 깨워 놓다니. 오디세우스 왕께서 그 원수 같은 일리움으로 떠나신 후 처음으로 깊은 잠에 들었는데 말이오. 쓸데없는 소리일랑 그만두고 어서 썩 물러가시오. 만일 누구든 내 집 시녀가 이런 헛소리를 내게 또 들려주려고 잠을 깨운다면, 가차없이 혼을 내어 쫓아 버릴 것이오. 유모는 늙어 천만다행인 줄이나 아시오.」

그러자 에우리클레이아가 다시 말했다. 「왜 제가 왕비님을 조롱한단 말입니까? 오시지 않은 것을 오셨다고 거짓으로 고하겠나이까? 분명코 왕께서는 오셨습니다. 홀에서 모두들 놀려대던 그 거지가 바로 왕이셨습니다. 텔레마코스 왕자님께서는 이미 알고 있었으면서도, 저 무도한 구혼자들을 처단하려고 아버님에 대한 사실을 숨겨 왔지 뭡니까?」

그녀가 이렇게 거듭 왕의 귀환을 고하자, 페넬로페는 기뻐 어쩔 줄 몰라 하며 침대에서 뛰어내려 왔다. 그러고는 유모의 목을 끌어안고 눈물을 펑펑 쏟았다. 그리고 들뜬 목소리로 말했다. 「자, 유모, 제발 모든 사실을 숨김없이 알려 주오. 정말 유모 말이 거짓이 아니라면, 어떻게 그분께서 저 무도한 놈을 처치하셨단 말이오? 혼자서 그 많은 사람들을 어떻게 당해 내셨단 말이오?」

이에 유모가 대답했다. 「저도 보지 못했으므로 잘 모르겠습니다. 그저 죽어가는 놈들의 비명 소리밖에는 듣지 못했습니다. 우리는 내실 구석에 웅크려 앉아 그저 기뻐하기만 했답니다. 방문들은 미리 모두 단단히 닫아 놓았거든요. 그런데 얼마 지나자, 왕자님께서 저를 부르지 않겠습니까. 오디세우스 왕께서 저를 불러오라고 보내신 거였습니다. 그래서 저는 곧 오디세우스 왕께서 시체들 가운데에 우뚝 서 계신 것을 보았지요. 그들은 서로 뒤엉키어 차가운 마룻바닥에서 시체로 나뒹굴고 있었습니다. 마치 한 마리의 사자처럼 핏물과 흙으로 범벅이 되어서 계시는 왕을 한 번 보셨더라면, 왕비님도 경탄하시고 말았을 겁니다. 왕께서는 뜰 문 옆에다 악당들의 시체를 모두 쌓아 놓고, 유황으로 불을 피워 명가의 깃들인 오욕의 냄새를 깨끗이 씻으셨습니다. 그런 다음, 제게 왕비님을 모셔 오라고 하셨습니다. 그래서 전 왕비님께서 기뻐하실 것을 생각하고 이렇게 허겁지겁 달려왔던 것입니다. 이제야 슬픔의 구름이 걷히고 소원했던 햇살이 환히 궁궐을 비추나 봅니다. 오디세우스 왕께서는 금의환향하시어 아드님과 아내를 맞이하시게 되었습니다. 그분에게 악행을 저지른 구혼자들은 한 사람도 남김없이 모두 그분의 칼맛을 보았지요.」

그러자 정숙한 페넬로페가 말했다. 「착한 유모여, 아직은 그렇게 들뜰 때도, 기뻐할 때도 아니오. 그분이 우리에게 나타났을 때, 우리 모두 얼마나 기뻐할지 잘 알 것이오. 그 누구보다도 나와 내 아들 텔레마코스에게는 이루 말할 수 없으리라. 그러나 유모의 말이 결코 사실일 리가 없소. 무도한 원수들을 처단한 것은 그들의 악행을 노여워하신 불사의 신이셨을 거요. 사실 그놈들은 흑과 백을 가릴 줄 모르고 천하의 인사를 공경할 줄 모르는 흉악한 자들이었으니까. 그리고 오디세우스 왕께서는 머나먼 이국에서 행방불명이 되신 거요.」

그러자 유모 에우리클레이아가 말했다. 「왕비님, 무슨 말씀을 그리하십니까? 바로 그분이 지금 궁으로 돌아오셔서 벽난로 옆에 앉아 계시다니까요! 참으로 의심도 많으십니다. 자, 그러면 어서 가보세요. 제가 분명한 증거를 보여드리지요. 산돼지가 송곳니로 찌른 다리의 흉터를 보여 드리면 될 것 아닙니까. 제가 그분의 발을 씻겨 드릴 때, 전 그걸 보고 알았지요. 하마터면 왕비님께 여쭐 뻔했는데, 그분께서 제 입을 손으로 틀어막고는 아주 엄한 표정으로 절대 비밀로 하라고 말씀하시더군요. 자, 아무튼 따라오십시오. 제 목숨을 걸겠습니다. 만일 제가 왕비님을 속였다면 아주 무서운 벌을 내려 주십시오.」

정숙한 페넬로페가 말했다. 「친애하는 유모여, 아무리 현명하다지만 신들의 뜻을 보여준다는 것은 유모로서는 용이한 일이 아니오. 아무튼 나가 봅시다. 어디 죽어 넘어진 구혼자들과 그들을 죽였다는 그 사람도 만나 봐야겠소.」

위층 내실을 내려오는 동안에도 페넬로페는 마음의 갈피를 잡지 못했다. 꿈에도 그리워하던 남편을 보게 되면, 무슨 말부터 해야 할지, 달려들어 머리며 손이며 마구 입을 맞추어야 하는지 판단이 서지 않았다. 그러다 홀의 문지방을 넘어서면서, 그녀는 오디세우스의 맞은편에 털썩 주저앉고 말았다. 벽 앞에서는 등잔불이 타오르고 있었다. 오디세우스는 높은 기둥 옆에 앉아 아래를 내려다보며, 부인이 나타나기를 기다리고 있었다. 그러나 정작 모습을 드러낸 부인은 한마디 말도 없이 오랫동안 그냥 자리에 주저앉아 있기만 했다.

그러자 텔레마코스가 이를 못마땅하게 여겨 어머니를 타일렀다. 「어머니, 참으로 딱하십니다. 그렇게도 예의를 모르시다니. 어째서 그렇게 아버님을 뵙고도 이렇게 주저앉아만 계십니까? 곁으로 가서서 자세한 말씀이라도 좀 나눠 보시지요. 이 세상에 어머니 같은 분이 또 어디 계실까요? 천신만고 끝에 20년 만에 귀국하신 아버님을 이렇게 떨어져서 보고만 계시다니, 그래 어머니 마음은 돌처럼 단단히 굳어지셨단 말씀입니까?」

정숙한 페넬로페가 대답했다. 「얘야, 이 기쁜 맘을 어찌 다 말로 표현할 수 있겠느냐. 그저 기가 탁 막혀 말할 기운조차 없고, 얼굴을 쳐다볼 기력마저 일지 않는구나. 하지만 진정 저분이 오디세우스 왕이시라고 한다면, 틀림없이 그분이시라고 한다면, 우리 좀더 자세히 알아보도록 하자. 아무도 모르게 우리끼리만 아는 증거가 있으니 말이다.」

이 말에 오디세우스는 미소를 띠며 텔레마코스에게 말했다. 「텔레마코스야, 어머니를 홀에 모시거라. 진실을 좀더 알아보시도록 말이다. 그러면 머잖아 확실하게 아시게 될 것이다. 내가 남루한 차림을 하고 있어 네 어머니가 나를 알아보지 못하시는 모양이다. 그건 그렇고, 지금 우리는 뭔가 최선의 대책을 강구해 봐야 할 듯싶구나. 누구나 사람을 살해했을 경우엔 딱히 복수를 받지 않는다 하더라도 공권력을 상실하여 국외로 추방되는 법이다. 우리는 우리 시의 중견 영주들, 이타카 청년 가운데에서도 최정예 인사들을 살해하였다. 이 점을 깊이 생각해 보지 않으면 안 될 것이다.」

그러자 영특한 텔레마코스가 대답했다. 「아버님, 모두들 아버님의 생각이 가장 옳았다고들 합니다. 인간이라면 그 누구도 감히 아버님에게 대항치 못할 것입니다. 우리 모두는 최선을 다해 아버님을 따르겠사오니, 아버님께서는 결코 용기를 잃지 마소서.」

이에 지략이 출중한 오디세우스가 그에게 말했다. 「자, 그럼 최선의 방책을 말하겠다. 우선 모두들 각자의 처소로 돌아가서 목욕을 하고 의복을 갖추도록 해라. 그리고 시녀들에게도 모두 옷을 갖추도록 해라. 또한, 음유시인에게 하프로 아름답고 명랑한 무도곡을 뜯으며 우리 뒤를 따르게 해라. 그러면 밖에서 그 소리를 듣는 사람들은 누구나 혼인잔치가 벌어졌을 거라고 짐작할 것이다. 이렇게 해서 구혼자들을 살해했다는 소문이 널리 퍼지기 전에 우리는 울창한 산 속 농원으로 들어가는 거다. 그곳에서 올림포스 신들께서 우리에게 지혜로운 신탁을 내리실 때까지 기다려 계획을 세우자꾸나.」

그의 말에 모두들 기꺼이 이에 따랐다. 먼저 목욕을 하고 옷을 갈아입은 뒤, 시녀들에게도 옷을 갈아입게 하고 성스런 음유시인에게 우묵한 하프를 뜯어 흥겨운 노래로 흥을 돋우게 했다. 이리하여 큰 홀이 온통 아름다운 청춘 남녀가 노래하고 춤추는 소리로 메아리치게 되었다.

그러자 밖에서 사람들이 이 소리를 듣고 수군거렸다. 「그렇게 구혼자들이 들끓더니 결국 누군가와 재혼을 하는 모양이야. 아무리 의지가 굳어도 남편이 돌아올 때까지 저 큰 집을 지킬 만한 용기는 없었나 봐.」

저마다 이렇게만 떠들어댔을 뿐, 정말로 어떤 참극이 벌어졌는지는 아무도 몰랐다. 그 동안 에우리노메는 오디세우스를 깨끗이 목욕시키고 올리브 기름을 바른 뒤 훌륭한 의복을 입혔다. 그 위에다 아테나가 머리끝에서 발끝까지 늠름한 풍채를 떨쳐 주고 몸집을 더욱 장대하게 해 주니, 더욱 우람하게 보이는데다가 머리에서는 곱슬곱슬한 머리 타래가 늘어져 그 모습이 마치 히아신스와도 같아 보였다.

오디세우스는 처음 일어섰던 자리로 돌아가 다시 페넬로페와 마주 앉았다. 「부인, 올림포스의 신들은 이 세상 어느 여자보다도 차가운 마음을 당신에게 주셨나 보오. 천하에 이런 부인을 얻은 사내는 나밖에 없으리다. 천신만고 끝에 고국 땅을 밟고 아내 앞에 돌아왔건만, 남편을 이처럼 멀리하는 여인이 또 어디 있으리오. 자, 유모여, 잠자리를 보아주오. 내 혼자 가서 눕겠소. 분명 아내의 마음은 무쇠인가 보오.」

이렇게 그가 서운해하자 페넬로페가 말했다. 「당신이야말로 이상한 분이시군요. 제가 어찌 당신을 냉대하겠습니까? 저는 그 옛날 배에 몸을 싣고 출항하실 때의 당신의 모습을 여태 뚜렷이 기억하고 있답니다. 그때의 그 장대하신 모습을 다시 뵙게 되었는데, 제가 감히 얼음 같은 마음을 담고 있을 수 있겠는지요? 자, 에우리클레이아여, 신부방 밖에다 이분께서 손수 만드신 편안한 침대를 놓도록 하고, 그 위에 금침을 깔고, 털이며 융이며 빛나는 모포 등을 마련해 놓거라.」

그녀는 이렇게 말하며 남편을 시험해 보고자 했다. 오디세우스는 매우 불쾌한 얼굴로 항의했다. 「정말 부인의 말은 냉정하기 이를 데 없구려. 어찌 남의 침대를 함부로 옮긴단 말이오. 그렇게는 안 되리다. 아무리 기술이 좋고 힘이 세다 할지라도, 그걸 들어올리지는 못할 거외다. 왜냐하면 그 침대를 만든 데에는 특별한 비결이 있었으니 말이오. 더구나 다른 사람도 아닌, 내 손으로 직접 만들었으니까. 안뜰에 올리브 나무가 있었는데 잎이 우거지고 아주 잘 자라서 밑동 굵기가 기둥 둘레만 했었지. 이 나무 주위로 둘러 가며 내가 돌을 쌓아 방을 만들고 그 위로 지붕을 덮은 다음 이중 창문을 냈소. 그리고 올리브 나무의 가지들은 다 쳐내고 뿌리에서 위로 밑동을 대강 자른 뒤 잘 드는 손도끼로 다듬어 고르게 하고는 침대 기둥을 만들어 송곳으로 구멍을 뚫었소이다. 침대 기둥에서 금은과 상아를 입히는 것까지도 전부 내 손으로 했소. 그러고는 밤색 쇠가죽으로 단단히 매듭을 지어 놓았단 말이오. 하지만 부인, 나도 그 침대에 관해 모르는 게 하나 있소. 과연 그 침대가 아직도 그 자리에 아무런 사고 없이 그대로 놓여 있는 거요? 아니면 누군가가 올리브 나무의 밑동을 잘라 버리고 침대를 치워 버린 거요?」

　오디세우스가 말을 마치는 순간, 페넬로페는 갑자기 울음을 터뜨리며 그에게로 달려들어 목을 껴안고 머리에 입을 맞추었다. 「오디세우스 왕이시여, 노하지 마소서. 당신은 그 옛날부터 현명한 분이셨지요. 우리를 갈라놓았던 것은 바로 신이셨습니다. 우리가 청춘을 함께 즐기는 것을 시기하여 신은 이렇게 늙어서야 당신을 집으로 보내셨습니다. 자, 그러니 노여움과 화를 거두소서. 처음 당신을 뵈었을 때, 그 자리에서 당장 기뻐하고 환대할 수는 없었습니다. 왜냐하면 이것이 무슨 속임수이지나 않을까 하고 두려운 맘이 들었기 때문입니다. 그간 숱한 구혼자들이 그럴 듯한 간계와 모략을 써 왔으니까요. 하지만 당신께서는 우리 침실의 모든 비밀을 정확히 말씀하셨습니다. 이 비밀은 이 세상에서 오직 우리 부부와 제가 이곳으로 시집을 때 아버님께서 딸려 주신 시녀 악토리스만이 아는 것이지요. 그녀는 당신께서 제 마음을 사로잡는 이 순간까지도 제 정결한 침실을 지켜 주고 있지요.」

그녀가 이렇게 말하며 통곡하자 왕은 사랑스럽고 성실한 아내를 끌어안고 한없이 울었다. 빛나는 눈의 아테나가 다른 방도를 강구하지 않았더라면 아마 울음으로 새벽을 맞았으리라. 아테나는 서방 극지에다 오랫동안 밤을 묶어두는 한편, 금관을 쓴 새벽 신을 오케아노스 강 옆에서 지체케 하여, 지상에 광명을 주는, 나는 듯이 달리는 뛰어난 준마의 출발 장비조차 허락지 않았다. 이 준마는 람포스와 파에톤으로 새벽을 실어 오는 영원한 청춘의 말들이었다.

이윽고 지략이 출중한 오디세우스가 아내에게 말했다. 「부인, 우리는 아직 우리에게 주어진 고난과 풍파의 끝에 이르지 못했소. 헤아릴 수 없는 난관과 형극이 아직도 우리 앞을 가로막고 있소. 내가 우리 일행의 귀국길을 묻기 위해 하데스 궁으로 갔을 때, 티레시아스의 영혼이 이 말을 해줍디다. 자, 부인, 침실로 갑시다. 단잠이란 휴식의 향락을 맛보러 어서 침대로 듭시다.」

그러나 정숙한 페넬로페는 결코 서두르지 않았다. 「천지신명의 뜻으로 이제 반석 같은 집으로 돌아오셨으니, 잠이야 언제든 잘 수 있지 않습니까. 그러니 신께서 당신에게 암시한 다가올 시련에 대해 말씀해 주소서. 조만간 저도 그것을 겪으리라는 것을 알고 있습니다. 지금 알아두는 것이 오히려 피해를 줄이는 데 도움이 되지 않겠는지요.」

그러자 오디세우스가 말했다. 「부인, 뭘 그렇게 급하게 서두르시오? 내 차차 모두 숨김없이 일러주리다. 서둘러 들어봐야, 그다지 반가울 것이 없소이다. 티레시아스의 영혼이 이렇게 말하였소. 일생 바다 구경도 못하고, 소금과 고기를 먹어보지도 못했으며, 뱃전이며 배의 노조차 보지도 듣지도 못한 사람을 찾으라고 말이오. 내 숨김없이 말하겠는데, 그 사람이 내게 이런 예언을 말해 줄 것이라고 합디다. 한 행인이 나를 보고 넓은 어깨에 키질하는 부채를 지녔다고 하거든 그 즉시 노를 땅에다 꽂고 포세이돈에게 푸짐한 제물을 올리는데, 숫양 한 마리와 황소와 수퇘지를 각각 한 마리씩 잡고, 곧 집으로 가서 영생의 신들께 황소 백 마리의 제물을 올리라고 말이오. 그렇게 하면, 객사를 면하고 편안히 늙다가 최후를 마칠 것이며, 백성들도 모두 행복하게 살 테니 꼭 그렇게 하라고 했소.」

이에 정숙한 페넬로페가 말했다. 「정말 노년에 행복을 누릴 수 있는 신의 계시를 받을 길이 있다면, 화를 면할 수 있는 희망이 아직 우리에게 남아 있는 거군요.」

이런 동안 유모와 에우리노메는 잠자리를 보살폈다. 그리고 서둘러 잠자리 준비를 마치자 유모는 자기 방으로 자러 가고, 에우리노메는 관솔불을 밝혀 부부를 침실로 안내한 뒤 돌아갔다. 한편, 텔레마코스와 소치기, 양돈가 등은 춤을 멈추고 시녀들도 물리친 다음 각기 잠자리로 돌아갔다. 이리하여 오디세우스 부부는 달콤한 사랑의 기쁨을 나누며 재회했다. 왕비는 궁에서 무도한 구혼자들에게 당한 그간의 고초를 이야기했다. 많은 가축이 도살되었고, 마셔 버린 포도주는 그 통의 수를 헤아릴 수가 없었다. 다음으로 오디세우스가 부하들과 겪은 갖은 고난이며, 천신만고의 무수한 회고담을 이야기하자, 왕비는 이야기가 끝날 때까지 도무지 잠을 청할 줄을 몰랐다.

그는 키코네스와 싸워 이긴 이야기부터 시작해 사지를 헤매다가 파이아키아족을 찾아가 신과도 같은 대우를 받고 고국으로 돌아오게 되기까지의 기나긴 이야기를 들려주다가 그만 달콤한 잠이 쏟아져 스르르 눈을 감았다.

빛나는 눈의 여신 아테나는 오디세우스가 사랑과 잠의 기쁨을 흡족히 맛보았을 즈음에야 오케아노스 강에서 황금의 관을 쓴 새벽의 신을 깨워 온 인류에게 빛을 보내게 했다.

포근한 침대에서 행복하게 눈을 뜬 오디세우스는 아내에게 말했다. 「부인, 당신과 나는 지난 날 신물이 나도록 고난을 겪었소이다. 하지만 이제 우리는 소원하던 보금자리에서 함께 지낼 수 있게 되었으니, 아무쪼록 가산을 돌보는 데 전력합시다. 저 교만한 구혼자 무리들이 먹어 없앤 양들은 내 힘으로 보충해 놓으리다. 궁 안의 우리가 꽉 찰 때까지 아카이아의 가해자들이 양을 내놓지 않고는 못 배기리라. 자, 그러면 나는 아버지를 뵈러 숲이 우거진 농원으로 가겠소이다. 아마도 내 걱정으로 몹시 초췌해지셨을 것이오. 그리고 내 한 가지 부탁할 게 있는데, 당신은 워낙 현명하여 이를 필요도 없겠지만, 해가 뜨면 구혼자들에 대한 소문이 퍼질 것이오. 그러니 당신은 시녀들을 데리고 모두 위층 내실로 들어가, 절대로 사람들을 대하지도 말고 말도 하지 마시오.」

그는 이렇게 당부하고 든든히 무장을 한 다음, 텔레마코스와 소치기, 그리고 양돈가를 깨워 무장을 갖추게 했다. 누가 감히 그 명을 어길 것인가. 모두들 갑옷을 갖춰 입고 문을 열고 밖으로 나가자, 오디세우스가 앞장을 섰다. 마침 해가 지평선으로 솟아올랐다. 그러나 아테나는 그들을 어둠으로 감싸 급히 성 밖으로 인도했다.

모든 시련이 끝나다

오디세우스 일행은 복수를 위해 달려온 구혼자들의 친족들과 접전을 벌인다. 그러나 여신 아테나의 중재로 화해하고 궁으로 돌아온다. 그리하여 오디세우스는 오랜 고난의 장정을 끝내고 마침내 평화를 얻는다.

신들의 전령인 헤르메스는 황금 요술 지팡이를 휘둘러대며 구혼자들의 혼령을 안내했다. 음침한 굴 속에 겹겹이 매달려 있던 박쥐 떼 중 한 마리가 날면 다른 박쥐들은 영문도 모르는 채 허둥지둥 날듯이 이 영혼들은 갈팡질팡하며 헤르메스가 움직이는 대로 움직였다. 그들은 오케아노스 강을 건너고 흰 바위와 태양문을 지나 영혼이 사는 곳, 수선화가 핀 목장으로 왔다.

마침내 그들은 펠레우스의 아들 아킬레우스의 영혼과 만났다. 또한 파트로클로스의 영혼과 안틸로코스의 영혼, 다나아 사람 중에서 가장 뛰어나다는 아이아스의 영혼과도 만났다. 이들은 떼를 지어 아킬레우

스의 영혼을 빙 둘러쌌다. 그리고 아트레우스의 아들 아가멤논의 영혼
도 합류했고, 아이기스토스 집에서 함께 몰살당한 수많은 영혼들이 구
름같이 모여들어 슬퍼했다.

먼저 아킬레우스의 영혼이 아가멤논에게 말했다. 「제우스의 사랑을
가장 많이 받은 아트레우스의 아드님이시여, 당신도 일찍이 죽음의 운
명, 인간이면 피할 길 없는 그 운명을 당하셨구려. 오, 차라리 트로이
땅에서 최후를 당하셨더라면 얼마나 좋았겠습니까! 그러면 모든 아카
이아 군이 그대의 무덤을 쌓아 후세에 영원토록 전하게 되었을 것을.
당신도 가장 참혹한 죽임을 당할 운명을 타고나셨나 봅니다.」

그러자 아가멤논의 영혼이 대답했다. 「펠레우스의 아드님이신 위대
한 아킬레우스여, 당신은 나와 달리 트로이 땅에서 죽었으니 참으로 행
복한 분이로소이다. 트로이와 아카이아 맹장들이 당신의 몸을 빼앗고
자 얼마나 많이 쓰러졌소이까. 아무튼 당신이 참으로 거룩하게 구름
속에 누워 있자 제우스께서는 태풍을 몰아 싸움을 중지시켜 주었지요.
그래서 우리는 당신의 시체를 배로 날라다가 따뜻한 물로 깨끗이 씻어
놓자 다나아 동포들이 벌떼처럼 몰려들어 자신들의 머리털을 자르며
얼마나 통곡했는지 모르오. 그때 이 소식을 들은 당신 어머니가 이상
한 울음소리를 내며 불사의 선녀를 데리고 와 우리는 모두 사시나무 떨
듯 떨었었지요. 만일 네스토르가 우리를 붙잡아 주지 않았더라면, 우리
는 배로 뛰어들어갔을는지도 모른다오. 누구보다도 선견지명이 있었
던 네스토르는 얼른 이렇게 말했지요. '달아나지 마시오, 아르지브의
동포들이여. 아무것도 아니오. 돌아가신 분의 어머니가 사랑하는 아들

의 얼굴을 보러 불사의 수신(水神)들을 데리고 오는 것뿐이오.' 그제야 긴 머리의 아카이아 사람들은 달아나지 않았다오. 한편 당신을 에워싼 바다의 늙은 수신들은 슬피 통곡하며 썩지 않는 수의를 당신에게 입혀 드렸소. 그리고 아홉 명의 뮤즈들이 아름다운 목소리로 장송곡을 부르기 시작하자, 아르지브 사람들은 눈물이 앞을 가려 아무 것도 보이지가 않았지요. 이렇게 밤낮 17일 동안이나 불사의 신이든 사바의 인간이든 울음을 그칠 줄 몰랐소이다. 18일째 되던 날, 비로소 당신 몸을 화장시키고자 살진 양들이며 암소를 잡아 올렸지요. 무장한 아카이아의 많은 영웅들이 화장하는 나무를 에워싸고 당신을 지키고 있는데, 보병이든 기병이든 그 위용은 참으로 대단했소이다. 헤파이스토스의 불길이 당신을 완전히 살라 버린 이튿날 아침, 아킬레우스여, 우리는 당신의 백골을 순수한 포도주와 기름에 모아 넣었지요. 당신 어머니께서는 디오니소스가 선물한 두 개의 손잡이가 달린 황금 항아리를 주셨는데, 이는 유명한 헤파이스토스가 만든 것이라고 말씀하셨소. 그 속에 위대한 아킬레우스, 당신의 백골은 메노이티오스의 아들 파트로클로스의 뼈와 함께 들어갔지요. 왜냐하면 당신이 죽은 파트로클로스를 모든 동료들 중에서 가장 마음에 두셨기 때문이지요. 아르지브 대군은 너른 헬레스폰트 너머 뽀족한 갑(岬)에다 당신을 위해 커다란 무덤을 쌓고 후대의 자손들까지도 볼 수 있게 했지요. 그 다음 당신 어머니께서는 신에게 경기에 대한 영광의 상품을 요구하여 그것을 아카이아 용사들의 명패 가운데에 놓았소이다. 그때의 상품들은 굉장히 값진 것들로 저 은발의 테티스께서 당신에게 경의를 표하고자 보내신 거지요. 이처럼 죽어서까지도 당신 이름은 잊혀지지 않는데, 나는 무슨 기쁨이 있단 말이오? 제우스께서는 아이기스토스와 내 아내의 손을 빌려 나를 멸망시켜 놓았으니 말이오.」

마침 이때 아르고스의 정복자인 헤르메스가 오디세우스의 칼에 맞은 구혼자들의 영혼을 이끌고 다가왔다. 두 영웅은 그들을 보자 반색을 하며 달려갔다. 아가멤논의 영혼은 자신의 부하였던 멜라네오스의 사랑하는 아들 암피메돈을 대번에 알아보았다.

아가멤논의 영혼이 먼저 그에게 말했다. 「암피메돈이여, 여기까지 웬일인가? 이 어두운 지하 세계로 출두하다니? 꼭 누가 다니며 성에서 가장 뛰어난 투사들만 모아 온 것 같구려. 포세이돈이 역풍을 일으켜 그대의 배를 파선했던가? 아니면, 원수진 인간의 소나 양을 베다가 죽임을 당했는가? 아니 도시와 처자를 살리고자 전쟁을 했는가? 말해 보라. 예전에 위대한 메넬라오스 왕을 찾았을 때, 오디세우스에게 널찍한 배를 타고 일리움으로 동행하자고 권유하던 그때를 기억하지 못하는가? 도시의 정복자 오디세우스를 설복하느라 만 한 달이나 지체하다 너른 바다를 건너 돌아가지 않았는가 말이다.」

그러자 암피메돈의 영혼이 대답했다. 「제우스의 총아이신 아가멤논 왕이시여, 내 어찌 그날을 잊겠습니까? 그럼 모든 것을 숨김없이 말씀드리겠습니다. 우리들은 행방불명이 된 오디세우스의 부인에게 구혼을 했지요. 그러나 그녀는 자기 방에 큰 베틀을 들여놓고 넓고도 고운 비단을 짜며 이렇게 말했지요. '젊은 구혼자들이여, 위대한 오디세우스 왕도 세상을 떠나셨으니 아무리 결혼이 급하시더라도 내가 시아버님의 수의를 지을 때까지는 참아주서야겠습니다. 시아버님 라에르테스께서 그렇게도 많은 재산을 가지고도 수의 한 벌 없이 돌아가신다면 아마 아카이아 땅의 여인들은 나를 비난하지 않을 사람이 없으리라.' 그러나 그녀는 낮이면 비단을 짜고 밤이면 다시 풀어 버리는 등 자그마치 3년 동안이나 교묘하게 끌어왔지요. 그런데 4년째가 되던 해 한 시녀에 의해 모든 것이 탄로나자 그녀는 억지로 강압에 못 이겨 그 일을 끝마쳤답니다. 그 즈음 악마의 신이 양돈가가 살고 있는 오두막집으로 오디세우스를 데려다 준 모양입니다. 또한 오디세우스의 아들도 모래 고장 필로스에서 돌아왔지요. 그들 부자는 우리를 살해할 계획을 꾸며 이타카로 잠입했습니다. 오디세우스는 거지 행색을 해 우리는 물론이요, 노인들까지도 전혀 알아보지 못했답니다. 궁에 나타난 그에게 모두들 욕설로 모욕하고 농락해도 그는 꾹 참고 있더군요. 하지만 그는 부인으로 하여금 자기의 활과 잿빛의 여러 도끼를 시합의 무기로 내오게 하는 계략을 세웠습니다. 이것이 바로 우리들의 멸망의 시초였지요. 그러나 아무도 감히 그 튼튼한 활시위를 구부리지 못했습니다. 하지만 그 활이 오디세우스의 수중에 들어갈 때 우리는 모두 반대했습니다만, 텔레마코스 혼자 독단적으로 그에게 쏠 기회를 주었습니다. 그리하여 오디세우스는 아무 힘도 들이지 않고 화살을 잡아당겨 과녁을 모두 맞혔지요. 그러고는 곧 문간으로 가 서서 안티노오스 왕을 무섭게 노려보더니 쏘아 넘어뜨렸습니다. 그러고는 또 다른 사람에게 쏘자 백발백중, 우리 구혼자들은 가랑잎처럼 하릴없이 쓰러져 갔습니다. 우리는 혈기가 뻗치는 대로 대들었지만 그의 의기는 더욱 충천하여 전후 좌우로

칼을 휘둘러대며 우리를 쓰러뜨렸습니다. 눈깜짝할 사이에 홀은 무서운 비명과 함께 온통 피바다를 이루었지요. 아가멤논 왕이시여, 우리는 이렇게 몰살당했습니다.」

이에 아트레우스의 아들 아가멤논의 영혼이 말했다. 「오, 라에르테스의 아들인 지략이 출중한 오디세우스는 행운아로구나. 이카리오스의 딸인 페넬로페 왕비의 지혜가 이다지도 뛰어났던가. 왕비의 절개는 영원히 그 빛을 잃지 않으리라. 불사의 신들까지도 정숙한 페넬로페의 이름을 만민에게 알리리로다. 흉악한 일을 저질러 남편을 살해한 틴다레우스의 딸과 천양지차로구나.」

이렇게 그들은 하데스 궁에서 서로 주고받았다.

한편 오디세우스 일행은 비옥한 라에르테스 농원으로 왔다. 이 땅은 그 옛날 라에르테스가 수많은 고난을 겪고 얻은 것이었다. 여기에는 라에르테스와 시중을 들고 있는 한 늙은 시실리아 부인이 있었다.

이곳에 도착하자 오디세우스는 시종과 아들에게 말했다. 「자, 집에 들어가서 살진 돼지를 잡아 점심 준비를 하거라. 나는 아버님께서 나를 알아보시나, 아니면 알아보시지 못하나 어디 시험을 해 볼 테니.」

그는 이렇게 말하고 아버지를 만나러 포도밭으로 달려갔다. 아버지는 잘 가꾸어진 과수원에서 혼자 나무 주위를 파고 있었다. 아버지는 여기저기 꿰맨 남루한 옷차림이었는데, 가시에 찔리지 않도록 다리에는 각반을 감고, 손에는 긴 토시를 끼고 있었다. 그리고 머리에는 염소 가죽 모자를 쓰고 있었다. 오디세우스는 노쇠한데다가 슬픔과 걱정으로 수척해진 아버지를 보자 눈물이 핑 돌았다. 그는 잠시 망설였다. 당장 달려들어 아버지의 목을 껴안고 입을 맞추며 자신의 귀국에 대해 자초지종을 말씀드릴까, 아니면 다른 말부터 꺼내 시험해 볼까 생각해 보았다. 그는 아무래도 늙은 아버지를 시험해 보고 싶었다.

그래서 아버지 옆으로 바싹 다가가서 물었다. 「영감님, 과수원 관리에 참으로 능숙하시군요. 무화과며 포도나무, 올리브 나무, 배나무, 채소밭 등 영감님의 손을 거치지 않은 데가 없군요. 그러나 영감님께서는 정작 자신의 몸은 돌보지 않으시는군요. 늙으면 처량하기 짝이 없는데, 남루하기 짝이 없는 의복을 입으시다니요. 아마 몹쓸 주인인가 봅니다. 그런데 제가 뵙기로는 영감님의 풍채가 적어도 왕의 지위에 계신 분 같군요. 이렇게 고생스럽게 일할 분이 아니라 편히 쉬면서 노후를 보내실 분처럼 보인단 말입니다. 자, 숨김없이 말씀해 보시지요. 누구의 과수원을 돌보고 계십니까? 여기가 바로 이타카입니까? 길에서 만난 어느 분께 물었는데 그분은 잘 모르시더군요. 내 친구를 수소문하는데도 그가 아직 살아 있는지, 아니면 죽었는지 전혀 들은 척도 하지 않더군요. 한때 저는 이곳에서 오신 분을 환대해 드린 적이 있습니다. 그는 이타카 태생이고, 아버지는 아르케시오스의 아들 라에르테스라고 하더군요. 저는 그분을 제 집으로 모셔다가 잘 대접한 뒤 금 7달란트, 꽃을 새긴 순은 술병, 옷 열두 벌에 많은 담요며 화려한 외투, 그리고 튜닉 등을 선물했답니다. 게다가 아주 일 잘하는, 네 명의 시녀까지 데려가게 했지요.」

그러자 라에르테스는 울면서 대답했다. 「손님께서 찾으시는 곳이 바로 이곳입니다. 하지만 이곳은 이미 무례한 자들의 손에 들어가 있어서 그 많은 선물들은 모두 헛것이 되었소이다. 만일 그애가 이곳에 살아 있어 손님을 만난다면 얼마나 기뻐하겠소. 아마 정성을 다해 은혜에 보답코자 했을 거요. 자, 그럼 자세히 말씀 좀 들어봅시다. 진정 내 아들을 언제 만나셨습니까? 아, 참으로 불운한 자식은 아마도 너른 바다에서 고기밥이나 짐승의 밥이 되지는 않았는지. 그런데도 그애가 어떻게 되었는지 모르니, 장사를 못 지내고 울어보지도 못한다오. 사람들이 선물을 산더미처럼 쌓아 놓고 청혼해 오는 열녀인 내 며느리도 제 남편의 관에 손도 대볼 기회가 없으니, 얼마나 한이 되겠소. 참, 손님은 어느 댁 자손인지 말씀 좀 해 보시오. 어디서 오셨으며, 어디서 나셨나요? 그리고 배는 어디에 정박해 놓으셨나요?」

지략이 출중한 오디세우스가 대답했다. 「네, 그럼 모든 것을 숨김없이 말씀드리겠습니다. 저는 알리바스에서 온 폴리페몬의 손자요 아페이다스의 아들로, 이름은 에페리토스입니다. 어느 신께서 인도하셨는지 저는 시카니아로부터 이곳에 오게 되었습니다. 제 배는 저기 성으로부터 떨어진 곳에 정박해 있습니다. 오디세우스를 만난 지는 5년이 되었습니다. 팔자가 기구했지만 그가 떠나갈 때에는 새들이 오른쪽으로 날아가 좋은 징조를 보이더군요. 그래서 그와 저는 매우 기뻐하며 작별하였고 또다시 만나 우정을 나누자고 기약했었지요.」

노인은 갑자기 손으로 흙먼지를 집어 백발이 휘날리는 머리에다 뿌리며 구슬피 눈물을 흘렸다. 그 모습을 본 오디세우스는 아버지에게 달려들어 목을 끌어안고 입을 맞추며 말했다. 「아버님, 제가 왔습니다. 바로 아버님이 밤낮없이 그리던 제가 왔습니다. 아버님, 이제 눈물을 닦으시고 그만 울음을 그치십시오. 아버님, 제 말씀 좀 들으세요. 꿈에 그리던 고국 땅에 와, 궁중에서 구혼자들의 몸서리쳐지는 포악 무도한 행동에 대해 보복을 했습니다.」

그러자 라에르테스가 말했다. 「그대가 정말 내 자식 오디세우스라면 어디 그 징표를 보이시오. 내 확인해 보리다.」

이에 오디세우스가 대답했다. 「네, 우선 이 흉터를 보시지요. 제가 외할아버님 댁에 갔다가 산돼지의 흰 송곳니에 찔린 자국입니다. 그건 그렇고, 그럼 우리 과수원에 대해 말씀드리겠습니다. 언젠가 제가 아주 어렸을 때 아버님은 저에게 나무 이름을 일일이 가르쳐 주셨습니다. 배나무 13그루, 사과나무 10그루, 무화과나무 40그루, 포도나무 50 고랑을 저한테 주신다고 하셨지요. 그리고 이것은 절기를 달리하여 열리게 되는데 송이도 여러 가지 모양이라고 말씀하셨지요.」

그의 거침없는 말에 노인은 갑자기 부들부들 떨며 기절해 버렸다. 틀림없이 아들이었던 것이다.

한참 만에 정신이 든 라에르테스는 기운을 차리며 기원했다. 「제우스 아버지시여, 인간 세상을 다스리는 여러 신들이시여, 얼빠진 구혼자들에게 복수를 했다면……. 오, 참으로 두렵나이다. 이제 이타카 시민들이 불같이 일어나 우리에게 대항하지 않겠나이까?」

지략이 출중한 오디세우스가 말했다. 「아버님, 안심하십시오. 이런 문제로 상심하지 마시고 어서 집으로 가세요. 그곳에 텔레마코스와 소치기, 양돈가가 식사 준비를 하고 있습니다.」

두 사람은 서둘러 집으로 향했다. 과연 그곳에서는 텔레마코스가 시종들과 함께 고기를 썰거나 술을 거르고 있었다. 그 동안 시실리아 시녀는 라에르테스를 목욕시킨 뒤 올리브 기름을 발라 주었으며, 고운 옷으로 갈아 입혔다. 이때 아테나가 와서 그의 다리를 더욱 굵게 해 주고 키도 더욱 크게 보이도록 해 불사의 신처럼 보이게 해 주었다.

목욕탕에서 나오는 아버지를 본 오디세우스가 재빨리 말했다. 「아버님, 참으로 영생의 신께서 아버님을 더욱 위엄 있게 해 주셨습니다.」

이에 현명한 라에르테스가 대답했다. 「오, 제우스 아버지와 아테나, 그리고 아폴론께서 나를 난공불락의 성 네리코스를 점령했을 때로 돌아가게 해 주시고, 궁에서 너를 돕도록 해 주셨다면, 나도 그놈들의 정강이를 분질러 너를 좀 놀라게 해 주는 것을!」

이들은 식사 준비가 다 되자 차례로 의자에 앉아 식사를 했다. 이때 돌리오스 노인이 들어왔다. 시실리아 부인이 불러 온 것이다. 이들은 오디세우스를 알아보고는 기뻐서 어찌할 바를 몰라하며 멍하니 서 있었다.

오디세우스가 반갑게 인사했다. 「노인장, 뭘 그렇게 놀라시오. 우리 같이 식사를 하고자 오랫동안 기다렸소. 이날이 있기를 내 얼마나 바랐겠습니까.」

그러자 돌리오스는 오디세우스의 손에 입을 맞추며 기쁨에 못 이겨 말했다. 「그렇게도 그리던 왕께서 돌아오셨군요. 더 이상 뵙지 못하리라 생각했는데, 신께서 금의환향시키셨군요. 오, 만세! 천지신명이시여, 만수무강케 하옵소서! 그리고 정숙한 왕비께서도 이 기쁜 소식을 아시는지요? 내 지금 사람을 보내도록 하오리까?」

지략이 출중한 오디세우스가 말했다. 「아니오. 이미 알고 있으니 아무 걱정하지 마시오.」

그의 말을 듣고 안심한 돌리오스가 의자에 앉자 그의 아들들 역시 오디세우스에게 공손히 인사하고 아버지 옆에 차례로 앉았다.

이 무렵 구혼자들의 슬픈 최후에 관해 소식을 들은 시민들은 모두 놀랐다. 그들은 곳곳에서 아우성을 치며 오디세우스 궁으로 모여들어 시체를 날라다 매장을 했다. 그리고 다른 도시에서 온 사람들은 배에 실어 각각 자기 집으로 데려가도록 조처했다. 그런 다음 모두들 비통한 가슴으로 회의장으로 모여들었다. 이윽고 오디세우스의 첫 화살에 쓰러진 안티노오스의 아버지 에우페이테스가 일어나 말문을 열었다.

그는 울며불며 일장 연설하기 시작했다. 「시민들이여, 정말 우리는 너무나 끔찍한 일을 당했습니다. 자, 보십시오. 고귀한 청년들을 배에 가득 싣고 나가서는 혼자서 귀국하더니 또다시 수많은 케팔레니아 정예 인사들을 몰살하지 않았습니까? 여러분, 우리 모두 그가 필로스나 엘리스 땅으로 달아나기 전에 잡읍시다. 여기서 그냥 주저앉는다면 장차 우리는 얼굴을 들고 다닐 수 없을 것입니다. 우리가 만일 우리의 자손과 형제들의 복수를 하지 못한다면 그 오명을 자손만대에까지도 벗지 못할 것이오. 그때는 더 이상 인생을 살아갈 가치가 없을 것이오. 차라리 죽어간 그들의 뒤를 따라감만 못하리다. 자, 시간이 없소이다. 그들이 이미 바다를 건넜을지도 모르오.」

그의 눈물어린 호소에 아카이아 시민들 중에서 눈물을 흘리지 않는 자가 없었다. 이때 고명한 음유시인과 메돈이 군중들 가운데에 서자 모두들 이상하게 여겼다. 그들은 오디세우스의 집에서 잠이 깨자 곧장 나오는 길이었다. 지혜로운 메돈이 먼저 나서서 상황을 설명했다. 「이 타카 동포들이여, 잠시 진정하시고 제 말씀을 들으시지요. 실로 신의 계시가 없었다면, 오디세우스는 감히 이러한 사건을 저지르지 못했을 겁니다. 아니, 제가 직접 목격했습니다. 불사의 신은 멘토르의 모습으 로 변신하여 오디세우스 옆에 서 있었습니다. 불사의 신이 오디세우스 를 격려하는 한편 구혼자들을 위협하였기 때문에 모두들 쓰러졌던 것 이지요.」

메돈의 설명에 그들은 얼굴이 파랗게 질리며 다리를 덜덜 떨었다. 그 러자 전후 사정을 잘 알고 있던 마스토르의 아들인 할리테르세스 노인 이 다시 부연 설명했다. 「이타카 시민들이여, 제가 몇 마디 말씀드리겠 습니다. 여기 이러한 사건은 여러분 자신들의 비겁함으로 말미암아 비 롯된 것입니다. 왜냐하면 여러분의 자제들은 제 말뿐만 아니라 시민의 지도자인 멘토르의 말을 귀담아 듣지 않았습니다. 모두들 흉악한 정신 병자처럼 지나친 과오를 저질렀지요. 남의 재산을 아까운 줄 모르고 축냈을 뿐만 아니라, 적어도 일국의 왕비를 홀대하여 지나친 만행을 일 삼았습니다. 자, 그러니 그에게 대항하지 맙시다. 혹시 또 무슨 해가 미 칠지 누가 알겠습니까. 스스로 화약을 지고 불로 들어가지 맙시다.」

그의 설득에도 아랑곳하지 않고 그들은 고함을 질렀다. 그러고는 한 결같이 에우페이테스의 의견에 동의하여 곧장 무장을 한 뒤 넓은 성에 집결하였다. 에우페이테스가 그들을 직접 진두 지휘했다.

그때 아테나가 크로노스의 아들 제우스에게 기원했다. 「크로노스의 아드님이시며 신들의 신이신 우리의 아버지시여, 당신 마음속에 품은 뜻은 대체 무엇입니까? 또다시 전쟁을 일으켜 무서운 소란을 계속하실 작정이십니까? 아니면 그들에게 우의를 확립하실 생각이십니까?」

그러자 하늘을 주재하는 제우스가 대답했다. 「애야, 어찌하여 나에게 자꾸 물어대느냐? 네가 스스로 오디세우스가 돌아오는 길로 즉시 복수하도록 작전을 세운 것이 아니냐? 너 좋을 대로 하거라. 굳이 내 의견을 알고 싶다면 말해 주마. 자, 이제 위대한 오디세우스가 구혼자들에게 원수를 갚았으니, 그의 일생 동안 길이 왕권을 누리도록 하여라. 그리고 형제며 자식들을 살해당한 원한을 잊게 하자꾸나. 그리하여 양쪽이 옛날처럼 서로 사랑하여 각기 풍요롭게 행복을 누리도록 하는 것도 좋겠구나.」 이렇게 제우스가 아테나의 사기를 더욱더 북돋워 주자, 아테나는 얼른 올림포스 산꼭대기에서 아래로 내려갔다.

한편 꿀맛 같은 식사를 마친 영웅 오디세우스가 입을 열었다. 「자, 밖에 좀 나가 보아라. 사람들이 몰려오지나 않나.」

그의 명령에 따라 돌리오스의 아들이 바깥문에 나가서 보니, 이미 일행이 손에 닿을 듯이 가까이 와 있었다. 다급해진 그가 소리쳐 말했다. 「적이 바로 코앞에 와 있습니다. 그러니 빨리 무장을 하고 대항하시지요.」

그러자 오디세우스를 비롯한 네 사람과 돌리오스의 여섯 아들, 그리고 백발의 돌리오스며 라에르테스 역시 급한 대로 무장을 하였다. 모두들 무장을 마치자 오디세우스가 선두로 나서 밖으로 나갔다.

이때 제우스의 따님인 아테나가 멘토르의 모습으로 다시 나타났다.

오디세우스는 반가움을 금치 못하고 사랑하는 아들 텔레마코스에게 말했다. 「텔레마코스야, 누가 가장 용기 있는지는 싸움터에서 알게 되는 법이다. 조상의 명예를 더럽혀서는 안 되니 각오하거라. 예로부터 우리 집안은 힘과 용기에 있어서 어느 집안보다 못하지 않았느니라.」

「아버님, 이번 기회를 저에게 주십시오. 아버님 말씀대로 저 역시 우리 집안의 혈통을 티끌만큼도 더럽히지 않을 수 있사옵니다.」

텔레마코스의 굳은 결의를 보고 라에르테스도 매우 기뻐하며 말했다. 「오, 오늘은 참으로 영광된 날이구나. 신이시여, 제 아들과 손자가 이처럼 무용을 겨루니 저는 정말 행복한 사람이외다.」

이에 아테나가 라에르테스의 옆에 와서 용기를 북돋워 주었다. 「오, 친애하는 아르케시오스의 아드님이시여, 먼저 아테나와 제우스 아버지께 축원을 올린 뒤 그대 긴 창을 높이 들어 곧게 던지시오.」

그리하여 라에르테스가 위대한 제우스의 따님인 아테나에게 기도를 올리고 곧 긴 창을 높이 휘둘러 던지자 에우페이테스의 청동 투구에 가서 맞았다. 그는 비명을 지르며 나동그라졌다. 이에 오디세우스 부자가 창과 칼로 사람들을 무참히 찌르자 한 사람도 살아남지 못할 것 같았다. 만일 아테나가 고함을 질러 그들을 정지시키지 않았다면, 그들은 그곳에서 몰살당했을 것이다.

「자, 이타카 시민들이여! 더 이상 피 흘리지 말고 싸움을 멈추시오.」

공포에 질린 그들은 여신의 명령대로 손에서 무기를 버리고 성을 향해 발길을 돌렸다. 그러나 오디세우스는 무섭게 고함을 지르며 하늘을 나는 독수리처럼 덤벼들었다. 이때 제우스가 번쩍거리는 번갯불을 보내니 여신 아테나의 발밑에 떨어졌다.

그러자 아테나가 오디세우스를 타일렀다.「제우스의 후예이며 라에르테스의 아들인 오디세우스여, 이제 정의의 싸움을 중지하라. 아니면 전지전능하신 제우스께서 노여워하시리라.」

아테나의 만류에 오디세우스는 내심 기뻐했다. 마침내 팔라스 아테나는 양측을 설득하여 미래를 위한 화해의 서약을 맺도록 하였다.

작가와 작품 해설

호메로스의 생애와 작품 세계

그리스 최고의 서사시 『일리아스』와 『오디세이아』를 쓴 서사시인 호메로스의 생애에 관해서는 정확히 알려진 바가 없다. 그의 이름이 언급되기 시작한 것은 기원전 7세기경부터이다.

어떤 학자들은 위의 두 서사시가 호메로스의 개인 창작물이 아니라, 자연발생적으로 생겨난 일종의 문화적 산물이라고 주장한다. 또 어떤 학자들은 작자가 여성일 거라고 주장하기도 한다. 그리고 호메로스는 실재 인물이 아니라 전설적 시인이거나, 혹은 시인의 집단명칭이라고 말하는 학자들도 있다.

이처럼 『일리아스』와 『오디세이아』의 저자가 정말 호메로스인지에 관해서는 논란이 많다. 그러나 기원전 5세기의 문헌에서 호메로스는 실재 인물일 뿐만 아니라 두 서사시도 그의 작품이라는 것이 정설로 되어 있어, 오늘날 그의 이름은 시인의 대명사처럼 여겨지고 있다.

호메로스가 성장한 곳으로 추측되는 지역은 무려 일곱 군데나 된다. 그 중 기원전 900~800년경 소아시아 지방 이오니아 해변의 스미르나 키오스 섬에서 살다가 이오스 섬에서 사망했다는 설이 가장 유력하다. 어쨌든 19세기 이후에는 이러한 것들이 정설로 받아들여져 지금에 이르고 있다.

호메로스에 관한 일화는 굉장히 많다. 옛날부터 전해 내려오는 신화나 전설들을 혼합하여 6각운의 시형으로 완성한 천재적 시인이라고도 하고, 혹은 눈먼 장님으로 노래를 부르며 돈을 구걸하는 음유시인이었다고도 한다. 또한 철학자 헤라클레이토스는 호메로스가 이를 잡는 문제에 대한 소년들의 수수께끼를 풀지 못해 죽었다고도 말한다.

호메로스가 천재 시인이었든 걸인이었든 간에, 그가 그리스 최고의 문인일 뿐 아니라 서구의 시문학 전반에 지대한 영향을 끼친 위대한 시인이었던 것만은 분명한 사실이다.

『일리아스』와 『오디세이아』 외에도 호메로스의 작품으로 전해지는 시들은 33개나 되는데, 그 중 전편이 전하는 것은 오직 위의 두 서사시뿐이다. 이것들은 고대 그리스의 국민적 서사시로 그리스 문학과 교육에 커다란 영향을 끼쳤으며, 로마 제국을 비롯한 유럽 서사시의 규범이 되었다. 뿐만 아니라, 이탈리아의 르네상스 문화에도 큰 영향을 주었다.

그리스인들은 이 두 서사시를 도덕적 · 실천적 교훈서로 여겨 거의 다 외웠으며, 문학 작품 이상으로 대했다고 한다.

문예사적으로 볼 때, 호메로스는 인간 스스로의 자주정신을 강조한

휴머니즘을 보여주고 있는데, 이는 이제껏 그리스 문학이 보여준 운명론적 세계관에 맞서고 있는 것이라고 할 수 있다. 그리고 그의 영웅주의와 인물들의 개성화, 인생의 쾌락과 비극, 죽음의 고찰, 종교와 윤리의식 등은 서구 문명의 조류를 이루었고 하나의 거대한 세계관을 이룩했다고 할 수 있다.

작품 줄거리 및 해설

『오디세이아』는 지금으로부터 약 2,800년 전(기원전 900~800년경)에 쓰여진 대서사시로, 항상 『일리아스』와 함께 인구에 회자되어 왔다. 두 서사시 모두 호메로스의 작품으로, 『일리아스』는 '일리움(트로이)의 노래'라는 뜻이고, 『오디세이아』는 '오디세우스의 노래'라는 뜻을 갖고 있다.

『일리아스』가 트로이 전쟁에서 벌어지는 전사들의 무용담이나 영웅들의 이야기와 결투 따위를 그렸다면, 『오디세이아』는 주인공 오디세우스가 트로이 전쟁을 끝내고 고국으로 돌아가는 길에 겪었던 수많은 모험담과 사랑과 방랑 등 파란만장한 10년 간의 여정을 그리고 있다.

『오디세이아』는 『일리아스』와 마찬가지로 24편으로 되어 있으며, 총 12,110행이나 되는 장편 서사시이다. 이 작품 속에는 부모와 자식간의 사랑, 부부간의 신의, 가족과의 재회 등 아름다운 인정(人情) 이야기가 담겨 있다. 이것은 그때까지의 어떤 문학에는 없었던 인간에 대한 긍정

적인 묘사로서 큰 가치를 지니고 있다.

작품의 줄거리를 이해하기 위해서는 먼저 『그리스 로마 신화』에 나오는 트로이 전쟁에 관한 이야기부터 간략히 살펴볼 필요가 있다.

불화의 여신 에리스가 남긴 황금 사과를 두고 헤라와 아프로디테, 아테나 등 세 여신이 서로 차지하기 위해 다툰다. 이에 트로이의 왕자 파리스가 심판을 맡으면서 아프로디테가 사과를 차지하게 된다.

판정의 대가로 파리스에게 세상에서 가장 아름다운 여인을 아내로 맞게 해주겠다고 미리 약속한 바 있는 아프로디테는 그에게 스파르타의 왕비 헬레나의 사랑을 얻게 해준다.

그러자 아내를 빼앗긴 메넬라오스가 형 아가멤논과 함께 트로이 원정길에 나서면서 트로이 전쟁이 시작된다. 그리스군의 아킬레우스와 오디세우스, 트로이군의 헥토르와 아이네아스 등 숱한 영웅들과 신들이 얽혀 10년 동안이나 접전을 벌인 이 전쟁은 오디세우스의 계책에 힘입어 그리스군의 승리로 끝나게 된다.

그리스군은 거대한 목마를 남기고 철수하는 위장 전술을 폈는데, 여기에 속아넘어간 트로이군은 목마를 성안으로 들여놓고 승리의 기쁨에 취해 잔치를 벌이다 쓰러져 잠든다. 새벽이 되어 목마 안에 숨어 있던 오디세우스와 그의 군사들이 빠져 나와 성문을 열어 주었고, 그리스군이 안으로 밀고 들어와 마침내 트로이 성을 함락한다.

전쟁을 마친 뒤부터 오디세우스의 영웅적인 귀환여정이 시작되는데, 이것이 바로 『오디세이아』의 흥미진진하고 영웅적인 서사의 골격이다.

트로이를 함락한 후 뱃길을 통해 고국으로 돌아가던 오디세우스는 그만 폭풍우를 만나 표류하다가 한 섬에 닿는다. 여신 칼립소는 오디세우스를 섬 안에 붙잡아 두고 그의 사랑을 갈구하지만, 그는 가족과 고국으로 돌아가겠다는 일념을 버리지 않는다. 결국 오디세우스는 신들의 도움을 받아 뗏목을 타고 섬을 탈출하지만 그를 미워하는 바다의 신 포세이돈의 훼방으로 또다시 난파당해 고초를 겪는다. 그러다가 가까스로 파이아키아인들의 섬에 상륙한 그는 그곳 왕녀의 도움으로 궁전에서 요양하게 되고, 그런 동안에 그곳 사람들에게 자신의 모험담을 들려준다.

한편, 오디세우스의 고국에서는 아름다운 그의 아내 페넬로페가 아들 텔레마코스를 키우며 남편의 귀환을 애타게 기다린다. 그러나 그녀를 아내로 삼고 싶어 혈안이 된 많은 구혼자들이 밤낮으로 궁전에 모여 연회를 열면서 그녀를 희롱하고 재산을 축낸다. 그뿐만 아니라, 아직 그들을 막을 만한 힘이 없는 텔레마코스까지도 조롱당하는 등 그들의 횡포는 날이 갈수록 더해 간다.

영리한 페넬로페는 구혼자들의 극성스런 청혼을 물리치기 위해, 시아버지의 수의를 다 짤 때까지만 시간을 달라고 한다. 그러고는 낮에는 수의를 짜고 밤이 되면 다시 그것을 푸는 일을 되풀이하면서 오디세우스가 돌아오기를 기다린다.

결국 여신 아테나의 도움으로 우여곡절 끝에 고국으로 돌아온 오디세우스는 충성스런 옛 부하들의 도움을 받아 무도한 구혼자들을 응징하고 자신의 왕국을 되찾는다. 이에 구혼자들의 혈족들이 복수를 다짐하면서 마지막 위기를 맞은 오디세우스는 지혜로운 아테나의 중재로 그들과 화해하고 마침내 평화와 안식을 얻게 된다.

작가 연보

　정확히 알려진 것은 없으나 호메로스는 대략 기원전 9세기에서 8세기경의 인물로 추정된다. 출생지는 소아시아 서해안의 중심 지역인 이오니아 해변의 스미르나 키오스 섬이라는 설이 가장 유력하며, 작품 활동도 그곳에서 행한 것으로 알려져 있다. 그의 이름으로 33편의 서사시가 전해 오는데, 그 가운데 전편이 전하는 것은 『일리아스』와 『오디세이아』뿐이다. 그의 작품에는 『호메로스 찬가』, 『마르기테스』, 『와서회전』 등이 있다고 하나, 사실 여부는 확인할 수가 없다.